Helmut Müller
Milk Run

AF222140

Gabi, Judith und Mathieu, Dank Euch für die Ermutigung und praktische Hilfe.

Thanks to Dan, far away and yet very close, and fast whenever help was needed.

Helmut Müller

Milk Run

Impressum

Bibliografische Information der Deutschen Nationalbibliothek: Die
Deutsche Nationalbibliothek verzeichnet diese Publikation in der
Deutschen Nationalbibliografie; detaillierte bibliografische Daten sind
im Internet über http://dnb.dnb.de abrufbar.

Lektorat: Judith Müller
Korrektorat: Judith Müller
Weitere Mitwirkende: Mathieu Blondeau, Gabriele Müller, Daniel Setzer

Verlag: BoD · Books on Demand GmbH, Überseering 33,
22297 Hamburg, bod@bod.de

Druck: Libri Plureos GmbH, Friedensallee 273, 22763 Hamburg

3. Auflage

ISBN: 978-3-7693-5300-6

Inhaltsverzeichnis

I
ABSCHIED VON AFRIKA

Am Spätnachmittag des 8. Mai 1944, einem Montag, traf Carolyn Chandler in Bizerta ein. Sie war fast ein Jahr lang als Korrespondentin des Amerikanischen Roten Kreuzes in Nordafrika von Marokko bis Ägypten unterwegs gewesen und hatte Berichte und Stimmungsbilder in die Staaten geschickt, mit denen sie ihren Landsleuten zu Hause Eindrücke von den Schwierigkeiten und Erfolgen der amerikanischen Truppen beim Kampf um die Befreiung Nordafrikas von den Deutschen vermittelte, von Kriegsschauplätzen auf einem Kontinent, der vielen daheim so fremd war, wie die Oberfläche eines unbekannten Planeten. Natürlich nahmen in ihrer Berichterstattung Schilderungen der vielfältigen Aktivitäten des ARC, des American Red Cross, bei der Betreuung der Truppen einen besonders breiten Raum ein.

Und nun, wo der der Schwerpunkt des Krieges sich nach Norden, nach Europa, verlagerte, folgte sie ihm und befand sich auf dem Weg nach Neapel. Die USS Lincoln, das Lazarettschiff, mit dem sie in Algier ihre Fahrt begonnen hatte, war in Bône und später noch an den Docks von Tabarka vor Anker gegangen. Dort hatte man Patienten und vor allem medizinisches Material an Bord genommen. Damit war die Verlegung der Feldhospitäler von Nordafrika nach Italien im Großen und Ganzen abgeschlossen. Sie wurden nun dringend in größerer Nähe zu den Kämpfen in Europa gebraucht. In Bizerta würde die Lincoln allerdings auch noch Patienten aufnehmen, die drüben in Italien weiterhin stationär untergebracht werden mussten. Man hatte mit ihrer Verlegung warten müssen, bis dort die entsprechenden Kapazitäten bereit standen. Da das Eintreffen dieser letzten Verwundeten aus dem Hinterland sich hinziehen konnte, war der Zeitpunkt des Auslaufens des Lazarettschiffs Lincoln aus dem Hafen von Bizerta ungewiss.

Also hatte Carolyn beschlossen, hier von Bord zu gehen und ihre Reise nach Neapel per Flugzeug fortzusetzen. Der Flugplatz Sidi Ahmed lag ja nur ein paar Meilen südlich von Bizerta, und sie war zuversichtlich, dass sich ohne Schwierigkeiten ein Platz in einer Militärmaschine finden lassen würde, die sie nach Neapel oder wenigstens erst einmal bis nach

Korsika mitnehmen könnte. Und außerdem wollte sie sich in Bizerta noch mit Helen Schaefer, einer Freundin, treffen, bevor auch das 41. Feldlazarett, in dem Helen als Krankenschwester arbeitete, nach Italien verlegt wurde.

Auf diese flexible Art der Reiseplanung mit all ihren unvorhergesehenen Änderungen und Überraschungen hatte sie sich als Korrespondentin eingestellt, und auch dass der Zufall dabei immer wieder eine große Rolle spielte, beunruhigte sie nicht weiter. Im Gegenteil: Mit der Zeit waren solche Unvorhersehbarkeiten für sie zur Normalität geworden, aus denen sie das Beste zu machen versuchte. Zu manchen ihrer gelungensten Reportagen hatten gerade solche spontanen Änderungen ihrer Reisepläne den Anstoß gegeben.

Während die Lincoln in Sichtweite zur nordafrikanischen Küste Kurs auf Bizerta hielt, schien den ganzen Tag über die Sonne von einem wolkenlosen Himmel, und so war es trotz der stetig landeinwärts wehenden Brise für diese Jahreszeit auf See schon angenehm warm gewesen. Deshalb, und auch um der Enge und der drückenden Luft in den niedrigen Räumen unter Deck zu entgehen, wo sich die üblichen Lazarettgerüche mit den Dünsten aus der Schiffskombüse mischten, hatte Carolyn von irgendwoher einen der raren Liegestühle ergattert und sich an einem windgeschützten Platz an Deck so komfortabel wie möglich eingerichtet: im Rücken die schützenden Deckaufbauten, vor sich die Reling und dahinter die offene See. Ihren Hausrat – so nannte sie ihre wenigen Gepäckstücke –, hatte sie um sich herum verteilt. Das waren: ein großer Segeltuchkoffer, ein kleinerer Handkoffer aus Leder und ein kleiner olivgrüner Kleiderbeutel, ihre Musette-Bag. Nur für den schwarzen, flachen Kasten, in dem sich ihre sorgsam gehütete Underwood befand, hatte sie zwischen der Rückenlehne ihrer Liege und der Schiffswand einen besonders geschützten Platz ausgewählt. Die zierliche Schreibmaschine war ein Geschenk ihres Vaters und abgesehen von einem klaren Kopf war sie ihr wichtigstes Arbeitsinstrument. Die hütete sie wie ihren Augapfel.

Sie hatte den Rückstand in ihrem Notizbuch, das gleichzeitig ihr Tagebuch war, aufgearbeitet und genoss nun den wunderschönen Tag von ihrem Platz aus wie einen Ferientag. Zwischendurch beobachtete sie die beruhigend monoton vorüberziehende Küstenlinie, bis ihr die Augen zufielen.

Als sich später trotz des leichten Seegangs ein wenig Hunger bei ihr einstellte, machte sie sich seufzend auf die Suche nach etwas Essbarem. Auch darin hatte sie sich eine gewisse Routine angeeignet, und so gelang es ihr, sich eine karge Mahlzeit zusammenzustellen. Die bestand aus einem großen Becher Kaffee aus der Schiffsküche und dem, was sie sich aus einer K-Rat zusammenstellte. K-Rat – das war die allgemein verbreitete respektlose Bezeichnung für die „K-Rationen", die graubraunen Schachteln mit der Einsatzverpflegung der US-Army. Die hatte man ihr freundlich lächelnd mit der Entschuldigung zugeschoben, dass unerwartet viele Patienten an Bord gekommen seien, die es zuerst einmal zu versorgen gelte.

Als ihr mit anbrechendem Nachmittag das gleißende Licht der Sonne und die glitzernden Reflexe der Meeresoberfläche unangenehm wurden, half ihr ein freundliches Besatzungsmitglied beim Umzug in den Schatten der Deckaufbauten auf die Backbordseite. In der blendenden Helligkeit hatten sich wieder die ersten Anzeichen des lästigen Kopfwehs bemerkbar gemacht. Diese Anfälligkeit für Kopfschmerzen hatte sie früher nicht gekannt. Doch seit Beginn des Frühjahrs war sie wiederholt von migräneartigen Beschwerden heimgesucht worden. Dazu hatte sich mit dem typischen Hitzegefühl auf Wangen und Stirn auch noch ein Sonnenbrand angekündigt. Wenigstens dem hoffte sie durch ihren Platzwechsel noch entgehen zu können.

Aber schon lange bevor das Schiff sich dem Hafen von Bizerta näherte, war sie dann doch wieder an ihren alten Platz auf der nun gar nicht mehr so sonnigen Steuerbordseite zurückgekehrt.

Und da stand sie nun an die Reling gelehnt und hielt Ausschau nach den Hafenanlagen von Bizerta. Sie hatte ihren blaugrauen ARC-Uniformmantel über die Schulten geworfen und ihre Unterarme ruhten bequem auf dem gerundeten Handlauf der Reling. Da die Luft sich schon merklich abgekühlt hatte, war es wieder angenehm, durch die Kleidung hindurch die wärmenden Strahlen der Sonne auf der Haut zu spüren. Die hatte Anfang Mai schon merklich an Kraft gewonnen, aber dennoch konnte es jetzt am Spätnachmittag auch hier in Nordafrika noch frisch werden, zumal der Wind, der inzwischen gedreht hatte und nun ablandig seewärts wehte, zum Abend hin böig auffrischte.

Mit der mörderischen Sommerhitze und den Staubstürmen, die sie vom vergangenen Jahr her noch in Erinnerung hatte, ebenso mit den

Wolken bläulich glitzernder Fliegen und dem Gestank der Abwässer in den Gräben und austrocknenden Pfützen war glücklicherweise erst wieder mit Beginn des Sommers, also ab dem Ende des Monats zu rechnen. Wenigstens diese Unannehmlichkeiten würden ihr erspart bleiben, denn nach Nordafrika, da war sie sich sicher, würde sie nicht mehr zurückkehren.

Doch beklagt hatte sie sich wegen des ungewohnten Klimas und den damit verbundenen Beschwernisse oder wegen größerer und kleinerer Entbehrungen selbstverständlich nie. Das hätte gegen ihre Grundsätze verstoßen. Schließlich hatte sie sich dem ARC aus freiem Willen als Korrespondentin zur Verfügung gestellt und war ein halbes Jahr nach der Operation Torch, der Landung der Truppen ihres Landes bei Casablanca im November des vergangenen Jahres, in Marokko eingetroffen. Seit dieser Zeit hatte sie die amerikanischen Einheiten begleitet. Auch wenn es ihr nicht in den Sinn gekommen wäre, über das, was sie tat, viele Worte zu verlieren, hielt sie ihre Korrespondententätigkeit für das Amerikanische Rote Kreuz dennoch für ihre patriotische Pflicht. Dazu kam, dass sie ja beileibe nicht die einzige Frau war, die einen solchen Entschluss gefasst hatte. Im Gegenteil. Immer wieder staunte sie, beinahe täglich an den unwahrscheinlichsten Orten und in allen möglichen Situationen auf Frauen zu stoßen, die sich wie selbstverständlich verpflichtet hatten, ihr Land im Kampf gegen die Nazis zu unterstützen. Sie organisierten, sie heilten, transportierten und sie alle waren davon überzeugt, einen ihren Beitrag dazu leisten zu können, der Barbarei, die vom Deutschen Reich ausgegangen war und sich bis über die Grenzen Europas hinaus bedrohlich auszubreiten begann, ein Ende zu bereiten. Diese Überzeugung teilte Carolyn, und die klang auch unüberhörbar immer wieder aus den Berichten heraus, die sie für die vielen Leser und Leserinnen der Rot-Kreuz-Zeitschriften in den Staaten verfasste.

Und dennoch erinnerte sie sich nur mit Unbehagen an den vergangenen Sommer und den darauffolgenden Herbst und Winter. Begonnen hatte es gleich bei ihrer Ankunft im Frühjahr 1943 mit der Malaria. Wie alle anderen Amerikaner um sie herum hatte auch sie ihre tägliche Dosis Atebrin gegen diese unheimliche Krankheit einnehmen müssen, eine – wenn auch lästige – Nebensächlichkeit. Aber immerhin: Malaria! Diese Krankheit hatte sie bis vor kurzem nur vom Hörensagen und aus Zeitschriftenberichten über die Tropen gekannt. Und nun grassierte dieses Übel hier, um sie herum, und nicht nur hier, sondern wie sie erfahren hatte, auch drüben in Südeuropa, auf Sizilien und Korsika und wer weiß wo sonst noch.

Atebrin wurde als Ersatz für das knapp gewordene Chinin eingenommen, und egal wo man hinhörte, gab es über dessen angebliche oder tatsächliche Nebenwirkungen viel Gerede. Man munkelte, dass es deshalb sogar immer wieder zu Fällen von offener oder heimlicher Einnahmeverweigerung kam. Carolyn jedoch schluckte ihre Pillen, diszipliniert und in der vorgeschriebenen Dosis. Aber das hielt sie nicht davon ab, sich anfangs immer wieder vor den Spiegel zu stellen und verstohlen ihr Gesicht nach der berüchtigten gelben Tönung des Teints zu untersuchen, einer der angeblichen Nebenwirkungen dieses Medikaments. Als die sich glücklicherweise nicht einstellten, hatte sie, halb erleichtert und halb über sich selbst amüsiert, ihre Bedenken bald wieder vergessen.

Ihre Verdauungsprobleme ließen sich leider nicht so einfach übergehen, die schienen ernsterer Natur zu sein. Ihr Magen, vielleicht war es aber auch der Darm oder manchmal auch beides gleichzeitig, so genau ließ sich das nicht feststellen, hatten bald nach ihrer Ankunft in Marokko zu rebellieren begonnen. Das ging dann eine ganze Weile so. Mal brachte sie das mit der Umstellung auf ihre neue Art zu Reisen in Verbindung, dann wieder schob sie es auf die Widerstände, mit denen ihr Körper empört auf die klimatischen und all die anderen Umstellungen und Zumutungen Afrikas reagierte. Mit dieser Erklärung hatte sie sich eine Zeitlang selbst ein wenig beruhigen können. Diverse Medikamente taten wohl auch das Ihrige dazu, dass diese Beschwerden mit der Zeit allmählich nachließen und sie sie nach einer Weile vergessen konnte.

Nicht geschwunden aber war ihre mal offene, dann wieder untergründige Angst vor all den anderen und zum Teil unheimlichen Gefahren, die in dieser fremden Welt um sie herum lauerten, den Infektionen und Seuchen, denen ihr durch lebenslange Hygiene wohlbehüteter Organismus wenig entgegenzusetzen hatte. In diesem Punkt ging es ihr nicht viel anders als vielen ihrer Landsleute auch.

An die katastrophalen hygienischen Zustände, an den Schmutz und den Gestank, mit denen sie in den Armenvierteln jenseits der europäisch geprägten Stadtzentren und auf dem flachen Lande immer wieder konfrontiert wurde, konnte oder wollte sich einfach nicht gewöhnen, die schockierten sie immer wieder aufs Neue. So konnte ihr zum Beispiel der Anblick von Fliegenschwärmen, die sich auf den Märkten auf dem offen ausliegenden Fleisch niederließen und es mit einem krabbelnden grün- und blaugolden glitzernden Pelz überzogen, den Appetit für den ganzen Tag verderben.

Überhaupt – diese Fliegen! Sie waren eine wahre Geißel Gottes. Wie ein Fluch stürzten sich unerbittlich auf Menschen und Tiere, quälten sie unablässig auf der Suche nach Körpersäften an Mund und Augen, so dass ihre Opfer nur noch resigniert mit automatenhaften Abwehrbewegungen reagieren konnten. Besonders leid taten ihr Esel und Schafe in ihren Pferchen oder an den Rändern der Straßen, denen sich die Insekten wie dunkle Ränder um die Augen legten, um dort ihren Durst zu stillen. Bei Annäherung stiegen sie in Wolken aus den Abwassergräben und Feldlatrinen auf, um sich im nächsten Moment schon wieder auf den Verbänden der Verwundeten in den Hospitälern oder auf Lebensmitteln in den Kantinen niederzulassen. Wen wunderte es da, dass ganze Krankenreviere nur von Männern belegt waren, die an Diarrhö und anderen Magen-Darminfektionen litten, von denen sie scheinbar aus dem Nichts heraus befallen worden wurden.

Und da die übliche, normale Hygiene nicht mehr auszureichen schien, war es nur verständlich, dass die schockierten Amerikaner Zuflucht zu den bewährten chemischen Hilfsmitteln nahmen. Das taten sie an dieser anderen, unheimlichen Front des Krieges, indem sie Chlor, DDT und Desinfektionsmittel aller Arten einsetzten, und das oft auch im Übermaß. Die Folge davon wiederum war, dass an windstillen, heißen Tagen die aus dem Wüstenboden gestampften, akkurat angelegten Zeltstädte der Feldhospitäler, die Truppenunterkünfte und Nachschubdepots wie fremde Planeten unter ihrer eigenen Atmosphäre brüteten, deren Hauptanteile aus Chlorgeruch, den Dieselabgasen der Stromaggregate, aus Benzindunst und sonstigen undefinierbaren chemischen Aromen bestanden.

Aber mit all dem war es ja nun vorbei, denn Carolyn folgte, wenn auch in gehörigem Abstand, dem Krieg, der Afrika hinter sich gelassen hatte und wie eine Wetterfront über das Meer in kühlere Zonen weitergezogen war und nun auf Sizilien und dem italienischen Festland Fuß gefasst hatte. Noch im Sommer des vergangenen Jahres, nach der

Invasion der Alliierten auf Sizilien, und wenig später, nach deren Landung bei Salerno, hatte man einen Großteil der verwundeten Soldaten nach Tunesien zurückgebracht. Doch dann hatte sich der Vormarsch der Amerikaner und Briten in Süditalien festgefahren. Die Kämpfe entlang der Gustavlinie, besonders am Monte Cassino, waren sehr verlustreich gewesen. Als sich dazu noch das Landungsunternehmen bei Anzio und Nettuno nördlich von Neapel zu einem Fehlschlag zu entwickeln schien, war es nicht mehr möglich, den anschwellenden Strom von Verwundeten und Verstümmelten in die Einrichtungen in Nordafrika zurück zu transportieren. Und als auch die Kapazitäten der Hospitäler im Süden des italienischen Stiefels nicht mehr ausreichten, hatte man damit begonnen, die afrikanischen Feldlazarette und Hospitäler nach Norden, in größere Nähe zu den Kampfzonen in Italien zu verlegen. Diese Operation, die nach einem komplizierten und schwer durchschaubaren System und mit unvermeidlichen Pannen abgelaufen war, stand nun endlich vor ihrem Abschluss.

Jetzt also hielt Carolyn an der Reling der Lincoln inmitten einer bunt gemischten Gruppe von plaudernden und rauchenden Krankenschwestern, Ärzten und gehfähigen Patienten Ausschau nach dem Hafen von Bizerta, der allmählich ins Blickfeld zu rücken begann. Um sich vor dem auffrischen Wind zu schützen, der vom Land herüberwehte, hielt sie ihren Mantel mit der Hand in Höhe des Kragens zusammen. Soweit die locker sitzende ARC-Uniform dies erkennen ließ, war die mittelgroße Enddreißigerin schlank und von eher zierlichem Wuchs. Sie trug ihr lockiges, braunes Haar kurz. Zusammen mit ihren dunklen Augen und den klaren und gleichzeitig weichen Gesichtszügen verlieh ihr das ein fast südländisches Aussehen.

Carolyn Chandler gehörte zu den Menschen, die auch eine Uniform nicht verunstalten konnte, weil die Eigenart ihrer Person, ihre Ausstrahlung die entpersönlichende Wirkung aufhob, auf die die Gleichförmigkeit jeder Uniform letzten Endes ja abzielt. Abgesehen davon, dass sie natürlich verpflichtet war, ihre Uniform im Dienst zu tragen, war dies für sie auch eine Selbstverständlichkeit. Schließlich war diese Äußerlichkeit Ausdruck der Verpflichtung, die sie eingegangen war und die sie gleichzeitig mit all den Männern und Frauen um sie herum verband, die wie sie für ihr Land in einem Krieg standen, den ihnen Diktatoren aufgezwungen hatten und den sie zusammen für die

Sache der Freiheit siegreich beenden würden. Aber wie manchen ihrer Landsleute widerstrebte es auch ihr, diese Überzeugung mit hohlem Pathos nach außen zu kehren. Für sie war das eben eine Sache, die getan werden musste, ein Job, den man gut und entschlossen zu erledigen hatte. Punktum!

Dafür gab jeder sein Bestes und ging die täglichen Widrigkeiten nach Möglichkeit mit trockenem Humor und einer Portion Flapsigkeit an. „Benito finito, next Hirohito!" war eine der vielen Parolen, in denen diese Grundstimmung, wenn auch ein wenig großsprecherisch, zum Ausdruck kam. Die Achse der Diktatoren musste zerschlagen werden? Na schön, dann mal los! Aber bitte, nach Möglichkeit ohne unnötigen Überschwang!

Und klar, respektieren musste man die Uniform, aber sie deshalb gleich lieben? Das nun auch wieder nicht! Bei Zivilkleidung war das eine ganz andere Sache. Ihr dunkelrotes Sommerkleid zum Beispiel, das mit den schmalen Trägern, das so leicht und glatt auf der Haut lag, dass sie es fast nicht spürte, das liebte Carolyn tatsächlich sehr. Sie hatte es zuletzt bei dem Familienausflug im Frühjahr 1943 getragen, erinnerte sie sich. Das war kurz vor ihrer Abreise nach Nordafrika gewesen.

Damals hatte Dad die ganze Familie – ihre Mutter, den jüngeren Bruder und sie selber – ins Auto gesteckt und war mit ihnen rüber nach Atlantic City gefahren. Zum Baden war das Wasser natürlich noch zu kalt gewesen, und so hatten sie stattdessen wie früher am Strand Ball gespielt, hatten viel miteinander geplaudert und gelacht und ein herrliches Picknick gehabt. Doch nach diesen unbeschwerten Stunden schien sich jeder von ihnen in Gedanken mit der bevorstehenden Trennung zu beschäftigen. Gegen Abend, als sie Arm in Arm über die Holzbohlen der endlosen Strandpromenade schlenderten, hatten sie nachdenklich geschwiegen. Die Dämmerung hatte bereits eingesetzt, und die großen Kugelleuchten säumten in regelmäßigen Abständen den breiten Steg aus Holzbohlen wie eine Kette milchig schimmernder Vollmonde. Als mit der hereinkommenden Flut der von See her wehende Wind kühler, wurde, da hatte Dad ihr wortlos seine Jacke umgehängt.

Das war wenige Tage vor ihrer Einschiffung nach Afrika gewesen. Verständlicherweise hatte die bevorstehende Trennung ihre Stimmung gegen Abend doch getrübt. Als sie später in Dad's dunkelblauem Ford Victoria saßen und sich auf den Weg zu einem

Abschiedsessen in einem Diner irgendwo in der Stadt machten, waren sie alle erleichtert gewesen. Und während des Essens hatte sich die trüber Stimmung wieder verflüchtigt. Ohne dass es dafür einen bestimmten Grund gegeben hätte, war eine fast ausgelassenen Heiterkeit aufgekommen und sie hatten eine Weile darin gewetteifert, einander mit Scherzen und im Erzählen besonders lustiger Erinnerungen aus ihrer Familiengeschichte zu übertreffen. Als sie wieder etwas ernster geworden waren, versuchten sie einander mit guten Gründen in der Überzeugung zu bestärken, dass dieser Krieg eigentlich nicht mehr lange dauern konnte. Ihre Trennung, versicherte man einander, konnte nur noch von kurzer Dauer sein, alles werde glimpflich enden.

Oh ja, so etwas wie Liebe zu der weichen, leichten Kleidung des Friedens – das gab es. Gegenüber der strengen und praktischen Kleidung des Krieges blieb es für Carolyn beim Respekt. Doch dieser Respekt, der war, ihrem Naturell entsprechend, durchsetzt mit einer Spur freundlicher Respektlosigkeit.

So hatte sie sich zum Beispiel von Anfang an über ihre biedere Uniformjacke mit den vielen aufgesetzten Taschen amüsiert. Steckte man beispielsweise in die in Hüfthöhe aufgesetzten unnötig großen Außentaschen etwas, das nur ein wenig dicker war als ein Blatt Papier, so standen die gleich geradezu wichtigtuerisch ab wie kleine, seitlich umgehängte Brotbeutel und bescherten der so uniformierten Trägerin eine lächerlich ausladende Beckenregion. Und je nach Ausprägung der weiblichen Rundungen des Oberkörpers und dem jeweils individuellen Sitz der Jacke konnten die markanten Knöpfe, die die Klappen der Brusttaschen verschlossen, gelegentlich sogar zu anzüglichen Scherzen Anlass geben. Nüchterner und fast elegant wirkte dagegen der in weiten Falten bis über die Knie fallende, ebenfalls blaugraue Rock. Die helle Bluse, deren weiten, weichen Kragen man offen und über den Kragen der Jacke gelegt trug sowie die naturfarben hellen Seidenstrümpfe nahmen der strengen Kleidung glücklicherweise ebenfalls etwas von ihrer praktischen Nüchternheit und ließen erahnen, wie die manchmal vielleicht schon etwas bejahrteren Uniformträgerinnen wohl in weniger ernsten Zeiten, etwa als Schulmädchen, ausgesehen haben mochten. Und an den soliden schwarzen Schuhen gab es gar nichts auszusetzen, die hatte Carolyn bald schätzen gelernt. Sie waren zugleich fest und bequem und wirkten trotz ihrer halbhohen stabilen Absätze nicht klobig. Dazu

11

kam, dass in ihnen auch ihre empfindlichen Füße – denn mit einer solchen Empfindlichkeit war Carolyn leider gestraft – auf den langen und manchmal beschwerlichen Wegen, die sie zurückzulegen hatte, trotzdem gut aufgehoben waren.

Sie fischte aus ihrer Manteltasche das kleine, zerknitterte Schächtelchen mit der letzten Chesterfield, einem Überbleibsel aus einer K-Ration, und ließ sich von einem neben ihr stehenden Krankenpfleger Feuer geben, wobei der das brennende Streichholz umständlich mit der hohlen Hand gegen den vom Land her wehenden Wind schützen musste. Obwohl das Schiff bei seinem Einlaufen in den Hafen einen Bogen von fast neunzig Grad beschrieben hatte und so die Steuerbordseite, an der Carolyn stand, wieder von der tiefstehenden Sonne beschienen wurde, wollte es nun endgültig nicht mehr richtig warm werden. Also entschloss sie sich, vollends in ihren Mantel zu schlüpfen.

Inzwischen hatte sich die „Lincoln" noch mehr dem Land genähert und zog nun in einem Abstand von nur wenigen hundert Metern an der Küste vorbei. Auf dem etwas höher gelegenen Teil des Ufers oberhalb des Strandes zog sich schon seit einer Weile ein Gewirr ineinander verschachtelter weißer Häuser hin, die zu einem etwas ärmlicheren Vorort Bizertas zu gehören schienen. Schon von See aus waren auch hier deutlich Spuren der Zerstörungen zu erkennen, die die Bombardierungen und die Kämpfe um Bizerta und seine Hafenanlagen im letzten Frühjahr an ihnen hinterlassen hatten. Irgendwo hier hatten sich die letzten Reste des deutschen Afrikakorps vor genau einem Jahr verschanzt, bevor es kapitulierte. Während der Tage davor waren das Stadtgebiet und der Hafen von Bizerta tagelang von der US Army Air Force bombardiert worden. Und die hatte, wie man so schön sagt, ganze Arbeit geleistet und zusammen mit der Innenstadt und den Hafenanlagen eben auch die ärmlichen Wohnhäuser dort drüben zu einem großen Teil beschädigt oder ganz zerstört. An manchen der kleinen Häuser mit den flachen Dächern waren die Außenwände teilweise oder ganz eingestürzt und gaben den Blick in das dahinter liegende Innere frei, in dem sich mit tiefen Schatten schon die Nacht ankündigte. Die Menschenleere und die einsam aufragenden Mauerreste sowie der in Haufen und Wällen herumliegende Trümmerschutt ließen diesen Teil von Bizerta als unbewohnte Ruinenstadt erscheinen. Kein Wunder, das unter dem Eindruck dieses Anblicks Unterhaltungen und gelegentliches Gelächter an der Reling für eine Weile verstummten.

Nachdem die Lincoln langsam eine lange Mole umfahren hatte und eine tiefer in den Hafen hineinführende Wasserstraße kreuzte, drosselte sie ihre Fahrt und glitt in das große Hafenbecken. Dort hielt das Schiff auf einen von mehreren Piers zu, der noch nicht ganz von Schiffen aller Art belegt war. Auch hier im Hafen fielen zuallererst die Zerstörungen durch die Bombardierungen ins Auge. Die Kaimauer im Hintergrund, auf die die Piers rechtwinklig zuliefen, war an mehreren Stellen kraterförmig aufgebrochen. Ihre Trümmer waren teilweise ins Hafenbecken gestürzt und ragten nun an manchen Stellen über die Wasseroberfläche empor. Um den Kai wieder benutzbar zu machen, hatte man die durch die Bomben gerissenen Lücken provisorisch mit massiven Bohlenkonstruktionen überbrückt. Auch die Piers im Hintergrund wiesen an manchen Stellen klaffende Löcher auf, und auch hier hatte man sich in der Eile mit Überbrückungen aus dicken Balken beholfen, um die Schiffsanleger wenigstens wieder notdürftig nutzen zu können.

Erst beim Näherkommen erkannte Carolyn, dass es sich bei einigen der an den Kais liegenden Schiffe um Wracks handelte, deren Aufbauten und Bordwände an manchen Stellen rauchgeschwärzt waren und in deren Metall Geschossgarben und Bombensplitter gezackte Löcher in allen Größen gerissen hatten. Manche der Frachter lagen wie müde Tiere auf der Seite, andere reckten in grotesker Schräglage Bug oder Heck gen Himmel. Soweit sie noch lesbar waren, verrieten ihre Namen, dass es sich bei den meisten von ihnen um ehemalige italienische Transportschiffe handelte, die Rommels Truppen mit Nachschub versorgt hatten, bevor ihnen hier endgültig der Rückweg abgeschnitten worden war.

Im Hintergrund, jenseits der Kaimauer, schloss eine Reihe langgezogener mehrstöckiger Gebäude den Hafenbereich zur Stadt hin ab. Ihre Erbauer hatten offensichtlich versucht, ihnen mit Arkaden aus maurischen Bögen auf allen Stockwerken und anderem Zierrat ein möglichst orientalisches, nordafrikanisches Aussehen zu geben. Doch von dieser dürftigen Pracht war wenig übrig geblieben. Die Galerien der oberen Stockwerke waren größtenteils weggebrochen und hoch bis zu den ebenfalls beschädigten Dächern klafften große Lücken.

13

Der Hafen machte einen überfüllten, unübersichtlichen Eindruck. Wo immer sich eine freie Stelle geboten hatte und der Zustand der Hafenanlagen es erlaubte, hatten amerikanische und britische Lazarett- und Transportschiffe angelegt. Erstere um Menschen, medizinisches Material und Fahrzeuge für die Verschiffung nach Italien aufzunehmen, andere, um Fracht zu laden, die aufgetürmt in langgezogenen Hügeln auf den Hafenkais zur Verschiffung bereit lag, Nachschubmaterial für die Truppen in Italien. Zwischen den Kistenstapeln, deren helles Holz sich von der langsam dunkler werdenden Umgebung des Hafens abhob und längs der akkurat zu langgezogenen Pyramiden aufgereihten Treibstofffässer, ebenso wie am Fuße der mit riesigen dunkelgrünen Planen bedeckten Berge von undefinierbarem technischen Gerät herrschte ein verwirrendes Hin und Her von Soldaten und Fahrzeugen. Lastwagen kamen an oder fuhren ab, und über all dem schwenkten die Ladekräne der Frachter mit gleichmäßigen und ruhigen Bewegungen ihre langen Arme hin und her, hievten Lasten an Bord der Schiffe und versenkten sie in deren offenen Bäuchen.

Jetzt also war sie in Bizerta! Carolyn Chandler schnippte den Rest ihrer Zigarette über Bord und sah dem glühenden Punkt nach, der vom Wind in einem Bogen zum Schiff zurückgetrieben wurde, wo er dicht an der Bordwand im trüben Hafenwasser vollends erlosch und längs des schwarzen Schiffsbauchs zum Hecks trieb, wo er sich in dem Unrat, der das Wasser bedeckte, verlor. Für einen Moment schien es Carolyn, als habe sie auf dem kleinen weißen Stummel noch die rote Spur ihres Lippenstifts erkannt. Mit einer schnellen Bewegung streifte sie sich einen Tabakkrümel von der Unterlippe und wandte sich fröstelnd von der Reling ab.

Inzwischen hatten um sie herum an Deck Unruhe und Bewegung zugenommen. Die kleinen und größeren Gruppen, die an der Reling stehend ebenfalls die Einfahrt in den Hafen beobachtet hatten, lösten sich auf. Und auch für Carolyn war es höchste Zeit, sich für die Landung fertig zu machen. Die wenigen Minuten, die ihr noch blieben, bis die Lincoln an der freien Anlegestelle weiter vorne an der Kaimauer festmachen würde, wollte sie schnell nutzen, um noch einmal die Bordtoilette aufzusuchen. Da konnte sie vor dem Spiegel ihr Make-up auffrischen und ihre Frisur in Ordnung bringen. Denn wo immer auch sie sich den Tag über an Deck aufgehalten hatte – der Wind schien ihr überall hin gefolgt zu sein, war ihr beharrlich durch die Haare gefahren und hatte ihr die Locken ins Gesicht geweht. Das musste sie in Ordnung bringen. Und ganz zum Schluss, schon in der Drehung weg vom Spiegel, würde sie, wie immer und so ganz nebenbei, mit einem geübtem Griff den richtigen Sitz ihrer Uniformkappe mit dem angedeuteten Schild und der Schleife mit dem Rot-Kreuz-Emblem korrigieren. Doch, unternehmungslustig sollte sie schon sitzen, die Kappe, leicht nach links gekippt und ein klein wenig auf den Hinterkopf geschoben.

HELEN

Als das Lazarettschiff anlegte, zeigte es sich, dass das Chaos im Hafen sogar noch größer war, als es aus der Ferne den Anschein gehabt hatte. An den beschädigten Stellen der Kais oder zwischen den aufgetürmten Materialstapeln waren immer wieder Engstellen, an denen sich Fahrzeuge aller Größen stauten, die entweder beladen zu den Schiffen hinstrebten oder entladen das Hafengelände verlassen wollten. Die Knäuel aus Menschen und Fahrzeugen ließen sich dort nur langsam unter Hupkonzerten und unter viel Geschrei auflösen. Kleine Kisten wurden unter lauten Rufen der Stauer von den Ladepritschen der Lastwagen auf Rollbänder gehievt und verschwanden rumpelnd in den Bäuchen der Frachtschiffe, während über allem, lautlos und ein wenig bedrohlich, große Lastenbündel und sogar Fahrzeuge in den Verladenetzen der Schiffskräne schwebten.

Die ersten Verwundeten standen oder lagen auf Tragen an Land auch schon bereit. Die schwerer Verletzten unter ihnen wurden, von Pflegern gestützt, über die schwankende Gangway auf das Schiff gebracht, während die Gehfähigen gruppenweise und von weißgekleideten Krankenschwestern begleitet an Bord kamen.

Und über all dem Hin und Her, über den Rufen der Männer und dem Gehupe und dem Motorenlärm der Lastwagen erhoben sich die spitzen Schreie der Möwen, die in Schwärmen über dem Hafen von Bizerta, der eigentlich ihr Hafen war, kreisten und flatterten. Sie ließen sich nur zu kurzen Ruhepausen auf den Deckaufbauten der Schiffe nieder, stoben gleich darauf wie auf ein geheimes Zeichen schrill lärmend wieder auf und ließen sich nach ein paar Rundflügen über dem Hafen weiter entfernt erneut, aufgereiht wie Perlen auf einer Kette, auf dem First einer Lagerhalle nieder. Dort verweilten sie dann eine Zeitlang, manche von ihnen standsicher auf einem Bein, immer jedoch wachsam.

Vor dem Krieg hatte Carolyn als Einkäuferin für Macy's, das große Versandhaus in den USA, gearbeitet. Dabei hatte sie auf verschiedenen Kontinenten zu tun gehabt und mit der Zeit eine eher nüchterne Einstellung zum Reisen gewonnen. Nach einer Seereise jedoch war das Einlaufen in einen Hafen für sie immer noch ein besonderer und erwartungsvoller Moment geblieben. Dieses Mal jedoch mischte sich bei ihr in die gehobene Stimmung auch leise Besorgnis. Würde Helen, eine Krankenschwester vom 41. Feldlazarett und ihre Freundin, sie hier vom Hafen abholen können? So hatten sie es zwar in einem Telefongespräch vereinbart, aber nun kamen ihr Zweifel. Konnte Helen sie vor Einbruch der Dunkelheit in diesem Chaos überhaupt noch finden? Und woher, um alles in der Welt, woher konnte sie überhaupt wissen, wo und wann die Lincoln anlegte? Was, wenn sie sich verfehlten? Wie sollte sie in dieser verlassenen Ruinenstadt, in diesem Trümmerhaufen, in den Bizerta verwandelt worden war, bei einbrechender Nacht eine Unterkunft finden? Wie es schien, hatten sie einen alles andere als idealen Treffpunkt vereinbart. Und hatten sie denn die näheren Umstände ihres Treffens überhaupt genau genug abgesprochen? Nicht einmal darin war sich Carolyn mehr sicher. Von einem markanten Treffpunkt war in ihrem hastigen Telefongespräch jedenfalls nicht die Rede gewesen. Sie seufzte und musste einen inneren Widerstand überwinden, um ihren sicheren Platz auf dem Lazarettschiff aufzugeben und in dieses Gewühlt dort unten einzutauchen.

Aber nachdem sie die Lincoln verlassen hatte und auf dem Pier stand, war sie doch angenehm überrascht und erleichtert, wie einfach und schnell alles geklappt hatte. Zwei Krankenpfleger stritten sich fast darum, ihr Gepäck vom Schiff über die Gangway an Land tragen zu dürfen und ihr im Gedränge etwas Platz zu schaffen. Carolyn musste sich nur um den kleinen schwarzen Koffer mit ihrer Schreibmaschine kümmern, den hatte sie natürlich nicht aus der Hand gegeben. Als sie wieder festen Boden unter den Füßen hatte und sich in dem Trubel um sie herum zu orientieren versuchte, war sie schon zuversichtlicher. Sie stellte ihr Sachen ab und schob sicherheitshalber die Underwood noch ein bisschen näher an den ausgebauchten großen Segeltuchkoffer mit seinen zwei verblichenen roten Querstreifen heran.

Gerade als sie im Begriff war sich aufzurichten, hörte sie auch schon Helen, die laut ihren Namen rief und mit ihrer klaren Stimme den Lärm um sie herum mühelos übertönte. Während sie sich von der Reling herab noch in dem Gewimmel von Fahrzeugen und Menschen unter ihr zu orientieren versucht hatte, hatte ihre Freundin sie bereits entdeckt.

Über das ganze Gesicht strahlend und winkend und mit ihrem auf ihre störrischen blonden Locken nach hinten gerückten unvermeidliche Schiffchen kam sie durch das Gewirr von Menschen und Kisten auf Carolyn zu: Helen Schaefer aus dem jetzt so fernen Illinois, die der Krieg zum 41. General Hospital verschlagen hatte und mit der sie eine Freundschaft verband, seit sie die junge Krankenschwester im Herbst bei der Errichtung des Feldkrankenhauses bei Bizerta eine Woche lang Tag für Tag bei deren Arbeit begleitet hatte.

Carolyn hatte damals an einem großen Bericht gearbeitet, einer Reportage, die von all den Schwierigkeiten handeln sollte, mit denen die Krankenschwestern, Ärzte, Pfleger und die Bautruppen zu kämpfen hatten, bis sie auf irgendeinem gottverlassenen, kahlen Hügel auf der anderen Seite des Atlantiks, in Nordafrika, endlich ein funktionierendes Feldhospital eröffnen konnten. Sie hatte die Idee gehabt, diesen Bericht in Form eines bebilderten Tagebuchs zu verfassen. Stellvertretend für das ganze Team sollte in dessen Mittelpunkt eine klar umrissene, sympathische Person stehen. So hätten ihre Leserinnen und Leser die Möglichkeit, die sympathische junge Krankenschwester Helen Schaefer eine Woche lang bei ihren verschiedenen Arbeiten zu begleiten und all die unvermeidlichen kleinen und großen Triumphe und Rückschläge mitzuerleben, die mit ihrer täglichen Arbeit in so einem Field Hospital verbunden waren. Auf diese Weise, hoffte sie, würden die Menschen in den Staaten besser verstehen, was Tag für Tag im Schatten der großen weltbewegenden Nachrichten, abseits des Kriegsschauplatzes an kleinen Heldentaten vollbracht wurde. Den krönenden Abschluss schließlich sollte die Aufnahme des ersten Kranken in das neu errichtete Feldhospital bilden. Dass dann gerade dieser Soldat nicht mit irgendeiner dramatischen Verwundung eingeliefert wurde, sondern nur an der verbreitet grassierenden Diarrhö litt, nahm der Sache leider etwas von ihrem Glanz, machte dafür jedoch das Ganze doch auch wieder realistischer. Es waren ja gerade diese und andere Infektionen bis hin zu den verbreiteten Geschlechtskrankheiten – dieses ein wenig heikle Thema allerdings sparte sie in ihren Berichten für ihre Leserinnen und Leser in den Staaten dann doch lieber aus – obwohl es ein ernsthaftes Problem war, mit dem sich die Truppe und das Sanitätspersonal tagtäglich herumzuschlagen hatten.

Obwohl Helen stolz gewesen war, in dieser Story die Rolle der Hauptperson zu spielen, verfolgte sie das Tun der ARC-Korrespondentin an ihrer Seite in den ersten Tagen trotzdem mit leisem Argwohn. Ob es denn wirklich nötig sei, wollte sie wissen, auch über die Pannen, die Provisorien und die vielen Notbehelfe zu schreiben, mit denen sie in der Anfangsphase des Aufbaus zu kämpfen hatten? Würde das bei den Lesern zu Hause nicht einen falschen Eindruck davon vermitteln, was sie hier wirklich taten? Besonders für Fachleute stünden sie womöglich wie Stümper da, wenn die läsen, mit welchen einfachen Mitteln sie sich hier manchmal behelfen und improvisieren mussten.

„Also das solltest du vielleicht besser nicht bringen", schlug sie Carolyn dann halb im Spaß vor oder riet ihr: „Hör mal, das ist doch nicht so wichtig, könnte man das nicht auch einfach weglassen?" Und so ganz nebenbei war sie außerdem besorgt, dass die manchmal unfeine oder schlechte Ausdrucksweise, die ringsum Tag für Tag gang und gäbe war und der auch sie sich ein wenig angepasst hatte, in den Texten, die ihre Freundin verfasste, allzu wörtlich auftauchen könnte. Das hatte vielleicht mit ihrem religiösen Hintergrund zu tun, mit der methodistischen Erziehung, die sie in ihrer Jugend genossen hatte. Das vermutete Carolyn jedenfalls. „Schreib das bloß nicht wortwörtlich in deine Geschichte rein, hörst du? Das ist zu drastisch. Schreib's doch irgendwie anders, na, du weißt schon, eben besser. Du weißt doch, wie ich es wirklich gemeint habe!", wandte sie hier und da ein. Aber den meisten dieser Zensurversuche, wie sie Helens Einwände lachend übertrieben nannte, hatte Carolyn tapfer widerstanden. Letzten Endes war es auch gar nicht so schwer, ihre Freundin davon überzeugen, dass die Leser zu Hause in den Staaten bestimmt Verständnis dafür haben würden, dass man sich beim Errichten eines Field Hospitals mit über tausend Betten am Ende der Welt, dazu noch in einem Krieg, einfach nicht immer gesittet oder damenhaft ausdrücken konnte. Im Gegenteil, gerade eine ungekämmte und ehrliche Sprache würde die Leute zu Hause am ehesten ansprechen. Die meisten von ihnen redeten ja wohl selber auch gerade so, wie ihnen der Schnabel gewachsen war. Das hatte die junge Krankenschwester schließlich überzeugt.

Dass die Lazarettleitung der ARC-Berichterstatterin Carolyn Chandler für die Zeit ihres Aufenthalts beim 41. General Hospital ausgerechnet die viel jüngere Krankenschwester Helen Schaefer als ständige Begleitperson zugewiesen hatte, war ein Zufall gewesen. Aber die beiden hatten recht schnell Sympathie für einander empfunden. Helen stammte aus Bloomington, Illinois. Sie war die Älteste von drei Geschwistern und hatte nach ihrem Highschool-Abschluss eine Schwesternschule besucht und sich nach dem erfolgreichen Ende ihrer Ausbildung zum Dienst in einem US-Feldhospital beworben. Für sie war es selbstverständlich, dass sie jetzt, wo ihr Land sich im Krieg befand, mit ihren Fähigkeiten in den Streitkräften gebraucht wurde. Wenn alles vorbei war, würde sie mit all den Erfahrungen, die sie bei der praktischen Arbeit gemacht hatte, Medizin studieren und Chirurgin werden. Das stand für sie fest. Der Krieg wäre ja bestimmt bald vorbei, und mit 24 oder 25 Jahren war sie ja noch längst nicht zu alt für ein Studium. Dass sie bei ihrer praktischen Arbeit schon viel dazugelernt hatte, würde sie sich durch die Army bestätigen lassen. Der fehlende College-Abschluss war da doch bestimmt kein Problem.

„Wenn man mit all dem hier klargekommen ist, da packt man doch das College und später die Universität bestimmt mit links, oder?" Da war Carolyn ganz ihrer Meinung und hatte sie in ihren Zukunftsplänen bestärkt. Denn sie war überzeugt, dass Helen klug war, und konnte sich die junge Frau mit ihrer zupackenden und optimistischen Art sehr gut in dem Beruf einer Ärztin vorstellen. Lachend, aber doch auch halb ernsthaft, hatte sie ihr versprochen, drüben in den Staaten ihre beste Patientin werden zu wollen.

Und so hatte die ARC-Korrespondentin Carolyn Chandler den Aufbau des 41. General Hospitals, das ein paar Meilen südlich von Bizerta eingerichtet wurde, sozusagen vom ersten Spatenstich an begleitet. Anfangs hatte es an vielem gefehlt, sogar an Sitzgelegenheiten. Wie allen anderen auch war den beiden nichts anderes übrig geblieben, als ihren kargen „Mampf" (Originalton Helen) – er bestand anfangs nur aus dem, was die K-Rationen, die „K-rats" (wieder Helen) hergaben – mit „plattem Hintern" (nochmal Helen) im Freien auf dem Boden sitzend zu sich zu nehmen. Und in den ersten Nächten, noch bevor die Unterkünfte standen, lagen sie damals in ihren Schlafsäcken am Hang eines Hügels unter freiem Himmel und rauchten vor dem Einschlafen immer noch mal eine „letzte" Chesterfield, selbstverständlich nur wegen der Moskitos, wie sie sich gegenseitig versicherten. Und während sie schweigend rauchten, bewunderten sie abwechselnd die unglaublichen Massen flimmernder Sterne am Nachthimmel über ihnen und die samtschwarze, schwach glitzernde Fläche des Sees von Bizerta, der sich vom Fuß der Anhöhe, auf der sie lagen, nach Osten hin ausdehnte. Irgendwann hatten sie es aufgegeben, in dem unglaublichen Gedränge der funkelnden Lichter dort oben die vertrauten Sternbilder ihrer Heimat wiederzuentdecken. Wie sollte das auch möglich sein? Es war doch klar, dass hier in Afrika, so weit weg von zu Hause, auch die Sternbilder fremd sein mussten.

Das war in den ersten Septemberwochen des Jahres 1943 gewesen, und auf dem Flugfeld von Sidi Ahmed auf der Ebene zwischen dem Seeufer und dem Fuß des Höhenzugs, der sich zur Stadt hinzog, starteten und landeten damals bis spät in die Nacht hinein die Bombenflugzeuge und Transportmaschinen der Alliierten, die die Landung der Truppen bei Salerno oder sonst irgendwo auf dem „Stiefel" (wieder Helen) unterstützten. Damals hatte sie das auf- und abschwellende Motorengeräusch der startenden und landenden Flugzeuge bis in den Schlaf hinein verfolgt. Aber daran konnte man sich schließlich irgendwie gewöhnen, und außerdem waren sie von der Plackerei tagsüber einfach zu müde, um sich davon lange gestört zu fühlen.

Die Tage auf dem Höhenzug über dem See von Bizerta, dessen östliches Ufer bei Tageslicht nur als feiner Strich über der schimmernden Fläche auszumachen war, waren heiß und staubig, und Trinkwasser war eine rationierte Kostbarkeit. Es musste in Tankwagen von weither geholt werden, war lauwarm und roch selbstverständlich stark nach Chlor. Der dunkle Tankwagen, der alle paar Tage das kostbare Nass über die Piste den Hang heranschaffte, wurde jedes Mal mit Erleichterung begrüßt.

Carolyn hatte sich während ihres Aufenthalts beim 41. Feldlazarett von Anfang an nicht auf die Rolle einer passiven Beobachterin beschränkt, sondern sich soweit wie möglich an allen Arbeiten, die anfielen, beteiligt. Nachdem sie sich abends so gut es ging erfrischt und gegessen hatte, suchte sie sich mit ihrer Underwood abseits von den anderen in einem der fertiggestellten Feldhäuser ein Plätzchen, wo sie bei behelfsmäßiger Beleuchtung an ihrer Story arbeiten konnte. Für sie war das weniger eine Arbeit sondern vielmehr ein willkommener Ausgleich zu den ungewohnten körperlich anstrengenden Tätigkeiten während des Tages.

Es gefiel ihr, die Menschen, von denen ihre Texte handelten, mal behutsam und detailliert zu schildern, dann aber auch wieder herzhaft zu typisieren. Sie sollten für die Leser als Personen sozusagen greifbar und zu Charakteren werden, wie sie ihnen täglich auch auf ihrem Weg zur Arbeit oder in der Nachbarschaft begegnen konnten. Vieles von dem, was die Leute drüben in den Staaten über den Krieg lasen und hörten, war ja schon kompliziert und verwirrend genug. Umso mehr liebte man dann an den GI-Joes und den WAC-Mädels, den Frauen vom Women's Army Corps, über die Carolyn schrieb, deren einfache Geradlinigkeit oder den Humor, mit dem sie auch in nicht alltäglichen Situationen zurechtkamen. Außerdem versuchte sie trotz des ernsten Hintergrunds, den alle ihre Berichte und Stories aus dem Kriegsgebiet natürlich hatten, den Akteuren einen möglichst optimistischen Zug zu geben. Deshalb streute sie in ihre Texte heitere Episoden ein und lockerte ihre Geschichten mit kurzen Dialogen und manchmal sogar mit kleinen, witzigen Skizzen auf den freien Seitenrändern auf, die sie ihren Geschichten ein wenig ungelenk und aus dem Stegreif beigab.

Es war klar gewesen, dass sie eine Arbeitsuniform brauchen würde, und so hatte man ihr auf der Kleiderkammer gleich nach ihrer Ankunft eine mattgrüne Feldbluse und eine ebensolche Arbeitshose samt einer abgegriffenen Feldmütze mit einem großen, gekrümmten Schild ausgehändigt. Nur waren die Sachen für sie in passender Größe einfach nicht aufzutreiben gewesen. Es schien, dass sie für die Army einfach zu zierlich gebaut war, und so saßen die Kleidungsstücke ein wenig luftig an ihr. Aber was machte das schon! Wichtiger war doch, dass sie, wenn auch nur eine Zeitlang, nach außen hin als ein Teil des Teams auftrat. Und so hatte sie die Sachen, so wie sie waren, während ihrer Zeit beim 41. Gen. Hospital gerne getragen.

Während der ersten Tage wuschen Helen und sie ihre persönliche Kleinwäsche in einem Stahlhelm, den ein erfinderischer Mensch umgedreht auf einem wackeligen Dreibein befestigt hatte. Danach mussten sie ein abgeschirmtes Plätzchen finden, an dem sie und die anderen Frauen des Teams eine Leine spannen und ihre Wäsche aufhängen konnten. Denn die armen Kerle um sie herum sollten ja nicht unnötig in Verlegenheit gebracht werden, war man sich in geheuchelter Fürsorglichkeit einig. Doch das hinderte sie nicht daran, während der Arbeiten oder in den Pausen dazwischen immer wieder mal halblaut freundliche Respektlosigkeiten über die sie umgebende Männerwelt und deren gelegentliche Merkwürdigkeiten auszutauschen.

Dann wieder kämpften sie Seite an Seite entnervt gegen die Schwärme der aufdringlichen Fliegen an, mit denen sie sich manchmal um jeden Bissen streiten mussten, den sie in den Mund stecken wollten. Und immer wieder hatten sie ihre letzten Zigaretten miteinander geteilt, die sie nach sorgfältigem Suchen doch noch in einer der vielen tiefen Taschen ihrer Arbeitsanzüge entdeckten.

Als sie einmal gegen Ende ihres Aufenthalts beim General Hospital 41 Helen, die sonst so gerne lachte, mit geröteten Augen hinter der Waschbaracke entdeckte, in ihrer rechten Hand einen Brief, dem man ansah, dass er schon einmal zerknüllt und dann wieder glattgestrichen worden war, hatte Carolyn sich einfach neben sie gesetzt und die jüngere Frau eine Weile wortlos in den Arm genommen. Die hatte über den Inhalt des Briefes nicht reden wollen, aber allein Carolyns Anwesenheit und ihre verständnisvolle Geste halfen schon. Denn als Helen nach einer Weile aufstand, sich mit dem Handrücken die Tränen von den Wangen gewischt und ihr Schiffchen zurechtgerückt hatte, blieb sie, bevor sie um die Ecke des Feldhauses verschwand, noch einmal stehen, drehte sich zu Carolyn um und lächelte ihr zu.

Und jetzt also kam Helen strahlend auf ihre Freundin zu, und gleich darauf lagen sie sich lachend in den Armen.

„Carolyn, ach Carol, wie freu' ich mich, dass du kommen konntest! Wie schön, dass es geklappt hat und wir uns noch einmal sehen können! Stell dir mal vor, du kommst gerade noch rechtzeitig! Wir sind ja fast schon drüben in Italien! Ein paar Tage später und wir hätten uns glatt verpasst! Als ich gehört habe, dass du kommst, war es für mich klar, dass ich dein Empfangskomitee sein würde." Und etwas ernster: „Schade nur, dass du uns eigentlich nie bei unserer richtigen Arbeit erlebt hast. Es ist aber auch wie verhext! Immer erwischst du uns im vollem Durcheinander. Damals warst du beim Aufbau dabei und jetzt wieder beim Abbau! Aber ob du es nun glaubst oder nicht, wir haben in der Zwischenzeit tatsächlich auch ein paar Verwundete zusammengeflickt und Kranke geheilt – und nicht mal wenige, kann ich dir sagen. Das 41. hat sich auf Kopf- und Rückgratverletzungen spezialisiert, weißt du", fügte sie ernst hinzu. „Schlimme Sachen waren dabei, das kann ich dir sagen, schlimme Sachen." Beide schwiegen eine Weile.

„Tja, es sieht wirklich ganz so aus, als ob das unser Schicksal ist, Helen", antwortete Carolyn. „In Italien wird es uns bestimmt genauso ergehen", griff sie den Faden auf. „Denn wenn wir uns demnächst vielleicht in Neapel wiedersehen, werdet ihr euch da ja auch erst mal wieder neu einrichten müssen, oder?"

„Ach wo, Carol, in Neapel packen wir gar nicht erst aus! Wir sollen doch gleich weiter nach Norden verlegt werden. Offiziell wissen wir davon noch nichts, aber es ist ein offenes Geheimnis, dass das 41. in Rom eingesetzt wird. Wir hängen hier abwechselnd in jeder freien Minute am Radio, und es sieht so aus, als ob es in Anzio endlich bald weitergehen wird. Na und dann kann es nur noch Tage dauern, bis die Deutschen auch aus Rom 'rausfliegen." Helen war von dieser Aussicht regelrecht begeistert. „Man sagt, Rom soll die schönste Stadt der Welt sein. Ach, Carol, ich bin ja so gespannt! Und überhaupt – Italien!", setzte sie ein wenig schwärmerisch hinzu.

Nun ja, es war eben alles in Bewegung. Wenn schon nicht in Neapel, würde man sich eben in Rom wiedersehen. Was machte das für einen Unterschied?

Dass Carolyn Chandler noch einmal beim 41. Feldhospital aufgetaucht war, hatte allerdings nicht nur mit ihrer Anhänglichkeit zu tun, sondern seinen ganz praktischen Grund auch darin, dass es von hier nur ein Katzensprung zum Flugplatz Sidi Ahmed unten am See von Bizerta war. Und von dort wiederum war es nur ein Hüpfer nach Italien. Ein freier Platz in einer Militärmaschine nach Neapel oder nach Korsika, einer Zwischenstation sozusagen, würde hier einfach zu bekommen sein. Dass sich ihr Reiseplan außerdem noch mit einem Besuch bei ihren Freunden und vor allem mit einem Treffen mit Helen verbinden ließ, freute sie natürlich besonders.

Während sie Carolyns Gepäck zu Helens Wagen trugen, berichtete sie weiter, dass das General Hospital fast schon komplett aufgelöst und nach Neapel verlegt worden sei. Bis auf eine kleine Nachhut, die aus wenigen Schwestern und Ärzten sowie einigen abkommandierten GIs bestand, die ihnen bei den Abbauarbeiten zur Hand gingen, befand sich das gesamte Personal schon drüben, in Italien.

Dass gerade Helen sie vom Hafen abholte, freute Carolyn wirklich besonders. Seit sie vor einem Jahr damit begonnen hatte, ihre Berichte in die Heimat zu schicken, war sie einer Vielzahl von Menschen begegnet. Meist war sie mit ihnen nur dienstlich, manchmal aber auch menschlich in einen lockeren oder engeren Kontakt getreten, bevor man sich wieder aus den Augen verlor. Immer wieder transportierte sie ihre wenigen Habseligkeiten, ihren kleinen Haushalt, wie sie es nannte, von einem Ort zum nächsten, packte ihren Koffer mal aus und verstaute ihre Sachen bald darauf wieder – nur um irgendwo anders dasselbe Spiel zu wiederholen. Bei diesem manchmal turbulenten Leben war es für sie besonders wichtig, in dieser jungen Frau aus Illinois eine Freundin gefunden zu haben.

Ganz neu war das alles für sie ja nicht gewesen. In ihrem Beruf als Einkäuferin für Macy's hatte sie sich bereits vor dem Krieg an das Reisen gewöhnt, doch mit ihrer jetzigen Situation ließ sich die frühere, etwas bequemere und ruhigere Tätigkeit in Friedenszeiten doch nicht so recht vergleichen. Mit den Belastungen und Einschränkungen, die der Krieg sowieso schon mit sich brachte, hatte sie einigermaßen umzugehen gelernt. Nur waren mit den häufigen, manchmal schnell aufeinander folgenden Ortswechseln ja auch ständig wechselnde menschliche Kontakte verbunden, und das unablässige Auftauchen und Verschwinden neuer Gesichter ließ sie manchmal mit einem Gefühl der Einsamkeit zurück.

Dazu kamen die unvermeidlichen kleineren oder größeren Pannen und Unvorhersehbarkeiten, wie sie in einem Krieg auch hinter der eigentlichen Front normal waren, und auf die oft auch wieder überraschende, glückliche Wendungen folgen konnten. Solche seelischen Wechselbäder hatte sie zu Beginn ihrer Korrespondententätigkeit noch als aufregend und belebend empfunden. Doch seit einiger Zeit spürte sie immer mehr, wie solche Turbulenzen, je nach der Tagesform, in der sie sich befand, sie mal mehr, mal weniger belasteten. Zustände innerer Angespanntheit wechselten mit Müdigkeit ab. Auch beobachtete sie an sich manchmal eine scheinbar grundlose, gesteigerte Nervosität und unvermittelt auftretendes Kopfweh. Alles das und auch die Wetterfühligkeit, unter der sie früher eigentlich nie gelitten hatte, führte sie auf die unsteten, unvorhersehbaren Situationen und Wechselfälle zurück, die nun schon seit längerer Zeit ihr Leben bestimmten.

25

Dazu kam das ungewohnte Klima. Auf Tage voller Gluthitze konnten im Sommer Tage folgen, an denen sich der Libecciu zu regelrechten Staubstürmen auswuchs und unablässig an den Nerven zerrte. Dann wieder konnten in manchen Nächten weiter im Landesinneren die Temperaturen bis in die Nähe des Gefrierpunktes fallen.

Im letzten Herbst hatte sie erlebt, wie schier endloser Regen manche der trostlosen, graubraunen Küstenregionen in Algerien und Tunesien in unpassierbare Sümpfe verwandelte. Lastwagen waren bis zu den Achsen im Schlamm stecken geblieben und in manchen Feldhospitälern konnten Ärzte und Schwestern nur auf Umwegen oder auf unsicheren, schwankenden Bretterstegen in die Krankenreviere gelangen. Carolyn hatte mit Schrecken erlebt, wie in den Herbst- und Wintermonaten solche sintflutartigen Wolkenbrüche die Trockentäler des Atlasgebirges im Handumdrehen in reißende Ströme verwandelten, die Schotterpisten samt Fahrzeugen mit sich rissen.

Doch tapfer hatte sie sich vorgenommen, sich wegen all dieser kleinen und größeren Katastrophen nicht allzu viele Gedanken zu machen. Solange sie hier war, ließ sich daran sowieso nichts ändern, und im Vergleich zu dem, was viele der Einheimischen um sie herum ihr Leben lang zu ertragen und zu erleiden hatten, ging es ihr ja immer noch gut. Sie hätte es für taktlos und beschämend gehalten, über ihre eigenen Befindlichkeiten allzu viele Worte zu verlieren. Stattdessen bemühte sie sich, diese Unannehmlichkeiten, die ihr manchmal mehr, dann wieder weniger zu schaffen machten, wie einen ständig im Hintergrund mitlaufenden, störenden Dauerton hinzunehmen, an den man sich einfach gewöhnen musste. Mit ein wenig Glück gelang es ihr, den für eine Weile zu überhören. Ein, zwei Zigaretten und ein Kaffee, manchmal auch ein Gespräch konnten da schon ein wenig helfen. Und für hartnäckigere Fälle hatte sie immer einen Vorrat an Aspirin griffbereit.

Während die beiden Frauen sich auf dem Pier im Hafen von Bizerta unterhielten, hatten sie zusammen den schweren Koffer und den Rest von Carolyns Gepäck zu Helens Dodge getragen. Auf der Schutzplane, die von der Ladefläche bis über das Führerhaus des kleinen Lastwagens gespannt war, prangte auf dem Dach und an den Seiten groß das aufgemalte rote Kreuz im weißen Kreis. Doch unter der dicken, graugelben Staubschicht, die es überzog, war es allerdings kaum noch zu erkennen.

„Na dann los, wie damals!", rief Helen, als sie auf „eins und zwei und drei!" das schwerste Gepäckstück, den großen Segeltuchkoffer, mit Schwung gekonnt auf die Ladefläche hievten. Dann schwang sie sich geübt auf den Fahrersitz ihres türlosen Gefährts, ließ ihre Hände auf dem großen Lenkrad ruhen und beobachtete lächelnd ihre Freundin beim Einsteigen. Und es war auch wirklich sehenswert, wie Carolyn ein wenig umständlich nacheinander zuerst ihr schwarzes Schreibmaschinenköfferchen, danach ihre Musette-Bag und ganz zuletzt die lederne Handtasche sorgfältig im engen Fußraum des Fahrzeugs verstaute. Erst dann erklomm sie den Beifahrersitz und strich mit einer flinken Bewegung den Rock unter sich glatt, bevor sie sich hinsetzte. Und dann holte sie zu guter Letzt ihre lederne Handtasche doch wieder aus dem Fußraum unter sich hervor und stellte sie auf ihrem Schoß ab.

„Wie ich sehe, Carol, hat dir der ganze Zirkus hier bisher nichts anhaben können", lachte Helen. „Als ob du in New York oder sonst wo drüben in den Staaten in einem Taxi Platz nimmst! Und dazu kommst du immer noch daher wie aus dem Ei gepellt!", wunderte sie sich. „Man könnte meinen, du seist auf dem Weg zu einem Sonntagnachmittags-Ausflug! Ist das nicht auch ein bisschen anstrengend? Schau mich mal dagegen an!", lachte sie und zupfte an ihrem viel zu weiten und nicht mehr ganz sauberen Overall. „Weißt du was? Bleib doch einfach bei uns, da kannst du es dir bequem machen! Du bekommst auch wieder deine schlabbrigen, praktischen Army-Klamotten", versprach sie, und startete ihren Dodge. Doch bevor sie losfuhr, wandte sie sich noch einmal Carolyn zu und streckte ihr die Hände entgegen, gerade so wie ein Kind, das seine Finger auf Sauberkeit kontrollieren lassen will: Kurz und zackig, Handflächen nach oben – dann: drehen – Handflächen nach unten! „Jetzt schau dir doch das mal an, Carol", klagte sie. Tatsächlich, ihre Hände sahen ziemlich mitgenommen aus. Und so, als habe sie deren trauriger Anblick eines Besseren belehrt und von ihrem Vorschlag abgebracht, fuhr sie fort: „Nein, Carol, tu's besser doch nicht. Bleib bloß nicht bei uns. Du würdest bald genauso aussehen wie ich. Da – schau dir doch bloß mal meine Pfoten an! Hier, die Nägel – da und da eingerissen. Und erst die Haut! Die sieht von dem ganzen Chemiekram schon richtig mitgenommen aus. Jeden Tag diese Desinfektionsmittel und solches

Zeug. Bis sich das alles wieder erholt hat!", seufzte sie und ließ beide Hände auf das Lenkrad fallen: „Na und dann der Truck hier! Ich bin kein Autoschlosser, will ich auch nie werden! Aber bei Kleinigkeiten muss ich schnell trotzdem ran: aufladen, abladen, Motorhaube auf, Ölstand prüfen, Sprit auffüllen, Motorhaube zu – und so weiter. Manchmal fürchte ich, dass ich das Motoröl und den Staub aus den Hautfalten hier und unter den Fingernägeln gar nicht mehr weg bekomme." Das sagte sie in halb gespielt komischer, halb in echter Verzweiflung. Aber gleich darauf lachte sie wieder auf, ließ die Handbremse geräuschvoll ausrasten, legte ebenfalls unnötig lautstark den ersten Gang ein und setzte ihren Dodge mit einem kleinen Sprung nach vorne in Bewegung.

Und schon bald nachdem sie schwungvoll eine Reihe wartender Lastwagen umkurvt und deren Fahrern lässig zugewinkt und ein paar Zurufe mit ihnen ausgetauscht hatte, schien sie ihren Kummer ganz vergessen zu haben.

Als das Hafengelände mit seinen Schuppen und Mauern hinter ihnen lag und die Straße einen Schwenk machte, sodass sie wie gegen eine leuchtende Wand direkt in das Licht der untergehenden Sonne fuhren, murmelte Helen unwirsch etwas Unverständliches vor sich hin und hielt das Fahrzeug, nachdem sie den Hafenkanal auf einer Brücke überquert hatten, abrupt am Rand der Piste an. Sie sprang aus dem Wagen, zog von unter dem Fahrersitz einen Lappen hervor, klopfte ihn am Kotflügel kräftig aus und begann, mit großzügigen Wischbewegungen die Windschutzscheibe vom gröbsten Staub zu befreien. Sie tat das ausgesprochen gekonnt, indem sie sich mit dem linken Fuß auf der Schräge des Kotflügels abstützte und sich mit der rechten Hand an dem stabilen Gestänge des Seitenspiegels emporzog, um sich daran festzuhalten. Wie nebenbei nahm sie mit ihrem rechten Fußes auf der Traverse der niedrigen Fahrertür einen sicheren Stand ein. Was für ein atemberaubendes Manöver!, bewunderte Carolyn ihre Freundin im Stillen.

„Hey Carol, pass bloß auf, dass sie dir nicht deine Handtasche oder die Underwood klauen!", rief Helen ihr zu, und deutete, ohne ihre akrobatische Position zu verändern, mit dem Kopf in Richtung einer Gruppe von Kindern. Die hatten ein Stück weit abseits an der Straße gewartet und stürmten nun mit Geschrei auf sie zu. Im Handumdrehen wurden die beiden Frauen von einer Schar größerer und kleinerer Jungen und Mädchen jeden Alters umringt, die schreiend um den Wagen hüpften. Aus dem Gelärme konnte Carolyn nur die Wörter „Smoke" und „Gum" heraushören. Helen hatte inzwischen wieder ihren Sitz am Steuer eingenommen. Sie griff seitlich an der Rückenlehne vorbei hinter sich und zerrte einen kleinen, offenen Karton hervor.

„Für solche Fälle sammle ich hier drin immer das Zeug aus den K-Rationen, das unsere Leute nicht so mögen und liegen lassen", erklärte sie und warf den Kindern lachend Kaugummis, Biskuits und Schokoriegel zu. „Alles, bloß keine Zigaretten!", erklärte sie. „Manchen von unseren Leuten, die auch nett sein wollen, ist das leider egal. Aber ich finde, es ist doch ein Jammer, wenn man Sechsjährige mit einer Kippe in der Hand rauchend am Straßenrand stehen sieht. Na und Spambüchsen mit Schweinefleisch sind natürlich ganz tabu! Klar, geht aus religiösen Gründen nicht!", erläuterte sie mit ernstem Gesicht.

Inzwischen sprangen die Kinder unter lautem Geschrei und Gejauchze kreuz und quer um den Dodge herum, um die Schätze aufzufangen, die Helen ihnen zuwarf oder um die bunten Kostbarkeiten vor den anderen aus dem Straßenstaub zu ergattern. Als die Kühnsten unter ihnen bereits Anstalten machten, auf die Trittbretter zu klettern, wehrte Helen sie mit wedelnden Handbewegungen ab und fuhr weiter.

Die Straße längs des Kanals, die die Hafendocks mit dem südlich liegenden See von Bizerta verband, führte weiter nach Tunis und war bei den Luftangriffen der Alliierten im Frühsommer des vergangenen Jahres ebenfalls dementsprechend stark in Mitleidenschaft gezogen worden. Wegen ihrer Bedeutung, die sie als Verbindung zwischen den Hospitälern im Süden der Stadt und dem Hafen sowie mit dem Landesinneren hatte, war sie gleich nach der Kapitulation von Rommels Afrikakorps und dem Ende der Kämpfe, so gut es in der Eile möglich war, ausgebessert worden.

Sobald die beiden Frauen die Stadt hinter sich gelassen hatten, kamen sie zügiger voran. Mit der Geschwindigkeit nahmen auch die Fahrgeräusche in dem offenen Lastwagen zu und zwangen sie, ihre Unterhaltung zu unterbrechen. Zu ihrer Linken ging der Kanal, der bis dahin parallel zur Straße verlaufen war, in offenes Gewässer über, das sich abwechselnd verengte und sich dann wieder zu Teichen und größeren Lagunen erweiterte. In ihnen spiegelten sich die Wolken des dunkler werdenden Abendhimmels. Rechts von der geschotterten Straße zog sich schon seit einiger Zeit ein nicht allzu hoher Bergrücken hin, hinter dessen höchsten Erhebungen die niedrig stehende Sonne ab und zu schon verschwand. Die Farben begannen, aus der Landschaft zu weichen und an ihrer Stelle machte sich ein stumpfes Grau breit, in dem sich das niedrige Buschwerk, das die Hänge hinaufwucherte, kaum noch von dem nackten Gestein unterschied, das gelegentlich aus dem Gestrüpp ragte.

Hin und wieder musste Helen die Fahrt verlangsamen. Mal wegen eines Rudels streunender Hunde, das sich hartnäckig an der formlosen Masse eines überfahrenen Tieres oder an Abfall am Straßenrand zu schaffen machte und auch durch wildes Hupen kaum zu vertreiben war, dann wieder wegen neu entstandener Schlaglöcher, die sie zu überraschenden Ausweichmanövern zwangen. Flache Wasserlachen dagegen waren für sie kein Hindernis, die durchfuhr sie temperamentvoll mit rauschenden Reifen, ohne die Geschwindigkeit zu verringern. Carolyn kannte ihre Freundin und war nicht überrascht, dass ihr das Spaß machte.

Mit dem Sinken der Sonne war es noch kühler geworden, und Carolyn, die wegen der fehlenden Türen des Fahrerhauses dem Fahrtwind ausgesetzt war, spürte, wie die Kälte ihr langsam die Beine hochkroch. Sie war deshalb erleichtert, als Helen endlich die Geschwindigkeit verringerte, von dem breiten Fahrweg abbog und hangaufwärts einer Abzweigung folgte, die zum 41. General Hospital führte.

Auf den ersten Blick schien die ganze Anlage wieder auf etwa den Umfang geschrumpft zu sein, in dem Carolyn sie im September des vergangenen Jahres, noch während der Aufbauphase, verlassen hatte. Die Zeltstadt, zu dem das Feldlazarett zwischendurch einmal angewachsen war, als es Tausende von Verwundeten und Erkrankten aufgenommen hatte, war wieder verschwunden. Ihre frühere Ausdehnung längs des sanft nach Osten abfallenden Hanges war nur noch an dem regelmäßigen Gittermuster der Fahrwege und den kahlen Rechtecken der Zeltumrisse zu erkennen. Auf manchen dieser Flächen hatte man der Einfachheit halber die Bretterböden zurückgelassen, andere waren an den Schotterunterfütterungen oder den Einebnungen zu erkennen, mit denen man die Schräge des Hanges auszugleichen versucht hatte. Es war tatsächlich eine große Anlage gewesen, staunte

Carolyn. Und dabei war deren ganzes Ausmaß in der vorangeschrittenen Dämmerung nicht einmal zu überblicken.

Die wenigen übrig gebliebenen elektrischen Lampen beleuchteten nur noch eine freie Fläche von ein paar hundert Quadratmetern, den ehemaligen Eingangsbereich und die Fahrzeugabstellplätze des Hospitals. Hier standen noch die Baracken, in denen Notaufnahme, Triage, die Intensivabteilung sowie die Verwaltung und die Offiziers- und Mannschaftsmessen mit den angeschlossenen Küchen untergebracht gewesen waren. Dass die Nissenhütte mit den Waschräumen und Toiletten noch standen, freute Carolyn besonders. Irgendwo hinter einem der flachen Gebäude brummte ein Generator, und in den Lichtinseln unter den schwarzen, schüsselförmigen Blechlampen mit ihren weißen Innenseiten umtanzten Schwärme von Nachtfaltern die großen Glühbirnen.

Wie Carolyn von ihrer Freundin erfuhr, waren schon seit der Mitte des vergangenen Monats keine Verwundeten mehr aufgenommen worden, während man gleichzeitig damit begonnen hatte, die noch vorhandenen bettlägerigen und transportfähigen Patienten nach und nach mit Flugzeugen oder Lazarettschiffen nach Italien in die dort neu eingerichteten Hospitäler zu überführen. Besonders problematische Fälle jedoch hatte man in die Vereinigten Staaten zurückverlegen müssen.

In der auf das Stammpersonal zusammengeschmolzenen Gruppe des Sanitätspersonals und bei den zum Abbau abkommandierten Helfern hatte sich in dieser Schlussphase eine eigenartige Stimmung breitgemacht. Zustände der Ermattung und auch der Langeweile wechselten mit hektischer Aufbruchsstimmung. Die organisatorischen Umzugsvorbereitungen, das Inventarisieren, Katalogisieren und Packen sowie der langwierige und anstrengende Abbau des Hospitals selber hatten alle Beteiligten mit der Zeit ermüdet. Und dann waren da ja noch, wenigstens in der ersten Zeit, die verbliebenen Kranken, die bis zu ihrer Verlegung weiter betreut werden mussten. Das waren besondere Belastungen, die bei manchen mit der Zeit schon Überdruss hervorrufen konnten. Darunter litt manchmal das Bestreben, Schritt für Schritt die vorgegebenen zeitlichen Abläufe und Termine der Auflösung und des Abbaus einzuhalten und wich manchmal müder Routine oder gelegentlich sogar einer gewissen Lässigkeit.

Manches davon hatte Helen ihrer Freundin gegenüber während der Fahrt nur angedeutet, anderes auch offen angesprochen. Es war zum Beispiel vorgekommen, dass Krankenakten unauffindbar verpackt und von den Patienten getrennt wurden. Natürlich hatten solche und andere kleinere oder größere Pannen oder Verluste und Schäden am Material im Team gelegentlich zu Spannungen geführt. Dass Teile des Material- und Instrumentenbestandes an andere Feldhospitäler abgetreten werden mussten, hatte natürlich auch nicht gerade Begeisterung ausgelöst.

Nun jedoch hatte man das Gröbste hinter sich und jetzt, wo man nur noch wenige Tage auf diesem unwirtlichen, kahlen Bergrücken zubringen musste, waren diese Unannehmlichkeiten so gut wie vergessen. Man war froh, diesen öden Teil Nordafrikas hinter sich lassen zu können. Mit Italien und vor allem mit der weltbekannten Stadt am Fuße des Vesuvs und ihrer malerischen, weiten Bucht verband man dagegen angenehme Vorstellungen und Erwartungen.

Als Carolyn und Helen eintrafen, saß das, was vom medizinischen Personal und an Helfern übriggeblieben war, bunt gemischt in der ehemaligen Offiziersmesse an ein paar zusammengeschobenen Tischen und wartete in gehobener Stimmung auf das Abendessen. An einige der Frauen und Männer, die die Neuankömmlinge mit Hallo begrüßten, konnte sich Carolyn noch gut erinnern, und zu ihrer Freude wurde auch sie von ihnen wiedererkannt und herzlich begrüßt.

Ein freier Platz fand sich im Handumdrehen und als sie auf ihrem Feldstuhl zwischen den anderen saß, war ihr zu Mute, als sitze sie hochgestimmt an einer festlich gedeckten Tafel. Sie schaute sich um. Die mit einem schmalen, roten Rand verzierten Teller aus dickem, weißen Porzellan und ebenso das glänzende altmodische Besteck waren ganz gewiss nicht Army-Standard. Ebenso wie die vornehmen französischen Ballongläser, aus denen statt teurer Weine nun Coca Cola getrunken wurde, stammte die ganze Pracht bestimmt aus einem der zerbombten Nobelhotels im zerstörten Zentrum Bizertas. Sonderlich überrascht war Carolyn von dem kultivierten Zubehör der Tafel nicht. In einem ihrer Berichte über die alltäglichen Probleme beim Aufbau der Hospitäler und Gemeinschaftseinrichtungen der Army hatte sie auch ausführlich das Improvisationstalent und den Erfindungsreichtum der GIs hervorgehoben. Dabei hatte das sogenannte „scavenging" eine besondere

Rolle gespielt. So nannten die Soldaten ihre manchmal abenteuerlichen Streifzüge, die sie, so wie offenbar hier in Bizerta, auch in anderen bombardierten Städten Nordafrikas mit ihren Lastwagen unternahmen. Bei diesen Streifzügen durchstöberten sie die halb oder ganz zerstörten Hotels, Fabriken und andere vielversprechende Gebäude nach allen möglichen brauchbaren Dingen. Das konnten mal Ausgussbecken, Boiler oder Karteischränke sein, dann wieder ganze Holzstapel, aus denen sich rohes Mobiliar oder wenigstens Zeltböden herstellen ließen. Für solche Fahrten fanden sich schnell aufeinander eingespielte Gruppen von Spezialisten zusammen. Das waren meist Männer mit handwerklichem Geschick, die außerdem einen Blick für ergiebige Fundstellen hatten oder solche, die darin auch nur einfach eine Abwechslung von dem üblichen Army-Alltag suchten und Gefallen an kleinen Abenteuern hatten. Runzelte auch manch einer anfangs die Stirne über diese etwas ungewöhnliche Art der Materialbeschaffung, die „moonlight channels", wie man das Organisieren jenseits des Dienstweges nannte, so ließ sich andererseits doch nicht leugnen, dass die Erfolge der Sammler und Jäger den Alltag in den Hospitälern und für die Truppe angenehmer machen konnten. Das ließ die Kritik an den scavengers verstummen.

„Eine Coke, Jahrgang 44", stellte der Sanitätssergeant, der neben Carolyn saß, mit schlecht imitiertem französischem Akzent fest und hielt mit Kennerblick sein Glas gegen das Licht, als wolle er die Farbe des Getränks prüfen. „Im Körper etwas füllig, so, wie es sich für eine Coke gehört, dabei am Gaumen prickelnd und seidig-süß im Abgang", stellte er fest. Während dieses Teils seiner Expertise hatte er mit immer noch erhobenem Glas und halb geschlossenen Augen die Flüssigkeit ein paar Mal geräuschvoll im Mund bewegt und dann gedankenvoll geschluckt.

„Ich hätte es nicht für möglich gehalten", versicherte er mit ernsthafter Miene, „aber unsere gute, alte amerikanische Coke schmeckt aus diesen französischen Gläsern einfach noch besser." Das müsse er sich merken, zu Hause würde er es ebenso machen. Bestimmt könne er ein paar von den Gläsern in die Staaten mitnehmen, ohne dass sie zu Bruch gingen.

„Alle Achtung, Sergeant, Sie sind ein lebendes Beispiel für die kultivierende Wirkung, die Kriege eben auch haben können. Aber sowas wollen die ewigen pazifistischen Nörgler selbstverständlich nicht wahrhaben", kommentierte ein Oberarzt schräg über den Tisch hinweg die kleine Einlage des Sanitätssergeanten und fachte damit das Gelächter der Umsitzenden erneut an.

Obwohl es natürlich sehr unwahrscheinlich und nur ein Zufall war, dass die Köche der Offiziersmesse dieses Festessen zu Carolyns Begrüßung zubereitet hatten und das Team sich ihr zu Ehren an dieser festlichen Tafel versammelt hatte, gefiel es ihr für einen Moment, die Situation dennoch so zu erleben.

Und ein regelrechtes Festessen war es in der Tat! Als Vorspeise wurde in den großen, weißen Tellern eine leuchtend rote Tomatensuppe serviert, auf der kleine Würfel gebackenen Toastbrotes schwammen. Carolyn spürte Löffel für Löffel, wie die mild-süße, heiße Flüssigkeit sie von innen her wieder aufwärmte und die Wärme sich von der Mitte ihres Körpers langsam überallhin bis in ihre Hände und Füße ausbreitete.

Als zweiten Gang trugen zwei Gefreite auf einer spiegelblanken Metallplatte einen wahren Berg einzeln gebratener Scheiben von Spam auf. Dazu gab es gedämpften Mais, der in zwei großen Porzellanterrinen wie angehäufte Goldkörnchen schimmerte. Crackers aus den K-Rationen und halbierte, hartgekochte Eier sowie Flaschen mit Tomatenketchup waren auf einzelnen Tellern in Abständen über die ganze Länge der Tischreihe hin verteilt. Und an Getränken konnte man zum Essen zwischen Kaffee, eisgekühltem Wasser oder eben Coca Cola wählen. Als Nachtisch schließlich wurden Ananasscheiben auf Icecream gereicht.

Wie Carolyn von Helen bereits erfahren hatte, hatte sie, ohne es zu wissen, den Zeitpunkt ihrer Ankunft glücklich gewählt und war so tatsächlich gerade rechtzeitig zu dem Abschiedsessen eingetroffen, mit dem die Nachhut des 41st General Hospital ihren Abschied von Afrika feierte.

Nach der Mahlzeit saß man noch in kleinen Gruppen zusammen und erinnerte einander an die besonders dramatischen oder lustigen Ereignisse und Situationen der vergangenen Monate. Ein anderes, noch wichtigeres Thema war natürlich die Verlegung nach Europa und was einem die nächsten Wochen und Monate drüben in Italien wohl bringen mochten. Als habe man sich abgesprochen, vermieden es alle, die entspannte Stimmung des Abends durch unangenehme Erinnerungen oder düstere Vermutungen über die Zukunft zu trüben.

Doch ein ganz schlichter Grund dafür, dass diese gelöste Grundstimmung anhielt, war sicherlich auch, dass jemand aus der

Notfallapotheke der Küche noch zwei Flaschen Whiskey hervorgezaubert hatte. Und so standen als Gruß aus der Heimat zwei Flaschen „Four Roses" auf dem Tisch, denen man je nach Neigung oder Bedarf zusprach.

Noch lieber wäre es ihm ja, sinnierte Carolyns Tischnachbar laut, wenn statt der zwei Flaschen „Four Roses" vier Flaschen „Two Roses" auf dem Tisch stünden. Für diesen hintersinnigen Beitrag erhielt er in der Runde wiederum begeisterte Zustimmung und Applaus.

Mit der Zeit hatte sich Zigarettenrauch wie eine flache Nebelbank über den Tischen ausgebreitet und um die Lampen unter dem Firstbalken der Baracke tanzten in wirren Kreisen immer zahlreicher die Nachtfalter Afrikas. Als sich schließlich die ersten Moskitos bemerkbar machten, beendete man die Gespräche und flüchtete sich müde auf die Feldbetten und unter den Schutz der Moskitonetze.

Jemand hatte Carolyns Gepäck in eines der leergeräumten Ordinationszimmer in einer der letzten noch intakten Baracken gebracht. Als sie nach dem Duschen den schwach erleuchteten Raum betrat, war sie freudig überrascht: Unter einem aufgespannten Moskitonetz schimmerte ihr aus dem Halbdunkel weiß bezogen und einladend ein Feldbett entgegen. Die unvermeidliche Längsmulde, die sich in der mehr oder weniger durchhängenden Segeltuchbespannung dieser Liegen normalerweise bildete, hatte man durch eine geschickt der Länge nach mehrfach gefaltete Decke ausgeglichen und mit einem weißen Laken überzogen. Über so viel Fürsorglichkeit musste Carolyn gerührt lächeln.

Als sie endlich das Moskitonetz von innen sorgfältig wieder zwischen Feldbett und Decke geschoben hatte und lang ausgestreckt zwischen den glatten Tüchern ihres Bettes lag, atmete sie tief durch. Das also war ihre allerletzte Nacht auf dieser Seite des Mittelmeers, ging es ihr durch den Kopf.

Und weil es ein Abschied war, der, wie die meisten Abschiede auch nachdenklich machte, weckte er in Carolyn neben dem Gefühl der Geborgenheit, das sie unter dem schützenden Baldachin empfand, auch Erinnerungen daran, wie es früher gewesen war, wenn sie als Mädchen zu Ferienbeginn vom College nach Hause gekommen war. Jedes Mal hatte sie sich damals schon lange vorher mit einer Postkarte oder einem Brief angekündigt und nie vergessen, sich zur Begrüßung eines ihrer Lieblingsgerichte zu wünschen. Das war bei ihnen zu Hause zu einer festen Tradition geworden. Und wenn sie später nach dem gemeinsamen Abendessen müde die Treppe hochstieg und die Tür zu ihrem alten Zimmer öffnete, tauchte sie wieder in den mit der Zeit etwas schwächer gewordenen, aber immer noch unverwechselbaren Duft ihres Zimmers ein, der sie durch ihre ganze Kindheit hindurch begleitet hatte.

Und lag sie dann in ihrem frisch bezogenen Bett, waren auch all die vertrauten Geräusche wieder da, die sie in der Zwischenzeit beinahe vergessen hatte, die Stimmen der Eltern, die gedämpft aus dem unteren Stockwerk wie aus der Ferne zu ihr drangen, vielleicht das Klappern von Geschirr oder leise Radiomusik aus dem Wohnzimmer, wo Dad in der Zeitung blätterte. Und noch später, wenn es im Haus schließlich ganz still geworden war und sie vielleicht noch nicht schlief, kamen sachte die Geräusche der Nacht zu ihr, und sie lauschte wie früher auf das das trippelnde Ticken ihrer kleinen Wanduhr und vernahm im Sommer das leise Rascheln, mit dem der Nachtwind durch die Blätter des großen Apfelbaums draußen im Garten strich.

Carols Gedanken waren nun jenseits des Meeres, tausende Meilen entfernt und wieder zu Hause angekommen. Sie wurden träger, kreisten ein Weilchen um die Frage, wie es wohl sein würde, wenn sie nach dem Ende dieses Krieges ihre Uniformen abgelegt hätte und um den Tisch in der Küche säße, wenn es keine Spitäler voller junger Männer mehr geben müsste und es in ihren Gesprächen wieder um die ganz normalen Dinge des Alltags gehen würde und man nicht, wie jetzt, unweigerlich beim Thema Krieg landete. Aber konnte man denn wirklich dort weitermachen, wo man vor diesem unseligen Krieg aufgehört hatte? Konnte wirklich alles wieder so sein wie früher? Oder würde man nach einer Weile nicht wieder verstummen, weil die Eindrücke der letzten Jahre doch stärker waren als die stilleren Themen des Friedens und sich nicht einfach so wegwischen ließen?

Sie hörte, wie sich draußen Schritte näherten und wieder entfernen. Jemand war an ihrem Feldhaus vorbeigegangen. Durch das geschlossene Fenster drangen von weitem Bruchstücke einer Unterhaltung an ihr Ohr. Jemand lachte auf, andere Stimmen fielen ein.

Warum machte sie sich eigentlich solche nutzlosen Gedanken? Wenn dieser Spuk, der die Welt nun schon seit fünf Jahren heimsuchte, endlich vorbei wäre, müssten doch alle einfach nur erleichtert sein. Und aus diesem befreienden Gefühl heraus würden dann alle mit guten

Vorsätzen neu anfangen. Und weil Gott in seiner Güte die Menschen auch mit der Gabe des Vergessens beschenkt hatte, wäre für manch einen die Last der schlimmsten Kriegserinnerungen mit der Zeit wohl leichter zu ertragen.

In der Ferne, sehr weit weg, schlug ein Hund an. Ein zweiter und dritter antwortete ihm. In dem Schwebezustand zwischen Wachen und Träumen, in den sie langsam glitt, war Carolyn endgültig wieder in die Vergangenheit ihres Elternhauses zurückgekehrt. Sie lag in der Geborgenheit ihres Mädchenzimmers in ihrem Bett, und die Hunde, die dort in der Nacht bellten, das waren nicht mehr unbekannte Hunde in einem fremden Land, sondern die Hunde in der Nachbarschaft ihrer Kindheit, von denen sie die meisten mit Namen gekannt und nach Kinderart heiß geliebt hatte.

Aber bekam man mit vierzig Jahren denn wirklich noch Heimweh und waren Hunde nicht einfach doch nur Hunde? Im Schwebezustand zwischen Wachen und Schlafen, in diesem kurzen, geistesabwesenden Moment außerhalb der Zeit, der manchmal dem Einschlafen vorausgeht, im Zwielicht der Erinnerung konnten längst vergessene Bilder und Gefühle wieder auftauchen und sich zu etwas Bekanntem, scheinbar längst Vergessenen zusammenfinden, um sich bald darauf wieder zu trennen, sich aufzulösen, so wie sich ein Schwarm von Nachtfaltern nach dem Verlöschen des Lichts wieder in der Dunkelheit zerstreut.

Als einige Zeit später drüben vom Flugfeld von Sidi Ahmed eine Kuriermaschine abhob und mit dröhnenden Motoren die Fensterscheiben ihrer Baracke leise zum Klirren brachte, schlief Carolyn bereits. Es war vielleicht irgendeine B-25, die zu einem Routineflug nach Norden gestartet war, über die See, nach Italien oder zu einem Milk Run, wie die Piloten diese Kurierflüge in Erinnerung an ähnliche Fahrten nannten, die in ihrer weitläufigen Heimat der Versorgung einsam liegender Farmen dienten. Das Dröhnen der Flugzeugmotoren, die im Steigflug schwer arbeiteten, schwoll an, füllte für ein paar Augenblicke die ganze Himmelskuppel aus und brachte sie zum Vibrieren. Nachdem die Maschine ihre Flughöhe erreicht hatte und der Pilot auf Kurs ging, verebbte das Geräusch ebenso schnell, wie es ausgebrochen war.

B-25 MITCHELL

Um sich die Chance auf einen frühen Weitertransport über das Meer nach Italien nicht entgehen zu lassen, hatte sich Carolyn schon früh am nächsten Morgen von Helen zum Flugfeld von Sidi Ahmed bringen lassen. Und tatsächlich hatte sie Glück, denn noch am frühen Vormittag sollte eine Maschine, eine B-25, starten, versicherten ihr die Männer in der Baracke am Rande des Flugplatzes. Die würde zwar nicht direkt nach Neapel fliegen, aber immerhin über Sardinien nach Korsika. Und von dort aus würde man weitersehen. „Nur nicht versehentlich in einen der Warbirds einsteigen, die weiter oben im Norden den Fritzen einheizen, Lady", konnte sich einer von ihnen nicht verkneifen.

Und nun stand der metallene Vogel, der sie mitnehmen sollte, in einiger Entfernung abseits der Startbahn und wartete, ebenso wie sie, nur noch auf die Piloten. Ihr Gepäck hatten sie zwar schon mal in die Maschine verladen, aber danach waren die Männer noch einmal in einer der Baracken am Rand des Flugfelds verschwunden. Carolyn war das ganz recht, weil es ihr Zeit zum Verschnaufen gab. Glücklicher hätte der Tag für sie gar nicht beginnen können, freute sie sich.

Und so saß sie schon zu früher Stunde sehr entspannt an der Rückseite einer der Baracken am Rand des Flugfelds und genoss die Wärme der Morgensonne. Die Bank, auf der sie saß, schien wie für sie gemacht zu sein. Mit ihrer Sitzmulde und der wunderbar geschwungenen Rückenlehne passte sie sich vollkommen ihren Körperformen an. Sie hatte das gute Stück gleich wiedererkannt. Es war eine dieser altertümlichen und unglaublich bequemen Metallbänke, auf denen sie schon im Jardin du Luxembourg in Paris gesessen hatte. Doch dieses Exemplar hier übertraf ihre Pendants auf dem Kontinent in einer hübschen Einzelheit, die dem geübten Blick der Einkäuferin bei Macy's natürlich nicht entgangen war: Die stämmigen Beine der dunkelgrün lackierten Bank endeten nämlich, wie es sich für afrikanische Bänke auch gehörte, in stilisierten Löwenpranken! Zwar hatte ihre Lackierung nicht nur an den Beinen sondern auch hier und dort auf der gelochten Sitzfläche gelitten. Aber dass das gute Stück ein wenig ramponiert

38

aussah, störte sie nicht, im Gegenteil. So konnte Carolyn ihrer Phantasie freien Lauf lassen. Wahrscheinlich hatte die Bank in Friedenszeiten an einer der palmenbestandenen Avenuen Bizertas gestanden, vielleicht sogar vor dem Hotel, aus dem auch das noble Geschirr in der Offiziersmesse des 41. Gen. Hospitals stammte, bevor alles zusammen durch die Kriegswirren bis hierher auf den Hügel über dem See von Bizerta oder auf das Flugfeld von Sidi Ahmed verschlagen oder besser gerettet worden war. Jedenfalls hatten die Jungens von der US Army Air Force, die sich in der Stadt umgeschaut und in deren Trümmern herumgestöbert hatten, auch das gute Stück, auf dem sie saß, mitgebracht.

Den Kaffee, den ihr einer der Männer in dem Office herausgebracht hatte, stand neben ihr auf der Bank. Die Tasse war noch halb voll und daneben lag, ebenfalls in Griffweite, ihr Zigarettenetui. Eine Zeitlang überflog Carolyn in ihrem Notizbuch noch einmal die Eintragungen der letzten Tage und ergänzte sie hier und da um ein paar Kleinigkeiten. Manches davon veränderte sie, anderes strich sie ganz. So ging sie meist bei ihren ersten Vorbereitungen für einen künftigen Artikel vor.

Dann aber entschied sie, dass der Morgen doch zu schön und dieser besondere Moment, in dem sie zwischen Afrika und Europa verharrte, zu kostbar sei, um ihn mit der üblichen Arbeit zu vertun. Also schob sie den gelben Drehbleistift hinter die Schließlasche ihres in Leder gebundenen, abgegriffenen Notizbüchleins und ließ es auf den Schoß sinken. Sie schloss die Augen, und während das Licht der Morgensonne wie durch einen warmroten Schleier durch ihre Augenlider drang, spürte sie, wie sich die Rücken ihrer Hände, die auf den Oberschenkeln ruhten, angenehm erwärmten. Nein, hier gab es nichts mehr zu tun. Drüben, auf dem neuen Kontinent, würde es weitergehen, da wäre es dann wieder an der Zeit, neue Texte zu verfassen. Im Moment jedoch wollte sie das Warten genießen, was selten genug vorkam. Sie hoffte, dass sich die beiden jungen Männer in der Baracke in ihrem Rücken sich Zeit lassen würden.

Von dort drangen gedämpftes Stimmen und ab und zu das Geräusch von Schritten auf dem Holzboden durch die dünne Bretterwand an ihr Ohr. Von Zeit zu Zeit lachte jemand laut auf und in irgendeinem der Räume dudelten unentwegt die zurzeit üblichen

Swingmelodien aus einem Radio. Gerade war es „Sentimental Journey", ein Song der zurzeit unglaublich beliebt war. Carolyn summte mit geschlossen Augen ein paar Takte mit. Sie lächelte. Ein passenderes Abschiedskonzert konnte sie sich eigentlich gar nicht wünschen.

Nach einer Weile öffnete sie wieder die Augen, warf den Rest ihrer Zigarette in eine Pfütze, die vom letzten Regen in einer vertieften Radspur stehen geblieben war und trank noch einen Schluck Kaffee. Der war inzwischen zwar nur noch lauwarm, aber das störte sie nicht weiter. Sie dachte nicht daran, ihn wegzuschütten. Sie kannte sich. Irgendwann, wenn es vielleicht gerade mal wieder keinen gab, dann würde sie sich unweigerlich an diese letzten weggegossenen Schlucke erinnern und die Verschwendung bereuen, belächelte sie ihre Prinzipienfestigkeit.

Jenseits eines Streifens steppenähnlichen Brachlandes, das an das Flugfeld grenzte, dehnte sich bis zum Horizont der große See von Bizerta. Als sie vorhin mit Helen von der Anhöhe hierher herabgefahren war, hatte sie die Lagune fast in ihrer ganzen Ausdehnung bewundern können. Nur die Seeufer zu beiden Seiten lagen noch verborgen im morgendlichen Dunst. Doch geradeaus, nach Osten hin, bildete die Grenze zwischen Wasserfläche und Himmel schon eine haarfeine, klare Linie und die Wasserfläche glitzerte in der Sonne.

Carolyn schirmte ihre Augen mit der Hand gegen die Helligkeit ab und beobachtete einen Möwenschwarm, der weiter draußen aufgeregt über einer unsichtbaren Stelle auf der Wasseroberfläche kreiste. Die großen Vögel mit den leicht geknickten Schwingen ließen sich eine Zeitlang fast reglos von dem sanften Wind tragen, bevor sie unvermittelt hinabstießen, um gleich darauf wieder in weiten Kreisen aufzusteigen. Ihre schrillen Schreie drangen trotz der großen Entfernung bis zu ihr herüber.

Der morgendliche Abschied von den Leuten des 41. General Hospitals gleich nach dem Frühstück war schnell und herzlich verlaufen. Sie alle waren durch die allgemeine Aufbruchsstimmung, in der sie sich befanden, beflügelt, und außerdem, so versicherte man sich gegenseitig immer wieder, wäre es ja sowieso nur ein Abschied für kurze Zeit. Einen Grund für übertriebene Sentimentalitäten gab es daher nicht. Stattdessen traf man scherzhaft optimistisch übertriebene Verabredungen oder ermahnte sich gegenseitig. „Also dann, bis bald am Vesuv!", hieß es, oder, an Carolyn gerichtet,: „Flieg aber versehentlich bloß nicht gleich bis nach Berlin weiter!"

Bevor man sich trennte, hatte Dr. Walker ihr unter dem Beifall der Umstehenden noch in einer humorvollen kleinen Zeremonie als Überraschung ihren alten Arbeitsanzug samt Schiffchen überreicht, den sie im September letzten Jahres während ihrer gemeinsamen Zeit vorübergehend gegen ihre Rot-Kreuz-Uniform eingetauscht hatte. Beim Ausräumen und Packen waren die Sachen in irgendeiner abgelegenen Ecke der Kleiderkammer wieder aufgetaucht. Glücklicherweise hatte man sie zur Seite gelegt, und Helen hatte sie dann gleich nach ihrem Telefonat mit Carol soweit hergerichtet, dass man sie ihr feierlich zur Erinnerung überreichen konnte. Den Anzug – Hose und blusenartige Jacke – hatte sie sorgfältig so zusammengelegt, dass der in schwarzen Schablonenbuchstaben aufgedruckte Name seiner früheren Benutzerin deutlich sichtbar auf der linken Seite der Bluse prangte: Carolyn Chandler ARC.

„Egal, wo wie wir uns wieder treffen, Carol, ob in Neapel oder sonst wo, heb' dir die Sachen bloß gut auf. Denn falls du mal Lust hast, wieder feste bei uns Hand mit anzulegen", war Doktor Walkers Kommentar gewesen, „dann hast du sie gleich wieder zur Hand!" Alle hatten beifällig gelacht und geklatscht und Carolyn war gerührt. Nun war ihr auch klar, warum Helen am gestrigen Abend, als sie einander im Hafen begrüßt hatten, an ihrer Feldbluse gezupft und ihr zu einem Kleiderwechsel geraten hatte. Wirklich, ein passenderes Geschenk hätten sie ihr zu ihrem Abschied nicht machen können.

Als sie ein bisschen ratlos auf ihren prallen Koffer geschaut hatte, in den mit dem besten Willen nichts mehr hineinzuzwängen war, stellte sich heraus, dass sie auch an dieses Problem gedacht hatten: Einer der Umstehenden holte grinsend hinter seinem Rücken einen länglichen Beutel mit Tragegurten hervor, einen Haversack! Das sei die Lösung! Carolyn solle ihre Musette-Bag doch einfach gegen diesen Haversack tauschen. Da gehe mehr rein und zünftiger sei der obendrein. Schließlich befinde sie sich ja nicht auf einem Schulausflug, zu dem so ein Brotbeutelchen wie die Musette-Bag doch eher passe. Sie solle nur mal überlegen, wie viele Geschenke und Souvenirs aus Italien sie in dem Haversack in die Staaten mitnehmen könne. Niemand wisse, wie lange sich dieser lausige Krieg noch hinziehen werde und was dabei so alles

41

von hier bis Berlin an Andenken zusammenkommen werde. Gedämpftes Gelächter in der Runde.

Nach dieser kleinen Zeremonie hatte sich die Gruppe schnell zerstreut, denn jedem fiel noch dies und das ein, was unbedingt erledigt werden musste. Mit ein paar Leuten tauschte Carolyn auch noch Adressen aus, wobei Helen besonderen Wert darauf legte, die ihre mit einer fast noch mädchenhaften, ein wenig linksgeneigten Handschrift eigenhändig in Carolyns kleines Büchlein einzutragen. Die hatte sie dabei von der Seite beobachtet. Helen benutzte die Schulter eines Sanitäters als Schreibunterlage und presste beim Schreiben konzentriert die Zungenspitze gegen ihre Oberlippe. In diesem Moment versuchte Carol sich vorzustellen, ob sie in der jüngeren Frau eher eine viel jüngere Schwester oder eine etwas früh geborene Tochter sehen sollte und amüsierte sich im selben Moment bei diesem Gedanken über sich selbst. Als ob es beim Abschiednehmen auf solch einen albernen, schematischen Einordnungsversuch ankäme! Sie waren Freundinnen und würden einander nicht aus den Augen verlieren, das war es, nicht mehr, aber auch nicht weniger! Sie würden Briefe wechseln, in Kontakt bleiben.

Schon vorher hatte Carolyn versprechen müssen, Helen nach dem ganzen Schlamassel, wie die Jüngere den Krieg respektlos bezeichnete, in ihrem Heimatort, in Bloomington in Illinois, zu besuchen. Dorthin würde sie nämlich zurückkehren und zuerst einmal ihren College-Abschluss nachholen. Carolyn müsse unbedingt ihre Eltern und Geschwister kennen lernen, und dann würden sie im Sonnenschein – denn es war klar, dass bei ihrem Treffen die Sonne scheinen würde!- durch das Zentrum des Ortes und über den großen Platz vor der Town Hall schlendern, würden Schaufenster anschauen und auf einer Bank im Park den besten Icecream der Welt genießen. Den gab es nämlich in Pete's Drugstore, drüben an der Ecke, gleich neben der Bank. Und wenn es soweit war, konnten sie dort auch gleich auf den Stundenschlag und das Glockenspiel der Uhr mit dem großen, weißen Zifferblatt im Rathausturm warten. Alles das hatten Helen und sie sich schon im letzten Herbst hingebungsvoll in allen Einzelheiten ausgemalt.

Nachdem ihre Freundin den Dodge gewendet und sich auf den Rückweg gemacht hatte, hatte Carolyn versucht, das entschwindende Fahrzeug mit dem großen roten Kreuz im weißen Kreis auf seinem Weg oben längs des Hanges nicht aus den Augen zu verlieren. Aber irgendwann verschwand das mattgrüne Armeefahrzeug doch hinter ein paar Bodenerhebungen und größeren Büschen, und auch die Staubwolke, die nach seinem Verschwinden als trüber Schleier noch für kurze Zeit in der Luft hing, löste sich auf.

Als ihre Augen nicht mehr angestrengt dem verschwindenden Fahrzeug folgen mussten, wurden sie wieder empfänglicher für die zart wechselnden Farbschattierungen über den Hangflächen des Höhenrückens im Westen. Das kalte Einerlei aus stumpfem Grau, das am gestrigen Abend Büsche und Gestein ineinander hatte übergehen lassen, beschränkte sich jetzt auf ein paar schroffe Felspartien, die aus dem Buschwerk herausragten. Über die ganze restliche Fläche verteilt, zogen sich bis hinauf zur Kammlinie des Höhenrückens große, geschlossene Kissen leuchtend gelb blühenden Ginsters, die in der Ferne wie Wolken aus leuchtend hellem Dampf über dem Hang lagen.

Ein leichter Westwind trug von dort oben ein fremdartiges, süßes Aroma bis zu Carolyn herab, und über allem wölbte sich ein tiefblauer Himmel, an dem schwach sichtbar die durchsichtige Scheibe des Mondes hing. In ein oder zwei Nächten würde sie sich vollends runden.

Nordafrika machte ihr den Abschied schwer. Die Fülle all dieser Eindrücke versetzte sie in einen Zustand, der an Ergriffenheit grenzte, und sie verspürte den unerfüllbaren Wunsch, all die Bilder und Eindrücke dieses Morgens ungeschmälert mitnehmen und für immer und ohne den kleinsten Verlust in Erinnerung behalten zu können.

Dann schaute sie hinüber zu der Maschine, die sie nach Korsika mitnehmen würde. Nach Korsika also, nun gut. Eigentlich hatte sie ja auch gar nicht ernsthaft mit einem Flug direkt nach Neapel gerechnet. Und immerhin war Korsika und damit das Hauptquartier des 57. Bombergeschwaders eine sehr gute Zwischenstation. Von dort aus würde sie bestimmt schnell eine Maschine finden, die sie zum italienischen Festland brächte. Bei ihren Reisen in den letzten Monaten war es manches Mal vorgekommen, dass sie ganze Tage auf einen freien Platz in einem Transportflugzeug hatte warten müssen. So gesehen hatte sie heute großes Glück gehabt.

Auf dem Weg nach Ajaccio auf Korsika würde man nur kurz auf einem Flugfeld auf Sardinien einen Zwischenstopp machen, hatte ihr der Pilot erklärt. Irgendwelche Lebensmittel sollten da geladen werden, die für ein US-Lazarett in Ajaccio bestimmt waren. Danach müssten sie auf dem Flugfeld von Campo del Oro bei Ajaccio auf auf eine Fracht für Krankenhäuser ganz unten in Süditalien warten. Medikamente, Instrumente und dergleichen. „Tja, liegt leider nicht auf Ihre Strecke", hatte der Pilot bedauert.

Eine amüsante Vorstellung, fand Carolyn. Der Bauch eines Bombers voller Hühnereier, Tomaten, Salat und Medikamente. Schon in der Heiligen Schrift hieß es ja, dass Schwerter zu Pflugscharen werden sollten. Wenn man jetzt daranging, aus Bombern Eiertransporter zu machen, war das eine hoffnungsvolle Aussicht, fand sie und merkte diesen Gedanken schon einmal als einen Aufmacher in einer ihrer nächsten Glossen vor.

Doch, gegen Mittag würden sie auf jeden Fall auf Campo dell Oro bei Ajaccio landen, hatte der Pilot ihr versichert und es war Carolyn aufgefallen, dass er bei den Erklärungen, die er ihr zum Ablauf des Fluges gab, darauf Wert zu legen schien, die italienischen Namen korrekt auszusprechen. Ob das vielleicht schon die Wirkung des näher gerückten europäischen Festlands war?

Während ihres Aufenthalts in Nordafrika hatte Carolyn Gelegenheit genug gehabt, die verschiedenen Flugzeugtypen der US Army Air Force voneinander unterscheiden zu lernen. Bei dem Warbird da drüben – die Männer nannten ihre Maschinen manchmal auch Warbird – handelte es sich um eine B-25 Mitchell, einen gedrungen wirkenden, zweimotorigen taktischen Bomber. Das hatte sie schon aus der Ferne festgestellt. Als sie ihn jetzt aus der Nähe musterte, fand sie, dass die Maschine so, wie sie drüben am Rande des Rollfeldes stand und geduckt und mit ausgebreiteten Tragflächen wie zum Sprung bereit zu warten schien, in der Tat eine entfernte Ähnlichkeit mit einem dicklichen Vogel hatte. Einmal lag das natürlich an dem leichten Knick ihrer Tragflächen, dann aber auch an der waagrechten Stellung des Rumpfes und dem graubraunen Tarnanstrich, dem Desert Tan, der sie der vorherrschenden Farbe der Landschaften Nordafrikas angleichen sollte. „Kommt langsam etwas aus der Mode, diese Farbe", fand sie. Jetzt, wo der Krieg über das Mittelmeer gesprungen war und sich immer mehr über den grüneren Landschaften Europas abspielen würde, musste der Vogel sich wohl wie ein Chamäleon mit einem matten Grün der Farbe der nördlicheren Felder und Wälder anpassen.

Für einen Moment versuchte sie, sich das Flugzeug als einen anderen, friedlicheren Vogel vorzustellen, leuchtend weiß zum Beispiel, mit gelbem Bug und einem mennigroten Fahrgestell. Den unermüdlichen Möwen dort draußen über dem See würde es jedenfalls verblüffend ähneln. Fragte sich nur, ob die Möwen ihn als einen der Ihren akzeptieren würden.

Carolyn hatte diesen Flugzeugtyp schon einige Male beim Abflug beobachten können. Am Boden, noch vor Beginn des Fluges, wenn sie sich auf unebenem Gelände träge mit den Tragflächen wackelnd von ihren Parkplätzen aus in Bewegung setzten und gemächlich lärmend hin zur Startbahn rollten, glichen sie tatsächlich dicken, unbeholfenen Vögeln. Hatten sie jedoch erst einmal die glatte Rollbahn erreicht und die Starterlaubnis erhalten, nahm mit anschwellendem Lärm ihrer Motoren ihre Geschwindigkeit zu und sie hoben überraschend schnell und laut vom Boden ab. Ab diesem entscheidenden Moment überwanden sie ihre anfängliche Hilflosigkeit und schwebten nun scheinbar mühelos und mit wieder ruhiger laufenden Motoren in ihrem eigentlichen Element.

„Ces rois de l'azur, maladroits et honteux", ging es ihr durch den Kopf. Wie ging das Gedicht noch mal weiter? Richtig: „Ce voyageur ailé, comme il est gauche", hieß es dann. Doch ab dieser Zeile ließ ihr Gedächtnis sie im Stich. Sie lächelte. Es war doch zu lange her. Was wohl Mr. Coulin, ihr Französischlehrer im letzten Jahr auf dem College, zu dieser etwas kühnen Assoziation und dem Griff in den eisernen Vorrat ihrer College-Bildung sagen würde? Ach was, er wäre bestimmt stolz auf seine Schülerin. „Ganz recht", hätte er vielleicht zugestimmt, und: „Typisch Carolyn, mit Baudelaire und einem Strauß böser Blumen durchs Leben!" Scherze dieser Art waren eine seiner Spezialitäten gewesen.

Inzwischen hatte sich ein Lastwagen über die Startbahn genähert und stoppte seitlich neben der B-25. Nach einer kurzen Diskussion zwischen dem Fahrer und dem Kopiloten begannen die Männer die Fracht vom Lastwagen in die Maschine umzuladen. Viele Kisten waren es nicht, jedoch schienen einige von ihnen schwer zu sein und wurden mit besonderer Vorsicht behandelt. Es musste sich um medizinisches Gerät handeln, das in die Hospitäler, die nach Italien verlegt wurden, gebracht wurde, vermutete Carolyn. Alles fand im umgebauten Bombenschacht Platz.

45

„Na dann, Miss Chandler, wir wären jetzt soweit", rief der Pilot ihr zu. Er war auf seinem Weg vom Büro der Flugfeldleitung zum Flugzeug in ihrer Nähe stehen geblieben und nahm seine Uniformmütze ab, um sich umständlich und ein wenig altväterlich mit einem großen rotweiß karierten Taschentuch den Schweiß von Stirn und Hals zu wischen.

„Genau so haben das bestimmt seine Vorfahren in Kansas gemacht, wenn sie hinter dem Pflug eine Verschnaufpause einlegten", dachte Carolyn und sie hätte ihn beinahe gefragt, ob er nicht zufällig wirklich aus Kansas komme. Nach der Art zu schließen, wie er beim Sprechen in einen leicht näselnden Singsang verfiel, war das gar nicht einmal so abwegig.

„Tja, schon jetzt am frühen Morgen ist es für diese Jahreszeit eigentlich ein bisschen zu warm, würde ich meinen. Sogar für Afrika", fuhr der Pilot fort und blinzelte nachdenklich zum Himmel empor. „Eine Warmfront, schlechtes Wetter im Anmarsch, schätze ich. Sagen übrigens auch die Jungens von der Flugleitung. Na ja, bevor es losgeht, sind wir aber auf jeden Fall schon drüben auf Korsika. Bis so eine Wetterfront wirklich angekommen ist, kann es dauern", beruhigte er Carolyn, als er ihren besorgten Blick bemerkte. „Doch, doch, bevor das Sturmtief da ist, sind wir schon drüben und haben es geschafft, bin ich mir sicher", versuchte er nochmals sie zu beruhigen. „Wir werden einen ruhigen Flug haben. Und Jerry wird uns auch nicht mehr belästigen. Die Deutschen haben jetzt weiter oben im Norden, in Italien, alle Hände voll zu tun. No, Sir, keine bösen Messerschmidts mehr am Himmel!", lachte er.

„Dave, die Fracht ist fertig umgeladen", erstattete der Kopilot Meldung. Er war vom Flugzeug herübergekommen und verstaute im Gehen die gefalteten Frachtpapiere in der Innentasche seiner weit geschnittenen Fliegerjacke. Jetzt war es also soweit! Carolyn angelte mit der Zehenspitze nach ihrem linken Schuh und schlüpfte hinein, stand auf und stampfte ein paar Mal leicht mit dem Fuß auf, bis der richtig hineingerutscht war. Es kam darauf an, den linken Schuh nicht ganz so eng zu schnüren wie den rechten. Nachdem sie ihren Kleinkram geordnet und die Kaffeetasse ins Büro in der Baracke zurückgebracht hatte, ging sie mit den Piloten zu dem wartenden Flugzeug hinüber.

Dessen Noseart war Carolyn schon von weitem aufgefallen, doch aus ihrem vorigen Blickwinkel war sie teilweise durch die Tragfläche und einen der Motoren verdeckt gewesen. Als sie nun seitlich unterhalb der Pilotenkanzel standen, konnte sie das grellbunte Bild eingehender studieren. Sehr originell war das Motiv wahrlich nicht. Wieder einmal hatte ein Künstler auf der Aluminiumhaut eines Bombers seinen und den Traum seiner Kameraden von einer spärlich bekleideten, verführerisch lächelnden Blondine wahr werden lassen.

Das Mädchen mit dem üppig wallenden, schulterlangen Haar lehnte sich in halb liegender Stellung lässig zurück und lächelte dem Betrachter aus der Höhe unterhalb der Pilotenkanzel verführerisch zu. Dabei umfasste sie mit der linken Hand das Knie ihres linken, angestellten Beines, während sie das rechte dem Betrachter gestreckt in seiner ganzen, atemberaubenden Länge präsentierte. Mit dem typischen auflockernden Griff ihrer rechten Hand brachte sie ihre Haarpracht noch besser zur Geltung. Doch da sie sich dabei mit dem Ellenbogen auch irgendwie abstützen musste, hatte ihre Haltung etwas Erzwungenes. Andererseits kam in dieser Position ihre ungewöhnlich großzügig geratene Oberweite in dem hauteng sitzenden, lachsroten Badeanzug besonders gut zur Geltung. „Auf die Dauer ein bisschen hart, diese Stellung, Süße. Halt bloß durch, Mädel", ging es Carolyn spöttisch durch den Kopf, „der Krieg kann noch länger dauern!" Der Name dieses Traumgeschöpfs, der zugleich der der Maschine war, lautete Alabama Belle, wie die ebenfalls üppig schwellenden roten Lettern des eleganten Schriftzugs unter dem Gemälde verrieten.

„Nein, was das Wetter anbetrifft, Madam, brauchen Sie sich wirklich keine Sorgen machen.", beruhigte sie nun auch noch lachend und zusammenhanglos der Kopilot, der ihrem Blick gefolgt war. „Dave hat recht, es wird keine Probleme geben! Und mit dem alten Mädel hier, mit der Alabama Belle fliegen Sie absolut sicher, fast wie im Traum, würde ich mal behaupten." Während er das sagte, reckte er sich in die Höhe und stellte sich vergeblich auf die Zehenspitzen, als wolle er den unerreichbar hoch liegenden Schenkel der bunten Südstaatenschönheit über ihm tätscheln. „Unter uns", fuhr er mit gedämpfter Stimme fort, „das hier ist nämlich Daves Großmutter, müssen Sie wissen. Die hat uns bis jetzt immer vor den bösen Deutschen beschützt. Seit sie bei uns ist, hatten wir mit denen keine wirklichen Probleme mehr. Kann ja auch gar nicht anders sein, denn wenn die Jerrys sie sehen, sind sie nämlich einfach hin und weg, k.o., verstehen Sie? Die kriegen dann Stielaugen und vergessen glatt zu schießen." Er wandte sich grinsend zum Piloten um, der hinzugetreten war: „Stimmt doch Dave, oder?"

47

„Nee Kumpel, stimmt nicht!", erwiderte der lachend. „Nix Alabama! Meine beiden Großmütter waren waschechte Kansas-Girls. Und nun nimm mal deine Pfote von dem Bein der Dame! Ich bin nämlich ein bisschen eifersüchtig, wie du weißt. Und wenn du weiter lose Witze in Gegenwart einer Lady machst, steigst du nachher über der Meerenge zwischen Sardinien und Korsika aus, klar? Aber ohne Fallschirm!" Und damit gab er seinem Kopiloten einen leichten Klaps mit der Schirmmütze. Zu Carolyn gewandt fuhr er fort: „Aber in einem hat er recht, Lady, die Deutschen fliegen hier wirklich schon lange nicht mehr rum. Sonst könnten wir ja auch keine Milk Runs durchführen."

Und ernster, geschäftsmäßig: „Na gut, ihre Sachen haben wir ja schon verstaut, die liegen vor den Kartons mit den Medikamenten und dem anderen Zeug aus dem Hospital, etwas weiter hinten im Rumpf. Am besten, Sie setzen sich auf den Sitz des Bordfunkers. Der ist unbesetzt, den, also den Sitz, den sehen Sie gleich, wenn Sie oben sind. Das ist der Klappsitz gegenüber von dem ganzen Funkkram. So haben Sie auch das Interkom direkt vor sich. Das erkennen Sie an den Kopfhörern. Ach ja, vielleicht wissen Sie nicht, wie der Bordfunk funktioniert? Ist eigentlich ganz einfach: Kopfhörer aufsetzen und beim Sprechen immer den Knopf oben auf dem Kästchen, das dranhängt, gedrückt halten. Wenn Sie dann umgekehrt uns hören wollen, den Knopf einfach loslassen! Und am besten laut reinschreien, wenn Sie mit uns reden wollen. „Bei dem Lärm in der Kanzel vorne verstehen wir Sie sonst nicht." Schon im Gehen drehte er sich noch einmal um und fügte hinzu: „Dass ich's nicht vergesse, anschnallen müssen Sie sich eigentlich nur beim Start und bei der Landung. Na ja, und wenn wir während des Fluges Turbulenzen bekommen, dann auch – aber das geben wir Ihnen schon rechtzeitig durch."

„Ja, und sollten Sie sich zwischendurch mal langweilen, Lady, dann krabbeln Sie doch einfach über den Bombenschacht zu uns nach vorne, bei uns ist immer was los, ist doch so, Dave, oder?" Es wurde immer klarer, stellte Carolyn fest, der junge Kopilot war eine ausgesprochene Frohnatur.

Dafür, dass nun der endgültige Abschied von Afrika bevorstand, blieb glücklicherweise nur wenig Zeit für tiefer gehende oder gar sentimentale Gedanken. Das fand sie auch ganz gut so.

Während die Piloten sich noch unter der Nase des Flugzeugs zu schaffen machten, enterte sie den Rumpf der Maschine und ließ es sich nicht nehmen, die leichte Aluminiumleiter eigenhändig einzuziehen und die Luke von innen zu verschießen. Dann schaute sie sich erst einmal nach ihrem Gepäck um. Es befand sich gar nicht einmal weit von dem kunstlederbezogenen Sitz des Funkers entfernt. Doch, die Männer hatten es ordentlich verstaut, stellte sie beruhigt fest. Auf dem etwas spartanischen Klappsitz des Funkers versuchte Carolyn, es sich so bequem wie möglich zu machen. Danach nahm sie ihre Umgebung genauer in Augenschein.

Zu ihrer Rechten befand sich ein großer Blechkasten, offenbar der Bombenschacht. Zwischen ihm und dem gewölbten oberen Teil des Rumpfes gab es tatsächlich diese Lücke, von der der Kopilot gesprochen hatte. Aber die war so schmal, dass Carolyn nicht einmal im Spaß daran gedacht haben würde, sich durch sie hindurch nach vorne zur Pilotenkanzel zu zwängen. Immerhin jedoch fiel durch diesen schmalen Durchlass von vorne, von der verglasten Nase der Maschine her wenigstens so viel Tageslicht bis in den Rumpf, dass sie Einzelheiten der Funkanlage gegenüber von ihrem Sitz unterscheiden konnte. Da gab es chromglänzende Griffe, runde oder halbrunde Skalen mit zierlichen Zeigern unter Glas, ganze Reihen kleiner Kippschalter und verschiedenfarbige Kabel, deren Stecker mit einem geheimnisvollen schwarzen Kasten verbunden waren. Und seitlich an einem Haken hängend entdeckte sie schließlich die Kopfhörer der Bordsprechanlage und das Mikrophon mit dem darauf sitzenden Druckknopf, von dem der Pilot gesprochen hatte.

Während sie sich auf ihrem Sitz einrichtete und ihre Umgebung musterte, drang aus der Pilotenkanzel ein monotoner, halblaut geführter unverständlicher Dialog zwischen den beiden Piloten. Kurz darauf sprangen, einer nach dem anderen, mit puffendem Knallen die Motoren der Alabama Belle an. Danach, immer noch im Stand, erhöhte der Pilot langsam deren Drehzahl. Und als dann endlich die Bremsen gelöst wurden, ruckte das Flugzeug etwas nach vorne, rollte an und wurde schneller und schneller, bis es mit heulenden Motoren und schneller und schneller über die Startbahn schoss. Als gleich darauf das leichte Rütteln und Stoßen aufhörte, wusste Carolyn, dass die Maschine vom afrikanischen Boden abgehoben hatte. Doch damit hörte der ohrenbetäubende Lärm der beiden Motoren noch nicht auf, denn nun ließ der Pilot die Maschine in einen glatten Steigflug übergehen. In dem Dämmerlicht, das um sie herum herrschte, konnte Carolyn erkennen, wie sich der Metalltunnel des Rumpfes, der sich zum Heck hin verjüngte, immer steiler nach unten neigte.

Als sich das Flugzeug, immer noch im Steigflug, abrupt in eine steile Rechtskurve legte, musste sich Carolyn mit beiden Händen an ihrem Sitz festklammern, um nicht vornüber und in den Rumpf zu ihren Füßen zu kippen. Sie suchte zusätzlichen Halt, indem sie sich instinktiv mit dem Fuß ihres gestreckten linken Beines an irgendeinem Vorsprung oder Metallsteg unterhalb des Funkgeräts ihr gegenüber abstützte. Nur gut, dass sie daran gedacht hatte, den Gurt anzulegen. Glücklicherweise schaffte sie es gerade noch, ihre Schreibmaschine, ihre unersetzliche Underwood, die sie etwas nachlässig unter ihrem Sitz platziert hatte, mit dem rechten Fuß vor dem Wegrutschen in die Tiefe zu bewahren. Sie murmelte kleine Verwünschungen vor sich hin, und da es ein wenig abgerissen und hektisch klang, musste sie über sich selbst lachen. Es war, mit kleinen Variationen, auf diesen billigen Plätzen in allen Maschinen, mit denen sie bisher geflogen war, doch beinahe jedes mal dasselbe Theater.

Inzwischen hatte sich das Vibrieren der auf Hochtouren laufenden Motoren über alle Teile des Flugzeugs bis in die Rückenlehne ihres Sitzes und die Metallstreben, an denen sie Halt suchte, übertragen. Das verursachte ihr ein merkwürdiges Kitzeln im Rücken und in der Bauchgegend, das nicht einmal unangenehm war. Obwohl sie nicht zum ersten Mal mit so einem Warbird flog, war auch dieses Mal der Start für sie eine aufregende Sache. Erst als dann endlich der Moment kam, in dem die Maschine ihre endgültige Flughöhe erreicht hatte und in die Waagrechte überging, atmete sie erleichtert auf. Auch das angestrengte Dröhnen der Motoren war in ein erträgliches Brummen übergegangen.

Carolyn drückte ihren Rücken in die harte Lehne des Sitzes und versuchte, es sich bequem zu machen. Dann streifte sie ihre Schuhe von den Füßen und massierte gedankenverloren mit ihrer rechten Fußsohle den Ballen des linken Fußes. Der machte ihr seit einiger Zeit wieder mehr zu schaffen, war druckempfindlich geworden und rötete sich schmerzhaft, je nachdem, wie lange sie auf den Beinen war.

Der Chirurg, den sie vor ein paar Wochen in einem Feldlazarett in Algier konsultiert hatte, hatte nach einem kurzen Blick auf den Fuß gleichmütig festgestellt: „Prächtiger Hallux valgus, keine große Sache, Madam. Schauen Sie, hier, diesen Überstand am Ballen, den entfernen wir Ihnen, den meißeln wir weg." Bei dieser nüchternen handwerklichen Erläuterung war er spielerisch mit dem Zeigefinger an der Ausbeulung an ihrem Fuß entlanggefahren. „Und hier", er tippte auf den Mittelfußknochen des mittleren Zehs, „wenn wir schon dabei sind, hier, würde ich sagen, sollte man zusätzlich ein wenig einkürzen, den Knochen, meine ich. Den brechen wir, um das Fußgewölbe ein wenig anzuheben. Wegen Ihres Senk-Spreizfußes, verstehen Sie?"

Oh doch, Carolyn hatte sehr wohl verstanden, und jedes Mal, wenn sie sich an die Routine erinnerte, mit der der Arzt so en passant seine Diagnose gestellt und – wie ihr schien – mit einer gewissen Vorfreude das Vorgehen bei der Operation beschrieben hatte, wurde ihr immer noch unwohl.

„Nach drei, höchstens vier Monaten Pause sind Sie dann wieder einsatzbereit und können zurück an die Front", hatte er im zeitgemäßen Jargon gescherzt! Diese Drastik: Hammer und Meißel – dazu noch an ihrem Fuß, der doch sowieso schon so zierlich war! In diesem Moment hatte sie beschlossen, die Schmerzen lieber noch eine Weile zu ertragen, wenn möglich am besten, bis alles vorbei war, bevor sie sich einem dieser lächelnden, routinierten Handwerker mit ihren Werkzeugtaschen überließe. Wenn überhaupt. Und dann auch nur nach dem Krieg, drüben, in den Staaten.

Ihre übliche Entspannungszigarette musste sie sich in dieser Umgebung versagen, denn sie wusste, dass das Rauchen in den Flugzeugen strikt verboten war. Es musste ja auch nicht unbedingt sein. Mit der Zeit hatte sie bei ihren vielen Flügen Übung darin bekommen, nach der turbulenten Startphase, wenn der monotone Teil des Fluges begann, in eine Art flachen Dämmerschlaf zu fallen. Sie war nämlich schon von Natur aus nicht mit einem festen Schlaf gesegnet, und so gelang es ihr hin und wieder, wenigstens einen Teil des Schlafes nachzuholen, den sie in den Nächten nicht immer bekommen konnte. Manchmal genügte schon ein unbekanntes Geräusch, das durch die dünne Wand eines Rot-Kreuz-Zeltes drang, sie zu wecken, etwa nächtlicher Motorenlärm von militärischen Kolonnen oder von

51

Flugzeugen, dann wieder das hartnäckige Sirren eines Insekts, das seinen Weg durch eine Lücke im Moskitonetz gefunden hatte,.

Nachdem sich ihre anfängliche Angst vor Abstürzen oder feindlichen Attacken gelegt hatte, vermittelten das sanfte Wiegen der Maschinen und das Halbdunkel in den meist fensterlosen Rümpfen Carolyn sogar so etwas wie ein Gefühl der Geborgenheit. Vor allem jedoch war ihr Vertrauen in die Flugkünste der Piloten im Lauf der Zeit gewachsen, und mit feindlichen Jagdflugzeugen, das wusste auch sie, war jetzt, im Frühjahr 1944, vor Nordafrika wirklich nicht mehr zu rechnen.

Carolyn hatte sich in eine halb liegende Stellung begeben und griff nach dem Kopfhörer des Interkoms, der an einem dünnen Kabel vor der verwirrenden Funkanlage hin und her pendelte und drückte ihn ans Ohr. Doch außer dem typischen leisen Rauschen und Knistern war nichts zu hören. Das Gerät war offenbar mit sich selbst beschäftigt, führte flüsternd Selbstgespräche. Sie hängte die Kopfhörer wieder zurück. Durch den Ärmel ihrer Jacke hindurch und von der Hüfte abwärts machte sich die Kühle des Blechkastens an ihrer Seite bemerkbar. Bevor es auch von den Füßen her kalt wurde, schlüpfte sie wieder in ihre Schuhe.

Als sie später aus einem leichten Schlummer erwachte, mochte seit dem Start etwas mehr als eine halbe Stunde vergangen sein. Von den schwach glimmenden Strichelchen ihrer zierlichen Armbanduhr ließ sich die Uhrzeit nur mit Mühe ablesen. Irgendetwas hatte sie geweckt, vielleicht der böiger gewordene Seitenwind, der kurz an der Maschine gezerrt hatte oder dieses Fahrstuhlgefühl, das sich prompt im Magen einstellte, wenn das Flugzeug in Luftlöchern absackte. Aber beunruhigt war Carolyn deshalb nicht. Das waren bestimmt die ersten Boten der heranziehenden Wetterfront, von der der Pilot gesprochen hatte. Sie setzte sich also etwas zurecht und schloss erneut die Augen.

Danach war sie offenbar für längere Zeit eingenickt, denn als das Interkom ihr gegenüber krächzend zu plötzlichem Leben erwachte, schreckte sie aus tiefem Schlaf hoch. Sie drückte einen der Kopfhörer an ihr Ohr und angelte sich das Mikrofon.

„Miss Chandler" meldete sich der Pilot wie von weit her, „Miss Chandler, können Sie mich hören? Ist alles in Ordnung bei Ihnen? Wir sind jetzt über Sardinien und gehen auf dem Flugplatz von Villacidro runter." – „Hoffentlich ist mit Ihrem Fallschirm alles o.k.?!", hörte sie den kleinen Kopiloten im Hintergrund dazwischenrufen. Während Carolyn nach dem Sprechknopf auf dem kleinen Kästchen suchte, legte sie sich eine passende Entgegnung zurecht: „Aye, aye Sir!", versuchte sie militärisch knapp zu antworten und fuhr mit übertrieben fester Stimme fort: „Die Ausstiegsluke ist fast offen, bin gerade an der letzten Schraube, die hängt noch ein wenig!" Mit dieser Bemerkung hatte sie genau den richtigen Ton getroffen, denn von der Nase des Flugzeugs her hörte sie die Piloten beifällig lachen.

Das Erste, was Carolyn nach der Landung durch die geöffnete Luke im Rumpf der Alabama Belle unter sich sah, waren die üblichen gelochten Metallmatten, mit denen die Army die Start- und Landebahnen ihrer Feldflugplätze befestigte. Aus dem festgewalzten groben Kies in den Zwischenräumen und den kreisrunden Löchern sprossen hier und da kümmerliche Grasbüschel.

Sprosse für Sprosse stieg sie vorsichtig die Aluminiumleiter hinab, um ihren Augen Zeit zu lassen, sich an die blendende Helligkeit zu gewöhnen, die außerhalb des schützenden Flugzeugrumpfs herrschte. Das also war Sardinien, ging es ihr dabei durch den Kopf, als sie ihre ersten unsicheren Schritte auf dem unebenen aber festen Boden machte. Im Gegensatz zu der lässig hingestreckten Blondine, die als Noseart den Rumpf zierte, war ihr die halb liegende Stellung, die sie im Schlaf auf dem Sitz des Funkers eingenommen hatte, nicht gut bekommen. Sie blieb erst einmal neben dem Fahrgestell der B-25 stehen, atmete ein paarmal tief durch und stützte sich an dem dicken Ballonreifen der Maschine ab. Sie brauchte ein wenig Zeit, um sich von dem dröhnenden Halbdunkel im Flugzeugrumpf auf die plötzliche Helligkeit und die lastende Stille, die plötzlich um sie herum herrschten, umzustellen. Als sie für einen Moment die Augen schloss, hörte sie über sich das leise Knacken und Knistern, mit dem die Aluminiumverkleidung der Motoren abzukühlen begann. Wind zischelte leise um die Kanten der Tragfläche und die Propellerblätter. Die Geräusche der Stille.

Noch während sie unter der Maschine verharrte und sich einen ersten Überblick über ihre neue Umgebung verschaffte, hatten die beiden Piloten die Pilotenkanzel bereits verlassen und standen nun neben ihr. Wie lange ihr Aufenthalt drüben im Büro des Platzkommandanten dauern würde, lasse sich schwer sagen, erklärte ihr der Pilot. Das hinge vom Eintreffen des Lastwagens ab, der frisches Gemüse, Eier und Milch aus den Dörfern der Umgebung für ein US-Hospital in Ajaccio anliefern würde.

„Aber, Miss Chandler", der Pilot berührte sie sachte am Arm, „schauen Sie mal, der Bus dort drüben, das ist ein ARC-Club-Mobil. Da gibt es Kaffee und Donuts! Vielleicht wollen Sie ja während wir laden Ihren Kolleginnen vom American Red Cross einen Besuch abstatten, einen kleinen Schnack abhalten und dabei einen Kaffee trinken?", schlug der Pilot vor. „Wir erledigen dann währenddessen noch dort hinten in Villa, am Ende der Startbahn, den üblichen dienstlichen Kram und schauen nebenbei kurz mal bei den Jungens nach dem Rechten." Bei seinen letzten Worten hatte er auf eine Ansammlung von Baracken im Schatten einer Baumgruppe gedeutet. Auf Carolyns fragenden Blick erläuterte er: „Ach so, Villa! Ja, klingt ein bisschen nobel, nicht wahr? Nein, nein, damit sind nicht die Holzhütten da hinten gemeint", lachte er. „Irgendwo dahinter, nicht weit von hier, gibt es ein Dorf namens Villacidro. Daher der schöne Name Villa. Obwohl der Flugplatz hier Trunconi heißt, nennen wir ihn trotzdem Villa. Klingt einfach besser, oder?"

„Also wirklich, Trunconi!", rief der Kopilot mit gespielter Empörung aus. Allein wie sich das schon anhöre! „Niemand weiß, was zum Henker das Wort auf Italienisch bedeutet. In unserer Sprache jedenfalls klingt es einfach lächerlich." Und um deutlich zu machen was er meinte, fasste er sich mit der linken Hand an der Nase und ließ den rechten Arm daneben herunterbaumeln, bückte sich und ahmte den schweren Schritt eines Elefanten nach. Trunk, Rüssel, also nein! Das passe nun wirklich nicht zu einem Flugplatz der US Army Air Force, musste ihm Carolyn lachend recht geben. Da sei Villa wirklich eine bessere Idee, das klinge tatsächlich hübsch, elegant. Nach dieser Klärung trennte man sich.

„Dann sehen wir uns also später zu einer Tasse Tee in Villa, Milady", rief ihr der kleine Kopilot zum Abschied zu und imitierte dabei mit steifer Oberlippe und übertrieben näselnd den britischen Upper Class-Akzent so gekonnt, dass selbst Lord Haw Haw, dieser Nazi-Propagandist im Reichsrundfunk, hätte er den Kopiloten hören können, vor Neid erblasst wäre. Der hatte dazu obendrein auch noch einen bühnenreifen Kratzfuß hingelegt und elegant mit seiner Schirmmütze gewedelt.

„Exeunt Clowns", murmelte Carolyn lächelnd. So ungefähr hieß es doch bei Shakespeare. Es fehlte nur noch, dass die beiden auch damit beginnen würden, irgendwelche Schädel auszugraben und sich gegenseitig zuzuwerfen. Der Junge war einfach ein komödiantisches Naturtalent, fand Carolyn und räumte ihm mit der Nummer, die er eben gegeben hatte, schon einen festen Platz in einem ihrer nächsten Berichte ein.

Nachdem die beiden Männer sich auf den Weg gemacht hatten, war sie noch ein Weilchen stehen geblieben. Sie nahm sich die Zeit, sich auf ihre neue Umgebung einzustellen und deren Einzelheiten genauer in Augenschein zu nehmen. Dann setzte sie ihre Sonnenbrille auf und trat aus dem schützenden Schatten der Tragfläche hinaus in die blendende Helligkeit des Vormittags. Sie kam sich in diesem Moment wie eine Schauspielerin vor, die die ersten Schritte aus der Kulisse hinaus auf eine hell beleuchtete Bühne macht. Nur mit dem Unterschied, dass sie hier allein war und keine Zuschauer auf sie warteten. War es möglich, dass sie gerade trotzdem von irgendeiner Abart von Lampenfieber gestreift wurde, fragte sie sich verwundert. Was für ein Stück sollte das denn sein, in dem sie hier aufträte? Welche Rolle war für sie darin vorgesehen?

„Cafard de voyage" nannten die Franzosen solche Anwandlungen, wusste sie. „Also wirklich Carol, manchmal hast du komische Ideen. Höchste Zeit, dass du wieder unter vernünftige Leute kommst", murmelte sie. „Nun mal los, altes Mädchen! Zuerst eine Toilette, dann eine Zigarette und danach, nach Möglichkeit, ein heißer Kaffee – in genau dieser Reihenfolge!" Doch bevor sie daran ging, ihren Plan umzusetzen, bückte sie sich aus der Hüfte leicht nach links und zog den Saum ihres Rockes wieder über das Knie herab. Den hatte nämlich eine kleine Windbö hochgeschlagen. Anscheinend hatte Europa zu ihrer Begrüßung einen etwas losen italienischen Wind geschickt. Dann richtete sie sich auf, straffte sich, drückte ihre lederne Umhängetasche mit einem gekonnten Schwung fester an die Hüfte und setzte sich entschlossen in Bewegung.

Ihr Ziel, dieser lange, dunkle Bus oder Lastwagen mit dem Kastenaufbau – so genau ließ sich das aus der Entfernung nicht sagen –, stand dort drüben, hundert- oder zweihundert Meter entfernt auf der anderen Seite der Startbahn. Bei der Entfernung konnte sie den weißen Schriftzug oberhalb seiner aufgeklappten Front gerade noch entziffern: American Red Cross Clubmobile stand da, die waren also tatsächlich von ihrem Verein!

Als sie sich nach den ersten paar Schritten noch einmal umwandte und dorthin zurückschaute, wo die Startbahn sich noch ein ganzen Stück nach Norden in die Ebene hinein erstreckte, schraubte sich ganz in ihrer Nähe schwankend eine kleine Windhose in die Höhe und riss Staub und ein paar Papierfetzen mit sich. Sie taumelte in schräger Stellung noch ein Stück ziellos weiter über die Ebene, bevor sie ermattet wieder zu Boden sank und in sich zusammenfiel. In nordwestlicher Richtung wurde die topfebene Fläche in der Ferne von einer bewaldeten Bergkette begrenzt. Auf der entgegengesetzten Seite, dort wo die Startbahn in eine steppenähnliche, leicht gewellte Ebene überging, parkten im Vordergrund in unregelmäßig großen Abständen zweimotorige Flugzeuge, weiter hinten kleinere Maschinen, Jagdflugzeuge, die man in einer lockeren Reihe abgestellt hatte. Dazwischen waren, wahllos über die Ebene verstreut, immer wieder geheimnisvolle, halb von Gestrüpp überwucherte dunkle Blöcke oder Mauerreste zu sehen.

Trotz des blendenden Lichts, das über Trunconi lag, war der Himmel doch nicht mehr ganz ungetrübt. Carolyn fiel die Bemerkungen ein, die der Pilot vor dem Abflug von Sidi Ahmed zum Wetter gemacht hatte. Er schien damit Recht zu behalten. Noch vor kurzer Zeit war der Himmel über dem See von Bizerta noch tiefblau gewesen, inzwischen hatte er sich mit einem schwachen Dunstschleier überzogen. Carolyn schirmte mit der Hand die Augen ab und musterte den Himmel. Diffuses Licht, das von überall und nirgendwoher zu kommen schien, erschwerte die Sicht. Zu ihrem Erstaunen hatte sich in weitem Abstand ein schimmernder, kreisrunder Ring, ein Halo, um die Sonne gelegt, während von Westen her längliche, parallel verlaufende lange Streifen zarter Wolken mit sichelförmig endenden Haken den Himmel zu überziehen begannen. An manchen Stellen verdichteten sie sich zu einem geriffelten Wellenmuster. Weiter nach Norden hin hatte sich diese Streifung bereits zu einer Herde zahlloser kleiner Wölkchen aufgelöst. Dicht gedrängt bildeten sie dort schon eine beinahe geschlossene Wolkendecke. „Schäfchenwolken" hatten sie die als Kinder genannt, erinnerte sich Carolyn. Als ihnen der Vater erklärte, dass diese harmlosen Wölkchen mit dem netten Namen Vorboten von so etwas Unangenehmem wie Regen, Sturm und Kälte seien, waren sie und ihr kleiner Bruder betrübt gewesen und hatten das gar nicht verstehen wollen. Das fiel ihr ein, als sie merkte, dass es schon kühler zu werden begann. Dad hatte also wieder einmal recht gehabt, lächelte sie. Tatsächlich, schlechtes Wetter war im Anzug.

Sie merkte, wie ihr das zügige Gehen gut tat und die Steifheit in den Knien und im Rücken allmählich nachließ. Ihr Kopfweh, das sich irgendwann während des Fluges wieder eingestellt hatte, würde an der frischen Luft bestimmt auch nachlassen, hoffte sie. Aber trotz allen Elans, der sie gerade noch bei ihrem Aufbruch beflügelt hatte, kam sie doch nicht ganz so schnell voran, wie sie wollte. Für das Gehen auf den ineinander verhakten, gelochten Metallmatten waren ihre Schuhe einfach nicht geeignet und auf dem unbefestigten Randstreifen daneben hatten an manchen Stellen schwere Fahrzeuge tiefe Spuren hinterlassen, in denen noch Pfützen vom letzten Regen standen. Doch am unangenehmsten waren die Kiesel, die in allen Größen über die Ebene verstreut herumlagen. Das Geröll, das den eigentlichen Untergrund der Ebene von Trunconi bildete, drückte immer wieder schmerzhaft durch die Ledersohlen ihrer Schuhe.

Die Beschwerlichkeiten des Weges hatten ihre Aufmerksamkeit so in Anspruch genommen, dass sie das Flugzeugwrack, das wie aus dem Nichts zu ihrer Rechten auftauchte, erst bemerkte als sie es fast schon neben ihm stand. Verwundert blieb sie stehen. Wie war es möglich, dass ihr dieser makabre Haufen aus verbogenem und zerrissenem Metall bisher nicht aufgefallen war? War sie durch die Piloten abgelenkt worden oder hatte die Alabama Belle ihr die Sicht darauf verstellt? Während sie sich langsam Schritt für Schritt dem Wrack näherte, begann sich ihr Erstaunen in Erschrecken zu verwandeln.

Das, was da vor ihr lag, war eine B-25 Mitchell, oder besser das, was von ihr übriggeblieben war. Das erkannte Carolyn trotz der massiven Beschädigungen und Verformungen an dem Wrack auf den ersten Blick. Die rechte Tragfläche ragte mit dem scheinbar unbeschädigt gebliebenen Motor schräg in den Himmel, während der Bug mit der Pilotenkanzel und ein Teil der linken Tragfläche beim Aufprall auf dem Boden so weit weggerissen, zersplittert und verformt worden waren, dass es so aussah, als sei die Maschine bei dem vergeblichen Versuch, im Erdboden zu verschwinden, auf halbem Weg stecken geblieben. „Wie ein Vogel, der vergeblich in eine Wolkendecke eintauchen will, um dort Schutz zu suchen", ging es Carolyn durch den Kopf. Offenbar war der

Bomber bei dem Versuch einer Notlandung mit defektem Fahrwerk oder ausgefallenem Motor von der Landebahn abgekommen.

Als sie beklommen und fasziniert zugleich näher an das Wrack herantrat, erhob sich von dessen Rumpf und von der intakten, rechten Tragfläche mit widerwilligem Krächzen ein Schwarm Krähen. Anders als die unbeschädigten Maschinen, die sich, versehen mit bedeutungsvollen Ziffern und stolzen Emblemen unter beeindruckendem Getöse in die Luft erhoben und deren glatte Flanken und Flügel wie massiv aus einem Block modelliert und unzerstörbar wirkten, offenbarte dieses gestrandete Exemplar seine jämmerliche Zerbrechlichkeit. Dort, wo Einschüsse oder Granatsplitter in die Hülle des Rumpfes oder in die Verkleidung der Tragflächen Löcher gerissen hatten oder wo das Aluminiumblech bei der Bruchlandung beschädigt worden war, wirkte die dünne Metallhaut wie geknittertes, zerrissenes Papier. Da zeigte es sich, dass diese Bespannung eine Stabilität der Maschine nur vortäuschte und diese nur durch ein darunter verborgenes, fast ebenso zierliches Skelett aus Metallrippen und Verstrebungen in Form gehalten wurde.

Je näher sie dem Flugzeug kam, desto mehr Spuren der Zerstörung entdeckte sie. Bisher war ihr auch nicht aufgefallen, dass der hintere Teil des Hecks der Maschine einfach fehlte. Das linke Seitenruder, Teile beider Höhenruder dazu die Plexiglaskanzel des Heckschützen waren wie durch einen Prankenhieb einfach vom Rumpf gerissen worden. An dem Gestänge, das von den Rippen des Höhenruders übrig geblieben war, flappten nur noch Fetzen der Textilbespannung im Wind, und in den Resten der Aluminiumfassungen, die die Verglasung der Heckkanzel zusammengehalten hatten und nun sinnlos und verdreht in die Luft ragten, steckten nur noch Plexiglassplitter.

Da bei der Notlandung das Fahrwerk unter der linken Tragfläche nicht mehr ausgefahren oder sogar abgerissen worden war, war die Maschine vornüber nach links gekippt. Dabei hatte sich der Motor auf dieser Seite bis zur Propellernabe ins Erdreich gebohrt oder besser gefräst, und die Propellerblätter bogen sich wild verformt und nach hinten. Der Motor selber war durch den Aufprall halb aus der Tragfläche gerissen und schräg zum Boden hin abgeknickt worden. Die Reste seiner Verkleidung waren rauchgeschwärzt. Er musste gebrannt haben, als die Maschine sich noch in der Luft befunden hatte.

„Es reicht! Es reicht jetzt, du hast genug gesehen, Carol. Besser, du drehst dich um und gehst weiter. Lass dir drüben am Clubmobil lieber einen Kaffee geben", ermahnte Carolyn sich selbst. „Solche Dinge passieren leider, wir sind nun mal im Krieg, wie du weißt." Doch ihr kluger Rat verfing nicht. So einfach konnte sie sich von dem, was sie da sah, nicht lösen. Sie ging, im Gegenteil, sogar noch näher an die Maschine heran, so nah, dass sie sie berühren und das leise Schaben und Quietschen vernehmen konnte, mit dem irgendwo am Wrack lose Aluminiumteile im Wind aneinander rieben.

Die Krähen hatten sich nach und nach wieder eingefunden. Sie zeigten wenig Scheu und stolzierten in der Nähe des Wracks und um Carolyn herum gravitätisch und wie verärgert zwischen den schütteren Grasbüscheln umher. Es war klar, sie warteten ungeduldig darauf, den gestrandeten Metallvogel nach der lästigen Störung wieder in Besitz nehmen zu können.

Carolyn stand nun direkt hinter der linken Tragfläche und dicht an der offenen Luke des Seitenschützen. Unter ihren Handflächen, die auf dem Rumpf der Maschine ruhten, spürte sie die kühle Glätte des Aluminiumblechs. Wegen der Schräglage des Flugzeugs befand sie sich auf Augenhöhe mit der Rumpföffnung für den Seitenschützen und konnte in das Innere der Maschine schauen. Im Vergleich zur Helligkeit, die über dem Flugfeld lag, war es im Rumpf der Maschine fast dunkel. Um Einzelheiten im Inneren des Wracks besser erkennen zu können, setzte Sie ihre Sonnenbrille ab. Dabei half es ihr auch, dass außer durch die offene Luke auch durch die zahlreichen kleinen und großen Beschädigungen in der Verkleidung des Rumpfes zusätzlich etwas Licht in den Innenraum fiel. Trotz des Chaos der Zerstörung, das dort herrschte, entdeckte sie gleich den Sitz des Funkers in der Ecke, die Bombenschacht und Rumpf bildeten. „Das ist ja mein Sitz!", durchfuhr es sie. „Genau da bin ich ja auch gesessen!" Diese Ecke mit dem Funkgerät vor dem Kasten des Bombenschachts kam ihr auf unheimliche Art vom Flug mit der „Alabama Belle" her vertraut vor. Sie entdeckt sogar die Kopfhörer samt der mit ihnen verbundenen Gegensprechanlage des Interkoms. Sie pendeln fast unmerklich an der vertrauten Stelle im Luftzug, der durch die offene Luke ins Innere des Flugzeugs drang.

Und dann sah Carolyn das Blut, und der Anblick der großen, dunklen Flecken in der Funkerecke würgte sie, zog ihr den Hals zusammen. Das dunkle, getrocknete Blut bedeckte einen Teil der grünen Sitzfläche des Klappsitzes und verteilte sich unmittelbar daneben auch über Teile der Wand des Bombenschachts. Sie konnte nicht anders, ihr Blick glitt tiefer, hinab zu den Rippen des Metallrostes im Fußraum, und da sah sie erschrocken, dass das Blut des Funkers bis dorthin, bis unter den Rost geflossen war. Durch die Zwischenräume des Gitters hindurch hatte sich eine Lache gebildet, die inzwischen ebenfalls zu einem großen, schwarzen Fleck eingetrocknet war.

Sie riss ihren Blick los, ließ ihn widerstrebend wieder höher wandern und entdeckt dort, in Reichweite des Funkers an einem Klemmbrett einen Zettel. Soviel sie sehen konnte, war er mit hingekritzelten Zahlenkolonnen und unleserlichen handschriftlichen Notizen bedeckt. Die mussten etwas mit der Aufgabe des Funkers zu tun gehabt haben. Daneben hing eine kleine, abgegriffene und mehrfach geknickte Fotografie. Es war das Bild einer jungen Frau, die lächelnd in einem Badeanzug am Strand oder auf einer Wiese stand, so genau konnte Carolyn das nicht erkennen, da die Fotografie ein wenig überbelichtet war. Später hätte sie nicht sagen können, wie lange sie auf dieses Foto gestarrt hatte, das den Sekundenbruchteil eines zu einem Bild geronnenen Ausschnitts aus einem fremden Leben zeigte. Während sie das lächelnde Gesicht der Frau betrachtete, war ihr zu Mute, als ob die Zeit um sie herum langsamer verging oder sogar stehen geblieben war. Auch wenn es ihr anders lieber gewesen wäre, wusste sie doch, dass sie das, was sie da sah, dass sie dieses kleine, verblichene Bild im Halbdunkel, wohl für lange Zeit nicht mehr vergessen würde. Das und die Schatten des auf dem stumpfen Grün des Flugzeuginneren eingetrockneten Blutes waren einer mehr von diesen Eindrücken, die sich im Lauf der Zeit in ihrem Kopf angesammelt hatten und unvermittelt und aus scheinbar nichtigen Anlässen wieder auftauchen und sie beunruhigen konnten

Ohne dass sie sich dessen bewusst war, umklammerte sie die scharfe Metallkante der Luke, vor der sie stand, so fest, dass ihre Fingerknöchel weiß hervortraten. Sie schloss die Augen und wartete darauf, dass sich das Schwindelgefühl, das sie überkommen hatte, vorbeiging. So ähnlich war es ihr in den letzten Monaten schon einige Male ergangen. „So ist das nun mal, wenn unruhiges Wetter und solche Sachen zusammenkommen", versuchte sie sich selbst zu beruhigen.

„Wir sehen uns dann also später beim Tee, Milady", hatte der Kopilot vorhin geflachst. Der Junge war kaum älter als zwanzig Jahre, so einer wie der, der hier in dem Flugzeug bis vor kurzem noch Dienst gemacht hatte. Hatte auch der die Gewohnheit gehabt, mit einer schnellen Handbewegung und lachend eine Haarsträhne aus der Stirn zu streichen? Und wie die jungen Kerle immer redeten! Die meisten von ihnen trugen gerne ein bisschen zu dick auf, und machten, ohne es zu merken, sich und den anderen etwas vor. Und dann die Sprüche, mit denen sie sich gegenseitig aufmunterten: „Den Schlamassel sitzen wir doch auf einer Backe ab!" Oder, händereibend: „Was liegt als Nächstes an Kumpel?" und: „Na komm schon, nimm's leicht und halt die Ohren steif! wird schon werden!"

Zu allem Überfluss entdeckt sie zu guter Letzt auch noch die Uniformmütze des Funkers. Die war nach hinten in den dunkleren Teil des Bauches des Metallvogels gerollt. In der Eile, mit der man den Jungen oder das, was von ihm noch übrig geblieben sein mochte, aus dem Wrack herausgeholt hatte, hatten seine Kameraden die wohl übersehen.

Damit war es genug. Sie stieß sich entschlossen von der Flugzeugwand ab, wandte sich abrupt um und ließ das Wrack hinter sich zurück. „O.k., Carol, schau hin – aber dann schau auch wieder weg!", befahl sie sich selbst. Doch so schnell wurde sie mit dem Würgen in der Kehle nicht fertig. Sich jetzt bloß nicht gehen lassen, alles, nur das nicht! Tief durchatmen, dann aber weitermachen. Herrgott, was wollte sie denn? Sie war im Krieg, so wie alle anderen auch. Und wie die meisten von ihnen würde auch sie das durchstehen. Der Blick hin zu denen, die neben einem standen und dasselbe durchmachten, half da manchmal. Und falls sich in den Augen trotzdem etwas Verräterisches zeigen wollte, konnte es fürs Erste helfen, sie ein paar Mal sie weit zu öffnen und wieder ganz fest zu schließen. Gefühle waren eine gute Sache, solange man sie unter Kontrolle hatte. Mit Händen, die nur noch leicht zitterten, zog sie eine zerknitterte Packung Chesterfield aus der Hüfttasche ihrer Uniformjacke und trotz des Windes gelang es ihr sogar, mit unsicheren Fingern eine Zigarette anzuzünden.

Von irgendwoher drang das Motorengeräusch eines Lastwagens an ihr Ohr. Er musste weit weg sein, sehen konnte sie ihn jedenfalls nicht. Mit dem Wechseln der Gänge stieg oder sank das singende Geräusch und verebbte allmählich wieder. Von noch weiter kam das schwache Brummen eines Flugzeugmotors. Auch die Krähen waren wieder da, und in ihr heiseres Krächzen mischten sich triumphierende Töne. Sie hatten also von dem, was von dem Flugzeug noch übrig war, wieder Besitz ergriffen. Na und wenn schon!, sagte sich Carolyn und steuerte entschlossen ihr Ziel an, diesen dunkelgrünen, lang hingestreckten Kasten mit den großen weißen Lettern „ARC – Clubmobil".

„Also wirklich, Lady, das mit dem Wrack da drüben, das hätten Sie sich nicht antun sollen, Sie hätten da besser nicht so genau hingeschaut. Man konnte es Ihnen ja direkt von hier aus ansehen, wie Sie das mitgenommen hat", stellte die Frau im olivgrünen Arbeitsanzug anstelle einer förmlichen Begrüßung von der Höhe ihres Kaffeetresens herunter sachlich und zugleich freundlich fest. Dazu nickte sie ein paarmal nachdrücklich mit dem Kopf. „Ach ja, Gilmore ist übrigens der Name", setzte sie mit einem entschuldigenden Unterton hinzu, „Vera Gilmore ARC."

Vera Gilmore war eine untersetzte Frau, deutlich über die Vierzig hinaus und sie managte das Red Cross Mobil am Ende des Rollfelds Trunconi bei Villacidro umsichtig und engagiert. Mit kleinen Unterbrechungen tat sie das schon seit dem letzten Herbst, nachdem die Deutschen den Flugplatz aufgegeben und die US Army Air Force und Einheiten der Free French ihn übernommen hatten. Davor hatte sie in England in gleicher Funktion am Rande eines Flugplatzes Dienst getan.

Da Carolyn auch „vom Verein" war, wie Vera anerkennend feststellte, nahm sie sich die Zeit, ihr Clubmobil, das eigentlich ihr Reich war, über eine ausgeklappte Holztreppe am Ende des Fahrzeugs zu verlassen und sie zu begrüßen. Sie kam in ihrem ausgebleichten und tadellos gebügelten Arbeitsanzug mit schnellen Schritten auf Carolyn zu und umarmte sie.

Ihr „Reich", das war ein zu einer fahrbaren Kantine umgebauter und nach einer Seite hin geöffneter ehemaliger Bus, den man durch praktische Einbauten in ein fahrbares Café verwandelt hatte, in dem jeder Platz und jedes Eckchen sinnvoll genutzt war. In den offenen Regalen an der Rückwand stapelte sich das Geschirr, Teller verschiedener Größen neben Türmen weißer emaillierter Kaffeetassen, dazu noch allerhand Schüsseln und eine Reihe von Besteckkästen. Die Vorräte an Mehl, Zucker und anderen Backzutaten füllten neben Küchentextilien ganze Fächer in den Hängeschränken. Als Allererstes jedoch fielen jedem, der sich dem Clubmobil näherte oder in der Schlange stand und auf seinen

Kaffee wartete, die beiden großen Perkolatoren auf, die dickbauchigen, vernickelten Kaffeekessel, auf deren makellosen Glanz Vera besonders achtete. Schließlich waren sie das Aushängeschild ihres akkurat geführten ARC-Mobils.

Zur „Feier des Tages" hatte Vera für Carolyn und sich zwei große Tassen frisch aufgebrühten Kaffees herausbalanciert – nicht etwa in den üblichen Blechtassen, nein Sir! Sie hatte vielmehr aus einem Spezialfach unter der Theke ausnahmsweise zwei der feinen, großen Porzellantassen samt den dazu passenden Untertellern hervorgeholt und neben die blitzenden Teelöffel je zwei Zuckerportionen auf den Rand der Untertassen gelegt. Die schlichten braunen Papiertütchen aus den K-Rationen nahmen sich da gleich ein wenig kostbarer aus.

Als nach den üblichen Fragen zum Woher und Wohin das Gespräch ins Stocken geriet, landete man trotz Veras Mahnung doch wieder wie selbstverständlich bei dem kläglich gestrandeten Flugzeug auf der anderen Seite der Startbahn. Da war nichts zu machen, man hatte es nun einmal vor Augen und konnte dem Anblick nicht ausweichen, auch wenn es einem lieber gewesen wäre.

„Tja, jetzt liegt das Wrack nun schon seit fünf Tagen da drüben rum", nahm Vera das Gespräch wieder auf, „und glaub' mir, Carolyn, jedes Mal, wenn ich 'rüberschaue, versetzt es mir immer noch einen Stich, wenn du weißt, was ich meine. Und wenn die Jungens nach einem Einsatz hier vorbeikommen und sich bei einem Kaffee und Donuts entspannen wollen, geht es denen bestimmt genauso. Klar, anmerken lassen die sich nichts, und trotzdem... Wird langsam Zeit, dass sie die Trümmer wegschleppen." Und nach einer Pause: „Es ist eine Mitchell. Eigentlich kommt die von weiter oben her, von Korsika. Gehörte zur 321 BG – ist keine von unseren Maschinen. Hier liegen ein paar Staffeln B 26 Marauder, weißt du. Die Mitchell da drüben hat es nach einem Einsatz in Süditalien, irgendwo an der Gustavlinie oder so, hierher verschlagen." Sie machte eine längere Pause. „Den Heckschützen", fuhr sie dann leiser und mit veränderter Stimme fort, „den haben sie irgendwo auf dem Rückweg von Italien her noch über dem Festland verloren. War ein Flaktreffer. Ach Gott, der arme Junge! Er soll noch nicht mal zwanzig Jahre alt gewesen sein. An die Eltern möchte man gar nicht denken. Vielleicht hatte er auch Geschwister", fügte sie nachdenklich hinzu, zog wieder an ihrer Zigarette und schwieg.

65

„Der andere Tote war der Funker", fuhr sie nach einer Weile fort.

„Als sie ihn aus der Maschine bargen, hat er hat zwar noch gelebt, aber auf dem Weg ins Hospital in Cagliari, ist auch er noch im Krankenwagen gestorben." Mehr gab es nicht zu sagen. Beide Frauen schwiegen längere Zeit und wärmten ihre Hände an den Kaffeetassen.

Carolyn beugte sich hinunter und streichelte den Hund, der sich zu ihnen gesellt hatte und nun ihr zu Füßen unter dem Tisch im Staub lag. Er döste und zuckte nur dann und wann mit Lefzen oder Ohren, um die Fliegen von seinem Gesicht zu verscheuchen. Gedankenverloren versuchte Carolyn, die kleinen Kletten zu lösen, die sich in dem schwarzen Fell seiner Ohren verhakt hatten, ganz so, wie sie es als Kind mit schier endloser Geduld auch bei Toto, ihrem eigenen Hund, getan hatte.

Natürlich hatte sie ihm diesen Namen gegeben, denn so hieß ja auch der kleine Hund, mit dem Dorothy in der Geschichte vom Zauberer von Oz alle ihre Abenteuer bestanden hatte. Das war das Lieblingsbuch ihrer Kindheit gewesen. Und jedes Mal, wenn sie mit Toto von einem Ausflug über Wiesen und durch Hecken nach Hause gekommen kam, hatte er die „halbe Botanik" mitgebracht, wie ihr Vater die Kletten und Grassamen in Totos Fell nannte. Und genauso wie damals Toto, schien jetzt auch der Hund, der da zu ihren Füßen lag, Carolyns behutsame Pflege zu genießen. Er legte sich tief aufschnaufend auf die Seite und wandte ihr träge den Kopf zu, blinzelte kurz und schloss dann die Augen. Ein auffallend schöner Hund, fand Carolyn. Sein Fell war fast am ganzen Körper weiß, nur seine Pfoten waren schwarz und von den spitzen Ohren zog sich über die Augen ein Streifen schwarzen Fells, der nur auf dem Nasenrücken ein wenig schmäler wurde.

„Coon, unser Hofhund", lachte Vera. „Sieht er nicht wie ein Waschbär aus?" Doch, sie hatte recht, musste Carolyn zugeben, die Ähnlichkeit mit diesen kleinen Räubern in den Wäldern ihrer Heimat war wirklich verblüffend.

„Ich hab' ihn als Kleinen von England mitgebracht. Muss ein Waise gewesen sein. Er ist uns zugelaufen, hat irgendwie verwirrt gewirkt, der Arme, heimatlos. Bestimmt wegen dem Lärm auf dem Flugfeld. Aber dann ist er doch bei uns geblieben, ist sogar am Rand des Flugfelds aufgewachsen. Wie du siehst, hat er sich mit der Zeit bestens an den Krach gewöhnt. Besser als ich jedenfalls! Ich muss mir manchmal immer noch die Ohren zuhalten, wenn die Marauder hier über meinen Wagen zur Landung anfliegen,."

„Herrje!", schreckte sie plötzlich hoch, ich muss ja wieder rein, das Fett für die Donuts im Becken raucht bestimmt schon!" Sie sprang auf und eilte zur Treppe an der Rückseite des Busses, gefolgt von Coon, der ebenfalls erschrocken hochgefahren war und sie aufgeregt bellend umkreiste. „Aber Coon, jetzt hör doch auf damit! Du wirfst mich nochmal um", lachte Vera und versuchte ihn abzuwehren. Aber auf den fröhlich tobenden Waschbären machte das keinen Eindruck.

Im Innern des Clubmobils legte sich der Lärm wieder und ordnete sich zu einer Abfolge sinnvoller Geräusche. Man hörte, wie Vera mit dem Sieb energisch an den Rand der Frittiermulde klopfte, um das überschüssige Fett von den Teigringen abtropfen zu lassen. Darauf folgte ein eiliges Hin und Her von Schritten auf dem Dielenboden und in der dann folgenden Stille vernahm Carolyn das leise Knistern, als Vera das Pergamentpapier ausrollte. Schranktüren und Besteckschubfächer wurden geöffnet und schwungvoll wieder geschlossen, bis endlich vielversprechendes Tellergeklapper verriet, dass die Donuts fertig waren. Aber noch bevor Vera mit ein paar dieser puderzuckerüberstäubten Kuchenringe auf einem kleinen Teller die letzte Stufe der Treppe herabgestiegen war, kam Coon auch schon wieder laut bellend um die Ecke des Wagens geschossen und kündigte das Kommen seiner Herrin an.

Immer noch hatte Carolyn die dunklen Flecken im Inneren des Wracks auf der anderen Seite der Startbahn und den Schrecken, den sie bei ihr ausgelöst hatten nicht beiseite schieben können. Dieser Anblick würde ihr auch noch lange nicht aus dem Kopf gehen. Aber sie würde sich zusammennehmen und hoffte im Übrigen auf das Verstreichen der Zeit.

Das freundliche Gespräch mit Vera, die Vertrautheit der Küchengeräusche aus dem Wagen und der schwache Duft von frisch aufgebrühtem Kaffee und warmem Kuchen – all das hatte sie doch auch ein wenig beruhigt. Mochten diese flüchtigen Sinneseindrücke auch banal und nebensächlich sein, in diesem Augenblick waren sie dennoch auch tröstlich.

Als sie so gedankenverloren, dasaß hatte sie nicht gleich gemerkt, dass Coon sie ein paar Mal ungeduldig angebellt hatte und nun drauf und dran war, ihr vor lauter Ungeduld seine Vorderpfoten auf den Schoß zu stellen. Da nahm sie lachend den Kopf des Hundes zwischen beide Hände und schüttelte ihn spielerisch hin und her. Es tat ihr gut, unter dem seidigen Fell den warmen, lebendigen Körper des Tieres zu spüren.

„Sag mal Vera", fragte sie, „hast du vielleicht ein paar Aspirin für mich? Meine stecken, wie immer, gut verstaut und unerreichbar, in meinem Gepäck in der Alabama Belle. Ich glaube, es bahnt sich ein Wetterwechsel an. Ich werde mein Kopfweh einfach nicht los!" Natürlich hatte Vera die dunkelbraune Glasflasche mit den weißen Pillen griffbereit für alle Fälle auf einem Bord stehen.

„Hier Carol, und nimm dir gleich mal ein paar mehr, man kann ja nie wissen." Zusammen mit den Tabletten schob sie ihr noch ein paar Exemplare der Stars and Stripes über die Theke zu. „Tut mir leid, die neuesten sind es leider nicht", sagte sie entschuldigend. „Ich muss dich jetzt allein lassen. Kannst ja inzwischen ein bisschen darin rumblättern. Es kann nicht mehr lange dauern, bis die ersten Gruppen vom Einsatz in Italien zurückkommen. Und davor gibt's in der Küche noch allerhand zu tun. Ich bin gerade allein, musst du wissen."

Doch dann waren die Zeitungen gar nicht so veraltet, die Vera ihr gegeben hatte, die meisten waren sogar neueren Datums. Carolyn überflog die zum Teil marktschreierischen Aufmacher mit den dicken Lettern. Sie klangen durchweg sehr markig und optimistisch: „B-17 – Armada beendet siegreich die Schlacht um Berlin – 2200t Spreng- und Brandbomben geben Nazi-Metropole den Rest", las sie da zum Beispiel, oder: „Erfolgreicher Angriff der USAAF – Angriff mit B-17 und P 51 auf Ploesti. – dabei 25 000 t Treibstoff vernichtet", hieß es an anderer Stelle. Und weiter, triumphierend: „Luftwaffe vom Himmel über MTO gefegt. USAAF Medium-Bomber zerstampfen Straßen, Brücken und Rangierbahnhöfe in Norditalien." MTO stand für Mediterranean Theater of Operations, das war also sozusagen ganz in der Nähe, stellt Carolyn fest. Und schließlich etwas, das nun wirklich vielversprechend klang: „Vor Durchbruch an Anzio-Beachhead."

Während sie mit fachmännischem Blick und ein wenig gelangweilt die martialisch aufgemachten Nachrichten überflog, arbeitete Vera in ihrer Küche unter Hochdruck an der großen

Teigschüssel. Sie hatte bei ihrer Unterhaltung mit Carolyn tatsächlich die Zeit vergessen und befürchtete nun, die Donuts könnten nicht reichen. Donuts! So ein Donutmangel war in der Tat eine ernste Sache. Carolyn hatte bei ihrem Aufenthalt in Nordafrika beobachten können, dass diese in Öl ausgebackenen Teigringe eine ganz besondere Rolle spielten und so hatte sie sich inzwischen nebenbei mit den Einzelheiten der Donutbäckerei im Kriege vertraut gemacht. So kannte sie die gängigsten Rezepte und wusste, wie viel Geschick und Übung es erforderte, den Teig zu diesen ebenmäßigen kleinen Ringen zu formen. Das Wichtigste dabei war offenbar, dass man den richtigen Moment abpasste, in dem die Gebäckstücke goldbraun aus dem Fett zu heben waren. Nicht ganz ausgebacken waren sie teigig und ungenießbar, wartete man dagegen zu lange, bis man sie aus dem Fett fischte, verwandelten sich die Donuts in kurzer Zeit in dunkle, unansehnliche Kringel.

In einem ihrer Artikel hatte sie ihren Leserinnen und Lesern ausführlich und natürlich mit einem Hauch liebevoller Übertreibung die wichtige Rolle dieses kleinen Gebäcks für den Kriegsverlauf auseinandergesetzt. Aus der Hingabe, mit der sie gebacken und bei den riesigen Mengen, in denen sie verteilt sowie aus der Andacht, mit der sie manchmal verzehrt wurden, hätte ein naiver Leser den Schluss ziehen können, dass vor allem die millionenfache, ununterbrochene Versorgung der kämpfenden Truppe mit diesem süßen Fettgebäck von kriegsentscheidender Bedeutung sei. Aber diese augenzwinkernde und für jeden erkennbare Übertreibung, die den Text durchzog, entsprach genau der launigen Art, die Millionen von Leserinnen und Leser in den Staaten schätzten, wenn sie die verschiedenen ARC-Zeitschriften aus ihren Briefkästen zogen,.

Carolyn wusste, dass ihre Leser nicht nur einfach informiert werden wollten – das selbstverständlich auch – aber sie erwarteten zu Recht auch ein bisschen Unterhaltung. Wer hätte schon im Ernst geglaubt, dass die Nazis nicht durch Spreng- und Brandbomben, sondern vor allem durch leckere Küchlein besiegt werden könnten! Man wusste ja nur zu gut, dass die Kämpfe hart und verlustreich waren. Darüber sagten die Todesanzeigen in den kleinen Heimatzeitungen in allen Staaten mehr als tausend Worte. Da tat es einfach gut, die manchmal mit trockener Untertreibung und unpathetisch, humorvoll geschilderte kleine Szenen mitzuerleben, die zeigten, wie sich die boys und girls da drüben auf dem Alten Kontinent und sogar in Afrika mit amerikanischem Optimismus zu helfen wussten. Carolyn biss in einen der fettigen Kuchenkringel und wischte sich den überschüssigen Puderzucker von der Unterlippe. „Donuts", behauptete man, „help to win the war" – Na aber klar doch, das taten sie, und wie!

Und so standen die Jungens dann geduldig Schlange für ein oder zwei dieser zuckerbestäubten kleinen Teigringe und eine Tasse Kaffee. Gewiss, die meisten wohl auch wegen der Mädchen und Frauen hinter dem Tresen. Und warum auch nicht? Vermittelten die ihnen doch wenigstens für kurze Zeit das Gefühl, für ein paar Minuten ins normalen Leben zurückgekehrt zu sein. Man konnte die Girls einfach nur anschauen oder über die Kaffeetasse hinweg mit ihnen reden und scherzen: „Zucker? Oh nein, Zucker ist nicht nötig. Es reicht schon, wenn du nur eine Weile in die Tasse schaust, dann ist der Kaffee süß genug!" Das war eines der am meisten variierten und beliebtesten Komplimente, die die ARC-Mädels zu hören bekamen.

Und wenn die dann gerade mal Zeit und auch noch Lust dazu hatten, weil jemand drinnen im Clubmobil die richtig Platte aufgelegt hatte und über den Lautsprecher oben am Kastenwagen flotte Musik ertönte, konnte es sein, dass auf dem freien Platz vor der Kaffeetheke ein regelrechter Jitterbug-Wettbewerb ausgetragen wurde. Dann bildeten die Männer händeklatschend und lachend einen Kreis um die tanzenden Paare und konnten so eine Zeitlang die vergangenen oder künftigen Einsätze vergessen.

Carolyn wurde aus ihren Gedanken gerissen und ließ die Zeitungen sinken. Coon war mit einem Ruck und mit wildem Gebell unter der Bank hervorgeschossen und umkreiste freudig lärmend einen Soldaten, der von seinem Fahrrad abstieg und es an die Seitenwand des Clubmobils lehnte. Er hob einen geschnürten Packen alter Zeitungen vom Gepäckträger und schob ihn Vera über die Theke ins Innere des ARC-Clubmobils. Stars and Stripes, die Vera als saugende Unterlagen für die heißen, fetttriefenden Donuts brauchte, erriet Carolyn.

Nachdem der Neuankömmling seinen Zeitungspacken abgeliefert hatte, begrüßten Coon und er sich ausführlich wie zwei alte Bekannte. Dann setze sich der Soldat mit seiner Tasse auf die Bank zu Carolyn, und sie schlossen schnell Bekanntschaft. Im Gespräch stellte es sich heraus, dass Butch, so wollte er von Carol ohne viel Förmlichkeiten angesprochen werden, Flugzeuge wartete, nebenbei aber auch mit Reparatur- oder Bastelarbeiten im ARC-Lastwagen den ARC-Mädels zur Hand ging. Vera müsse heute Vormittag den Laden alleine schmeißen, verriet er, weil Laura, ihre Kollegin, unterwegs sei um Muskat, Puderzucker und anderes Küchenzeug zu besorgen. Schwer zu bekommen seien solche Sachen, da müsse sie ganz schön in der Umgebung herumfahren, nach Villacidro oder sogar bis Cagliari. Aber Laura komme schon klar, die wisse sich zu helfen, die könne gut Sachen „organisieren", wie er das grinsend nannte. Ab und an springe sogar er selber mal bei Engpässen hinter der Theke ein. So sei das eben bei der Army, man halte zusammen und wisse sich zu helfen.

Als sein Blick auf eine der aufgeschlagenen Zeitungen fiel, deren fette Überschrift etwas vollmundig die Reinigung des Himmels über dem Mittelmeer von der „German Luftwaffe" verkündete, gab er einen abschätzigen Laut von sich und fuhr sich mit der Hand durchs Haar.

Er deutete auf ein Exemplar der Stars and Stripes, die auf dem Tisch herumlagen. „Wenn die Deutsche Luftwaffe so restlos beseitigt wäre, wie's da steht, dann würde die B-25 da vorne wohl nicht rumliegen, richtig? Manchmal fliegen die Deutschen mit ihren Me 109 und Focke Wulfs eben doch noch – und das nicht mal schlecht, wie man sieht. Und ihre Ack-ack, ihre 8,8-Flak, die ist auch immer noch richtig bissig."

„Der da vorne", fuhr er fort und machte eine Kopfbewegung hin zu dem Flugzeugwrack auf der anderen Seite der Startbahn, „der Vogel hat mal zur 321. Bombergruppe drüben auf Korsika gehört. In letzter Zeit fliegen sie mit ihren Mitchells und wir mit unseren Maraudern hauptsächlich Angriffe auf die Versorgungslinien der Jerries hinter der Gustavlinie – und natürlich auch Entlastungsangriffe für Lucas und seine Truppen im Kessel von Anzio. Die hängen da jetzt schon seit Januar fest – muss man sich mal vorstellen! Seit Januar! Ja und den da drüben, den hat die Flak auf dem Rückflug von Oriveto nach der Bombardierung von irgendeinem Rangierbahnhof erwischt. Zuerst am Heck und dann auch noch am linken Motor. Jäger der Luftwaffe waren auch noch im Spiel, aber die haben bald abgedreht, für die ist eine angeschossene Mitchell kein lohnendes Ziel mehr. Mit nur einem Motor war sie dann doch zu langsam und hat den Anschluss an ihre eigene Staffel verloren." Butch zog umständlich ein Päckchen Lucky Strike aus einer Tasche seines

Overalls und bot Carolyn eine Zigarette an, hatte sogar Feuer gleich bei der Hand. Er wedelte das Streichholz sorgfältig aus, bevor er es fallen ließ und in den Sand trat. „Der Junge", fuhr er fort, „also der Pilot, ist gerade mal zwanzig Jahre alt gewesen. Aber er hat es geschafft, den brennenden Motor abzustellen und ihn so im Segelflug zu löschen. Dann hat er sich an unsere Marauder gehängt und hat es mit deren Hilfe tatsächlich bis hierher geschafft. Sogar die Landung mit einem Motor und dem beschädigten Fahrgestell, die hat er auch noch gerade so hinbekommen. Tolle Leistung! Aber zwei von seinen Leuten, die haben es trotzdem nicht geschafft." Butch lachte bitter auf und klatschte mit der flachen Hand auf die Zeitung neben sich auf dem Tisch: „Den Himmel fegen und so. Wenn ich das schon lese! Sicher, wir fegen, so gut wir können, und wir fegen verdammt gut! Doch leider ist es nur so, dass Jerry von Zeit zu Zeit auch noch mitfegt."

„Also komm, Butch, nun hör doch mal langsam auf! So genau will die Lady das doch gar nicht wissen. Hab' ich nicht recht, Carol?"

„Oh nein, Vera, das ist schon o.k.", beschwichtigte Carolyn. „Ich seh' das Wrack da drüben doch sowieso, ob es mir nun passt oder nicht. Da ist es schon besser, wenn ich alles weiß, sonst gehen mir dazu doch nur andauernd Fragen durch den Kopf." Vera nickte. Sie musste zugeben, dass da etwas dran war und machte sich achselzuckend wieder an ihre Arbeit.

„Eigentlich will ich damit ja nur sagen", nahm Butch unbeirrt seinen Faden wieder auf, „dass die Schreiberlinge, entschuldigen Sie, Ma'am, nehmen Sie's bitte nicht persönlich, also dass die Leute, die diese Sachen in die Zeitungen reinschreiben, dass die manchmal den Mund nicht so voll nehmen sollten. Wenn's nach denen ginge, läuft doch immer alles prima! Ich denke nur, auch wenn mal was nicht so toll läuft, muss doch trotzdem offen und ehrlich darüber berichtet werden, oder?" Er warf die Kippe seiner Zigarette auf den Boden und trat die Glut sorgfältig mit der Fußspitze aus.

„Nehmen Sie doch zum Beispiel mal die Sache mit Monte Cassino. Als das Kloster im Februar bombardiert worden war, hieß es stolz, wir hätten es regelrecht pulverisiert. Ich hab mich dann nur gewundert, dass es danach erst so richtig losging, am Monte Cassino! Die Deutschen waren nämlich immer noch drin. Das heißt – drin waren sie genaugenommen erst nachdem wir es bombardiert hatten. Vorher, vor den Luftangriffen, waren sie nämlich noch draußen. Tatsächlich, die Krauts haben sich an die Abmachung gehalten. Und deshalb sollen bei den Bombenangriffen auch nur jede Menge Zivilisten und die Mönche umgekommen sein." Er schüttelte den Kopf. „Da soll mir doch mal einer erklären, warum sie Monte Cassino überhaupt bombardiert haben. Hätten sie besser bleiben lassen."

„Jetzt is' aber mal gut, Butch", ließ sich Vera erneut aus dem Inneren ihres Busses vernehmen, und diesmal klang ihr Stimme wirklich verärgert. „Mir scheint, du hörst einfach zu oft sweet Sally's Gutenacht-Geschichten." Und zu Carol: „Er hat sich nämlich einen kleinen Radioempfänger gebastelt, musst du wissen. Doch, doch, ein technisches Ass ist er, unser Butch. Und den Kasten hat er so eingestellt, dass er Axis-Sallys Sendungen empfangen kann, und zwar nur die. Die Sally, dieses Biest, säuselt unseren Jungens mit ihren Lügenmärchen und Halbwahrheiten fast jede Nacht ganz schön die Ohren voll."

Axis-Sally, die weiblich Hauptpropagandawaffe der Deutschen an der Mittelmeerfront, war Carolyn natürlich ein Begriff. Wegen ihrer raffiniert gemachten Sendungen genoss die Dame einen zweifelhaften Ruhm. Mit einer Stimme, die manche ihrer Hörer übertriebenerweise sogar erotisch fanden, verbreitete sie in perfektem Englisch die antisemitischen und feindseligen Anschauungen ihres Auftraggebers, des Großdeutschen Rundfunks, und garnierte ihre manchmal schon schlüpfrigen Geschichten und zum Teil präzisen Nachrichten als Zugabe mit den allerneuesten Swingmelodien. Kein Wunder, dass ihr Nacht für Nacht zahllose Zuhörer sicher waren.

„Oh nein, Vera, mit Sally hat das nichts zu tun", widersprach Butch. „Du weißt genau, was ich von ihr und ihren Sendungen halte – nämlich wenig oder gar nichts! Aber die Sache mit Monte Cassino, das war trotzdem ein großer Fehler. Ein Kloster bombardiert man nicht! Punkt! Das tun nur Barbaren. Wie du weißt, bin ich Baptist und habe schon deshalb für den Papst wirklich nicht viel übrig. Aber ein Kloster ist und bleibt nun mal ein heiliger Ort, nicht wahr? Und heilige Orte, die sind tabu, die greift man nicht an! Na und die Quittung dafür", wandte er sich wieder Carolyn zu, „die haben wir dann ja auch prompt bekommen, als in der Karwoche im März der Vesuv ausbrach. Oder glauben Sie etwa, dass es ein Zufall war, dass dabei gerade von den Bombergruppen, die bei Cassino im Einsatz gewesen waren, besonders

73

viele Maschinen durch die Vulkanasche zerstört worden sind? Über 80 oder 90 Stück – alle Schrott!" Damit packte Butch nun wirklich ein heißes Eisen an. Auch wenn die Army die Berichterstattung über den Ausbruch des Vesuv und die wirklich erheblichen Schäden, die er an den amerikanischen Flugzeugen verursacht hatte, möglichst klein zu halten versuchte, waren diese Jahrhundertkatastrophe und die Zerstörung der Mittelstreckenbomber auf den Flugplätzen in der Nähe des Vesuvs dennoch tagelang das Gesprächsthema Nummer eins in den Messen und Kantinen der USAAF in Italien und Nordafrika gewesen. Die sofort wuchernden Gerüchte, die einen Zusammenhang zwischen der Zerstörung des Klosters auf dem Monte Cassino und dem Vulkanausbruch herstellten, fielen, je nach Gemütslage der Zuhörer und Ausschmückung des Ereignisses durch den Berichtenden, auf mehr oder weniger fruchtbaren Boden.

Doch in einem Punkt hatte Butch auf jeden Fall recht, nämlich dass die Bombardierung des Klosters sinnlos gewesen war. Denn die dadurch erhoffte Entlastung blieb aus, und weder an der Gustavlinie noch am Brückenkopf am Strand von Anzio und Nettuno bewegte sich bis Anfang Mai etwas. Sah man einmal von den Propagandatönen ab und verstand es, zwischen den Zeilen zu lesen, waren die Berichte über die sich hinziehenden Kämpfe in der Region nach wie vor deprimierend. Vom Rotkreuz-Personal, das aus Neapel gekommen war und auf dem Weg in die Staaten in Oran einen Zwischenstopp gemacht hatte, wusste Carolyn von schlimmen Erfrierungen, die sich die Soldaten zugezogen hatten, die manchmal tagelang ohne Ablösung und Nachschub in jämmerlichen Stellungen in den Bergen des Apennin unter feindlichem Beschuss ausgeharrt hatten.

Von wegen liebliches Italien! Das Land war ja viel gebirgiger, und der Winter war dort viel kälter, als es sich die Stäbe bei der Planung der Landungen zwischen Neapel und Rom offenbar vorgestellt hatten. In vielen Fällen, auch das war bekannt geworden, hatte man den Soldaten, die vom Monte Cassino zurückgebracht wurden, ganze Gliedmaßen amputieren müssen, weil sie erfroren waren. Dazu mussten dann auch noch aus dem Brückenkopf von Anzio die vielen Verletzten und durch Nässe und Kälte geschwächten und erkrankten Soldaten herausgeholt werden. Dort saßen die Amerikaner mit ihren gegen den Beschuss halb eingegrabenen Zelten seit Monaten im Morast fest, während die Deutschen keine Anstalten machten, die Umklammerung des von Bergen umgebenen Kessels zu lockern. Carolyn wusste das alles, denn es gehörte zu ihrer Aufgabe, Kontakte mit vielen Menschen herzustellen und dabei Augen und Ohren offen zu halten.

Nein, natürlich lief nicht alles so, wie es die euphorischen Überschriften und Berichte in den Armeezeitungen glauben machen wollten. Das sah Butch schon richtig und der etwas hohle propagandistische Tonfall fiel bestimmt nicht nur ihm auf. In etwas anderer Form kannte sie dieses Problem von ihrem eigenen Schreiben her ja auch.

„Sicher, Butch, Cassino war nicht der Erfolg, den man sich erhofft hatte", räumte sie ein. Und es kann durchaus auch sein, dass wir in dem Punkt den Australiern, also ich meine General Freyberg, zu sehr nachgegeben haben. Aber nachher ist man immer schlauer, oder? Doch der Zusammenhang, den du zwischen Cassino und dem Vesuv siehst", hier machte sie eine Pause und lächelte und schüttelte leicht den Kopf, „an den glaube ich nicht, da muss ich Vera recht geben", fuhr sie, etwas ernster werdend, fort.

„Wenn wir anfangen, solche verdrehten Behauptungen und Gerüchte für bare Münze zu nehmen, machen wir Axis Sally und den Nazis das Spiel zu leicht, dann stellen wir uns selbst ein Bein." Und nach einer kleinen Pause, in der Butch zweifelnd seinen auf die linke Hand gestützten Kopf hin und her gewiegt hatte: „Jetzt, da wir Krieg haben, passieren doch in kürzester Zeit hundertmal so viele Sachen wie in Friedenszeiten – und was für Sachen manchmal! Wenn man will, findet man da schnell etwas, wo sich zwischen dem einen und einem ganz anderen Ereignis eine scheinbare Verbindung herstellen lässt – und zwar merkwürdige und abenteuerliche Verbindungen, muss man sagen."

Butch, der nebenbei Coon schon seit einer Weile mit Keksen aus einer K-Ration gefüttert hatte, richtete sich wieder auf und schaute Carolyn an.

„Ich bin nicht abergläubisch, Lady, das bestimmt nicht! Aber ich bleib' dabei: Wenn man ein Gotteshaus bombardiert, und ein Kloster ist doch auch ein Gotteshaus, oder nicht? Dann..."

Doch er kam nicht mehr dazu, seinen bedächtig und mit Nachdruck vorgebrachten Satz zu beenden, denn um sie herum geriet jetzt alles in Bewegung. Zuerst fegte ein heftiger Windstoß die Stars and Stripes von der Bank und verteilte sie in einzelnen Seiten rund um das ARC-Clubmobil herum. Das wiederum trieb Coon unter dem Tisch hervor und der sprang aufgeregt bellend herum, schnappte nach den Zeitungsseiten und zerfetzte die, die er erwischte, hingebungsvoll.

Gleichzeitig näherte sich von der Gebäudegruppe ganz am Ende des Rollfeldes her ein Lastwagen und eine Formation von Flugzeugen, deren Motorengeräusch nun nicht mehr zu überhören war und das jedes Gespräch sowieso übertönt hätte, flog von Süden her an, die Bomberstaffel, der zweimotorigen Marauder, auf die Vera und auch Butch schon warteten. Nachdem sie in niedriger Höhe einen weiten Bogen um Trunconi beschrieben hatten, setzten sie einer nach dem anderen in einer weit auseinandergezogenen Kette zur Landung an.

Carolyn und Butch hatten ihr Gespräch abgebrochen und erhoben sich von ihrer Bank, um die Landung der Maschinen besser beobachten zu können. Vera und die beiden Piloten der B-25, die inzwischen mit dem Lkw eingetroffen waren und samt dem Fahrer ausgestiegen waren, gesellten sich zu ihnen. Sie alle starrten in den südlichen Himmel, der nun auch schon fast gänzlich von Schleierwolken bedeckt war. Von dort her näherten sich eines nach dem anderen die Flugzeuge und setzten zur Landung an.

„Wie viele sind gestartet, Butch?", rief Vera. „Zwölf", schrie Butch zurück, „das 487. Geschwader hat 16 Maschinen, aber vier sind nicht einsatzbereit."

„Na klar", rief der Pilot der Alabama Belle ihm lachend zu, „sind ja auch Marauder! „One a Day in Tampa Bay", richtig?"

„Oh nein, Sir, die Zeiten sind vorbei! Unsere Marauder nehmen es mit euren Mitchells in jeder Hinsicht auf. Wir..." Aber wieder konnte er seine Entgegnung nicht beenden, denn in diesem Moment setzte die erste B-25 gar nicht weit entfernt vom Clubmobil mit pfeifenden Reifen auf der Piste auf. Vera und Butch zählten leise und voller Spannung die in kurzen Abständen aufsetzenden Maschinen mit. Zwölf waren gestartet, würden auch zwölf wieder landen?

Am Ende waren es auch zwölf Maschinen, die schwankend und hüpfend aufsetzten und sich links und rechts von der Piste auf der Fläche des Flugfeldes verteilten. Aber noch während die letzten Flugzeuge zu ihren Standplätzen rollten, rasten ein Krankenwagen und kurz danach ein Löschfahrzeug hinter ihnen her.

Die kleine Gruppe vor dem Clubmobil folgte den beiden Fahrzeugen wortlos und mit besorgten Blicken, dann begann sie, sich ruhig aufzulösen. Vera eilte in ihre Küche, wo Laura, die inzwischen von ihrer Einkaufsfahrt zurückgekehrt war und bereits die mitgebrachten Vorräte in den Vorratsschränken verstaute.

Anschließend begannen die beiden Frauen die ersten frischen Donuts in, große, rundbauchige Goldfischgläser zu schütten und seitlich auf der Theke ordentlich in Reihen ausgerichtet weiße Pappbecher bereitzustellen. Ein Stapel weißer Papierservietten musste zum Schutz vor dem auffrischenden Wind noch mit einer Konservendose beschwert werden.

Butch hatte es plötzlich auch sehr eilig. Er verabschiedete sich hastig und schwang sich auf sein Fahrrad, denn für den Instandsetzungszug begann nun die Arbeit: Überprüfung der Motoren, Durchsicht des hydraulischen und der elektrischen Anlage der Maschinen. Das und das Ausbessern der Löcher, die die Flak gerissen hatte sowie der Austausch zersprungener Plexiglasteile konnte sich über die ganze Nacht hindurch bis Sonnenaufgang und länger hinziehen. Die Piloten konnten wechseln, die Mechaniker aber blieben bis zu deren Ende bei ihren Maschinen, außer die wurden ausgemustert oder kehrten von einem Einsatz nicht mehr zurück. Jetzt im Sommer kam es gar nicht mal so selten vor, dass die Mechaniker bei ihnen Flugzeugen unter deren Tragflächen übernachteten.

II
MILK RUN

ERDBEEREN

Carolyn machte sich mit ihren beiden Piloten auf den Weg zur Alabama Belle – diesmal saß sie im Führerhaus des Lastwagens neben dem Piloten auf dem Beifahrersitz, während sich der Kopilot für die kurze Strecke mit dem Trittbrett begnügte. Als sie an der zerstörten B-25 vorbeifuhren, widerstand sie der Versuchung, einen letzten Blick auf das Wrack zu werfen. Stattdessen blickte sie entschlossen geradeaus über die scheinbar unendliche Ebene des Flugplatzes von Villacidro, der eigentlich Trunconi hieß und den die Flieger aber lieber Villa nannten. Ihre Begleiter schienen das zerschossene Wrack ebenfalls nicht wahrzunehmen.

Den Himmel über der weiten Ebene überzog inzwischen eine komplett geschlossene Wolkendecke. In der diesigen Luft, die über dem Boden zusätzlich durch aufgewehten Staub getrübt wurde, gingen Himmel und Erde beinahe ununterscheidbar ineinander über und die Kette flacher Berge im Westen der Ebene bildete nur noch eine konturlose Masse von einheitlichem, dunklen Grau. Carolyn war froh, diesen trostlosen Feldflugplatz endlich hinter sich lassen zu können.

Der Kopilot bot ihr galant den Arm an, um ihr beim Absprung von der letzten hohen Stufe des Lastwagens behilflich zu sein. „Für den Rest des Fluges sind Sie hinten im Rumpf nicht mehr ganz allein", sagte er lachend, als sie neben ihm auf festem Boden stand und seinen Arm losließ. „Zwei Jungens von der 321 BG werden Ihnen Gesellschaft leisten." Auf das, was dann kam, hätte sie durch sein Grinsen eigentlich vorbereitet sein müssen. Aber als sie einen schmächtigen Sergeanten mit einem Affen auf der Schulter von der Ladefläche des Lastwagens springen sah, lachte sie doch überrascht auf. Ein Äffchen umklammerte mit seinem linken Arm den Hals des Soldaten und schmiegte sich an ihn. Es war war einer dieser Berberaffen, die sie von einem Ausflug in die Berge Marokkos her kannte und die dort manchmal auch auf den Märkten in den Städten verkauft wurden. In seiner freien rechten Pfote hielt das Tier eine große, rote Erdbeere.

Der junge Soldat, der nach dem Sprung vom Lastwagen kurz ins Taumeln geraten war und nach einem Halt suchen musste, richtete sich verlegen auf und setzte seine Uniformmütze wieder zurecht. Seinen Blechkoffer, den er beim Sprung von der Ladefläche unter den linken Arm geklemmt hatte, stellte er neben sich auf dem Boden ab. „PFC Layman, Michael Layman von der 321 BG", stellte er sich höflich vor und ergänzte nach einer kleinen Pause verlegen: „Aber nennen Sie mich bitte Mike, alle tun das." Dann wandte er sich dem Affen zu und versuchte vergeblich, dessen Klammergriff etwas zu lockern und ihn von seiner Schulter zu heben. „Und das hier, das ist Fuzzy. Wir beide sind schon eine Zeitlang unterwegs und jetzt hat er eben ein bisschen Angst", erklärte Mike und kraulte das Tier am Bauch. Der kleine Berberaffe drückte sich ängstlich an seinen Besitzer, während er mit flinken Augen seine Umgebung musterte. Er schien noch nicht ganz ausgewachsen zu sein. Sein kleines, rötliches Gesicht war in einen Kranz heller flauschiger Haare eingebettet, den restlichen Körper bedeckte dichtes, gelblich-braunes Fell. Doch so ganz schien sich der Soldat auf die Anhänglichkeit seines Schützlings jedoch nicht zu verlassen, denn nun fiel Carolyn der dünne Lederriemen auf, der im Rücken des Äffchens mit einem Brustgeschirr verbunden war, dessen anderes Ende Mike sich um das rechte Handgelenk geschlungen hatte. „Nur für den Fall dass er sich erschrickt oder aus anderen Gründen flüchten will", erklärte er, auf Carolyns interessierten Blick.

„Kann ich mir gut vorstellen, dass er bei euch abhauen will", stimmte ihm der Kopilot scheinbar verständnisvoll zu. „Es muss ja auch ein harter Job sein, den er bei euch hat! Maskottchen bei der 321 BG! Wenn ich mir das vorstelle! Sag mal, stimmt es eigentlich, dass ihr den Affen zum Sergeanten befördert habt und dass er sich bei euch das Rauchen angewöhnt hat? Außerdem hab ich gehört, dass er in der Mannschaftsmesse mit dem Rest von euch Jungens Bier trinken muss."

„Komm, bleib fair, Will", ermahnte ihn sein Pilot. „Immerhin haben sie ihr Maskottchen intelligent ausgewählt. Wie ich die von der 321. kenne, hätten die ja auch auf eine Giraffe oder einen Elefant als Maskottchen kommen können. In dem Fall hätte Miss Chandler hinten im Flugzeug nichts zu lachen."

„Hast recht, Dave", lenkte der Kopilot grinsend ein. „Oder einen Papagei! Stell dir einen Papagei bei der 321. BG vor – nicht auszudenken!

Was sich das arme Tier in der Mannschaftsmesse Tag für Tag alles anhören und lernen müsste! Bei dem Wortschatz, den der dann hätte, könnte man eine Dame in seiner Gesellschaft gar nicht mitfliegen lassen. Peinlich! Nein, das wäre Miss Chandler nicht zuzumuten." Will war von der Vorstellung eines hemmungslos fluchenden Papageien so begeistert, dass er sich wiehernd auf die Schenkel schlug. Mike dagegen konnte den Scherzen der beiden nur wenig abgewinnen und lächelte dünn.

Als habe der Affe hatte sich inzwischen wieder an die Erdbeere in seiner Pfote erinnert, begann er plötzlich hastig an ihr zu knabbern, wobei er seine Blicke nach wie vor unablässig zwischen den Menschen um sich herum hin und her wandern ließ.

„Schauen wir mal, dass wir das, was Fuzzy von dem Zeug übrig gelassen hat, umladen und hier wegkommen", drängte der Pilot, während er den Himmel musterte.

Die nächste Viertelstunde über hatte Carolyn wieder Gelegenheit zu beobachten, wie sich der Bomber immer mehr in einen friedlichen Lebensmitteltransporter verwandelte. In den Bombenschacht waren in die Bombenhalterungen Bretterböden eingehängt worden, auf denen man nun flache, mit frischem Laub ausgelegte Weidenkörbchen mit Hunderten von Eiern, mehrere Metallkanister mit frischer Milch, einen ganzen Berg von Salatköpfen und viele helle Spankörbchen mit Erdbeeren verstaute.

Dass Carolyn Erdbeeren liebte, war wohl einfach nicht zu übersehen gewesen, denn nachdem sie ein Körbchen hochgehoben hatte, um daran zu schnuppern, wurde es ihr großzügig überlassen, als Reiseproviant, bis Ajaccio müsse der aber reichen.

„Aber, Vorsicht, Lady!", riet ihr Will mit gedämpfter Stimme, „passen Sie nachher im Dunkeln auf. Bringen Sie ihre Erdbeeren vor dem Gefreiten und seinem Affen in Sicherheit. Sie müssen wissen, bei manchen Kerlen hat der Krieg die Sitten völlig verrohen lassen."

Solche Versorgungsflüge, wie sie bei der USAAF seit Sommer und Herbst des vergangenen Jahres zwischen Nordafrika, Sizilien, Sardinien und Korsika häufiger stattfanden, wurden „Milk Runs" genannt. Wenn es sich machen ließ, übernahm Captain Dave Hartmann solche Flüge gerne. In diesem Fall war er zwischen Tunesien und Korsika unterwegs. Die Strecken, um die es bei diesen Routineflügen ging, waren meist in kurzer Zeit und in Sichtflughöhe gut zu bewältigen. Sie waren eine willkommene Abwechslung zu den viel gefährlicheren Einsätzen über Mittel- und Norditalien, bei denen die gefürchtete deutsche 8.8-Flak und die verbliebenen Jäger der Luftwaffe immer noch ihre Opfer forderten.

In den Kantinen der Hospitäler, den Offiziers- und Mannschaftsmessen der Feldflugplätze an der Ostküste Korsikas und in Süditalien waren frisches Gemüse und Obst, Eier und Milch immer sehr willkommen. Dass all die Sachen manchmal auch von weither eingeflogen werden mussten, spielte dabei kaum eine Rolle. Es standen genügend Maschinen bereit, die einigermaßen heil aus den Kampfeinsätzen herausgenommen worden waren und an Flugbenzin herrschte ebenfalls kein Mangel.

Nach dem Start brachte der Pilot seine B-25 in die Waagrechte, ging auf einen Kurs von 325 Grad und blieb unter einer Höhe von 2 000 Fuß. Damit hielt er das Flugzeug unterhalb der Gipfelhöhen der bewaldeten Bergkette zur Linken, und konnte hoffen, wenigstens bis zur Küste in deren Windschatten zu bleiben. So war das Flugzeug leichter auf Kurs zu halten. Denn seit der Mittagszeit hatte der Wind zugelegt und sprang in größerer Höhe böig und unstet von West auf Südwest um.

Das gab Dave die Chance, entspannter auf die Einzelheiten der Landschaft achten, die unter ihnen vorbeizog. Bei dem guten Licht, das jetzt am frühen Nachmittag, noch herrschte, freute er sich besonders auf den Teil der Flugstrecke, der nun vor ihnen lag.

Von Trunconi bis zum Golf von Oristano an der Westküste Sardiniens erstreckte sich in nordwestlicher Richtung eine breite, langgezogene Ebene, die es dem Piloten besonders angetan hatte. Es war ein dicht besiedelter Landstrich, und der Anblick der unregelmäßig geformten, kleinen und großen Felder, über die der Schatten ihres Flugzeugs huschte, erstaunte und erfreute ihn jedes Mal aufs Neue. Von oben gesehen kam ihm die Landschaft, die unter ihnen vorbeizog, wie ein einziger großer Garten vor, und die Vorstellung, dass das Gemüse oder was immer sie an Essbarem in diesem Moment mit der Alabama Belle transportierten, auch von diesen Feldern auf der fruchtbaren Ebene da unten stammte, gefiel ihm.

Obwohl Captain Hartmann in der Stadt lebte und vor seinem Eintritt in die Army im Jahre 1941 schon über drei Jahre lang Schreibtischarbeit in der Stadtverwaltung von Garden City, Kansas, geleistet hatte, war er dennoch kein Stadtmensch. Seine Liebe – es war eher unwahrscheinlich, dass er es je so überschwänglich sagen würde, dennoch traf das die Sache –, seine Liebe gehörte der Landwirtschaft, dem Leben auf dem Land und vom Land. Von dort kamen seine Vorfahren und für ihn stand es fest, dass er eines Tages dorthin zurückkehren würde. Vorher musste nur dieser Krieg, den die Verrückten drüben in Europa, diesem winzigen Kontinent, vom Zaun gebrochen hatten, siegreich beendet werden. War das erst einmal geschafft, würde er lieber heute als morgen heimkehren, würde heiraten und eine Familie gründen. Dass er diesen neuen Abschnitt seines Lebens natürlich als Farmer beginnen würde, war für ihn keine Frage. Dort, von wo er herkam, hatte man das Land im Blut, wie manche es ein bisschen schwülstig ausdrückten. Aber so würde Dave es auch nicht ausdrücken, doch unausgesprochen empfand er es dennoch ziemlich genau so.

Zu Hause in Kansas begann irgendwo jenseits der Stadtgrenze schon bald das, was aus den Prärien geworden war: die endlosen Weizen- und Maisfelder soweit das Auge reichte, und wie verloren in sie eingebettet, einzelne Farmen und kleine Ortschaften, die sich im Lauf der Jahre mit Bank, Kirche, Tankstelle, Bar und ein paar Läden an der Kreuzung zweier Landstraßen angesammelt hatten. Sie waren wie Inseln in einem Meer, in dem sich die weithin sichtbaren, weißen Getreidesilos der Verladestationen wie Leuchttürme zur Orientierung anboten.

Auch die Vermutung, David Hartmann empfände so etwas Ähnliches wie Heimweh, hätte er amüsiert und vielleicht unangenehm berührt zurückgewiesen. Kansas, das war eben sein Zuhause, dort lebten seine Leute und da drüben gäbe es für ihn etwas Sinnvolleres zu tun, als irgendwo in abgelegenen italienischen Gebirgstälern Jerries zu jagen und Brücken und Bahnhöfe samt ihrem Nachschub hochgehen zu lassen. Darum ging es nun mal. Ganz davon abgesehen, dass man bei dem Spiel nebenbei auch noch Kopf und Kragen riskierte.

Doch diesen Streifen Land da unten, dieses kleine Tal, das leider viel zu schnell in wenigen Minuten überflogen war, das mochte er besonders. Das hatte bestimmt auch damit zu tun, dass der Krieg hier noch keine Spuren hinterlassen hatte. Jedenfalls sah es aus der Vogelperspektive so aus. Und am allermeisten interessierten ihn natürlich die Felder, die so ganz anders aussahen als er es von seiner Heimat im Mittleren Westen gewohnt war.

Heute hatte Dave Glück, denn aus der Kanzel seiner Maschine bot sich ihm tatsächlich eine besonders gute Sicht. Das diesig gewordene Sonnenlicht, das den Dingen da unten mit den klaren Schatten auch ihre Schärfe nahm, brachte stattdessen die Farben der Ebene besonders intensiv zum Leuchten. Mit ihren vielfältigen, mal regelmäßigen und dann wieder unregelmäßigen Formen und den satten Grün- und Brauntönen erinnerte sie Dave an einen dieser Quilts, wie manche Frauen in seiner Heimat sie schufen, wenn sie sich reihum zur Handarbeit bei einer Nachbarin oder im Gemeindezentrum trafen. Aber anders als die heimatlichen Quilts, diese kunstvoll und regelmäßig zusammengesetzten Steppdecken mit ihren ausgeklügelten Mustern, fügte sich der Flickenteppich da unten nach keinem erkennbaren Prinzip zusammen und kam auch mit weniger Farben aus. Dafür leuchteten die besonnten Streifen desto intensiver auf, wenn hier und da Sonnenstrahlen durch Lücken in der dichter gewordenen Wolkendecke drangen.

Die Straßen und Wege, die einzelne Gehöfte, Weiler und Ortschaften miteinander verbanden, bildeten ein Netz zarter heller und dunkler Linien. Verschachtelte Ansammlungen kleiner Häuser mit fein schraffierten braunroten Ziegeldächern drängten sich um kleine Kirchen und baumbeschattete Plätze.

Am Fuß der Berge im Südwesten zogen sich Olivenhaine mit ihrem regelmäßigen Muster aus Reihen graugrüner, kugeliger Baumkronen über Bodenwellen und Talsenken hin. Das sah von oben so aus, als ruhten sie säuberlich aufgereiht auf den kleinen, dunklen Schattenscheiben, die sie mit ihren Kronen warfen. Noch aus größerer Entfernung waren sie von den langen Reihen der dichter belaubten Orangen- und Zitronenbäume zu unterscheiden.

Dann wieder stoben beim Herannahen der dröhnenden B-25 Herden dunkelbrauner und heller Schafe auseinander, und über die gelbgrünen Flächen der Weizenfelder ließ der Wind wie als Vorankündigung des nahen Meeres Wellenmuster wandern.

Die Bewohner dieser Ebene waren dagegen schwerer auszumachen. Ihre winzigen, dunklen Gestalten schienen dort unten reglos zu verharren, und falls sie sich doch bewegten, war es aus der Höhe und bei der Geschwindigkeit, mit der Dave sie überflog, kaum festzustellen. Weil der Krieg für sie vorbei war, versteckten sie sich auch nicht vor dem herannahenden Flugzeug. Manche von ihnen schienen sogar die Arme emporzustrecken, um den Piloten zuzuwinken. Vereinzelt krochen einzelne Lastwagen oder schwarze Personenwagen wie Käfer über die wenigen Landstraßen und zogen verwehende Staubwölkchen hinter sich her.

Dave Hartmann hatte diesen Teil Sardiniens von Villacidro aus schon mehrmals überflogen, und so hatte sich bei ihm mit der Zeit das Gefühl eingestellt, mit der Ebene von Campidano vertraut zu sein. Er hatte sich vorgenommen, ein paar Tage seines nächsten Urlaubs irgendwo da unten zu verbringen, um dieses Tal, diesen Streifen Landes näher kennen zu lernen. Ein Fahrzeug würde sich am Flugfeld von Trunconi sicherlich auftreiben lassen, und dann konnte er selber über eine dieser Straßen dort unten fahren, würde in den Dörfern, die er bis jetzt nur flüchtig und von oben gesehen hatte, Halt machen, im Schatten eines der kleinen Häuser sitzen und so gut es ging mit den Bauern, die er dort träfe, über das Wetter fachsimpeln und ihnen Fragen zum Boden, zum Klima und dem Getreide draußen auf den Feldern stellen. Doch, er mochte die Italiener. Er fand, dass sie freundliche Menschen waren. Zwar sprachen sie nicht seine Sprache, aber mit der Verständigung würde es schon irgendwie klappen. Er war Optimist. Man würden sich einfach Mühe geben, einander zu verstehen. Und er konnte er sich auch die Zeit nehmen, den Kindern auf dem Dorfplatz beim Spielen zuzusehen. Zum Schluss, bevor er weiterfuhr, müsste er unbedingt noch von dem bitteren, schwarzen Kaffee trinken, den sie in diesen kleinen Tassen ausschenkten.

„He, Dave, nun schau doch mal, da unten, da!" Will hatte ihn am Arm gepackt und stieß aufgeregt den Zeigefinger nach unten. Dort, wo eine Brücke den Fluss überquerte, der sich schon seit einiger Zeit, von Büschen und Bäumen gesäumt, durch die Felder wand, stand ein Mensch, eine Frau offenbar, denn ihr Kleid leuchtete als kleiner, roter Fleck zu ihnen herauf. Neben ihr am Brückengeländer lehnte ein Fahrrad, und sie winkte mit etwas Hellem, einem Tuch oder ihrem Sonnenhut zu ihnen hoch. Doch schon im nächsten Moment war sie unter der Maschine verschwunden und gleich darauf hinter ihr und außer Sicht.

„Mein Gott, Dave, sah die gut aus! Eine Schönheit, sag ich dir! Braune Augen und Sommersprossen – mein Traum! Und stell dir vor, sie hat mir zugewinkt!", rief Will. „Halt doch mal kurz an und lass mich raus", bettelte er und rüttelte wie verzweifelt an einem nicht vorhandenen Türgriff. Dave lachte und ließ die Alabama Belle zurückwinken, indem er mit den Tragflächen wackelte. Das konnte sie einfach nicht übersehen, wenigstens dann nicht, wenn sie ihnen nachschaute, und das tat sie bestimmt. Soweit waren sie ja noch nicht weg. Immerhin ein erster Kontakt!

„Will, nun nimm's mal nicht so schwer!" beruhigte er seinen Kopiloten. „Eines Tages werden wir bei ihr vorbeischauen, werden ihr einen Besuch abstatten und einen Schluck Kaffee mit ihr trinken. Versprochen! Zufrieden?" Na klar war Will zufrieden. Er stieß den Daumen seiner rechten Hand nach oben und nickte zustimmend. Solche oder ähnliche Spiele waren bei den beiden an der Tagesordnung.

Und dann dehnte sich schon flimmernd und endlos bis zum Horizont das Meer vor ihnen aus. Weiter draußen, über dem Golf von Oristano, schwenkte der Pilot in einer weiten Kurve nach Norden ein und ließ die seine Maschine solange steigen, bis die rote Nadel des Höhenanzeigers die Marke von 3 000 Fuß erreicht hatte. Der Wind war stärker geworden und kam nun stoßweise. Für den Rest der Strecke bis Ajaccio würde Dave Hartmann die Maschine in geringer Entfernung zu den Küsten halten und sich im Sichtflug bewegen.

Schon bald war die schmale Meerenge von Bonifacio zwischen Sardinien und Korsika erreicht und überflogen und blieb schnell hinter der Alabama Belle zurück, Zeit für Dave, sein Flugzeug längs der Westküste Korsikas auf den neuen Kurs von 300° zu bringen. Dazu ging er auf Sichtflug über und richtete dann die Nase der Maschine nach der zarten weißen Linie aus, mit der tief unter ihnen die Brandung den zerrissenen Verlauf der Küstenlinie nachzeichnete. Sogar von hier oben erkannte man an dem geriffelten Muster der schaumgekrönten Wellenkämme, dass das Meer unruhiger geworden war.

Inzwischen flogen sie unterhalb einer geschlossenen Wolkendecke, die die Insel soweit das Auge reichte nach Norden und Osten hin überzog. In ihrem Schatten wirkten die tief hintereinander gestaffelten Gebirgszüge, die zum Teil übergangslos aus dem Meer aufstiegen, noch abweisender und unzugänglicher. Korsika lag vor ihnen wie die Gipfelregion eines im Meer versunkenen Hochgebirges. An den höchsten Spitzen und Graten dieser Gebirgslandschaft schimmerten noch Schneefelder, die vom letzten Winter liegengeblieben oder als Neuschnee hinzugekommen waren.

Da die Wolkendecke kontinuierlich absank und die Sicht zunehmend schlechter wurde, ließ Dave die Maschine auf eine noch niedrigere Flughöhe in größerer Nähe zur Küste abfallen. Erste Regenschauer trieben Tropfen als hastig zitternde Rinnsale waagrecht an der Plexiglaskuppel des Cockpits entlang.

Will stieß den Piloten an und formte mit beiden Händen die markante Kugel des Uomo di Cagna in der Luft nach: Da war wieder der Kopf eines Riesen, der mit seinem Rumpf das Ende einer Bergkette bildete, die fast senkrecht nach Süden abfiel. Will hatte bei jedem Vorbeiflug den Eindruck, der Gigant wolle von oben herab jeden Ankömmling auf der Insel begrüßen oder abschrecken. Dieser phantastische Anblick begeisterte die beiden jedes Mal aufs Neue. Auch ihn ließen sie zur Rechten hinter sich zurück.

Da das Interkom abgeschaltet war, versuchte Will seinem Piloten wieder einmal zu signalisieren, wie sehr ihn auch die schroffe Bergkette beeindruckte, die sich zu ihrer Rechten hinzog. Dazu beschrieb er mit der Hand eine Zickzacklinie und nickte anerkennend. Auf ihren zahlreichen gemeinsamen Flügen hatten sie eine einfache Zeichensprache entwickelt, die perfekt funktionierte.

Danach widmeten sie ihre ganze Aufmerksamkeit dem Überfliegen der Halbinseln und bergigen Landspitzen, die in südwestlicher Richtung von der Landmasse aus ins Meer vorstießen. An einer der nächsten tief in das Land hineinreichenden und besonders weiten Buchten kam endlich Ajaccio und damit ihr Ziel, das Flugfeld von Campo del Oro, in Sicht. Will griff nach der Karte im Klemmhalter zu seiner Rechten und nickte Dave kurz zu, nachdem er ein letztes Mal das Blatt studiert hatte. In wenigen Minuten würden sie den Golf von Ajaccio links hinter sich liegen lassen und zur Landung auf dem Flugfeld außerhalb der Stadt ansetzen.

Die knappe Stunde, die das Flugzeug gebraucht hatte, um die Strecke von Trunconi bis Ajaccio zurückzulegen, war für die Passagiere der Alabama Belle tatsächlich – wie man treffenderweise sagten konnte – wie im Flug vergangen. Den Schwenk über dem Golf von Oristano und den anschließenden Steigflug hatten die Passagiere hinten im Rumpf des Flugzeugs kaum registriert. Carolyn hatte wieder ihren alten Platz auf dem Sitz des Funkers eingenommen und ihr neuer Mitreisender hatte es sich auf seinem Proviantkoffer bequem gemacht, nachdem er aus irgendeiner Ecke des Flugzeugrumpfes eine verschlissenen Decke hervorgezogen und sie zu einem Sitzpolster zusammengefaltet hatte.

Der Duft, den die Erdbeeren vom hinteren Teil des Rumpfes her ausströmten, war so stark, dass er den strengen Eigengeruch des Blechvogels, eine Mischung aus Lackausdünstungen und Treibstoff, beinahe überdeckte. Da hatten die drei Passagiere den größten Teil des Inhalts von Carolyns Erdbeerkörbchen miteinander geteilt.

Der kleine Berberaffe hatte gegenüber Carolyn schon nach kurzer Zeit seine Scheu abgelegt und es eine ganze Weile sogar auf ihrem Schoß aus ausgehalten, bevor er mit zwei Sätzen zu Mike zurückkehrte und halb auf dessen Oberschenkel, halb auf die Wolldecke hingestreckt einschlief. Und auch die Passagiere im Rumpf des Flugzeugs, die bald nach dem Abheben vom Flugplatz Trunconi am Rütteln und Schwanken der Maschine bemerkt hatten, dass die Windböen an Stärke zunahmen, waren bald eingenickt und wurden erst wieder wach, als Dave mit gedrosselten Motoren in langsamem Sinkflug die Landebahn des Flugfelds von Campo del Oro ansteuerte.

III
KORSIKA

Noch bevor die wilden Bergflüsse Gravona und Prunelli sich in das große Rund des Golfes von Ajaccio ergießen, vereinigen sich die Kies- und Geröllmassen, die vor allem die Gravona mit den Fluten der Herbstregen und der Schneeschmelze im Frühjahr seit Urzeiten Jahr für Jahr bergab transportiert, zu einer ausgedehnten Küstenebene, dem Campo del Oro, so benannt nach dem Monte d'Oro, der höchsten Erhebung unter den Bergen im Hinterland.

Als die Alabama Belle am frühen Nachmittag auf der Landebahn des Feldflugplatzes Campo del Oro aufsetzte, hatte sich die von Nordwesten aufziehende Regenfront bereits über weite Teile der Insel ausgedehnt, und seit einer Weile regnete es auch über der Bucht von Ajaccio und in der Stadt.

Obwohl Carolyn auf den Wetterumschwung gefasst war, kostete es sie doch eine kleine Überwindung, aus dem Halbdunkel des trockenen Bauches der Maschine in die windige Nässe unter dem Flugzeugrumpf hinabzusteigen. Wie auf Trunconi waren auch hier zur Befestigung der Rollbahn die üblichen ineinander verhakten, gelochten Metallmatten gebreitet worden. Sie betrat also gewissermaßen heimatlichen Boden, in dessen kreisrunden Aussparungen das korsische Regenwasser kleine Tümpel bildete.

Während Mike sich damit abmühte, ihr Gepäck aus dem Rumpf zu ziehen und über die Leiter herunterzuschaffen, hielt Carolyn sein Äffchen auf dem Arm und hatte im Schutz der Tragfläche Zeit genug, sich in ihrer neuen Umgebung umzuschauen. Drüben im Westen, von wo der Wind die Regenschauer herantrieb, lag dunstverschleiert und schiefergrau unter einer tief heranziehenden Wolkendecke das Meer. Daran schloss sich rechts in einem weiten Halbrund die Bucht von Ajaccio an. Die Stadt selber zeichnete sich mit ihren Hafenanlagen und hohen Stadthäusern vage durch die Regenschleier ab. Dahinter bildeten dunkle Berghänge und durchziehende Dunst- und Regenschleier ein schemenhaftes Einerlei.

Carolyn fröstelte und drückte das Äffchen unwillkürlich enger an sich. Ajaccio im Dauerregen – ein Albtraum! Das war nun also die Schlechtwetterfront, von der Dave am Morgen auf Sidi Ahmed gesprochen hatte. Die war leider schon vor ihr hier eingetroffen. Sie hätte sich eine schönere Begrüßung in Europa vorstellen können! Soweit sie erkennen konnte, war die Alabama Belle im Moment das einzige größere Flugzeug, das sich auf Campo del Oro befand. Es war ein kleiner Flugplatz, eher ein Flugfeld, wie es schien. Nur weiter hinten, zum Landesinneren hin, wo es am Ende der Rollbahn in dichten Buschwald überging, parkten beiderseits der Startbahn locker aufgereiht mehrere einmotorige Jagdflugzeuge, Spitfires, wie Carolyn automatisch registrierte, Staffeln der Free French wahrscheinlich. Entlang der zerfahrenen Piste, die sich neben der Rollbahn hinzog, standen zu einer ordentlichen Reihe ausgerichtet die üblichen Armeezelte sowie ein paar leichte Feldbaracken und Armeefahrzeuge. Die vom Regen schweren spitzen Dächer und Seitenwände der Zelte hingen unter der Nässe durch und glänzten dunkel. Eingefasst wurde all das von sanft ansteigenden Talhängen, die in größerer Entfernung zu beiden Seiten die Ebene des Flussdeltas begrenzten.

Carolyn stand immer noch unter der Tragfläche. Geduldig hielt sie das Äffchen auf dem Arm, und während sie wartete, hörte sie über sich Mike im Rumpf des Flugzeug mit ihrem Gepäck rumpeln. Er hatte anscheinend Schwierigkeiten, mit ihrem großen Koffer an all dem Gemüse und den Kisten vorbeizukommen, die die Piloten geladen hatten.

Als sie beklommen in den Regen schaute, überkam sie das Gefühl, in einer Sackgasse gelandet zu sein. Wer weiß, wie lange es wohl dauern würde, bis sie aus diesem gottverlassenen Winkel der Welt wieder herauskäme, bis sie in das hoffentlich sonnigere Italien weiterreisen könnte? Der Westwind frischte mit einer Bö auf und trieb den Regen noch schräger vor sich her, sodass ihr die breite Tragfläche der Alabama Belle keinen Schutz mehr bot. Und auch das bisschen Wärme, das der große Flugzeugmotor über ihr bis jetzt noch ausgestrahlt hatte, wurde vom Wind verweht und erreichte sie nicht mehr. Wie um ihr Unbehagen voll zu machen spürte sie, wie die Nässe durch die Nähte an den Sohlenrändern in ihre Schuhe zu dringen begann. Daher war sie erleichtert, als sie Mike endlich das Äffchen reichen und sich mit den beiden Piloten wenigstens zum Zelt des Flugplatzkommandanten aufmachen konnte, bevor die mit dem Entladen der Maschine begannen. Glücklicherweise war es gleich das erste in der längeren Reihe von Zelten, an dessen Eingang sie haltmachten. Noch bevor sie in dem trüben Licht, das in seinem Innern herrschte, irgendwelche Einzelheiten unterscheiden konnte, wurde sie beim Eintreten von der wohlvertrauten Mischung von Gerüchen in Empfang genommen. Sie war unverwechselbar und für alle diese Zelte, in die sie schon ihren Fuß gesetzt hatte, typisch. Da war der säuerlich muffige Geruch des imprägnierten feuchten Zeltstoffs sowie kalter Zigarettenrauch, der sich mit dem Geruch des Kerosins mischte, den der unvermeidliche tonnenförmige gusseiserne Ofen in der Mitte des Zeltes verströmte. Hinzu kamen in wechselnden Anteilen Kaffeeduft und die Gerüche der letzten Mahlzeit, sowie nicht zuletzt die Körperausdünstungen der Männer, die hier Tag für Tag ein und aus gingen, herumsaßen und zwischendurch auch schliefen.

Die Auskünfte, die sie von einem Colonel Sanders, dem diensthabenden Offizier des Flugplatzes, im Inneren des Zeltes erhielt, trugen auch nicht gerade dazu bei, ihren ersten trüben Eindruck von Campo del Oro aufzuhellen. Der Colonel, ein hagerer Mann um die Vierzig, fixierte sie bei seinen weitschweifigen Erklärungen aufmerksam und unentwegt über den Rand seiner Hornbrille hinweg. Im Stehen, noch bevor sie irgendwo hatte Platz nehmen können, eröffnete er ihr, dass sie sich wenig Hoffnungen auf eine einfache Fortsetzung ihrer Reise machen solle. Denn mit einem sicheren Anschlussflug hinüber zur Ostküste der Insel, wie sich die Lady das vielleicht vorstelle – er lachte kurz und freudlos auf, als amüsiere ihn solch eine naive Vorstellung –, also mit so etwas könne er leider nicht dienen. Aber damit, bitte schön, habe sie im Ernst ja wohl auch kaum gerechnet, nicht wahr? Langer Rede kurzer Sinn: Mit einem Fortkommen sei in den nächsten paar Stunden keinesfalls zu rechnen. Morgen oder übermorgen sehe es vielleicht ein wenig anders aus, da sei unter Umständen mit der Maschine zu rechnen, die die Post von Marokko herüberbringe. Aber bis dahin, nun ja …, er zuckte mit den Schultern und ließ den Satz unbeendet.

„Schauen Sie, hier auf Campo del Oro", das sei übrigens der korsische Name des Flugfeldes und bedeute so viel wie Goldfeld, schob er lehrerhaft ein, wobei er wieder kurz und mit sarkastischem Unterton auflachte, also auf Campo del Oro seien ja eigentlich nur Teile zweier Jagdgeschwader der Franzosen stationiert, der Free French, schob er erklärend nach. Deren Aufgabe sei es, den Hafen von Ajaccio vor Angriffen deutscher Bomber zu schützen. Immerhin befände man sich auf französischem Territorium, nicht wahr. Die anderen lägen drüben an der Ostküste und flögen bei Bedarf als Begleitschutz für die B 24 Liberators über Italien und Südfrankreich mit. Wie sie bestimmt verstehe, seien das alles in allem nicht gerade die allerbesten Chancen für die Lady, schnell nach Neapel zu kommen, nicht wahr? (dazu wieder trockenes Lachen). Andererseits, nun ja, bestünde jedoch immerhin die Möglichkeit, dass eine Kuriermaschine des Hauptquartiers des 57. Bombergeschwaders an der Ostküste drüben auf einem Routineflug auf Campo del Oro zwischenlandete. Nun, wie dem auch sei und langer Rede kurzer Sinn, er wolle jedenfalls der Lady in diesem Punkt keine falschen Hoffnungen machen. Und nach einer Pause: Nun ja, man werde sehen. Und bis dahin – er wies mit einer einladenden Geste auf das mit ein paar Bänken und Tischen spärlich möblierte Zeltinnere um sie herum, bis dahin könne sie es sich ja hier so bequem wie möglich machen. „Fühlen Sie sich ganz wie zu Hause, Madam", versuchte er zu scherzen.

Durch sein Äußeres und die umständliche und ausufernde Art sowie mit dem vertrocknet wirkenden Humor, mit der ihr schlaksiges Gegenüber seine wenig ermutigenden Ausführungen aufzuhellen versuchte, hatte der Colonel Carolyn vom ersten Augenblick an an ihren Physiklehrer erinnert, der sie in den letzten Jahren am College unterrichtet hatte. Das hatte ihre Stimmung sogar noch verdüstert. Und wie damals, als es ihr als Schülerin auch nur gelungen war, sich immer nur für kurze Zeit auf die trockenen Ausführungen dieses Lehrers zu konzentrieren, stellte sich bei ihr auch jetzt wieder ein Gefühl leichter Gereiztheit ein. Ohne dass es ihr selbst bewusst wurde, verlegte sie sich, vielleicht in einer Art von Abwehrverhalten, so wie damals darauf, die Merkwürdigkeiten ihres Gegenübers zu studieren, mit denen der Colonel seine langatmigen Ausführungen begleitete.

So hatte er zum Beispiel gleich nach der Begrüßung seine rechte Hand wieder bis weit über das Handgelenk in der tiefen Tasche seiner locker sitzenden Uniformhose versenkt und unterstrich mit der anderen durch schlaffe, kleine Handbewegungen in Hüfthöhe matt gestikulierend seine Rede. Zwischendurch strich er in regelmäßigen Abständen immer wieder eine Strähne seines sandfarbenen Haares aus der Stirn, die gleich darauf ebenso zuverlässig wieder in ihre alte Stellung zurückfiel. War die rechte Hand bei dem Hin und Her zwischen Haarsträhne und Hosentasche gerade nicht verfügbar, bemühte er zwischendurch auch mal die linke und untermalte dann mit leicht wedelnden Kreisbewegungen des halbhoch vorgestreckten Armes den Teil seiner Ausführungen, den er für besonders wichtig hielt.

„Überhaupt sind das ja, wenn Sie mir die Bemerkung gestatten wollen, alles in allem für eine Dame doch problematische Umstände, unter denen Sie reisen, nicht wahr?" Nicht zu reden von dem hässlichen Wetter, das sie sich da zum Reisen ausgesucht habe (mitleidiges Lächeln). Es fiel Carolyn nicht leicht, sich mit einer passenden Entgegnung zurückzuhalten, die ihr auf der Zunge lag. Als ob sie sich irgendwelche Unannehmlichkeiten bei ihrer Korrespondentenarbeit bewusste aussuche! Ihr war kalt und sie war hungrig. Und einen Disput darüber, was eine Frau „in Zeiten wie diesen" besser zu tun oder nicht zu tun hatte, hatte ihr gerade noch gefehlt. Wenigstens hatte ihr Physiklehrer-Offizier sie während seiner Ausführungen immerhin an einen der langen Tische in der Nähe des Zelteingangs geführt und ihr, ohne seine Rede zu unterbrechen, von einem anderen Tisch weiter hinten im Zelt Kaffee und Kekse geholt und sogar eine Chesterfield angeboten. Das versöhnte Carolyn wenigstens für den Moment mit seinem eigenartigen Verhalten.

So konnte sie während seiner weiteren Ausführungen wenigstens ihre Hände an der dampfenden Tasse wärmen und darauf hoffen, dass deren Wärme sich über die Arme in den ganzen Körper verteilen würde. Das konnte sie gut brauchen, denn durch ihre Schuhe, die bereits feucht waren, kroch die Kälte des Betonbodens, auf dem das Zelt stand, ihr allmählich die Beine hoch.

„Sorry, aber etwas Besseres kann ich Ihnen leider nicht anbieten" entschuldigte er sich. „Wir haben hier heute eine Bereitschaftsbesetzung, eine Notbesetzung sozusagen, denn ein Großteil der Männer ist auf Urlaub, das heißt in dem Fall drüben in der Stadt, in Ajaccio. Bedauerlicherweise auch die Köche", ergänzte er. „Bis heute Abend versuchen wir aus dem, was sie vorbereitet haben und aus unseren K-Rationen das Beste zu machen." Sanders schwieg, und Carolyn war erstaunt, wie offen er ihr gegenüber, immerhin einer

Fremden, sein Missvergnügen über Dienstangelegenheiten erkennen ließ.

Sie hatte es sich halb lehnend und halb sitzend an der Kante eines der Tische in der Zeltmitte einigermaßen bequem gemacht. Und während sie in kleinen Schlucken den heißen Kaffee genoss und dabei unentwegt ihre Zehen in den Schuhen bewegte, spürte sie, wie sich ihre anfängliche Anspannung legte und gleichzeitig mit ihr auch ihr Unwille über die umständliche Art ihres Gegenübers schwand.

Als der Colonel schwieg, fiel es ihr auf, wie still es im Zelt war. Nur im Hintergrund, auf einem der Bürotische an der Rückfront, plapperte leise und von niemandem beachtet ein Radio mit sich selbst. Daneben beugte sich ein Wehrpflichtiger über irgendeine Büroarbeit. Die Zeltwände flappten leise im Wind und der Regen trommelte mit einem sanft perlenden Geräusch auf das Zeltdach.

Der Colonel neben ihr räusperte sich. „Sicher", nahm er das Gespräch wieder auf, „eine Möglichkeit gibt es da natürlich noch, den Landweg, eine Straßenverbindung zum Hauptquartier der 75. Man fährt das Gravona-Tal da hinten hoch und kommt dann über Bergstraßen und Pässe zu einem Ort an der Ostküste der Insel, Ghisonaccia, so heißt er. Aber dort hinzukommen klingt leichter, als es ist. In Wirklichkeit ist es eine recht umständliche Sache, denn die Strecke hat so ihre Tücken." Er unterstützte seine Beschreibung der Route durch Gesten mit der rechten Hand und vollführte bei der Erwähnung der Bergstraße ruckartige Auf- und Abwärtsbewegungen, sodass die Asche von seiner Zigarette abfiel und Carolyns Tasse nur um Haaresbreite verfehlte.

Aber dennoch, prinzipiell wäre das schon eine Möglichkeit", räumte er zögernd ein. „Doch, gewiss. Aber selbst wenn eines der Hospitäler drüben in der Stadt noch im Laufe des Tages einen Lastwagen über die Berge losschicken würde", er senkte seine Stimme, „was ich persönlich für ganz unwahrscheinlich halte, selbst dann würde ich Ihnen dringend davon abraten, diesen Weg zu wählen." Bei der Erwähnung der Berge hatte er den Daumen seiner rechten Hand energisch über die Schulter in die Richtung gestoßen, in der diese jenseits des Zeltes zu vermuten waren. Sie mussten ihn bei irgendeiner Gelegenheit sehr beeindruckt haben, diese Berge, war Carolyn sich sicher. Der Platzkommandant machte ihr ein Zeichen, ihm zu folgen und sie traten vor das Zelt.

„Schauen Sie", er wies mit einer Kopfbewegung in Richtung der Bergketten, die ganz weit hinten im Nordosten das Tal abschlossen, „so sieht es da oben aus! Nicht gerade einladend, nicht wahr?" Tatsächlich wirkte das ferne Gebirge im Innern der Insel, soweit es im Regendunst überhaupt zu erkennen war, einschüchternd schroff. Sein höchster Kamm verschwand in einer düsteren Wolkendecke, die nur an wenigen Stellen einen Blick auf ein paar Schneefelder freigab. Ausgerechnet Schnee!, dachte Carolyn. Und das im Mittelmeer und noch dazu im Mai! Bei diesem Anblick begann sie unwillkürlich zu frieren, und jetzt fiel ihr auch auf, wie hungrig sie war. Um das Malheur vollzumachen, hatte sich seit einer Weile auch ihr Kopfweh zurückgemeldet.

„Hoch bis zum ersten Pass mag es ja noch angehen, Miss Chandler, aber dann kommt der wirklich gefährliche Teil der Strecke über den zweiten Pass, über enorme Steigungen, an Steilhängen und Abgründen vorbei. Und dann bergab nach Ghisoni ist es auch nicht viel besser: Kurven über Kurven, und dazu ist die Straße dort, verzeihen Sie bitte, verdammt schmal. Durchaus möglich, dass da oben in den Wäldern, wo man damit angefangen hat, die Trassen zu erweitern, jetzt bei dem Regen das ganze Zeug ins Rutschen kommt, wenn Lastwagen drüberfahren." Er nickte bekräftigend. „Doch, in der Gegend da oben sind ja auch schon Fahrzeuge von uns verunglückt." Der Mann vor ihr gehörte offenbar zur Gattung der unerbittlichen Pessimisten, stellte Carolyn fest.

„O.k., Sie haben mich überzeugt", versuchte sie sich zu wehren und lächelte gequält. „Aber was bleibt mir denn nun noch übrig? Was soll denn heute Nacht werden? Es klingt ja gerade so, als würde ich von hier aus niemals nach Neapel kommen! Das kann doch nicht sein!" Ob sie nicht doch mit der Alabama Belle, die dort drüben im Regen immer noch auf ihre Entladung wartete, zurück nach Afrika fliegen und ihr Glück noch einmal von Sidi Ahmed aus versuchen sollte? Ein absurder Gedanke! Dennoch, Afrika – das bedeutete wenigstens Trockenheit und Wärme. Wenn schon warten, dann lieber doch da. Und sie erinnerte sich fast wehmütig an den vielversprechenden Morgen am See von Bizerta und daran, wie sehr sie das warme Morgenlicht der Sonne auf der Bank am Flugfeld genossen hatte.

Sie waren ins Zelt zurückgekehrt, und das Gespräch mit dem Captain, oder besser, sein Monolog, war wieder ins Stocken geraten und in der Stille, die nun wieder herrschte, hörte man, wie draußen der Regen leise in den kleinen Graben längs der Zeltwand gluckste.

„Nun ja, Miss Chandler, eine andere Möglichkeit gäbe es da vielleicht doch noch", nahm der Offizier das Gespräch wieder auf. Er setzte seine Brille ab und begann sie umständlich mit einem Taschentuch zu trocknen. „Falls nämlich trotz des ungünstigen Wetters heute Nachmittag wider Erwarten doch noch eine Kuriermaschine von Ghisonaccia oder Solenzara herüberkommen sollte und falls sie dann heute auch wieder zurückflöge, dann hätten Sie allerdings noch eine Chance, von hier wegzukommen, eine kleine Chance, um genau zu sein."

Carolyn atmete auf, ohne sich allerdings ihre Erleichterung anmerken zu lassen. Endlich zog er doch noch das weiße Kaninchen aus dem Hut! Der Mann schien ein kleiner Zauberkünstler zu sein. War es möglich, dass er sie, die allein in der Fremde herumreisende Frau, mit Absicht und aus pädagogischen Gründen ein wenig auf die Folter gespannt hatte, um anschließend die mögliche Lösung ihres Problems desto strahlender präsentieren zu können? Eigentlich kaum vorstellbar. Sie verwarf diesen flüchtigen Gedanken auch gleich wieder und zog sich vom Eingang des Zeltes tiefer in dessen Inneres zurück und ließ sich dort seufzend in einen der dunkelroten, abgeschabten Sessel fallen, die an der rückwärtigen Längswand des Zeltes aufgereiht standen.

Hier hatten es sich Mike und sein Berberäffchen im Halbdunkel längst bequem gemacht und dösten. Ganz langsam versuchte Carolyn, wieder Hoffnung zu schöpfen. Sie würde, wie es so schön hieß, aus der Situation das Beste zu machen versuchen. Was blieb ihr sonst auch übrig? Die Wärme, die der kleine Kerosinofen neben dem Zeltmasten ausstrahlte, drang ein wenig bis zu ihr herüber. Zuerst einmal musste sie etwas zu essen auftreiben, und sich dann ausruhen – irgendwie würde es schließlich weitergehen. War es denn bis jetzt nicht immer weitergegangen?

Der Platzkommandant, der ihr bis zum Sessel gefolgt war, hatte sie danach mit einer gemurmelten Entschuldigung sich selbst überlassen und war nach draußen verschwunden. Carolyn vergrub sich noch tiefer in das Polster des Sessels und schaute sich zum ersten Mal seit ihrer Ankunft genauer im Zelt um.

Hinten vor der Stirnwand bildeten drei zusammengeschobene Tische eine Art Barriere, die notdürftig die Büroabteilung der

Kommandantur vom Aufenthaltsbereich abtrennte. Drei große, weiß emaillierte Schirmlampen baumelten dort vom Firstbalken des Zeltes herab. In ihrem Schein gingen zwei Soldaten an den Tischen irgendwelchen Büroarbeiten nach.

Einer der beiden, es war ein PFC, ein Private First Class, tippte bedächtig etwas in eine Schreibmaschine. Hin und wieder unterbrach er seine Tätigkeit, zog an seiner Zigarette und fixierte nachdenklich irgendeinen entfernten Punkt an der gegenüberliegenden Zeltwand. Aus dem Radio auf einem Bord hinter ihm quollen gedämpft Swingmelodien.

Sein Kamerad, ein Sergeant, saß ein paar Schritte von ihm entfernt und blätterte gelangweilt in einer Broschüre oder etwas Ähnlichem. Dabei hatte er seinen Stuhl gekippt und die Füße auf der Tischkante abgelegt. Mit der Lehne seines Bürostuhls stützte er sich an dem Aktenschrank in seinem Rücken ab.

Eine in der Mitte eines des Tisches aufgeschlagene große Kladde neben einem Feldtelefon und zwei bis zum Rand mit gestapelten Schriftstücken angefüllte flache Drahtkörbe sowie herumliegende Schreibutensilien gaben dem Büroteil der Flugplatzkommandantur die nötige dienstliche Abrundung. Ganz am Ende der Tischreihe, in gehörigem Abstand zum dienstlichen Bereich, vervollständigten eine Kaffeemaschine, Tassenstapel und Kaffeezutaten die Einrichtung.

Doch ohne den obligatorischen Pin-up-Kalender hätte der gesamten Einrichtung etwas Wesentliches gefehlt. Und so prangte hinter den beiden GIs ein großformatiges Exemplar eines solchen Kalenders neben einer bunten Karte des westlichen Mittelmeerraumes an der Zeltwand.

Das Mai-Mädchen, so wie vermutlich auch die Damen der anderen elf Monatsblätter des Kalenders, war eine makellos glatte, strahlende Schönheit, soviel konnte Carolyn schon von ihrem Sessel aus einiger Entfernung erkennen. Unnötig zu erwähnen, dass sie dem Geschmack der männlichen Kundschaft entsprechend außerordentlich spärlich bekleidet war. Die malerisch in Locken bis auf die Schultern herabwallende Frisur der schwarzhaarigen Schönheit hob sich vorteilhaft von ihrem zart gebräunten Teint ab und wurde durch eine gleichzeitig elegant und kindlich wirkende große rosa Haarschleife zusammengehalten. Die fiel besonders ins Auge, weil auch sie kindlich-kokett wirkte und farblich zu ihrem Bikini zu ihrem Bikini überleitete, dem der Künstler einen etwas dunkleren Ton in derselben Farbe gegeben hatte. Das Mädchen saß auf einer Schaukel, sie umfasste mit einer Hand zierlich deren Seil und lächelte neckisch-herausfordernd zum Betrachter herüber. Um das Bildnis herum war reichlich freier Raum gelassen worden, und so hatten sich hier die jungen Männer der Einheit mit Notizen, Telefonnummern, Wörtern, wohl auch kurzen Kommentaren verewigt. Carolyn nahm sich vor, besonders diese Notizen bei Gelegenheit unauffällig zu entziffern, selbst wenn manche von ihnen vielleicht etwas drastisch und für einen ihrer Berichte nicht unbedingt brauchbar sein sollten. Die GI-Joes hatten es jedenfalls verstanden, sich in dieser kargen Umgebung ein wenig wohnlich einzurichten, musste sie zugeben.

Ein Windstoß versetzte das Zeltdach für einen Moment in schwappende Bewegung und drückte den Petroleumdunst des Ofens durch das Ofenrohr in den Raum zurück, wo er sich mit dem kalten Zigarettenrauch vermischte, der träge in der Luft lag. Beides schlug Carolyn auf den leeren Magen und erinnerte sie daran, wie lange sie außer den Erdbeeren schon nichts mehr gegessen hatte.

Als der Offizier erneut das Zelt betrat und auf sie zu kam, warf sie erwartungsvoll das zerlesene Life-Magazin, das sie schon eine ganze Weile in der Hand gehalten hatte, ohne darin zu blättern, in den Sessel neben sich. So, wie Sanders vor ihr stand und sich räusperte, sah es aus, als habe er ihr etwas Wichtiges mitzuteilen.

„Entschuldigen Sie, Miss Chandler, aber Sie können natürlich nicht die ganze Zeit hier in dieser ungastlichen Umgebung bleiben, bis vielleicht doch noch ein Flugzeug kommt, falls denn überhaupt eines kommen sollte, meine ich", schob er nach. „Und essen müssen Sie doch sicherlich auch etwas und sich auch ausruhen. Hier geht das natürlich nicht, nicht wahr. Dafür gibt es geeignetere Plätze. Ich denke da vor allem an ein Hotel drüben in der Stadt, an das Aiglon. Das ist so etwas wie ein Vertragshotel unserer Einheit oder wie man es sonst nennen will. Al dort drüben", er deutete zu dem Sergeant hinüber, der Carolyn nur ein paarmal kurz gemustert hatte und wieder in das Studium seiner Broschüre vertieft war, „Al wird Sie hinbringen und abends auch wieder abholen, falls es nötig sein sollte." Und nach einer kurzen Pause: „Al ist ein guter Mann, verlässlich und hilfsbereit."

Die Aussicht auf ein gemütliches Hotel, dazu eine warme Mahlzeit, eine Dusche und vielleicht sogar auf irgendeinen Platz, an dem sie sich ausstrecken konnte, um sich auszuruhen, war natürlich sehr verlockend und erweckte Carolyns unverwüstlicher Optimismus zu neuem Leben.

Und so saß sie schon wenige Minuten später neben dem Sergeant im Jeep und fuhr mit ihm in Richtung der Stadt, die auf der anderen Seite der Bucht auf sie wartete. Plötzlich war alles sehr schnell gegangen: Al, wie er gleich angesprochen werden wollte, hatte erstaunlich schnell die Füße vom Tisch genommen, den Comic – denn es war ein Comic gewesen, in den er sich vertieft hatte –, zur Seite gelegt, sein Schiffchen zurechtgerückt und sich mit ihr auf den Weg zu seinem Jeep gemacht. Ihr Gepäck hatten sie im Handumdrehen auf dem Rücksitz des Fahrzeugs verstaut.

Glücklicherweise hatte sie vor der Abfahrt gerade noch daran gedacht, ihr Regencape mit der Kapuze aus dem Haversack zu holen und es anzuziehen. Der Jeep hatte zwar ein Verdeck, aber im Fahrzeug saß man doch beinahe wie im Freien, da es an den Einstiegen auf beiden Seiten offen war. Nachdem sie losgefahren waren, war Al konzentriert mit seinem Kaugummi beschäftigt, während er mit den Unebenheiten der geschotterten Piste kämpfte. Das auf- und abschwellende Geräusch des Motors und das regelmäßige Klacken des Scheibenwischers waren für eine ganze Weile die einzigen Geräusche um sie herum. Carolyn hatte sich auf dem Beifahrersitz so gut es ging eingerichtet und dabei versucht, zum offenen Einstieg so viel Abstand wie möglich zu halten. Der einzige Vorteil, den ihr luftiger Sitz hatte, war, dass sie hoffen konnte, in der frischen Luft ihr Kopfweh loszuwerden, das sich als ein unangenehmes Ziehen über der Augenbraue in der linken Stirnhälfte festgesetzt hatte. Noch ein Aspirin hatte sie ihrem leeren Magen nicht zumuten wollen.

100

AJACCIO

Korsika und Ajaccio, Napoleons Insel und seine Geburtsstadt – für die ARC Korrespondentin Carolyn Chandler waren das natürlich Namen, mit denen sich für sie etwas verband, wenn vielleicht auch ein wenig verschwommen, wie sie sich eingestand. Sie befand sich hier fernab der üblichen Reiseziele, die sie vor dem Krieg aus beruflichen Gründen in Europa besucht hatte. Als erfahrene und interessierte Reisende hätte sie unter günstigeren Bedingungen die Gelegenheit genutzt, diesen historisch interessanten Ort näher in Augenschein zu nehmen. Wissbegierig, wie sie war, hätte sie sich mit einem Reiseführer darauf gut vorbereitet, um einen weiteren weißen Fleck auf ihrer privaten Bildungslandkarte zu tilgen. Aber die Umstände waren eben nicht danach. Sie verbrachte hier nicht ihren Urlaub und das garstige Wetter und vor allem die Unsicherheit, wie und wann sie ihre Reise fortsetzen konnte, ließen bei ihr den Gedanken an einen improvisierten kleinen Bildungsurlaub gar nicht erst aufkommen. Irgendwann würde sie sicherlich noch einmal hierher zurückkommen, vielleicht von Neapel oder von Rom aus, für ein paar Tage wenigstens. Dann würde sie das alles mit mehr Ruhe und entspannter nachholen können. Den Gedanken, sich ihre Ankunft auf der Insel für einen Moment unter ganz anderen Bedingungen vorzustellen, bei strahlendem Wetter, passend gekleidet und mit viel Zeit und kleinerem Reisegepäck, fand sie durchaus reizvoll. Aber das wäre wohl leider erst nach dem ganzen Schlamassel, nach diesem Krieg möglich, und so schob sie diesen Wunschtraum gleich wieder beiseite. Sie hatte es sich angewöhnt, in überschaubaren Zeiträumen zu denken, und in einem solchen war mit dem Ende dieses Krieges realistischerweise wohl nicht zu rechnen

Nein, die Umstände zwangen zur Konzentration auf das Wesentliche, wie man so schön sagte. Ihre persönliche To-do-Liste mit den allernächsten taktischen Zielen stand schon fest: eine warme Mahlzeit, eine Dusche und, wenn möglich, ein paar Stunden Schlaf – und dann hoffentlich ein Flug rüber nach Italien. Es musste ja nicht mal auf Anhieb Neapel sein. Wenn sich das alles so einrichten ließe, wäre sie auch wieder für weitere Strapazen gewappnet und könnte neue Aufgaben in Angriff nehmen.

„Taktische Ziele", „in Angriff nehmen", „Strapazen", „auf Anhieb" – sollte der ständige Umgang mit Militärs etwa schon auf ihre Sprache und ihr Denken abgefärbt haben, ohne dass sie es gemerkt hatte? In Zukunft würde sie mal darauf achten, nahm sie sich vor.

Kurz nachdem der Jeep das provisorisch zusammengezimmerte Tor zum Flugfeld hinter sich gelassen hatte und ein paar hundert Meter auf einer welligen Schotterpiste vorangekommen war, berührte Al sie am Arm und wies wortlos mit dem Kinn schräg nach vorne, wo seitlich des Fahrwegs in einiger Entfernung fast verborgen im halbhohen Gesträuch unter Tarnnetzen eine Flak-Batterie platziert war. Carolyn hätte sie sicherlich übersehen. Stapel von Munitionskisten in der Nähe der Kanonen waren mit vor Nässe schwarz glänzenden Planen gegen den Regen abgedeckt. Und auch die Mündungen ihrer steil himmelwärts ragenden Rohre waren durch Segeltuchhauben vor dem Regen geschützt. Von den Bedienungsmannschaften war nichts zu sehen, sie hatten sich vor dem Wetter in Zelte geflüchtet, die etwas abseits der Kanonen aufgeschlagen worden waren.

„Eine Bofors-Batterie der Free French", erläuterte ihr Fahrer. „Flak. Die Jungs hocken jetzt natürlich auf ihren Hintern im Zelt und spielen Karten oder pennen auf ihren Feldbetten. Schätze, die wissen, dass sie hier eigentlich gar nicht mehr nötig sind. Trotzdem – man weiß ja nie. Jerry liebt Überraschungen!" Und wie zur Bestärkung seiner Ansicht ließ er mit einem leisen untermalenden „Plopp" eine Kaugummiblase platzen.

Nachdem sie die ausgefahrene, wellige Piste verlassen hatten, bogen sie auf die Landstraße ein, und Carolyn erhaschte einen flüchtigen Blick auf die regenverhangenen düsteren Bergketten im Landesinneren. Sie musste zugeben, dass Sanders mit seiner liebevollen Schilderung der Gefahren, die dort lauern mochten, wohl nicht ganz übertrieben hatte. Nein, sie war recht zufrieden, wie die Dinge sich stattdessen entwickelten und schmiegte sich tiefer in die Rückenlehne des Beifahrersitzes. Der Fahrtwind war kühl und die offenen Seiten des Fahrzeugs boten fast keinen Schutz gegen die Feuchtigkeit, die der wechselnde Wind ab und zu in den Jeep drückte. Sie zog ihren Regenumhang fester um die

Schultern und war froh, als ein windschiefes Straßenschild in Pfeilform nur noch fünf Kilometer bis Ajaccio anzeigte.

Eine ganze Weile verlief die Straße parallel zum Rand der Küstenebene, dem Schwemmland, mit dem der Fluss kurz vor seiner Einmündung ins Meer ein Delta geschaffen hatte. Die ebene Fläche war locker von Hecken und einzelnen Baumgruppen bestanden und diente als Winterweide. Große Herden heller und dunkelbrauner Schafe waren über das Grün der saftigen Wiesen verteilt wie auf ein Gemälde hingesprenkelte helle Flecken. Schlanke Rinder standen oder lagen in Gruppen eng beieinander, träge wiederkäuend, die Rücken gegen den Wind gewendet. Auch vereinzelte Maultiere oder Esel dösten im Schutz von Hecken. Und immer wieder tauchten über die Fläche verstreut vereinzelt Bäume auf, die in voller Blüte standen und wie rundliche, weiße Wolken ein wenig Licht in den trüben Nachmittag brachten.

Inzwischen hatten sich auf der rechten Seite bis auf wenige Meter Bahngeleise der Landstraße genähert und liefen nun parallel zu ihr ebenfalls auf die Stadt zu. Sie erinnerten Carolyn an die schmalen Geleise einer Bergwerksbahn, die sie einmal als Kind mit ihren Eltern in den Appalachen bei einem Ausflug zu einer alten Kohlenmine gesehen hatte.

„Die Bahnlinie läuft quer über die ganze Insel weg. Zieht sich über die Berge da hinten und weiter bis an die Ostküste runter", rief ihr Al zu, der ihrem Blick gefolgt war. Carolyn war verblüfft. Sie hätte nicht erwartet, dass es auf einer so kleinen Insel wie Korsika eine Eisenbahn geben könnte. Aber da es nun mal eine gab, war es wiederum auch nur logisch, dass sie kleiner sein musste als die Eisenbahnen auf den großen Kontinenten. An den Zügen, die sie von ihrer Heimat her kannte, waren ja allein schon die Räder fast so hoch wie ein ausgewachsener Mann. Doch falls sie hier entsprechend kleiner waren, wie schafften es so kleine Lokomotiven dann, ganze Züge über die Bergpässe im Landesinneren zu ziehen?

Die Straße hatte sich inzwischen immer mehr der Küste angenähert, und so lag die Bucht von Ajaccio nun in einem weiten Halbrund vor ihnen. Zur linken Seite hin, dort, wo sie herkamen, ging sie flach in das Gravonadelta über, auf der anderen Seite waren vor den hellen Häuser der Stadt im Regendunst Hafenanlagen auszumachen, an deren Kais ein paar Schiffe entladen wurden. Das eigentliche Stadtzentrum schien sich etwas oberhalb des Hafens zu befinden, jedenfalls ragten in geringem Abstand zur Uferlinie hangaufwärts in dicht hintereinander gestaffelten Reihen die Häuser der Stadt auf. Schon aus der Ferne fiel Carolyn deren ungewöhnliche Höhe und Breite auf. Hinter ihnen wiederum bedeckte über der Stadt grauer Buschwald einen langgezogenen Bergrücken.

Als sich im Westen die Wolkendecke für einen Moment auflockerte, lag Ajaccio als ein weit geschwungener, strahlend weißer Bogen vor ihnen, und die gekräuselte Oberfläche des Meeres blitzte im Sonnenlicht auf. Diesen unverhofften Lichtblick deutete Carolyn optimistisch als ein beruhigendes Zeichen. Die Dinge würden sich gut entwickeln!

Al stoppte den Jeep unvermittelt am Straßenrand und reichte Carolyn sein Zigarettenpäckchen. Sie rauchten schweigend und beobachteten, wie sich das Panorama vor ihnen je nach wechselndem Licht veränderte. Mal stärker, dann wieder schwächer trug trug der Wind von der nahen Küste das Rauschen der Brandung bis zu ihnen heran. Carolyn glaubte sogar, das Meer riechen zu können. Dann verdunkelte der Himmel sich wieder, Regen setzte erneut ein und die Windstöße wurden heftiger. Als sie weiterfuhren trieben Regentropfen in schrägen Bahnen über die Windschutzscheibe.

Carolyn wunderte sich über Al. So verschlossen, wie er sich bis jetzt gegeben hatte, hätte sie dem wortkargen Sergeanten keinen besonderen Blick für die Schönheit der Landschaft zugetraut. Und doch hatte er unerwartet einen bemerkenswerten, wenn auch knappen Kommentar von sich gegeben: „Was für ein Anblick!", hatte er gesagt, als sie ihren kurzen Halt beendeten.

Sie atmete tief durch. Die Fahrt durch die grüne Ebene und der Anblick der hellen Stadt jenseits des Golfes gaben ihr endgültig das Gefühl, in Europa angekommen zu sein. Doch noch bevor sie sich den hoch aufragenden Häusern der Stadt auf der anderen Seite des Golfes nähern konnten, schwenkte die Straße nach rechts ab und schien sie von ihrem eigentlichen Ziel wieder wegzuführen.

Stattdessen tauchten sie in das Gewirr von kleinen Industrieanlagen, Firmengebäuden und Brachflächen der Vorstadt ein. In Werkstätten, deren Höfe mit Automobilen und Lastwagen in allen Stadien des Zerfalls vollgestellt waren, wurde an Kraftfahrzeugen gearbeitet. In einer Halle blitzte das blauweiße Licht eines Schweißgerätes auf. Dann wieder passierten sie unkrautüberwucherte Abstellplätze, auf denen hinter halb heruntergetretenen Zäunen Berge von Metallschrott, Baumaterialien und undefinierbaren Gerätschaften im Regen lagerten. Zwischen langen Schuppen oder Hallen dehnten sich verwilderte breite Geländestreifen, ehemals bewirtschaftete Gärten oder kleine Felder vielleicht, die nun von undurchdringlichem Gestrüpp überwachsen waren. Mancherorts fanden sich dort auch noch kleine Gehöfte oder Schuppen – Spuren ehemaliger landwirtschaftlicher Nutzung. Dann wieder wuchsen Bäume aus eingefallenen Dächern und Efeu überzog wie ein dunkelgrüner Pelz Dach- und Mauerreste oder prächtig blühende Glyzinien begruben die zerfallenden Mauern mit ihren leuchtend blauen Blütenkaskaden unter sich.

Je mehr sie sich in einem Bogen wieder der Stadt näherten, desto öfter begegneten ihnen auch wieder Fahrzeuge, kleine, schwarze Personenwagen und Lastwagen, während die Scheibenwischer von Als Jeep sich ruckend und quietschend mühten, aufgewirbelte Gischt und Regen zu bewältigen. Ein Weilchen trottete ein zottiger Hund stoisch am Straßenrand vor ihnen her, und Al verlangsamte die Fahrt. Dann wieder dirigierte eine ganz in schwarz gekleidete alte Frau mit einem Stöckchen ihren Maulesel am Straßenrand vor sich her, dessen hölzernes Tragegestell auf beiden Seiten mit großen Bündeln knorriger Äste beladen war.

Die Bebauung um sie herum wurde nun zunehmend städtischer. Immer öfter tauchten zu beiden Seiten der Straße auch mehrstöckige Häuser auf, von denen manche sich fast bis an den Straßenrand heranschoben und andere etwas zurückversetzt und halb verborgen hinter kleinen Vorgärten oder von Weinlaub überwucherten Veranden standen. In der Luft lag der Duft von Holzrauch, der über den Schornsteinen blau zerflatterte, und vergeblich zum Trocknen aufgehängte Wäsche bewegte sich träge im Wind. Dann wieder gab es sogar im Stadtbereich Häuser, die schon lange unbewohnt zu sein schienen. Es war zu erkennen, dass ihre Fensterläden seit längerer Zeit nicht mehr geöffnet worden waren. Sie alle wiesen Spuren des Verfalls in seinen unterschiedlichen Stufen auf, da man sie der Natur, dem üppig wuchernden Grün der sie umgebenden Hecken und Büsche ausgeliefert hatte, worin sie bald versinken würden.

Die der Straße zugewandten Außenwände der größeren Häuser waren meist fensterlos und dienten oft als großformatige Reklameflächen. Ältere und längst zu Schemen verblasste Werbebotschaften hatte man einfach mit imposanten Lettern und neuen Abbildungen überdeckt, auf denen in kräftigeren Farben Aperitifs, Schokolade, Autoreifen oder Kaffee angepriesen wurden.

Inzwischen waren sie endgültig in der Stadt angekommen und näherten sich dem Bahnhof der Kleinbahn, deren Geleise sie zuvor schon ein Stück weit begleitet hatten. Es war tatsächlich ein richtiger Bahnhof, staunte Carolyn, mit allem, was dazugehörte: ein schmuckes Bahnhofsgebäude, flache Schuppen, dazu mehrere Bahnsteige sowie Gleisverzweigungen und Abstellgleise. Etwas abgesetzt und außerhalb des Bahnhofsbereichs stand wie ein stämmiger Vorposten ein bauchiger Wasserturm. Im Vorbeifahren gelang es Carolyn, einen Blick auf Waggons und ein paar Lokomotiven zu werfen. Sie waren gar nicht einmal so klein, wie sie es erwartet hatte und glichen eher den Waggons einer Straßenbahn. Der Regen brachte ihr hübsche gelb-rote Lackierung zum Leuchten.

Aus der ruhigen Selbstverständlichkeit, mit der Al seinen Weg durch die Stadt steuerte, schloss Carolyn, dass er sich in vertrauter Umgebung bewegte. Als er scharf nach rechts abbog und den Bahnhof hinter sich ließ, näherten sie sich dem Zentrum Ajaccios. Mit den hohen Häuser zu beiden Seiten der Straße machte die Stadt hier nun wirklich einen großstädtischen Eindruck. In den Hauseingängen oder unter den dichtbelaubten Bäumen, die den Straßenrand säumten, standen in kleinen oder größeren Gruppen dunkel gekleidete Männer beieinander, plauderten und rauchten. Die wenigen Frauen, die sich auf der Straße zeigten, schienen es eilig zu haben und zielbewusst irgendwelchen Besorgungen nachzugehen. Je mehr Carolyn von der Stadt sah, desto schneller verflog ihre Müdigkeit und ihre Neugier auf deren eigentliches Zentrum wuchs.

Und noch einmal änderte Al die Richtung und schwenkte in westlicher Richtung auf eine breitere Straße, eine Avenue ein. Ihrer Breite und der Höhe der Häuser nach, die sie zu beiden Seiten säumten, handelte es sich wohl um die Hauptachse der Stadt.

Und hier, auf dem Cours Napoléon, der schnurgerade und gleichmäßig ansteigend die ganze Innenstadt durchzog, verstand

Carolyn besser, was sie vorhin aus der Ferne beim Blick über den Golf und danach beim Anblick der einzeln stehenden Häusern am Stadtrand nur undeutlich empfunden hatte: Es war als ob sie weniger zum Betreten der Stadt einluden, sondern im Gegenteil, den Außenstehenden, Fremden abwiesen. Das solide Mauerwerk, dessen Dicke sich in Fensterhöhlen und Eingängen zeigte, gab den Gebäuden etwas Festungsartiges. Und auch ihre Höhe war für eine doch nicht allzu große Stadt wie Ajaccio ungewöhnlich. Die meisten von ihnen hatten fünf, seltener vier Etagen. Von unten gesehen wirkten die nüchtern aneinandergereihten, tief eingeschnittenen Fenster in den schmucklosen Fassaden wie Schießscharten. Dass die meisten von ihnen zum Schutz vor dem Sturm mit schweren Läden verschlossen waren, verstärkte diesen Eindruck noch.

Die Räume in diesen Kästen mussten ungewöhnlich hoch sein. Carolyn stellte sie sich düster und kalt vor, angefüllt mit alten Möbeln und musealem Geruch, mit dem sich das steinerne Mauerwerk über die Jahrhunderte vollgesogen hatte und den es nun unablässig aus den dunklen Ecken und dem porösen Putz wieder von sich gab. Dazu passte es, dass die hohen Torbögen der Hauseingänge eher Burgtoren ähnelten. Dort, wo sie offenstanden, gaben sie den Blick auf Treppen oder Höfe frei, die sich im Dunkel verloren. War Ajaccio doch kein guter Ort, um zu bleiben? Was würde das für ein Hotel sein, das auf sie wartete?

Die lange Straßenschlucht, die sie hinauffuhren, engte den entgegenkommenden Südwestwind ein, sodass er, gefangen wie in einem Schacht, mit gesteigerter Wucht frontal gegen Al's Jeep fuhr. Das gab Carolyn das unbehagliche Gefühl, sich nicht auf der zentralen Prachtstraße der Geburtsstadt Napoléons zu befinden, sondern in einer Schlucht, in einer Art Festungsgraben, in dem sie dieser unermüdlichen Naturgewalt zwischen den parallel verlaufenden Festungsmauern ausgeliefert waren.

„Stimmt, Lady, ist nicht gerade der Broadway, aber immerhin die Hauptstraße der Stadt", informierte sie Al. „Hier gibt es die meisten Geschäfte und auch jede Menge Cafés", fuhr er fort. „Da oben, schauen Sie, kommen wir auf einen Platz mit Palmen, Bänken, Tauben und allem was so dazugehört. Diamantenplatz nennen sie ihn. Lohnt sich, da Halt zu machen. Na ja, wenigstens bei schönem Wetter", schränkte er ein. Und nach einer kleinen Pause, grinsend: „Sie haben's eben gerne prächtig, diese Frenchies. Ist doch so: Wir kommen von Campo del Oro, vom Goldfeld, und fahren gleich über den Diamantenplatz!" Während sie beide lachten, tauchte für einen Moment vor Carolyns innerem Auge das absurde Bild eifrig trippelnder und flatternder Tauben auf, die im Schatten von Palmen hektisch nach glitzernden Diamanten pickten, die um sie herum den Boden bedeckten – das alles natürlich bei strahlendem Sonnenschein!

Al brachte seinen Jeep neben einem kleinen Laden zum Stehen, dessen Tür offen stand. „Immer, wenn ich hier vorbeikomme, halte ich bei dieser Bäckerei an und kaufe mir irgendetwas. Kommen Sie mit rein Carol, Da drin finden Sie bestimmt auch etwas nach Ihrem Geschmack!" Carolyn sah ihn dankbar an. Und ob sie etwas finden würde! Ihr Magen hatte sich schon vor einer Weile so laut gemeldet, dass es ihr fast peinlich gewesen war. Diese Sergeant zeigte mit der Zeit immer neue, sympathischere Züge, stellte sie fest.

Im der engen Bäckerei mit ihrer gewölbten, niedrigen Decke schlug ihnen eine Welle von warmen Gerüchen entgegen. Es roch nach frischem Teig und gebackenem Brot und Kuchen. Durch die geöffnete Tür zur Backstube war der Backofen zu sehen. Aus den Luftschlitzen der Ofenklappe drang aus seinem Inneren das dunkle Leuchten der verlöschenden Glut. Der Bäcker spähte gerade in gebückter Haltung in das Backloch und stocherte mit einem Schieber nach den Broten. Carolyn war begeistert. Sie konnte sich nicht erinnern, dass sie, außer vielleicht in einem ihrer Märchenbücher, je einen Backofen wie diesen gesehen hatte, noch dazu einen, aus dem der Bäcker gerade die frischen Brote hob!

Die Bäckerin, eine dunkelhaarige ältere Dame, füllte gerade eine Glasvitrine, die den größten Teil der Verkaufstheke einnahm, mit Backwaren auf. Sie schuf zwischen herrlich roten Erdbeertörtchen und kleinen, runden Apfelkuchen, deren Zuckerguss wie Lack glänzte, etwas Platz, um daneben noch lecker aussehende Teigtaschen und frische Croissants in der Auslage unterbringen zu können.

Der Bäcker, ein kleiner, dicklicher Mann, schleppte schnaufend und mit schweißglänzender Stirne mit seinen bemehlten Armen ein dickes Bündel goldener Baguettes aus der Backstube herein und stellte sie in einem Korb auf dem Regal hinter dem Ladentisch auf. Wegen des glühenden Zigarettenstummels in seinem Mundwinkel grüßte er die

Kundschaft schräg über die Schulter hinweg mit einem zugekniffenen Auge. Ausgehungert wie sie war, hätte Carolyn am liebsten etwas von allem, was sie um sich herum sah, gekauft. Aber sie widerstand der Versuchung und entschied sich für ein Croissant und eines dieser langen, dünnen Weißbrote. Dass sie ihre Bestellung in fließendem Französisch aufgegeben hatte, belohnte die Bäckerin mit einem anerkennenden Lächeln, und als Carolyn beim Bezahlen in Verlegenheit geriet, weil ihr erst jetzt einfiel, dass sie gar kein französisches Geld bei sich hatte, zuckte die Bäckerin hinter dem Ladentisch nur freundlich mit den Schultern und sortierte aus dem amerikanischen Kleingeld in Carolyns Hand ein paar Münzen heraus. Diese kleinen silbernen Münzen, die mit dem Büffel auf der einen und dem Indianerkopf auf der anderen Seite, die nähme sie sehr gerne, freute sie sich. Ihr Enkel sammle nämlich Münzen. Und die hier – sie hielt eine besonders blanke hoch ins Licht –, die sei interessant, die werde ihm bestimmt gefallen.

„Buffalo Nickel", mischte Al sich auf amerikanisch und trocken ein. Er freute sich, zu dem Gespräch, das die beiden Frauen in der fremden Sprache führten, etwas beitragen zu können, auch wenn er nicht genau wusste, worum es im Einzelnen ging. Er hatte sich für ein Gebäck entschieden, das mit seinem leuchtend roten Belag aussah wie ein Stück Kuchen, aber von ein paar schwarzen Oliven verziert wurde. „French Pizza", erklärte er und biss schon beim Verlassen der Bäckerei herzhaft in das rote Rechteck. Auch Carolyn konnte ihrem Croissant nicht widerstehen. Und so standen sie begeistert kauend nebeneinander vor der Bäckerei am Rand des Trottoirs. Der Stamm einer der Platanen, die den Cours Napoléon säumten, schützte sie notdürftig vor dem Wind.

In diesem Augenblick riss die Wolkendecke auf, und weiter oben, dort, wo der Cours Napoléon in die Place du Diamant mündete, schien für einen kurzen Moment die Sonne. Als der Wind den lichten Fleck blauen Himmels bald darauf auch über sie hinwegtrieb, hellte sich um sie herum die Straßenschlucht auf und alles wirkte plötzlich belebter, heiterer und bunter. Tauben flatterten über die Hausdächer, Passanten verließen den Schutz der Hauswände, eilten über die Trottoirs und wie aus dem Nichts tauchte plötzlich eine Kinderschar auf und rannte kreischend und lachend über den Boulevard. Von oben, aus einem der Fenster des Hauses in ihrem Rücken, drangen Gesprächsfetzen und das

Klappern von Tellern bis zu ihnen auf die Straße. Mittagszeit, stellte Carolyn mit leiser Wehmut fest, während sie die Tüte ausschüttelte und mit den letzten Krümeln ihres Croissants einen Schwarm Spatzen fütterte, der sich lärmend aus dem Geäst der Platane den Gehweg hatte fallen lassen.

Eine langbeinige graue Katze, die von der gegenüberliegenden Straßenseite aus die Szene beobachtet hatte verschwand langsam in einem Hauseingang Das Gefühl von Fremdheit und Abgewiesensein, das der Cours Napoléon, diese steinerne Schlucht, noch vor ein paar Minuten bei ihr ausgelöst hatte, hatte sich verflüchtigt. Nun tat es Carolyn gut, ruhig unter diesem Baum zu stehen und zu beobachten, wie die Straße um sie herum sich mehr und mehr belebte. Durch das dünne Einschlagpapier hindurch spürte sie unter ihrem Arm die Wärme der frischen Baguette.

Warum eigentlich hatte sie vorhin angenommen, all die Räume in den hohen Häusern müssten leer sein? Komische Idee, dachte sie jetzt. Und als sie zu den Fensterreihen auf der gegenüberliegenden Straßenseite emporschaute, fiel ihr auf, dass durch manche der Ritzen in den vorgelegten Klappläden Licht drang.

Jetzt, zur Mittagszeit, saßen da oben natürlich Menschen, die sich unterhielten und aßen. Und Kinder gab es da natürlich auch. Die schrieben mit ungelenker Schrift in ihre Schulhefte und lösten kleine Rechenaufgaben, während über ihnen an den Wänden tagaus tagein ernst und gleichmütig die Uhren tickten und die Stunden schlugen. Carolyn freute sich für diese alte Stadt, dass der Krieg sich ihr gegenüber großmütig gezeigt und sie verschont hatte, falls Kriege überhaupt so etwas wie Großmut kannten. Wenn nicht, hatte er sie einfach nur vergessen, schränkte sie gleich darauf ihr Lob des Krieges wieder ein.

Die wenigen amerikanischen Militärlastwagen, die an Carolyn und Al vorbeigefahren waren während sie an der Platane vor der Boulangerie standen und aßen, trugen fast alle den weißen Stern auf Türen und Motorhauben, manche auch das große rote Kreuz im weißen Kreis. Dennoch taten sie dem Bild einer Stadt im tiefsten Frieden, das Carolyn sich zurechtgedacht hatte, kaum Abbruch.

„I like that place", hörte sie Al sagen, und das klang für sie wie die Bestätigung ihres eigenen Eindrucks. Und als er sie von der Seite her anlächelte, war Carolyn sich sicher, dass er ihre Stimmung richtig erkannt hatte und ihr mit seiner Zustimmung einen Gefallen tun wollte. Sie nickte, strich sich ein paar Krümel von der ARC-Uniform, und dann setzten sie ihre Fahrt fort. Je mehr sie der Place du Diamant kamen, an desto mehr kleinen und größeren Läden kamen sie vorbei. In bunter Folge wechselten Schaufenster, in denen kunstvoll Kleidungsstücke und bunte Textilien ausgebreitet waren mit Auslagen von Haushaltsgeschäften, die mit Stapeln blanker Töpfe und zu Pyramiden aufgetürmten Tassen und Tellern lockten.

Auf der gegenüberliegenden Straßenseite erblickte Carolyn auf den Stufen der Eingangstreppe zu einem Laden ein kleines Mädchen. Es kauerte mehr als dass es saß unter der halb ausgefahrenen Markise des Geschäfts, sodass es vor dem Regen geschützt war. Um sie herum türmten sich entlang der Hauswand auf dem Gehweg ausgelegte Waren. Es war ein wahres Kunterbunt von aus Stroh geflochtenen Sonnenhüten, Gemüsekisten, aufgetürmten Körben, Gartengeräten, Ledergurten und aufgerollten Seilen. Soweit es im Vorbeifahren möglich war, schätzte Carolyn das Alter des Kindes auf sechs oder sieben Jahre. Die Kleine hockte ein wenig zusammengekauert da, so, als sei ihm in seinem weiß gepunkteten roten Kleid und dem weißen Jäckchen ein wenig kalt. Ihr kleines Gesicht mit den großen dunklen Augen wurde von dem braunen, glatten Haar ihrer Ponyfrisur wie von einem Helm umschlossen. Als sich ihre Blicke für einen kurzen Moment trafen, lächelte das Kind der Frau in dem offenen Jeep zu. Carolyn hob die Hand und sah im Rückspiegel, wie die Kleine ihr hinterherwinkte.

Und weiter ging es das letzte Stück des Cours Napoléon hinauf, vorbei an kleinen Bars und Cafés, durch deren beschlagene Scheiben schemenhaft Gruppen von Menschen zu erkennen waren, die sich um die Tresen scharten.

Carolyn merkte, wie sich ohne ihr Zutun und sogar ohne dass sie sich dessen richtig bewusst war, all diese Eindrücke und kleinen Bilder wie von selbst, hinter ihrem Rücken sozusagen, zu einem weiteren Bericht zusammenfanden. Als sie begann, sich bewusster damit zu beschäftigen, stand auch schon der Tenor dieses Textes fest. Er würde natürlich so etwas wie ein Streifzug durch Ajaccio, die Stadt Napoleon Bonapartes werden. Die aber sollte nicht in erster Linie als der Geburtsort eines berühmten Eroberers gesehen werden, sondern stellvertretend für andere Städte in Europa, als ein Ort, in dem nach der Befreiung aus den

Fängen von ausländischen Despoten der Friede schon wieder Fuß zu fassen begann. Mosaiksteinchen für Mosaiksteinchen würde sie ihre Eindrücke zu einem Bild zusammensetzen. Sie war sich sicher, dass die Menschen in ihrer Heimat so am ehesten davon zu überzeugen waren, dass die Opfer, die sie und ihre Familien hier in Übersee schon gebracht hatten und noch bringen mussten, einen Sinn hatten. So wie hier in Ajaccio sollten die Mütter in ganz Europa bald wieder ihre Kinder unbesorgt zum Spielen auf die Straße schicken können, und ebenso würden auch die Menschen überall in den Straßen des Alten Kontinents ihre Gespräche nicht mehr unterbrechen und furchtsam mit den Augen den Himmel absuchen müssen, wenn sich aus der Ferne das Geräusch eines Flugzeugmotors näherte.

Sicher, ein bisschen pathetisch würde der Text werden, aber das war schon in Ordnung, das musste er auch sein! Zurzeit wurde ja auf allen Seiten um sie herum nicht mit Pathos gespart. Was war auch falsch daran, mit Pathos und Leidenschaft an die guten Gefühle in den Menschen zu appellieren, an ihre Fähigkeit zur Mitmenschlichkeit. In ihren Reportagen und Berichten vertraute sie immer wieder auf die Kraft dieser einfachen Bilder und alltäglichen Situationen, die allen Lesern vertraut waren und deshalb die Köpfe und Herzen der Menschen direkter und unmittelbarer ansprachen als all die großen Worte und hohlen Phrasen, von denen die Welt jetzt widerhallte und oft die, bei denen sie verfingen, wirre machten.

Sie müsste sich nur ein wenig ausruhen können, und wenn ihr dann nur noch eine weitere halbe oder doch besser eine ganze Stunde Zeit bliebe, könnte sie gleich heute noch einige ihrer Eindrücke festhalten und diese neue Reportage in ihren Grundzügen in die Underwood tippen.

Kurz vor dem Ende des Boulevards, dort, wo er in den großen Platz mündete, musste Al dann doch noch einmal halten, weil Carolyn auf der anderen Straßenseite ein Papierwarengeschäft entdeckt hatte. Sie liebte diese Läden mit ihren Gerüchen von Papier und Druckerschwärze. Und außerdem hatte sie ihre vielen Versprechen nicht vergessen, aus Europa „etwas von sich hören zu lassen". Unter einem guten Dutzend Ansichtskarten und den dazugehörigen Briefmarken würde sie nicht davonkommen.

Als sie den Cours Napoléon überquerte, fiel ihr Blick auf ein großes Schild mit dem Schriftzug: Hôtel de Solferino. Mit seinen großen Lettern nahm es den oberen Teil der Fensterfront eines Eckhauses an der Place du Diamant ein. Wenn das kein Zeichen war – wofür auch immer! Einer der Napoleons hatte bei Solferino, diesem Ort in Italien, eine Schlacht gewonnen. Aber das war wohl doch ein anderer Napoleon gewesen, nicht der kleine Kaiser aus Ajaccio, war sie sich sicher. Oder ehrten die Menschen hier einfach jeden, Hauptsache er hieß nur Napoleon? Doch vielleicht ging es doch vor allem um die Schlacht von Solferino, die den Anstoß zur Gründung des Roten Kreuzes durch Henri Dunant gegeben hatte.

Nun glaubte Carolyn als aufgeklärter Mensch natürlich nicht an solchen Humbug wie Zeichen. Aber immerhin, Solferino, Rotes Kreuz –, ein schöner Zufall war es doch! Und deshalb und weil darüber hinaus die drei schwarzbefrackten Kellner, die mit ihren vorgebundenen weißen Schürzen hinter einer der schaufenstergroßen Scheiben reglos und wie aufgereiht dastanden, kam ihr das Ganze wie eine eigens für sie gedachte Inszenierung vor.

Fehlte nur noch, dass einer von ihnen diesem Schweizer, diesem Henri Dunant, ähnlich sähe: prächtiger schwarzer Backenbart, und eine schwarze Samtschleife, die weich auf die gesteifte Hemdbrust fällt." Dann sähe er Dunants Bild auf der Daguerrotypie in ihrem Heimatbüro des ARC in Hartford, Con. ähnlich, und das wäre dann in der Tat eines von diesen ominösen Zeichen, über die sie sich sonst immer gerne amüsierte. Andererseits – was würden die daheim für Augen machen, wenn sie ihnen erzählte, dass sie im fernen Europa, in Ajaccio, tatsächlich in ihrer Rot-Kreuz-Uniform im Solferino Henri Dunant persönlich begegnet sei und sich bei dieser Gelegenheit, en passant gewissermaßen, mit ihm über die Weltlage ausgetauscht habe! Sie liebte es, die Lebenszeichen, die sie ihrer Familie ab und zu aus der Fremde zukommen ließ, mit solchen amüsanten Merkwürdigkeiten und ausgefallenen Beobachtungen zu beleben – Übertreibungen und Flunkereien eingeschlossen.

Das Blöken einer Autohupe riss sie aus ihren Träumereien in die Wirklichkeit zurück, und sie rettete sich vor dem herannahenden schwarzen Citroën mit einem Satz auf den Gehweg.

In dem kleinen Papierladen kam sie zuerst einmal der Pflicht aller Touristen nach und versuchte, unter den verschiedenen Postkarten diejenigen auszusuchen, von denen sie annahm, dass sie zu den jeweiligen Empfängern wohl am ehesten passen könnten. Das war gar nicht so einfach, da die Anzahl verschiedener Motive trotz der Vielzahl der Karten überschaubar war. Sehr oft waren auf ihnen nämlich der Empereur selber oder Motive und Personen abgebildet, die zu ihm in irgendeiner Beziehung standen. Napoleon in allen Varianten! Für Carolyn, die einer republikanischen, gut antimonarchistisch gesinnten amerikanischen Familie entstammte, war das schon eine kleine Zumutung.

Da gab es Napoleon auf schneeweißem Ross, wie er gerade im Begriff war, die Alpen zu überqueren. Seine Linke am Zügel des mutigen Rosses, fixierte er den Betrachter durchdringend und wies gleichzeitig mit der Rechten seiner Armee, die sich ameisenhaft im Hintergrund bergauf abrackerte, den Weg zum Sieg, beziehungsweise in den Tod, je nachdem, wie man es sah. Das alles bei Rückenwind, versteht sich, gleichzusetzen mit dem Atem der Weltgeschichte, der ihm zu Hilfe kam, und den enormen goldbraunen Umhang des Kaisers und die blonde Mähne seines Pferdes in theatralische Wallung brachte. Was für ein billiger Geniestreich des Malers!

Nun ja, möglich, dass die Karte Dad sogar gefiel. Irgendwie erinnerte das Motiv ja an das berühmte Bild mit dem Namen „Washington crossing the Delaware". Also schon mal für Dad vormerken. Oder hier: ein marmornes Standbild des Kaisers, auf dem ihn der Künstler in der Pose eines römischen Imperators verewigt hatte, bekränzt mit dem Siegeslorbeer und in eine weit fallende Toga gehüllt. Zu seinen Füßen, auf dem massiven Sockel des Denkmals, wachten majestätisch hingestreckt Löwen über den Herrscher. Richtig. Hatte Napoleon zu seiner Zeit nicht ebenfalls Nordafrika unsicher gemacht? Damit hing es wohl zusammen, dass auffallend oft Palmen die verschiedenen abgebildeten Monumente zierten. Die sollten wohl auf den meerüberspannenden Herrschaftsanspruch des kleinen Mannes auf dem hohen Sockel hinweisen.

Und dann hier: ein Brustbild Napoléons im Profil: der Empereur, vornehm, diesmal in marmorner Blässe. Allerdings wirkte er auf diesem Bild ein wenig feist, und das übertrieben massig ausgefallene

Kinn erinnerte fatal an Abbildungen Mussolinis, fand Carolyn,. Auch so einen Imperiumsbegründer mit ausgeprägten Herrscheralüren und entsprechend großzügigem Menschenverbrauch. Napoleons kostbarer Spitzenkragen und der Hermelinüberwurf auf seinen Schultern unterstrichen die kaiserlichen Ansprüche des Korsen und der Grande Nation. Nur waren die Blätter des goldenen Siegeslorbeers allerdings ein bisschen zu groß geraten, fand Carolyn. Das ließ das kaiserliche Haupt dummerweise so klein erscheinen wie es wohl tatsächlich gewesen war. Sollte das etwa die geheime Absicht des Künstlers gewesen sein?

Zum Spaß stellte sie sich für einen Moment General Knapp in dieser Kostümierung vor, kaugummikauend, die Fliegermütze wie immer schief auf dem Kopf, diesmal aber mit zusätzlichem Lorbeerkranz! Dazu die unvermeidliche Zigarre im Mundwinkel.

Sie suchte amüsiert weiter und landete dann leider doch wieder bei Napoleons Familie, diesmal bei Napoleons Mutter, das heißt einem Brustbild von ihr. Auf ihm posierte die Dame mit hoheitsvollem Blick und kunstvoll hochgestecktem Haar, in dem ein Diamantendiadem blitzte. Und zum Abschluss noch einmal der kleine Mann, wieder zu Pferde, in respektvollem Abstand umgeben von seinen ihm treu ergebenen Generälen nach dem Sieg von Austerlitz, wie Carolyn auf der Rückseite der Karte entzifferte. Und schließlich eine Karte, die den Herrn beritten als Standbild auf der Place du Diamant und umgeben von seinen Brüdern zeigte. Die nahm sie auch mit, immerhin bot sie auch eine schöne Stadtansicht. Ihr Kopfweh machte sich wieder stärker bemerkbar, und draußen wartete Al, Zeit also, sich loszureißen.

Zu guter Letzt fand sie glücklicherweise noch ein Paar von den üblichen Ansichtskarten, die es auch gab, wie Carolyn erleichtert feststellte. Hier der Blick über die tiefblaue Bucht vor Ajaccio, eingefasst vom weiten Rund der Stadt. Dort, unter einem ebenfalls tiefblauen Himmel, altmodisch gekleidete Damen mit zierlichen Sonnenschirmchen und Herren, die vornehm-steif in einer der Straßen der Stadt flanierten. Eine Fotografie aus dem letzten Jahrhundert, der guten, alten Zeit.

Am besten jedoch gefiel ihr eine Karte, auf der im Schatten von Olivenbäumen eine Schäferin mit ihrer Schafherde lagerte. Ein idyllisches Motiv vor der Kulisse der Bucht, im Hintergrund eingefasst von den hohen Stadthäusern. Die Schafhirtin in ihrem bodenlangen, schwarzen Kleid lehnte am Stamm einer knorrigen Korkeiche und wandte ihr kleines, ernstes Gesicht unter dem schwarzen Kopftuch dem Betrachter zu. Von dieser Karte kaufte Carolyn gleich drei Exemplare.

Nun hatte sie Als Geduld, der draußen im Jeep wartete, aber wirklich genug strapaziert und riss sich von ihrer merkwürdigen Art der Stadtbesichtigung per Ansichtskarten los. An der Kasse konnte sie problemlos mit Dollars bezahlen und verließ, verfolgt von dem klirrenden Bimmeln der Türglocke, eilig den kleinen Laden.

Zu Carolyns Erleichterung nahm Al ihre Entschuldigung mit gleichmütigem Kopfnicken auf. Als ob das alles erkläre, sagte er nur: „Diamond Place", als er seinen Jeep wieder in Bewegung setzte. DieserName schien es ihm angetan zu haben. Als sie gleich darauf in die Place du Diamant einbogen, verstand Carolyn, dass es nicht nur an dessen Namen lag, und ihr entfuhr ein Ausruf der Überraschung. Da die Steigung des Boulevards den Blick bis zuletzt eingeschränkt hatte, traf sie die plötzliche Weitung der Sicht und die Pracht des großen Platzes unvorbereitet.

Die Fläche, auf die außer von Westen, von der Meerseite her, die Straßen der Stadt aus allen Richtungen mündeten, war annähernd quadratisch und wurde auf drei Seiten von diesen imposanten Häusern eingefasst, die ihr schon bei der Fahrt über den Cours Napoléon aufgefallen waren. Außer dem Standbild in einiger Entfernung, an das sie sich von den Postkarten her erinnerte, wirkte der Platz bis auf eine Reihe von Palmen, deren lange Wedel der Wind peitschte, wie leergefegt. Ein Schwarm Tauben versuchte dennoch, über ihm seine Kreise zu ziehen und musste dabei gegen heftige Windstöße ankämpfen. Als hätten sie resigniert, ließen die Vögel sich plötzlich wie auf ein geheimes Zeichen hin auf Napoleons Reiterstandbild und auf den Häuptern und Schultern seiner vier bronzenen Brüder nieder.

Nach einer Art Ehrenrunde verließ Al den Platz, indem er mit seinem Jeep einen weiten Bogen nach links beschrieb. Die Straße, in die er einbog, fiel zum Hafen hin ab und erlaubte kurz den Blick auf die aufgewühlten Wellen der Bucht dahinter. Gleich darauf wechselte der Jeep erneut die Richtung und bog nach rechts in den Schatten einer engen Gasse ein. In dem schmalen Streifen Himmel, den die eng stehenden Häuser über ihnen frei ließen, blitzte für kurze Augenblicke durch Lücken in den vorbeitreibenden Wolken der blaue Himmel.

116

„Sie scheinen Glück zu haben, Madam, das Wetter macht sich", stellte Al fest und nickte Carolyn anerkennend zu, als sei das ihr Verdienst. „Wie sagt man doch? – ‚Wenn Engel reisen...!" Das ließ Carolyn zum Abschluss ihrer Fahrt als gelungenes Kompliment gerne gelten.

Gleich danach brachte der Sergeant sein Fahrzeug mit einem Ruck zum Stehen. „Wir sind da", rief er, „an der Hintertür zum Eagle-Hotel, wie wir es nennen." Er zeigte auf ein Schild, das an der Hauswand neben einer schweren Holztür angebracht war: Hôtel l'Aiglon. Dementsprechend war dort auch ein kleiner, offenbar noch junger Adler mit ausgebreiteten Schwingen zu sehen.

„Nehmen Sie's nicht persönlich, dass ich Sie nicht vorne zum Haupteingang gebracht habe. Schöner ist der zwar, aber er liegt tiefer und von da aus geht's mit dem Gepäck im Haus drin dann bergauf." Carolyn lächelte. Doch, Colonel Sanders hatte recht, Al war tatsächlich ein Mann fürs Praktische, das musste sie zugeben.

Für Al war das fast eine redselige Erklärung gewesen. Dafür war aber auch alles gesagt. Er rückte mit einem Griff sein Schiffchen über dem rechten Ohr zurecht, schwang sich aus dem Jeep, öffnete die schmale, massive Holztür und trug die größeren Gepäckstücke über die ausgetretene steinerne Schwelle ins Innere des Hauses. Carolyn blieb nur die Musette-Bag und ihre Underwood, und das war ihr auch ganz recht.

Das Erste, was sie vom Inneren des Aiglon wahrnahm, das sich vor ihr ein paar Stufen tiefer auftat, war dieser ehrwürdige Geruch von altem Mauerwerk und Holz, untrennbar vermengt mit dem Aroma jahrzehntelang aufgebrühten Kaffees und dem kalten Rauch unzähliger Zigaretten und Pfeifen. Noch so eine Männerwelt, in die sie eintauchte!

Von dem Treppenabsatz oberhalb der sechs Granitstufen aus ließ sich der unter ihr liegende große, längliche Raum gut überblicken. Jetzt am Tag empfing er sein Licht von der entgegengesetzten Seite durch eine große verglaste Flügeltür, die von zwei hohen Fenstern flankiert wurde. Da sie beinahe bis zum Boden hinabreichten, wirkten die Fensteröffnungen in den dicken Wänden wie zusätzliche Nebeneingänge. Al hatte recht, als er vom schöneren Haupteingang des Aiglon gesprochen hatte.

Bis auf eine Gruppe älterer Männer, die in der rechten Ecke gleich vorne am ersten Tisch vor dem Fenster saßen, schien sich niemand in dem Raum zu befinden. Sie hatten nur kurz aufgeschaut, als Carolyn und der Sergeant hereingekommen waren, und sich dann wieder schweigend ihrem Kartenspiel gewidmet. Carolyn glaubte jedenfalls, Spielkarten auf dem grünen Tuch gesehen zu haben. Nachdem sie Al die Stufen hinab gefolgt war, stand sie vor dem langgezogenen Tresen des Hotels. Er erstreckte sich in ein paar Metern Abstand zur rechten Wand fast über die gesamte Länge des Raumes und diente als Hotelrezeption und Bartresen in einem. Sein poliertes helles Holz schimmerte im Gegenlicht, nur an den besonders beanspruchten Stellen hatte es mit den Jahren die Farbe dunklen Honigs angenommen. Mehrere hohe Hocker waren an ihm aufgereiht. Der größte Teil der Wand hinter dem Tresen war ab der halben Höhe bis weit nach oben hin verspiegelt, sodass im zurückgeworfenen Licht die Flaschen mit ihrem verschiedenen bunten Likören, Limonaden oder Schnäpse auf den gläsernen Regalflächen kostbar und geheimnisvoll leuchteten.

An dem Schlüsselbrett, das sich Carolyn gegenüber an die Spiegelwand anschloss, fehlte an den Messinghäkchen kein einziger Schlüssel. Demnach waren alle Zimmer des Hotels frei, folgerte sie erleichtert. Ganz vorne, in Richtung des Eingangs, wo der lange Tresen eine Ecke bildete, thronte eine große, kompliziert aussehende Kaffeemaschine, deren runder Bauch im Licht der Sonne glänzte. Auch für jemanden wie Carolyn, die sich nicht sonderlich für technische Dinge interessierte, stellte das Gerät einen Blickfang dar.

Noch während sie sich umschaute, eilte aus einem Nebenraum der Hotelier herbei. Er kam mit schnellen, kleinen Schritten um den Tresen herum auf die Amerikaner zu und begrüßte sie fast überschwänglich. Obwohl er die Sechzig deutlich überschritten haben musste, ließen seine flinken Bewegungen, die lebhafte Gestik und sein ausdrucksvolles Mienenspiel ihn viel jünger erscheinen. Nach einer freundlichen, beinahe herzlichen Begrüßung ließ er es sich nicht nehmen, der Amerikanerin galant aus dem Regenumhang zu helfen und ihr Gepäck sorgfältig hinter ihr an der Seitenwand abzustellen. Nachdem sie sich einander vorgestellt hatten, nahm Monsieur Bartoli, so hieß der rundliche, kleine Wirt, wieder seinen angestammten Platz hinter dem Tresen ein.

Al schien hier bereits bekannt zu sein und hatte die Begrüßungszeremonie aus ein paar Schritten Entfernung gleichmütig beobachtet. Den angebotenen Kaffee schlug er freundlich dankend aus. Er habe drüben am Campo del Oro Bereitschaftsdienst und sei dort sowieso schon überfällig. Man habe sich bei der Herfahrt ein wenig Zeit gelassen, sagte er und lächelte zu Carolyn hinüber, wobei er ihr mit verschwörerischer Mine zublinzelte.

„Nein, nein, Lady, nicht ihre Schuld!", beruhigte er sie schnell auf ihren fragenden Blick hin, und ernster: „Unser Colonel, müssen Sie wissen…" Hier brach er ab und ersetzte den Schluss seines Satzes durch ein vielsagendes Grinsen, das Carolyn, die Colonel Sanders ja kennen gelernt hatte, ganz richtig deutete.

Falls sich für sie die Chance ergäbe, ihre Reise doch noch heute fortzusetzen, würde er sie auf jeden Fall rechtzeitig abholen, versprach Al. Na und wenn nicht, dann würde sie eben hier, im Eagle übernachten, so sei es ja ausgemacht, dann käme er eben erst morgen oder übermorgen vorbei, um sie abzuholen.

„Doch, Miss Chandler, das wäre so besser für Sie. Schlafen Sie sich erst mal richtig aus, wenn Sie mir den Rat gestatten. Ich glaube, das können Sie wirklich gebrauchen. Morgen oder übermorgen ist doch auch noch ein Tag, und ein Anschlussflug für Sie, der findet sich allemal", munterte er sie freundlich auf und verschwand.

Aufatmend hielt Carolyn sich an der dicken Messingstange des Tresens fest und hievte sich auf einen der hohen, lederbezogenen Hocker. Da ihr linker Fuß wieder zu ziehen begonnen hatte, streifte sie automatisch den Schuh ab und rieb den Ballen des großen Zehs gedankenverloren an der Fessel ihres rechten Beines. Ihre ARC-Kappe hatte sie zusammen mit dem nassen Regenumhang hinter sich an einem Kleiderhaken aufgehängt und versuchte nun mit ein paar Griffen ihr Haar zu ordnen.

In einer Lücke in der Reihe mit den bunten Flaschen entdeckte sie in dem Spiegel an der gegenüberliegenden Wand ihr Gesicht und war mit dem, was sie da sah, ganz und gar nicht zufrieden. Nein, Frisur und Make-up waren nicht das Problem, das war ja nur Fassade, das konnte sie mit ein paar Griffen und Kniffen wieder einigermaßen hinkriegen. Aber gegen die Blässe ihres Gesichtes und die Schatten unter den Augen gab es keine so einfache Abhilfe, ganz zu schweigen von den Falten, die sich in den Augenwinkeln und auch um die Mundpartie herum zeigten. Die machten ihr Gesicht irgendwie hart, älter, fand sie. Die beunruhigten sie schon seit einiger Zeit und traten jetzt, wo sie sich abgespannt fühlte, wieder besonders hervor. Doch vielleicht lag es auch nur an der tristen Beleuchtung in diesem Hotel. Diese kleine Hoffnung wollte sie sich lassen. Dort, wo sie saß, im hinteren Ende dieses schlauchartigen Raumes, herrschte ja beinahe schon Dämmerlicht. Die paar matt leuchtenden Kugellampen an der Decke konnten daran auch nichts ändern. Weiter vorne, in der Nähe des Eingangs, wo das Tageslicht hinreichte, sähe alles schon viel weniger dramatisch aus, versuchte sie sich zu beruhigen.

Aber nachdem sich hingesetzt hatte und mit etwas mehr innerer Ruhe, zu der sie allmählich wieder gekommen war, merkte sie umso deutlicher, wie abgespannt sie tatsächlich war. Das lästige Ziehen und Drücken über der linken Augenbraue wollte einfach nicht nachlassen. Klar, auch Kaffee und Zigaretten konnten da nicht weiterhelfen. Al hatte schon recht: Ein oder zwei Tage Ruhe, die könnte sie wirklich brauchen. Aber als Notmaßnahme musste es erst einmal Aspirin tun. Der Haken daran war nur, dass sie, kaum dass sie sich hingesetzt hatte, nicht gleich wieder aufstehen wollte, um die verdammten Pillen aus ihrem Gepäck hervorzukramen. Also blieb sie einfach sitzen, legte einen Unterarm locker auf der Messingstange des Tresens ab und ließ den anderen auf dessen polierter Oberfläche ruhen. Zuerst einmal einfach verschnaufen!

Versunken in die Betrachtung ihres Spiegelbildes hinter den Flaschen fingerte sie zerstreut eine Chesterfield aus ihrem Zigarettenetui heraus und klopfte den Tabak an beiden Enden der Zigarette routiniert auf dem blanken Tresen fest. Bloß nicht diese lästigen Tabakkrümel von den Lippen klauben müssen! Sie war bei ihren Überlegungen und Hantierungen so in Gedanken versunken, dass sie erschrak, als Monsieur Bartoli in der Höhe ihres Gesichts ein Streichholz anriss, um ihr Feuer zu geben. Müde und gedankenverloren, wie sie war hatte sie nicht gemerkt, dass sich der kleine Mann ihr auf der anderen Seite der Theke genähert hatte.

„Pardon, Madame, mais c'est évident que vous êtes très fatiguée", stellte Bartoli mitfühlend fest.

„Ah oui, c'est ca, vous avez raison, Monsieur", bestätigte sie und musste anschließend prompt ein Gähnen unterdrücken.

„Gestatten Sie Madame, aber Ihr Familienname Chandler lässt vermuten", fuhr er fort, „dass ihre Vorfahren aus unserem zur Zeit nicht mehr ganz so schönen Frankreich nach Amerika ausgewandert sind."

Daran müsse es wohl liegen, dass sie so hervorragend Französisch spreche, vermutete er. Für wie lange sie denn übrigens ein Zimmer benötige und ob sie denn nicht vielleicht auch etwas essen wolle? Allerdings mache die Küche erst später, gegen Abend auf, schränkte er ein. „Aber ein schöner, heißer Café au Lait als Überbrückung, der wird Ihnen auf jeden Fall gut tun, und der ist schnell gemacht."

Carolyn, die in der Wärme und Ruhe des Raumes in eine Art schläfrigen Zustand zu verfallen begann, musste sich aufraffen, um den lebhaften, auf Französisch gestellten Fragen Monsieur Bartolis folgen zu können und die richtigen Antworten zu geben. Beim Wort Kaffee hatte sie fast automatisch genickt, und so war der Wirt, noch während er seinen Satz beendete, zur Kaffeemaschine am anderen Ende des Tresens geeilt.

Als er dort drüben vor dem bizarr anmutenden großen, blitzenden Gerät stand, wirkte er noch kleiner als er sowieso schon war. Während sie ihn beim Hantieren an der Maschine beobachtete, musste Carolyn an einen dieser überdrehten Professoren in Hollywood-Filmen denken, die mit ihren absurden Maschinen die erstaunlichsten Taten vollbrachten. Die hießen dann zwar nicht Bartoli oder so ähnlich, sondern hatten statt des klangvollen korsischen Namens manchmal holprig klingende deutsche wie etwa Frankenstein. Bei Bartoli schwang glücklicherweise nichts von dieser teutonischen Unberechenbarkeit mit, Gefahr war bei ihm also nicht im Verzuge, und so konnte sie unbesorgt zuschauen, wie der Fachmann zu Werke schritt.

Gleichsam als donnernde Ouvertüre entfernte der Meister mit zwei energischen Schlägen auf den hölzernen Rand einer geöffneten Schublade unterhalb der Kaffeemaschine den verbrauchten Kaffeesatz aus dem pfännchenförmigen Brühsieb. Er tat das so energisch, dass seine rosigen Bäckchen und das kleine Doppelkinn, das über den Hemdkragen herausquoll, im gleichen Takt ebenfalls erzitterten. In fließendem Übergang schöpfte er schwungvoll ausholend aus diesen Bewegungen heraus aus dem Vorrat gemahlenen Kaffees in der Nachbarschublade frisches Mahlgut. Das drückte er mit einem breiten Holzspachtel, den er wie hineingezaubert plötzlich in seiner Linken hielt, leicht im Siebpfännchen glatt und ließ es anschließend mit einer entschlossenen Bewegung in den Bajonettverschluss der Maschine einrasten.

Noch während er mit seiner nun wieder freien linken Hand durch leichtes Rucken noch einmal den sicheren Sitz des Brühpfännchens im Verschluss prüfte, regulierte er gleichzeitig mit der rechten schon an einem Drehrad den Druck im Kessel der Maschine. Das war offenbar ein wichtiger Schritt im Ablauf, denn Bartoli verharrte danach reglos ein paar Sekunden, während er konzentriert auf das Manometer am Sockel des Druckkessels starrte. Aus einem seitlich an dem chromblitzenden Kessel angebrachten Ventil entwich mit scharfem Zischen ein fingerlanger Dampfstrahl und ein rotes Lämpchen, das neben dem Manometer aufgeleuchtet hatte, erlosch wieder, zur Zufriedenheit des Meisters, wie es schien. Denn in der Pause, die nun eintrat, konnte Bartoli hingebungsvoll sein Gerät pflegen.

Carolyn hatte den Hotelier beim Hantieren an seiner Kaffeemaschine mit wachsendem Erstaunen beobachtet. Und die Sorgfalt, mit der er jetzt mit einem weißen Lappen wieder und wieder mal hier, mal dort über ihren runden Bauch fuhr und mit fast zärtlichen, kleinen Bewegungen das seitlich senkrecht am Kessel angebrachte Steigrohr und andere Kleinteile polierte, amüsierte Carolyn. „Er gibt sich mit dem Ding da tatsächlich mindestens so hingebungsvoll ab, wie ich als Kind meinen Toto verhätschelt habe!", staunte sie.

Nach kurzer Zeit wandte er seine Aufmerksamkeit wieder dem unruhigen Steigen und Fallen der glitzernden Wassersäule in einem gläsernen Kontrollröhrchen auf der anderen Seite des blanken Metallkessels zu. Das Aufleuchten eines anderen, diesmal grünen, Lämpchens am Sockel des Kessels war dann das erwartete Zeichen. Er lüftete das weiße Tuch auf dem Deckel der Maschine und holte darunter eine der vorgewärmten Porzellantassen hervor und stellte sie unter den Kaffeehahn. Mit dem Brühvorgang, der nun röchelnd und schmatzend einsetzte, wurde kochend heißes Wasser durch das Kaffeemehl geschickt, und bald darauf ergoss sich in einem sich windenden Strahl die dampfende schwarze Flüssigkeit in die vorgewärmte, dickwandige Porzellantasse. Bartoli nickte leicht und lächelte Carolyn zu, eindeutig Abschluss und Höhepunkt des Rituals in einem!

Fachleute, wirkliche Könner auf ihrem Gebiet bei ihrer Arbeit zu beobachten, war für Carolyn schon immer ein Vergnügen gewesen. Und dieser kleine Korse dort drüben, den sie erst seit ein paar Minuten kannte, das war so ein Könner, das hatte sie schon an seinen ersten Handgriffen, mit denen er die Maschine bediente, erkannt. Das verrieten auch die flinken und dabei dennoch sparsamen, genau abgezirkelten

Bewegungen, mit denen er seine Hände gleichzeitig entschlossen, elegant und dabei fast liebevoll über Schalter und Drehknöpfe gleiten ließ.

Besonders aber hatte sie der schnelle Wechsel zwischen seinem manchmal ruhigen, nachdenklichen Hantieren mit dem Poliertuch und dann wieder der unvermittelten Übergang zu schnellen und konzentrierten Handgriffen beeindruckt.

Bei alledem hatte Bartoli es sich dennoch nicht nehmen lassen, ihr ein paarmal flüchtig und aufmunternd über die Schulter zuzulächeln, so, als wolle er ihr Mut machen, vielleicht aber auch, um sich ihrer Aufmerksamkeit zu versichern. Inszenierte er etwa speziell für sie ein kleines Theaterstück? Nicht auszuschließen, dachte Carol, Männer konnten manchmal gar nicht anders, wusste sie.

Trotz seines sicherlich schon fortgeschrittenen Alters war Bartolis rundliches, glattrasiertes Gesicht noch beinahe faltenlos. Sein weißes Haar hatte er an den Seiten sorgfältig zurückgekämmt, wodurch seine Geheimratsecken etwas betont wurden. Über den Ohren und dort, wo die Haare hinten am Kragen leicht aufsetzten, wellten sie sich und bildeten kleine Löckchen. Zusammen mit der ein wenig groß geratenen und leicht gebogenen Nase verlieh das seinem Gesicht einen Anflug von Unternehmungslust und Kühnheit. Mit derselben Entschlossenheit, mit der dieser Mann einen Kaffee zubereite hatte, hätte er zum Beispiel ebenso gut auf der Brücke eines Schiffes seine Kommandos erteilen können, fand Carolyn.

Zu guter Letzt erhitzte der kleine Hotelier unter ohrenbetäubendem Zischen Milch in einem Metallkännchen, schüttete einen kleinen Teil davon in den Kaffee und setzte mit einem Spachtel elegant ein Schaumhäubchen obenauf. Das fertige Werk schob er lässig über die glatte Fläche des Tresens zu Carolyn hinüber.

„Voilà, Madame", lächelte er stolz, „Ihr Café au Lait, so wie er sein muss. Hier noch der Zucker, falls Sie mögen."

Gerade als er sich schon abwenden wollte, sah er, wie Carolyn von ihrem langen Weißbrot, das sie inzwischen aus dem abgestellten Gepäck hinter sich gezogen hatte, ein Stück abbrechen wollte.

„Aber Madame, ich bitte Sie, so geht das doch nicht!", klagte er mit lustig gespielter Empörung und in die Hüfte gestemmten Armen. Da fehle doch das Wesentliche, tadelte er freundlich, nahm ihr höflich aber bestimmt das Brot ab und entführte es in die Küche.

Carolyn ließ sich die als freundliche Zurechtweisung getarnte Fürsorge nur zu gerne gefallen. In der fast familiären Gemütlichkeit, die sich da anbahnte, fiel ihr auf, dass sich ihr Gastgeber beim Schließen seiner ausgebeulten Strickjacke über dem rundlichen Bauch verknöpft hatte, sodass ein Ende wie verloren über das andere ins Leere hing. „Typisch! Wie die meisten Genies des Alltags ist er schusselig und den banaleren Kleinigkeiten des alltäglichen Lebens nicht ganz gewachsen", amüsierte sie sich.

In der Küche jedoch hatte er oder seine Frau, falls es dort eine Madame Bartoli gab, flink gearbeitet, denn Carolyn hatte kaum zwei Stückchen Würfelzucker im Kaffee verrührt und damit begonnen, ihre Hände an der dampfenden Kaffeetasse aufzuwärmen, als ihr Gastgeber auch schon wieder aus der Küche zurückkehrte und schwungvoll einen großen Teller mit dem aufgebesserten Baguette vor ihr absetzte.

„Butter zu bekommen, ist zurzeit zwar manchmal ein Problem", erklärte er, „da geht es eben nicht ohne ein bisschen Vorratswirtschaft. Doch korsischer Schinken und Schafskäse ohne Butter ...." Er schüttelte nur den Kopf, ohne seinen Satz zu beenden.

Allem Anschein nach hatte Monsieur Bartoli ihr belegtes Brot tatsächlich eigenhändig zubereitet, denn während sie mit Heißhunger in die eine Hälfte der knusprigen Weißbrotstange biss, und er sie dabei mit erwartungsvoll hochgezogenen Brauen beobachtete, registrierte sie die Spuren seiner Tätigkeit auf seiner braunen Strickjacke, auf der in Bauchhöhe Krümeln aller Größen hängen geblieben waren. Erst nachdem es ihr gelungen war, ein Stück von dem sehr herzhaften und festen, dunkelroten Schinken abzubeißen, der so anders war als die weichen, rosigen Scheiben, die sie kannte und sie genießerisch die Augen schloss, entfernte sich Monsieur Bartoli zufrieden und stolz.

Von ihrer Ecke am Fenster her hatte einer der Kartenspieler dem Wirt etwas zugerufen, worauf der mit ein paar Worten in einer fremdartigen Sprache antwortete, von der Carolyn kein Wort verstand. Am ehesten klang sie noch wie ein dumpfes, hart gesprochenes Italienisch. „Das muss Korsisch sein, ihre Sprache, die sie hier sprechen", vermutete sie. „Tatsächlich, sie haben ihre eigene Sprache, sie sprechen nicht einfach einen französischen Dialekt." Auf den Zuruf des Kartenspielers hin griff der Wirt ohne zu zögern nach einer großen

Flasche, die auf dem Tresen schon bereit stand und machte sich auf den Weg, um seine Gäste zu bedienen.

Ohne besonders darauf zu achten, hatte Carolyn schon während des Gesprächs mit Monsieur Bartoli von irgendwoher Rufe und das Scharren und Gerumpel hin und her geschobener Möbel gehört. Zwischendurch drangen auch immer wieder Fetzen von Swingmusik bis zu ihr her und riefen Männerstimmen einander gelegentlich etwas zu. Als sie genauer darauf achtete, konnte sie in den Zurufen unverkennbar amerikanische Laute ausmachen. Da die Geräusche aus einem Raum hinter der Wand in ihrem Rücken kamen, interessierte sie das natürlich. Also ließ sie sich von ihrem Barhocker gleiten, schlüpfte in ihren linken Schuh und nahm die Wand hinter sich in Augenschein.

Erst jetzt fiel ihr neben ihrem Gepäck und dem Kleiderhaken, an dem sie ihr Cape aufgehängt hatte, eine Tür auf. Die hatte sie, müde, wie sie war, bei ihrer Ankunft übersehen. Die war nicht verschlossen, und als Carolyn sie öffnete, stand sie am oberen Ende einer weiteren kurzen Treppe. Auch über sie gelangte man in einen tiefer liegenden, ziemlich geräumigen Saal. Und auch dieser Raum erhielt sein Licht durch eine Reihe von Fenstern in einer südlichen Längswand. Er konnte offenbar als Ballsaal genutzt werden, denn dort unten war eine Gruppe von GIs eifrig lärmend damit beschäftigt, eine Tanzfläche herzustellen, indem sie mehrere lange Tische und aufeinandergestapelte Stühle an den Seiten des Saales zusammenschoben. Sie waren dabei so sehr in ihre Arbeit vertieft, dass sie die Frau, die oben an der Tür stand und sie beobachtete, nicht bemerkten. Zwei große Flügeltüren, die zur Straße hinausgingen, standen weit offen, sodass der Luftzug, den Carolyn durch das Öffnen ihrer Tür bewirkt hatte, die Papiergirlanden unter der Saaldecke in sachte Bewegung versetzte. Die Dekorationen an den Wänden, die bunten Papierschlangen, das Klavier in der gegenüberliegenden Ecke, dazu die Notenpulte und Instrumentenkästen auf der Empore daneben – das alles gehörte offensichtlich zu den Vorbereitungen eines Tanzabends im Aiglon.

Einer der jungen Soldaten dort unten hantierte in einer entfernten Ecke des Raumes an einem Plattenspieler, und als er sich aufrichtete und gleich darauf blechern und raumfüllend Glenn Millers Chattanooga Choo Choo erklang, warf er triumphierend die Arme in die Luft. Das war nämlich zurzeit der bei der Truppe mit Abstand beliebteste

Hit. Und so fielen auch gleich nach den ersten Takten die jungen Männer wie auf ein geheimes Zeichen im Chor mit ein: „Pardon me, boy – Is that the Chattanooga Choo Choo,...", ließen ihre Arbeit liegen und klatschten rhythmisch in die Hände. Nach einer Weile machten sie sich wieder pfeifend an die Ball- Vorbereitungen, nur zwei von ihnen begannen sogar ein paar Takte lang einen wilden Jitterbug zu tanzen.

Sie alle waren so beschäftigt, dass bis dahin immer noch keiner von ihnen Carolyn bemerkt hatte. Und so zog sie sich vorsichtig zurück und schloss hinter sich sachte die Tür. Die Jungens da unten kamen offenbar sehr gut auch ohne sie klar, da war es war besser, sie nicht zu stören. „Ich bin jetzt nicht im Dienst", erinnerte sie sich selbst, „also nicht auch noch ein Bericht über den Tanzabend der US-Boys in Ajaccio am 9. Mai 1944." Außerdem fiel ihr ein, dass Bartolis wunderbarer Kaffee am besten heiß schmeckte. Schafskäse hatte sie noch nie in ihrem Leben gegessen und war richtig gespannt auf das zweite Sandwich. Geduftet hatte es jedenfalls köstlich!

Während sie aß, brach bei den Kartenspielern drüben am Fenster plötzlich ein Streit aus. „Avà! Tutti i ghjorna si nìmpara!" , hatte einer von ihnen unvermittelt und so laut ausgerufen, dass Carolyn erschrocken zu den Spielern hinüberschaute. Einer der alten Herrn hatte sich halb von seinem Stuhl erhoben, warf protestierend seine Karten auf den Tisch. Danach ließ er sich scheinbar resigniert auf seinen Stuhl zurückfallen. „Ganz recht", lachte sein Nachbar spöttisch, „man sagt ja auch: Più si campa e più si nìmpara."

„Nein, alles was recht ist, aber da kann ich nicht mehr lachen", beklagte sich ein dritter, und schlug mit der flachen Hand auf das grüne Tuch des Tisches. „Pierre Santini, wieder einmal versuchst du mitten im laufenden Spiel die Regeln zu ändern, alors, ca va pas!", und auch er machte kurz Anstalten, als wolle er die Runde verlassen. Doch seine Nachbarn zu beiden Seiten zogen auch ihn begütigend auf seinen Stuhl zurück. Santini, ein Greis mit einem würdevollen weißen Vollbart, hatte sein Blatt auf dem Tisch ausgebreitet und deutete immer wieder in wortlosem Protest auf seine Karten. Der Tumult rief schließlich den Hausherrn auf den Plan.

„Aio!", rief er energisch aus und stieß dabei ruckartig beide Arme in die Luft. „Nur ruhig! Aber so beruhigt euch doch, les enfants! Kennt ihr etwa die Regeln eures eigenen Spiels nicht mehr? Und was für einen gottlosen Lärm ihr veranstaltet! Seht ihr denn nicht, dass wir eine Dame unter uns haben?" Er wies mit theatralischer Geste auf Carolyn. „Es ist doch immer wieder dasselbe mit euch!", schüttelte er, wie resignierend, den Kopf. Doch noch während er sprach, hatte er sich mit einer große Flasche, die er auf dem Tresen bereitgestellt hatte, auf den Weg zum Tisch der Kartenspieler gemacht und zwinkerte Carolyn im Vorbeigehen verstohlen zu. Ihm war nicht entgangen, dass sie zu Beginn der lauthals ausgetragenen Streiterei, für die sie den Lärm am Spieltisch wohl hielt, erschrocken war. Sie schien für einen Moment vielleicht sogar mit Handgreiflichkeiten gerechnet zu haben. Bei dem Lärm, den die gestikulierenden Alten machten, war das auch kein Wunder.

Aber noch während Bartoli zum Tisch hinübereilte und alle Gläser der Runde mit Casanis, dem korsischen Pastis, nachfüllte, hatten sich die Herren schon wieder beruhigt, und einer von ihnen verteilte bereits wieder flink die Karten zu einem neuen Spiel. Die laut ausgestoßenen Anklagen, die ausdrucksvolle Gestik und Bartolis Rolle als Ermahner und Glätter der Wogen – das alles, verstand Carolyn jetzt, gehörte dazu, waren samt dem Drink aufs Haus Teile eines immer wieder praktizierten Rituals, einer inszenierten Aufregung, die sich ebenso schnell legte, wie sie entstanden war. Und so hatte das neue Spiel schon begonnen, noch bevor sie ihren ersten Bissen vom Käsesandwich genommen hatte. In die Kommentare zum neuen Spiel mischte sich bereits wieder vereinzeltes Gelächter.

„Ajacciu, Ajacciu – Un vi ni ghjugi un vi ni cacca!", rief abschließend einer der Alten, und die Runde fiel beifällig meckernd in sein Gelächter ein.

„Ajaccio, Ajaccio, geht man nicht hin, behält man sein Geld!", übersetzte Monsieur Bartoli im Vorbeigehen für Carolyn und lachte ebenfalls. „Sie sind ein ewig sprudelnder Quell der Weisheit, die Herren dort drüben." Die Situation war gerettet. Den Anis allerdings, zu dem Bartoli auch sie im Überschwang einlud, da er gerade die Flasche zur Hand hatte, den lehnte Carolyn dann doch höflich ab.

„Es ist doch schön zu wissen, dass sie überall gleich sind, diese alten Knaben", freute sie sich kauend. „Schnell auf Hundertachtzig, Hände und Fäuste in der Luft – und ebenso schnell auch wieder besänftigt." Während sie einen Schluck aus ihrer Tasse nahm, musste sie an ihren Vater jenseits des „großen Teiches" denken. Albern eigentlich, wie man versuchte, sich den großen, trennenden Atlantik als „Teich" kleinzureden. Kleiner wurde er dadurch trotzdem nicht. Im Gegenteil: Es gab Momente, da erschien er ihr größer als er war. Und Dad? Der Jüngste war er ja auch nicht mehr. Unter den Alten da drüben würde er auf den ersten Blick gar nicht auffallen.

Und so stellte sie sich vor, wie es wäre, wenn er in der Gruppe der anderen Männer drüben mit am Tisch säße, mit seinem noch vollen grauen Haar, in seiner etwas abgetragenen Cordjacke, an der er so hing und auf deren Ärmel Mutter ihm zum Geburtstag die großen Lederflicken gesetzt hatte. Nein, in der Runde da drüben würde er bestimmt nicht auffallen. Wie ein paar der Männer dort drüben hätte auch er seine schwarze Krücke dabei, mit der er seit dem Sturz vom Apfelbaum vor einigen Jahren manchmal sein linkes Knie unterstützen musste. Wie gewöhnlich hätte er die auch hier in Reichweite neben sich an die Wand gelehnt.

Solange sie zurückdenken konnte, hatte er die Marotte entwickelt, in spannenden Momenten eines Spiels oder beim Überlegen seinen Oberkörper leicht vor und zurück zu bewegen. Sie hatten sich dann immer lachend angestoßen: „Pst! Jetzt wird's wird ernst, Daddy denkt nach!" Das flüsterten sie sich regelmäßig so zu, dass er es hören konnte. Gewöhnlich stimmte Dad dann gutmütig in das Gelächter der Familie ein, nahm sich zusammen und saß danach meist für eine Weile immer stocksteif da, bevor er doch wieder in seine alte Gewohnheit verfiel. Manchmal aber, wenn auch selten, konnte es doch passieren, dass er regelrecht aus der Haut fuhr. Das war meist dann der Fall, wenn ihr Bruder zu grob schummelte oder jemand absichtlich gegen die Spielregeln verstieß. „Spielverderber" pflegte er dann mit strenger Stimme zu sagen, und das war noch das Mildeste, was ihm dazu als Tadel einfiel. „Aber es ist doch nur ein Spiel, Dad, nur ein Spiel", pflegte Mom ihn zu beruhigen, und meistens gelang ihr das auch, gerade so wie dem kleinen Monsieur Bartoli hier, der durch Ermahnungen und mit seiner Anisflasche bei den Alten dort drüben am Spieltisch die Wogen geglättet hatte.

Die gemeinsamen Abende im Kreis der Familie – wie lange schien das alles her zu sein. Sie hatte ihr Elternhaus verlassen, als sie bei Macy's anfing, das war schon lange vor Kriegsbeginn gewesen. Und als sie dann für die Firma in alle Welt auf Reisen ging, hatten sich die

Abstände, in denen sie die Eltern und ihren jüngeren Bruder sah, noch mehr vergrößert.

Doch in letzter Zeit hatte vor allem das Gedröhn des Kriegstheaters mit seinen sich oft überschlagenden Ereignissen diese stilleren Bilder der Erinnerungen an ihr Elternhaus überlagert und an einen fernen Rand der Erinnerung geschoben. Hinter dem drohten sie wie hinter dem Horizont zu verschwinden. Ein Trost nur, dass sie von dort manchmal auch unerwartet zurückkehren konnten, so zeitlos, frisch und unbeschädigt, als könne ihnen nichts etwas anhaben.

Wäre erst einmal die Sache in Neapel und Rom erledigt, würde sie ganz bestimmt für eine längere Zeit nach Hause zurückkehren. Das hatte sie sich fest vorgenommen. Sie musste einfach einmal Abstand von all dem gewinnen, was ihr in letzter Zeit zu schaffen machte. Außerdem: Jünger wurde sie auch nicht! Ein paarmal hatte sie tatsächlich auch schon daran gedacht, in nicht allzu ferner Zukunft ganz aufzuhören, den Korrespondentenjob an den Nagel zu hängen. Es gab doch genügend andere, die an ihrer Stelle weitermachen würden, bis dieser Krieg zu Ende wäre. Sie war hin- und hergerissen, denn wenn sie ehrlich war, konnte sie sich andererseits auch nicht vorstellen, ihren Job als Korrespondentin des Amerikanischen Roten Kreuzes einfach so aufzugeben.

Sie schreckte hoch. Bartoli hatte sie angesprochen und sie hatte von dem, was er gesagt hatte, in ihrer Versunkenheit kein Wort verstanden.

„Miss Chandler", wiederholte er voller Rücksicht, „ich denke wir sollten einmal die Frage Ihrer Übernachtung klären. Schauen Sie", fuhr er fort, indem er sich dem Schlüsselbrett zuwandte und mit dem Zeigefinger seiner Rechten über die in Reih und Glied baumelnden Schlüssel strich, die für einen Moment in pendelnde Aufregung gerieten, „freie Zimmer habe ich jede Menge. Nein, das Problem liegt woanders. Was Sie vor allem brauchen, Madame, ist Ruhe, das ist offensichtlich, und ausgerechnet damit, mit Nachtruhe, kann ich Ihnen heute leider nicht dienen. Im Gegenteil, Sie sehen oder besser, Sie hören ja, was hier bald los sein wird!" Er machte eine Kopfbewegung in Richtung des Ballsaals hinter der Türe. „Da bereiten Ihre Landsleute gerade für heute Nacht einen Ball vor, mit Kapelle, Tanz und allem Drum und Dran, verstehen Sie? Bei dem Lärm werden Sie auch in den oberen Stockwerken des

130

Aiglon keine Ruhe finden. Es tut mir wirklich leid, Ihnen das sagen zu müssen! Ich hätte mich wirklich sehr gefreut, Sie als Gast in meinem Hotel beherbergen zu dürfen."

Er hatte diesen letzten Satz mit großem Ernst vorgebracht und dabei mit betrübter Miene seinen Kopf tief zwischen die Schultern gezogen und seine Arme links und rechts vom Körper mit nach vorne weisenden Handflächen von sich gestreckt. Irgendwie hatte Carolyn so etwas bereits geahnt, aber jetzt, wo sie gerade erst einer katastrophalen Nacht in einem Zelt auf dem Campo del Oro entronnen zu sein schien, hatte sie jeden Zweifel, der die unverhoffte glückliche Wendung wieder infrage stellte, verdrängt. Dennoch, Bartoli hatte natürlich recht, musste sie einräumen.

Doch trotz ihrer Enttäuschung musste sie auch lächeln, denn ihr war aufgefallen, dass der kleine Korse dort hinter seinem Tresen gerade wieder eine bühnenreife Kostprobe dieser mittelmeerischen Gebärdensprache gegeben hatte. Aber an den trüben Aussichten für den Rest des Tages änderte das leider gar nichts, gestand sie sich seufzend ein. Sie würde die kommende Nacht also doch auf einem Feldbett in einem der Armeezelte dort drüben, jenseits der Bucht verbringen müssen – womöglich angekleidet und von dem ewigen Flappen der im Wind geblähten Zeltwände halbwach gehalten.

So war ihr anfängliches leichtes Lächeln, das ihr Gegenüber angesichts der schlechten Nachricht erstaunt hatte, dann doch schnell verflogen und nun schaute sie Monsieur Bartoli rundheraus enttäuscht und ratlos an und rollte dabei, ohne es zu merken, das Papierkügelchen, zu dem sie die bunte Verpackung des Würfelzuckers zusammengepresst hatte, zwischen Daumen und Zeigefinger hin und her.

Der Wirt und Carolyn schauten einander eine Weile schweigend an. Im Saal nebenan war es ruhiger geworden und außer dem leisen Zischen der Kaffeemaschine und dem gedämpften Murmeln drüben am Ecktisch war es still im Raum.

„Hören Sie, Madame", nahm Herr Bartoli das Gespräch wieder auf, „mir kommt da eben eine Idee, die ich Ihnen unterbreiten möchte." Er beugte sich impulsiv über den Tresen zu Carolyn hinüber, wobei er beide Hände unternehmungslustig auf den Rand des vernickelten Spülbeckens stützte.

131

„Ich habe da einen guten Bekannten, besser gesagt, einen Freund, der helfen könnte, und er wohnt gar nicht weit weg von hier. Eigentlich handelt es sich um ein Ehepaar, Madame und Monsieur Aitoni, reizende Leute. Die beiden haben bis zum Beginn des Krieges drüben im Westen, außerhalb der Stadt, eine kleine Familienpension geführt. Nichts Luxuriöses, das nicht, aber ordentlich und sauber. Sie heißt, also genaugenommen hieß sie, „Les Asphodèles" und liegt ein paar Kilometer westlich von hier, hinter der Nécropole an der Straße, die hinaus zu den Iles Sanguinaires führt." Wie zur Bekräftigung machte er eine unbestimmte Bewegung in Richtung des Tanzsaales hinter ihr.

„Und so, wie ich Madame Aitoni kenne, werden Sie bei ihr bestimmt auch etwas Richtiges zu Essen bekommen, nicht nur Brot", versprach er und machte dabei eine leicht geringschätzige Handbewegung hin zu den Resten ihres Sandwiches auf dem Teller. „Aber vor allem werden Sie dort nachts die Ruhe finden, die Sie dringend brauchen."

„Aber ich kann ja nicht einmal mit Sicherheit sagen, ob ich wirklich die ganze Nacht bleiben werde", wandte Carolyn ein. „Vielleicht muss ich schon am Abend oder später, Mitten in der Nacht, wieder weiter. Bei der US Army Air Force gibt es leider keine festen Flugpläne, müssen Sie wissen. Da nimmt man, was man bekommt."

Der kleine Herr hinter dem Tresen drückte zwar sein Mitgefühl über solche Unsicherheiten und die Belastungen aus, die damit für Madame verbunden seien und wiegte mit bedenklicher Miene seinen Kopf hin und her. Aber ihren Einwand ließ er dennoch nicht gelten. Und im Grunde genommen war Carolyn ihm für seine Unnachgiebigkeit sogar dankbar. Sie hatte diese Schwierigkeiten auch nur halbherzig erwähnt, sozusagen der Vollständigkeit halber.

Denn eigentlich war sie froh über diese erneute Wendung zum Guten, die sich da abzuzeichnen begann. Mit etwas Glück käme sie vielleicht doch noch zu einer richtigen Verschnaufpause! Und so ganz nebenbei könnte sie vielleicht auch einen kleinen Einblick in das häusliche Leben einer korsischen Familie gewinnen. Was wollte sie mehr? Wenn man bedachte, dass noch heute Morgen beim Abflug von Sidi Ahmed Korsika und Ajaccio für sie nur Namen waren, die für eine kurze Unterbrechung ihrer Reise nach Neapel standen, war das eine erstaunlich Wendung. Also stimmte sie Bartolis Vorschlag zu.

Als ob der nur darauf gewartet hätte, war er sofort eifrig zu dem schwarzen Telefon an der Wand neben dem Schlüsselbrett geeilt, hatte die Wählscheibe ein paar Mal ratternd kreisen lassen und dann mit erhobener Stimme einem Francois am anderen Ende der Leitung wort- und gestenreich die Lage der Amerikanerin geschildert, wobei er jedes Mal, wenn er sie erwähnte, zu Carolyn herüberschaute und ihr beruhigend und aufmunternd zunickte.

Geführt aber wurde dieses Telefongespräch unter Korsen selbstverständlich auf Korsisch, und das klang auch aus Bartolis Mund für sie wie ein grobes und in Aufregung hervorgestoßenes Italienisch. Doch beunruhigen konnte sie das nicht mehr, nachdem sie Zeugin geworden war, wie die plötzlich ausgebrochene bataille corse zwischen den Kartenspielern am Fenstertisch von Bartoli mit einfachen Mitteln zu einem schnellen Ende gebracht worden war.

Sie zündete sich eine Zigarette an, ließ sich von ihrem hohen Hocker gleiten, angelte nach ihrem linken Schuh, und schlenderte den langen Tresen entlang bis hin zur Fensterfront des Raumes am Eingang. Mit einem Blick auf ihre Armbanduhr vergewisserte sie sich, dass die Pendeluhr drüben an der Wand richtig ging: Doch, beide Uhren zeigten 15.40 Uhr – es war also erst früher Nachmittag.

Obwohl seit ihrem Aufbruch von Bizerta, dem Flug über das Meer und einschließlich der Zwischenlandung auf Sardinien und der Fahrt durch die Stadt hierher noch gar nicht so viel Zeit vergangen war, kam es ihr doch vor, als läge der Abschied von Helen schon Tage zurück, und sogar das schreckliche Bild, das sie von dem Flugzeugwrack auf Trunconi noch vor Augen hatte, war schon etwas in den Hintergrund gerückt. Jedenfalls fiel ihr auf, dass sie schon über längere Zeit nicht mehr daran gedacht hatte.

Als sie am Tisch der Kartenspieler vorbeikam, hoben die kaum den Blick und musterten sie nur kurz, um sich gleich wieder ihrem Spiel zu widmen. Dann stand sie in der tiefen Fensterhöhlung neben der Eingangstür und schaute nach draußen. Nach der vorübergehenden Aufhellung während ihrer Ankunft im Aiglon hatte das Wetter sich von neuem eingetrübt. Nun zog der Regen über dem vor Nässe glänzenden Asphalt der Straße und den Dächern der Häuser auf der gegenüberliegenden Straßenseite in regelrechten Fahnen hin. Windstöße drückten ihn immer wieder gegen die Fensterscheiben. Durch Schlieren des ablaufenden Regenwassers fiel ihr Blick auf die dunkelgrünen Armeefahrzeuge, die hintereinander aufgereiht am Straßenrand vor dem Eingang des Hotels standen. Einige Sanitätsfahrzeuge mit dem roten Kreuz im weißen Kreis waren auch darunter. Wahrscheinlich organisierten die nach Ajaccio verlegten US-Hospitäler diesen Ball. Noch weiter unten waren durch eine Lücke zwischen zwei Häusern gerade noch ein Stück der Uferstraße und ein paar vom Wind zerzauste Palmen zu sehen. Die Strandpromenade war verwaist, da war nichts, was sie aufmuntern konnte.

Hier am Fenster verstand sie auch, was Al vorhin mit den Vorteilen des Hintereingangs gemeint hatte. Das Hotel war in den Hang hineingebaut worden, der zur hin Küste abfiel. Nahm man die Treppen im Haus und vor dem Hotel zusammen, verlief die Straße hier vorne etwa ein Stockwerk unterhalb der des Niveaus der Gasse an der Rückfront, auf der sie hergekommen waren. Dadurch hatte der Teil des Raumes, in dem sie sich jetzt befand, etwas von einer altmodischen Beletage, wie man dieses vornehm wirkende erste Stockwerk im alten Europa nannte. Der Saal aber, in dem der Ball stattfinden würde, lag tiefer, wo er hingehörte, nämlich auf Straßenniveau. Wollte man in ihn durch die Tür gelangen, durch die sie von oben herab die Jungens bei ihren Ballvorbereitungen beobachtet hatte, stieg man über ebenso viele Stufen abwärts wie von der Fronttreppe des Aiglon hinab zur Straße, rechnete sie die auf- und abwärts führende Treppen gegeneinander auf.

Sie blies den Rauch ihrer Zigarette gegen die Fensterscheibe. Eigentlich ein interessantes räumliches Gebilde, dieser alte Steinkasten. Es war für sie eine reizvolle Spielerei, in Gedanken nachzuvollziehen, wie man es in früheren Zeiten verstanden hatte, verschieden große Räume auf unterschiedlichen Ebenen sinnvoll zu einem Haus zusammenzufügen. Welche Eigenarten, vielleicht sogar Geheimnisse mochte eine Aufrisszeichnung des Hauses vom Keller bis zum Dach offenbaren? Wie viele Generationen und deren Geschichten verbanden sich mit diesen hohen und dicken Mauern um sie herum?

Von dem Tisch in ihrem Rücken zog der herbe Geruch des schwarzen Tabaks, wie ihn die Franzosen liebten, bis zu ihr herüber. Monsieur Bartoli, der sich ihr unbemerkt genähert hatte, berührte sie leicht am Arm.

„Gute Nachrichten Madame, gute Nachrichten! Francois wird bald hier sein", freute er sich. „Alles klappt wunderbar. 'Es wird für mich eine Ehre sein, Sie bei mir zu beherbergen' – das waren seine Worte!", fügte Bartoli stolz hinzu, und Carolyn hatte den Eindruck, dass der kleine Korse sich bei dieser wortwörtlich vorgetragenen, feierlichen Zusage ein wenig aufrichtete. Die Gastfreundschaft spielte hier auf Korsika also noch eine besondere Rolle.

Und dann ging alles sehr schnell. Nachdem der Hotelier und
zwei seiner Gäste, die dafür ihr Kartenspiel bereitwillig unterbrochen
hatten, das Gepäck der Amerikanerin zum Eingang getragen hatten,
dauerte es nicht mehr lange, bis unten auf der Straße Monsieur Aitoni in
seinem schwarzen Citroën vorfuhr.

Ihren Versuch, bei Monsieur Bartoli wenigstens ihren Kaffee zu
bezahlen, wies der entrüstet zurück, und Carolyn hatte nicht den
Eindruck, dass sein Unwillen über das Ansinnen der Amerikanerin
gespielt war. Nachdem schließlich auch noch geklärt war, dass Al richtig
zu ihrer neuen Bleibe weitergeleitet werden würde, falls er sie doch noch
in der Nacht oder auch erst am kommenden Tag abholen müsste, saß sie
endlich auf dem Beifahrersitz des Citroën und atmete erleichtert durch.
Ihr Gepäck stapelte sich hinter ihr auf der Rückbank.

Monsieur Aitoni, ihr neuer Gastgeber, machte sich neben ihr
fahrbereit, indem er umständlich seine Brille trocknete und danach
ebenso unbeholfen daranging, die von innen beschlagene
Windschutzscheibe seines Autos klar zu wischen. Er tat das übertrieben
gründlich, und Carolyn hatte den Eindruck, dass er währenddessen
irgendwelche Überlegungen anstellte, die mit ihr zu tun hatten. Wenn es
stimmte, dass der Wirt des Aiglon und Monsieur Aitoni Freunde waren,
konnte sich Carolyn ein gegensätzlicheres Freundespaar kaum
vorstellen. Das fing schon bei den Äußerlichkeiten an. Aitoni war
eindeutig der Ältere von beiden und, im Gegensatz zu Bartoli,
hochgewachsen und hager an der Grenze zur Magerkeit. Als er vor dem
Aiglon eintraf, hatte er sich unbeholfen hinter dem Lenkrad seines
schwarzen Autos hervorgeschoben und war steifbeinig und vom Alter
gebeugt auf Carolyn zu gekommen. Sein ernster Gesichtsausdruck hellte
sich nur kurz auf, als er mit einer angedeuteten Verbeugung seinen
breitkrempigen, schwarzen Hut vor ihr zog. Anschließend setzte er den
auch nicht mehr auf, sondern drückte ihn, während Bartoli sie einander
vorstellte, förmlich und mit ernstem Gesichtsausdruck in Brusthöhe an
sich. Es irritierte Carolyn, dass er sie währenddessen mit seinen

wässrigen, blaugrauen Augen unter schweren Lidern hervor unverwandt musterte. Wie schon zuvor an seiner Art zu gehen, fiel ihr bei ihm an seinen Bewegungen insgesamt eine hölzern wirkende Steifheit auf.

Nachdem er sich hinter dem Steuer zurechtgesetzt hatte und mit seinen knochigen Händen das Lenkrad umfasste, verharrte er eine Weile in dieser Stellung und schaute Carolyn an. Das tat er ausdrücklich und mit ernster Miene. Darüber und über das, was dann folgte, war sie regelrecht verblüfft. Denn nach ein paar nichtssagenden Allerweltsredensarten zum Wetter, wie sie unter Fremden meist ausgetauscht werden, um vielleicht ein Gespräch anzuknüpfen, nahm die kleine Ansprache des Alten – so empfand Carolyn das, was er ihr dann mit ernster Miene mitteilte – eine eigenartige Wendung. Sie habe sich da, begann er ernst, als Frau für ihre Reise einen recht ungünstigen, nun ja, einen geradezu gefährlichen Zeitpunkt ausgesucht. Obwohl, schränkte er ein, er sich denken könne, dass es letztlich nicht an ihr gewesen sei, darüber zu entscheiden. Damit meine er nun nicht etwa den Krieg – nein, den nicht. Er spreche vielmehr von etwas scheinbar viel harmloseren, dem Wetter. Als er das sagte, beugte er sich über das Lenkrad vor und zog den schräggestellten Kopf ein, um in dieser merkwürdigen Haltung durch die Windschutzscheibe, über die der Regen in Strömen hinunterrann, den wolkenverhangenen Himmel zu mustern. Nach einer längeren Pause, bei der Carolyn schon hoffte, dass es damit sein Bewenden haben werde, fuhr er stattdessen noch eindringlicher fort. „Dieses Wetter, müssen Sie wissen", er nickte mit einer Kopfbewegung und bedeutungsvollem Blick nach draußen, „das ist nicht einfach nur schlechtes Wetter, nur störend oder ungünstig. Es ist nicht einfach ‚mauvais', sondern es ist ‚mal',verstehen Sie? Böse. Nein, es hat etwas, das dazu führen kann, dass bei ihm irgendwo Böses geschieht. Sei es, dass zum Beispiel ein Mensch einen anderen in einer plötzlichen Aufwallung wegen einer Nichtigkeit erschlägt, ein Bruder den Bruder, oder dass draußen auf dem Meer Schiffe sinken oder dass Flugzeuge wie hilflose Vögel vom Himmel geweht und zu Boden geschleudert werden." Nein, es verheiße nichts Gutes, dieses Wetter. Er sage das nicht, um sie zu erschrecken, lächelte er, das beileibe nicht. Aber für ihn, der die verschiedenen Winde der Insel kenne, gäbe es da keinen Zweifel. Die ganze Zeit über, während er seine rätselhaften und übertrieben dramatisch klingenden Ausführungen zum Wetter machte, hatte Monsieur Aitoni Carolyn unverwandt beobachtet und dabei eine derart bedeutungsvolle Miene aufgesetzt, dass sie sich im ersten Moment ein ungläubiges Lächeln verkneifen musste. Das verbot sich natürlich in dieser Situation ihm gegenüber, in der sie auf seine Hilfe sie angewiesen war. Außerdem war sie dem viel älteren Mann, dem es mit dem, was er sagte sehr ernst zu sein schien, Respekt schuldig. Und dann war da noch dieser doppeldeutige, düstere Ton, in dem er seine Warnung ausgesprochen hatte. Sie hatte irgendwie das Gefühl, dass sich hinter dem, was er über das Wetter zu sagen schien, ein zweiter geheimnisvoller und bedrohlicher Sinn verbarg. Nein, an diesen ominösen Andeutungen des Alten gab es ja rein gar nichts Heiteres, worüber zu lachen wäre.

Oder war es nicht doch einfach so, versuchte sie sich zu beruhigen, dass ihr Unbehagen hauptsächlich von Monsieur Aitonis ungewöhnlicher äußerer Erscheinung herrührte? Was war denn daran schon unheimlich, dass jemand das Wetter böse nannte? Eigentlich nichts, musste sie sich eingestehen. Dazu kam, dass sie selber auch nicht gerade in der allerbesten Verfassung war. Da konnte es schon passieren, dass sie wer weiß was in die Worte und in die Redeweise des Alten hineinfantasierte. Er würde sich mit den Wetterverhältnissen auf der Insel schon auskennen. Und im Übrigen hatte er ja auch gar nicht einmal so unrecht. Dieses Mistwetter, das keine Anstalten machte, sich zu bessern, sondern sich im Gegenteil mit heftigen Windböen und Regenschauern vom Nachmittag auf den Abend hin noch zu steigern schien, hatte das nicht tatsächlich auch etwas Bösartiges an sich?

Mit solchen Überlegungen und einem gelasseneren Blick auf den alten, gebrechlichen Mann, der da neben ihr auf dem Fahrersitz saß, und angestrengt nach vorne gebeugt mit seinen knotigen Händen immer noch das Lenkrad umklammerte, beruhigte sie sich und versuchte, die beunruhigenden Gedanken beiseitezuschieben.

Wie er da jetzt durch die regenverschleierte Windschutzscheibe nach draußen starrte und sie dabei mit der Krempe seines schwarzen Hutes fast berührte, wirkte er eigentlich nur mitleiderregend hilflos und nicht lächerlich. Alte Männer hatten eben manchmal so ihre Marotten, das war der Gang der Welt. Und Monsieur Aitonis Marotte, die war seinem fortgeschrittenen Alter entsprechend eben ein wenig stärker ausgeprägt. So einfach war das.

Endlich setzte der alte Herr seinen Citroën ruckend in Bewegung. Bald nachdem sie die letzten Häuser der Stadt hinter sich gelassen hatten, tauchte rechts vor ihnen die Nécropole auf, der Friedhof der Stadt. Bei seinem Anblick begriff Carolyn, was Monsieur Bartoli damit gemeint hatte, als er von einer Stadt der Toten oder etwas Ähnlichem gesprochen hatte. Das verschachtelte Gewirr von kleinen und größeren fensterlosen Bauwerken, das sich hinter einer niedrigen, weißen Mauer den Hang hinaufzog, hatte tatsächlich Ähnlichkeit mit einer Stadt im Kleinen. Aus größerer Nähe klärte sich das Gewirr etwas und schmale Gassen zeichneten sich ab, die, so wie die breiteren Straßen in der Stadt der Lebenden, auch hier Häuserzeilen und Stadtviertel voneinander trennten.

Manche der kleinen weißen Gebäude waren schlicht und fensterlos gehalten, andere wieder ähnelten überkuppelten Palästen im Kleinen, doch die meisten von ihnen waren von mittlerer Größe. Erstaunlich, dass man sich hier nicht damit begnügte, die Toten mit steinernen Kreuzen oder Tafeln zu ehren wie es in ihrer Heimat üblich war, sondern ihnen regelrechte Städte errichtete. Starb man hier, zog man also einfach von der einen, der großen Stadt in die andere um, die im Kleinen der ähnelte, in der man sein erstes Leben zugebracht hatte, so, als gelte es, hier ein zweites, anderes, weiterzuführen. Das mochte für viele erst einmal etwas Tröstliches haben. Auch auf den nach wie vor schönen Blick über den Golf brauchten die Toten zu verzichten.

Monsieur Aitoni hatte die Fahrt verlangsamt. „Voilà, la Nécropole d'Ajaccio", informierte er seine Beifahrerin, und als er das sagte und auf die leblose Kleinstadt zeigte, zitterte sein knochiger Zeigefinger unnötigerweise ziemlich nahe vor ihrem Gesicht, fand Carolyn. Sie versuchte das tapfer zu ignorieren und starrte angestrengt nach draußen und widerstand auch der Versuchung, auf irgendeinen mitschwingenden unangenehmen Unterton zu achten.

Bald nachdem sie den Friedhof hinter sich gelassen hatten, verlor die Straße vollends ihren städtischen Charakter. Sie wurde schmal und holprig, vor allem aber kurvenreicher, um sich enger dem zerrissenen Küstenverlauf anzupassen. Als der böige Westwind in ungebremsten Stößen heftiger an Monsieur Aitonis Citroën rüttelte, wurde Carolyn von bangen Zweifeln beschlichen, ob es der alte Mann neben ihr wohl gleichzeitig mit dem Unwetter und den Gefahren aufnehmen konnte, die auf dem engen Sträßchen lauern mochten. Es kam vor, dass sie in unübersichtlichen Kurven nur noch wenige Zentimeter von überhängenden Felsen getrennt wurden, während auf der anderen Seite die Straße scharf am Rand der Steilküste verlief, an deren Fuß tief unten das aufgewühlte Meer schäumte.

Der Buschwald, der rechter Hand an den Berghängen bis zur Straße herabstieg, wogte im Wind und die Wassermassen des Regens, die der felsige Boden nicht mehr aufnehmen konnte, sammelten sich auf ihrem Weg bergabwärts, flossen in kleinen und größeren Rinnsalen und Kaskaden über die nackten Felswände herab und vereinigten sich am Straßenrand zu kleinen Bächen und überfluteten die Fahrbahn.

An besonders engen Stellen, an denen der Hang steiler war und näher an die Küste heranrückte, war die Trasse des Sträßchens tiefer in das rote Gestein hineingeschnitten worden. Dort hatte der Regen kleinere und größere Brocken aus den nackten Felswänden gewaschen, die nun auf der Straße gefährliche Hindernisse bildeten. Auf sie konnte der alte Mann oft erst im letzten Moment mit abrupten Ausweich- oder Bremsmanövern reagieren.

Carolyn, die ihn immer wieder verstohlen von der Seite beobachtete, sah, wie viel Konzentration es ihn kostete, seinen Citroën trotz all dieser Widrigkeiten sicher auf der Straße zu halten. Er umklammerte das Lenkrad seines Wagens mit den mageren Händen so angestrengt, dass seine Knöchel unwirklich weiß hervortraten und er beugte sich noch weiter zur Windschutzscheibe vor, um die Straße in dem Gewoge da draußen im Blick zu behalten. Dabei trat die Krümmung seines Rückens noch stärker hervor. Carolyn vermutete, der alte Mann leide an irgendeiner Verkrümmung des Rückgrats, einem Buckel. Als ihm sein Hut hinderlich wurde, warf er ihn mit einer unwirschen Bewegung hinter sich auf die Rückbank.

Der Scheibenwischer wedelte nur noch hilflos quietschend hin und her, er konnte in dem strömenden Regen das Sichtfeld nach vorne kaum noch frei halten. Mit Aitonis Brille war es wohl ebenfalls nicht zum Besten bestellt, denn er blinzelte ununterbrochen und musste die Augen wie ein Kurzsichtiger zusammenkneifen. Und während Carolyns Blick immer besorgter zwischen der Straße und dem alten Mann hin und her wanderte, kamen ihr Zweifel, ob er dem Chaos überhaupt gewachsen war und sie heil zu dieser Pension bringen würde.

Aus der Nähe betrachtet wirkte Monsieur Aitoni noch dünner als es ihr bei der Begrüßung vor dem Aiglon vorgekommen war. Sein

Hals war mager und faltig, sodass der abgestoßene Kragen seines nicht mehr ganz weißen Hemdes, aus dem er herausragte, viel zu weit war. Die ausgeprägte, scharf geschnittene Nase und der dünne Hals mit dem stark hervortretenden Adamsapfel verliehen ihm eine fatale Ähnlichkeit mit einem großen, geierähnlichen Vogel. Und die weißen Bartstoppeln, die das Kinn und die eingefallenen Wangen wie mit einer schimmernden Reifschicht überzogen, verdichteten sich in Nasenlöchern und Ohrmuscheln zu kleinen Büscheln. Sein schütteres weißes Haar, in dem der Abdruck des Hutes eine rundumlaufende Delle hinterlassen hatte, trug er, ebenso wie der kleine Hotelier, an den Seiten sorgfältig zurückgekämmt. Die oberen Partien seines Schädels jedoch waren kahl. Bei dem anstrengenden Kurbeln mit am Lenkrad rutschten die an den Kanten abgestoßenen Manschetten seines weißen Hemdes in die Ärmel der dunkelbraunen Cordjacke und gaben den Blick auf magere Handgelenke frei. Auch sie waren weiß behaart und wie die Handrücken mit ausgedehnten Altersflecken überzogen. Unter seiner pergamentartig dünnen, faltigen Haut zeichnete sich ein zartes Netz bläulicher Adern ab, all das klassische Merkmale des Alters.

Verglichen mit seinem viel umgänglicheren Freund im Hotel Aiglon in Ajaccio war Aitoni ganz offensichtlich ein wirklich alter Mann. Und dennoch, während Carolyn all diese fatalen Anzeichen des fortgeschrittenen Alters bei Aitoni scharfäugig registrierte, regte sich wegen des überscharfen Blicks, mit dem sie ihn musterte, gleichzeitig auch ihr Schamgefühl und mit dem Gefühl der Scham kamen die Selbstzweifel.

Was war los mit ihr? Hatte Monsieur Aitoni, dieser hilfsbereite alte Herr, der sich da mit seinem kleinen französischen Wagen durch das Unwetter kämpfte, nicht einen wohlwollenderen Blick verdient? Doch, das hat er, Carolyn!, ermahnte sie sich selbst. Ohne die Hilfsbereitschaft dieses alten Knaben, der sich trotz Regen und Sturm sofort in seinen Wagen geschwungen hatte, um ihr, einer Fremden, aus einer wirklich schlimmen Patsche zu helfen, wäre ihr doch nur die Wahl zwischen einem Feldbett in einem von Colonel Sanders' Army-Zelten oder einer mehr oder weniger schlaflosen Nacht in Bartoli's Aiglon geblieben.

Aber vielleicht lag es ja weniger an der fehlenden Milde ihres Blicks. War es nicht doch vor allem der heutige Tag gewesen, der ihr einfach zu viel abverlangt hatte? Zuerst das stundenlange unbequeme

Hocken auf dem Sitz des Funkers in der Alabama Belle, dann der Schock, den die zerstörte Mitchell auf dem Flugfeld von Villa bei ihr verursacht hatte – und das alles, nicht zu vergessen, mit leerem Magen! Na und dazu noch dieses Wetter, dieser Libecciu, wie der Pilot diesen eigenartigen Wind genannt hatte. Sie hatte beinahe das Gefühl bekommen, als ob der es auf sie abgesehen hatte! Über einen halben Tag hatte er sie begleitet und war immer stärker geworden. Sie konnte direkt spüren, wie dieser Wetterumschwung sie mitgenommen hatte.

Und sei es, dass der Libecciu stärker in ihr Denken eingriff als ihr bewusst war oder dass es in Aitonis Wesen etwas gab, das sich ihren Überlegungen entzog – jedenfalls ließ sie an diesem Punkt den kaum entwirrbaren Knäuel ihrer Gedanken fallen.

Als habe Aitoni den forschenden Blick und eine gewisse Unruhe seiner Beifahrerin bemerkt, wandte er sich in diesem Augenblick an sie: „Hören Sie, junge Frau, Sie müssen sich keine Sorgen machen, in wenigen Minuten haben wir es geschafft", redete er ihr beruhigend zu und konzentrierte sich gleich wieder auf die Straße vor ihm. Carolyn fühlte sich von ihm ertappt und schaute eine Zeitlang angestrengt aus dem Beifahrerfenster. Doch bald verursachte ihr der ständige schnelle Wechsel zwischen schroffem Gestein und dem feucht glänzendem Laubwerk, das draußen schemenhaft vorbeihuschte, zusammen mit den nicht enden wollenden Kurven Übelkeit. Sie musste in immer kürzeren Abständen krampfhaft gähnen und kalter Schweiß trat ihr auf die Stirn. Da war es für sie eine regelrechte Erlösung, als Monsieur Aitoni nach kurzer Zeit sein Schweigen brach:

„Voilà Madame, wir haben es geschafft! Da drüben Les Asphodèles." Das hatte er beinahe gerufen, um die Fahrtgeräusche zu übertönen, und sein knochiger Zeigefinger zitterte dabei wieder dicht vor ihrem Gesicht. Unnötig auch diesmal, weil außer dem Haus, auf das er deutete, weit und breit kein anderes zu sehen war, mit dem es zu verwechseln gewesen wäre.

An dieser Stelle bildete die Küste eine ausgedehnte Bucht, deren Form sich die Straße in einer weiten Linkskurve anpasste. Im Scheitelpunkt des weiten Bogens, den sie beschrieb, bog Aitoni auf einem schmalen Sträßchen landeinwärts in den Wald ab. Schon bald lösten sich die letzten Reste des dürftigen Straßenbelags auf und der Fahrweg ging in eine Piste über, die an manchen Stellen einem trockenen Flusslauf ähnelte. Aitoni hatte große Mühe, seinen Citroën durch ausgewaschene, sandige Löcher und über Felder rundgeschliffenen Gerölls zu lenken.

Nach wenigen hundert Metern tauchte auf der anderen Seite des Bachlaufes einsam und verloren wieder das Haus auf, das schon von der Straße aus zu sehen gewesen war. Über eine breite, altertümliche Bogenbrücke aus dicken Steinquadern gelangten sie jenseits des Baches, der hier schon zu einem kleinen Fluss angeschwollen war, auf ebenes Gelände. Und dort, etwas zurückversetzt inmitten einer Talaue am Fuß eines sanft ansteigenden Hanges, stand Aitonis hohes Haus. Die freie Fläche, die es umgab, ging auf allen Seiten in undurchdringliche Macchia über, die rundum an den Hängen emporwucherte.

Als sie den Fluss überquerten, erhaschte Carolyn einen Blick auf den Wildbach. Der Regen der letzten Stunden hatte ihn so stark anschwellen lassen, dass unter der Brücke das Wasser in Kaskaden über Felsblöcke schäumte. Ein beunruhigender Anblick. Konnte dieses Wildwasser nicht über die Ufer treten und sie mit seinen Wassermassen wer weiß wie lange in dem einsamen Haus, diesem Steinkasten dort drüben, festhalten? Dann wäre sie doch für längere Zeit in der Sackgasse gelandet, der sie noch vor kurzem zu entrinnen gehofft hatte.

Viel Zeit blieb ihr nicht, diesen unangenehmen Gedanken weiter zu verfolgen, denn Herr Aitoni ließ seinen Wagen auf dem Schotterweg vor seinem Haus ausrollen, und Carolyn war erst einmal froh, das schwankende und stoßende Gefährt samt seinem halb blinden Fahrer verlassen zu können. Sie stieg aus und atmete wie befreit die kühle Regenluft ein. Mit dem Duft des Kiefernwaldes und der Macchia um sie herum mischte sich der Geruch des Meeres, den der Wind von der nahen Küste herantrug. Mit größerem Abstand von dem Wildwasser klang sein Rauschen schon nicht mehr ganz so bedrohlich, wie vor noch wenigen Augenblicken. Es war, als böte die Natur alles auf, um Carolyn mit ihrer Situation zu versöhnen und den erneuten Anflug von Mutlosigkeit zu verscheuchen.

Sie warf einen ungläubigen Blick auf ihre Armbanduhr, doch es stimmte tatsächlich, die Fahrt von der Stadt hierher hatte nur etwas über eine halbe Stunde gedauert. Dabei hatte sie beim Aussteigen aus dem Citroën das Gefühl gehabt, nach langer Fahrt am Ende der Welt angekommen zu sein.

Schon von der Straße aus war zu erkennen gewesen, dass die ehemalige Familienpension der Aitonis in diesem Tal zwischen Bergen und Meer in vollkommener Einsamkeit lag. Das Gebäude ragte aus der Mitte der kleinen Ebene, die es umgab besonders hoch empor und wurde in einigem Abstand zu seinen beiden vorderen Ecken von zwei mächtigen Pappeln flankiert. Die Schatten, die sich um das Haus herum sammelten, nahmen schon die Dämmerung des Abends vorweg.

In einigem Abstand wuchsen um das Haus herum in einem lockeren Halbkreis langstielige, weiß blühende Pflanzen, die Carolyn noch nie gesehen hatte. Sie waren etwa hüfthoch und standen seltsam starr aufgerichtet einzeln oder in Gruppen beieinander. Ihre kräftigen Stängel stiegen knapp über dem Boden aus Büscheln langer, spitz zulaufender Blätter empor und verzweigten sich in Kniehöhe. Die sternförmigen weißen Blüten waren auffallend groß und leuchteten im abnehmenden Licht des frühen Abends. In ihrer Feierlichkeit, mit der sie das Haus umstanden, erinnerten sie Carolyn an ruhig brennende Kerzen, und mit der Strenge und Schlichtheit ihres Wuchses verliehen sie zusammen mit den beiden mächtigen Bäumen, die es flankierten, dem Haus Aitonis etwas rätselhaft Bedeutsames und Feierliches.

Auch wenn der Alte seinen Wagen gar nicht einmal allzu dicht vor dem Haus abgestellt hatte, musste Carolyn ihren Kopf doch in den Nacken zurücklegen, als sie es in Augenschein nehmen wollte. Es war ein stattliches Gebäude, aufgeführt aus unverputzten, rötlichen Granitblöcken, beeindruckte es sie mit seiner Breite, vor allem aber durch seine Höhe. Wieder einmal hatte die Amerikanerin das Gefühl, es auch hier weniger mit einem Wohnhaus, sondern eher mit einer Festung zu tun zu haben.

Dieser Eindruck wurde noch dadurch verstärkt, dass das Erdgeschoss nicht ebenerdig lag, sondern auf einem hohen, fensterlosen Sockel ruhte und so eigentlich schon das erste Stockwerk bildete. Zum Eingang an der rechten Seite der Vorderfront des Hauses führte von seiner linken Ecke aus eine breite Rampe wie zu einem Burgtor empor. Das verstärkte noch den wehrhaften Eindruck, den es sowieso schon machte. Soweit Carolyn es erkennen konnte, war diese Auffahrt so breit, als hätte der Erbauer des Hauses beabsichtigt, an der breiten, zweiflügeligen Tür mit einem Fuhrwerk vorzufahren. Diese Tür wurde von einem hohen, halbrunden Fenster gekrönt, wodurch der Eingang des Hauses eher einem Portal als einer normalen Tür glich.

Zum Schutz vor den Windböen und Regenschauern, aber sicherlich auch, weil die Räume des großen Hauses zum größten Teil nicht mehr genutzt wurden, hatte man bis auf wenige Ausnahmen die schweren Holzläden an den Fenstern der Vorderfront vorgelegt. Dieser Anblick rief in Carolyn ein starkes Gefühl von Verlassenheit hervor, und die Vorstellung, eine Nacht in diesem unbewohnt wirkenden Haus verbringen zu müssen, begann, ihr Unbehagen zu bereiten.

Nur die Glyzinien, die sich teilweise an der Rampe und vor allem an der rauen Mauer des Hauses emporrankten, milderten dessen abweisenden Eindruck. Sie wuchsen in einem breiten Streifen über die ganze Vorderfront des Gebäudes bis über das Erdgeschoss hinaus in die Höhe. Aus ihren Blütentrauben hatte der Sturm zahllose Blütenblätter gelöst und sie als zart leuchtenden Teppich am Sockel des Hauses zusammengeweht.

„Pension familiale les Asphodèles", las Carolyn auf dem verblassten Schild neben dem Eingang. Sie war so sehr in die Betrachtung des Gebäudes und seiner Umgebung vertieft gewesen, dass sie nicht gehört hatte, wie Monsieur Aitoni näher gekommen war und erschrak, als er plötzlich neben ihr stand. Im selben Moment öffnete sich oben am Haustor einer der beiden Türflügel und eine kleine, dunkle Gestalt erschien und eilte die Rampe zur Begrüßung des Gastes herab.

Es war Madame Aitoni, die gleich darauf lächelnd vor Carolyn stand. Im Gegensatz zu ihrem Mann strahlte sie Herzlichkeit und Wärme aus, und Carolyn fasste vom ersten Moment an Zuneigung zu ihr. Ihrem weißen Haar und den zahllosen Fältchen nach zu urteilen, die ihr Gesicht durchzogen, war auch sie sicherlich um die siebzig Jahre alt. Aber durch die lebhafte Art, in der sie auftrat und sich Carolyn zuwandte, wirkte sie viel jünger und beweglicher als ihr Mann. Der Druck ihrer zierlichen Hand war überraschend fest und der offene Blick sowie das freundliche Lächeln, mit dem sie den unverhofften Gast begrüßte, standen in krassem Gegensatz zu der rätselhaften Verschlossenheit, mit der Monsieur Aitoni ihr bis jetzt begegnet war. Entsprechend der Landessitte war auch sie als ältere Frau schwarz gekleidet und hatte wegen des Windes beim Verlassen ihres Hauses zu ihrem langen Kleid ein gehäkeltes schwarzes Tuch umgelegt, das ihr Haar teilweise bedeckte und über die Schultern bis auf den Rücken hinabfiel.

Obwohl sie klein und ein wenig korpulent war, konnte ihr Mann sie nicht davon abbringen, wenigstens Carolyns Musette-Bag über die Rampe ins Haus zu tragen. Carolyn verstand, dass es ihr darauf ankam, ihren Gast mit dieser symbolischen Geste willkommen zu heißen. Freilich konnte ihre freundliche Unnachgiebigkeit ihren Grund aber auch darin haben, dass sie ihren Mann, der deutlich hinkte, entlasten wollte. Merkwürdigerweise war es Carolyn erst jetzt aufgefallen, dass er ein Bein nachzog. Nichtsdestotrotz wollte Aitoni es sich nicht nehmen lassen, wenigstens das größte Gepäckstück, den Segeltuchkoffer, ins Haus zu tragen. Aber als sie sah, wie er beim Gehen das rechte Bein nachzog und sich zum Ausgleich auf eine Krücke stützte, die er wie aus dem Nichts von irgendwoher hervorgezaubert hatte, bestand sie energisch darauf, den Koffer selber tragen zu wollen. „Ein Souvenir von Vierzehn-Achtzehn", erklärte er mit einem knappen Seitenblick und klopfte mit seinem Stock an sein rechtes Knie, während er ihr den Koffer überließ.

Madame Aitoni musste gleich nach dem Anruf aus dem Aiglon eines der ehemaligen Gästezimmer hergerichtet haben – das schönste, wie sie stolz betonte. Es befand sich im nächsthöheren Stockwerk und lag praktischerweise in der Nähe des Treppenabsatzes, gleich zu Beginn des Ganges, der das Stockwerk der Länge nach durchzog. Dieser Gang war fensterlos und erhielt sein Licht nur durch eine spärliche Nachtbeleuchtung, die ihn in ein trübes Licht tauchte. Auf beiden Seiten gingen Türen zu den Zimmern der Pension ab, die jetzt allesamt unbewohnt waren.

Zur großen Erleichterung Carolyns befand sich am hinteren Ende des langen Ganges ein Badezimmer. Und als sie dann noch erfuhr, dass sie gegen 20.00 Uhr unten im Speisesaal ein Abendessen einnehmen könne, war sie überzeugt, dass sich nach den Strapazen dieses Tages doch noch alles zum Besten gewendet hatte.

Nachdem sie noch am Fuß der Treppe ihren Gastgebern die üblichen Fragen zu ihrem Woher und Wohin beantwortet hatte, konnte sie sich endlich ohne weitere Umstände auf ihr Zimmer im oberen Stockwerk zurückziehen. Kaum dass sie die Tür hinter sich ins Schloss gezogen hatte, schüttelte sie erst einmal ihre Uniformjacke von den Schultern und streifte die Schuhe von den Füßen. Ihre Uniformmütze warf sie schwungvoll auf ein kleines Tischchen, und konnte sich dann endlich mit einem tiefen Aufatmen auf das einladend breite und weiche Bett fallen lassen. Es war das einzige und für sie wichtigste Möbelstück, das sie, müde, wie sie war, gleich beim Betreten des Raumes fest ins Auge gefasst hatte. Und kaum hatte sie ihren Kopf auf der Kissenrolle zurechtgelegt und die geblümte Steppdecke über sich gezogen, fiel sie auch schon in einen tiefen Schlaf.

Als sie später die Augen wieder aufschlug, hatte sie anfangs Schwierigkeiten, sich zurechtzufinden. Denn ganz wach war sie noch nicht, dafür war ihr Schlaf zu tief gewesen, und so verharrte sie wie unschlüssig irgendwo auf der Schwelle zwischen Schlafen und Wachen. Eine ganze Zeitlang ruhte ihr Blick auf einer großen, ovalen Stuckrosette, die schräg über ihr die hohe Zimmerdecke zierte. Dann ließ sie ihn, immer noch benommenen, träge und wie der Schwerkraft folgend, von der Zimmerdecke an einem dünnen Messingrohr abwärts gleiten, das aus der Mitte des Gipsovals von der Decke herabhing und in einem Lampenschirm aus milchig-trübem Glas endete. Seine Form war einer weit geöffneten Glockenblume nachempfunden, deren Kelch in spitz in geschwungenen Blütenblättern auslief.

Carolyn atmete erleichtert auf. Es hatte also wieder einmal geklappt, irgendwo am Ende der Welt hatte sie tatsächlich in einem alten Steinkasten von Haus Unterschlupf gefunden. Sie schloss wieder die Augen. Wie immer, wenn sie besonders tief geschlafen hatte, fiel es ihr auch jetzt nicht leicht, sich schnell in einer fremden Umgebung zurechtzufinden. Sie musste doch eine längere Zeit über geschlafen haben, denn inzwischen war es Abend geworden und von draußen fiel kaum noch Tageslicht durch das Fenster. Die Dämmerung, die jetzt im Raum herrschte, schluckte alle Einzelheiten um sie herum und von den Ecken und Winkeln her breiteten sich tiefere Schatten aus.

Wie lange sie wohl geschlafen hatte? Sie schaute zu dem hohen Fenster hinüber. Über den abendlichen verfinsterten Himmel zog immer noch eilig dunkles Gewölk. Der Wind schien sogar noch zugenommen zu haben und rüttelte stärker an den Fensterläden. Ihr Klappern und das unablässige Rauschen des Windes in den Bäumen vor dem Haus waren die einzigen Geräusche, ansonsten herrschte draußen und im Haus jenseits der Tür Stille.

Da es im Raum es kühler geworden war, zog sie die geblümte, dünne Decke, die während des Schlafs verrutscht war, wieder bis zum Hals hoch. Sie wollte einfach noch liegen bleiben und dem Traum nachspüren, aus dem sie erwacht war. Seine einzelnen Bilder begannen schon zu verblassen und ließen sich nur noch schwer halten, und der geheimnisvolle, wie selbstverständliche Zusammenhang, in dem sie gerade noch gestanden hatten, begann bereits zu zerfallen. Aber noch war dieser eigenartige Traum für Carolyn gegenwärtiger ist als die fremde Umgebung des dunklen Zimmers, in dem sie lag.

Sie hatte von Toto geträumt, ihrem kleinen schwarz-weißen Terriermischling, soviel war sicher. Aber wie weit, um Gottes Willen, ging das in ihre Vergangenheit zurück? Sie war damals ja erst vier, höchstens fünf Jahre alt gewesen, als ihre Eltern ihr den Hund geschenkt hatten. Und obwohl der überhaupt nicht ganz schwarz war wie der Toto aus dem Märchen und sie auch nicht Dorothy hieß, wie das kleine Mädchen aus Kansas, hatte sie ihren kleinen Terriermischling auch Toto genannt und mit ihm eine Zeitlang all die Abenteuer nachzuspielen versucht, die Dorothy in dem Buch bestanden hatte. „Der wunderbare Zauberer von Oz", so hieß die Geschichte, das war damals ihr Lieblingsbuch gewesen. Daddy hatte ihr abends vor dem Einschlafen oft daraus vorgelesen, und obwohl ihr die Gefahren, die Dorothy und ihre Freunde zu bestehen hatten und all die merkwürdigen Wesen, mit denen sie zu tun bekamen, manchmal auch zum Fürchten waren, war es über lange Zeit ihr Lieblingsbuch gewesen.

Und nun war Toto ihr nach so langer Zeit plötzlich wieder im Traum erschienen. Er war wie früher hechelnd neben ihr her gelaufen und hatte zu ihr aufgeschaut, so wie er es immer getan hatte, wenn sie damals im Spiel um die Wette gerannt waren.

Wie meistens in ihren Träumen war auch diesmal alles in dieses eigenartige diffuse Licht getaucht, das von nirgendwo und zugleich von überall her zu kommen schien und sich wie ein Nebel über alles legte. Und mit den Bildern und Szenen des Traums, daran erinnerte sie sich deutlich, hatte sich für eine kurze Zeit wieder etwas von der glücklichen Unbeschwertheit ihrer Kindheit eingestellt.

Doch die Wiese hinter dem Haus der Eltern oder die Felder jenseits des Zauns, wo sie sonst immer ganze Nachmittage verbracht hatten, waren es nicht gewesen. Diesmal befanden sie sich auf einer staubigen und zerfahrenen Straße, die einfach nicht enden wollte. Und ein Kind war sie auch nicht mehr, sondern erwachsen, und sie trug auch ihre ARC-Uniform.

Aber ihr Toto war es, der da neben ihr her lief. Und wie sie selber wieder rennen konnte! Sie war im Traum so leichtfüßig gerannt, wie schon lange nicht mehr, so, wie sie es nur als Kind gekonnt hatte. Und während sie und Toto nebeneinander her liefen, hatte sie, wie immer vergeblich, nebenbei versucht, ihrem Hund den schon zerkauten, glitschigen Baseball aus dem Maul zu ziehen, diesen kläglichen Rest von einem Ball, den Toto übrig gelassen hatte und aus dessen geplatzten Nähten schon die Füllung quoll. Vor diesem schleimigen Ding, erinnerte sie sich, hatte sie sich auch im Traum wieder geekelt, genauso wie damals. Und gerade diesen zerkauten Baseball hatte Toto rätselhafterweise zu seinem Lieblingsspielzeug erkoren und verteidigte es verbissen, wobei er sogar herausfordernd knurrte. Aber erschreckt hatte sie das nie, es war Teil des Spiels.

Aber diesmal war auch das im Traum anders gewesen. Denn diesmal hatte Toto sein Spielzeug schon von sich aus fallen lassen, was er sonst nie getan hatte. Stattdessen war er laut bellend neben ihr her gelaufen, und sein Bellen war auch nicht spielerisch gewesen, sondern klang ernsthaft aufgeregt, ja alarmierend.

Das lag daran, dass er nicht mehr alleine war, sondern um ihn herum ein buntscheckiges Rudel struppiger Straßenköter tobte, das sich bellend und um sich schnappend immer wieder zwischen sie und Toto zu drängen versuchte. Schließlich wurde der arme Toto ganz von ihrer Seite abgedrängt. Danach wuchs der Abstand zwischen ihr und ihrem Hund plötzlich sehr schnell, denn sie lief nun nicht mehr zu Fuß, sondern saß in einem offenen Fahrzeug, einem Jeep, der schneller und immer schneller fuhr, so dass das Hunderudel mitsamt ihrem Toto in dessen Mitte immer weiter zurückfiel.

Die Fahrt aber war unter dem trüben Himmel ihres Traumes unaufhaltsam weitergegangen. Ganz oder auch nur halb zerstörte Gebäude mit leeren, gähnenden Fensterhöhlen kamen darin vor, dann Gassen, die sich zu Schluchten verengten und in die von den Seiten her immer wieder andere dunkle Gassen oder Nebenschluchten einmündeten. Die Mauern – oder waren es Felsen?, rückten auf beiden Seiten mit der Zeit so nahe heran, dass sie allein schon deswegen das Fahrzeug nicht verlassen konnte, obwohl sie es verzweifelt versuchte. Sie schaute zurück, sie wollte Toto nicht aus den Augen verlieren, sie rief nach ihm. Doch der war in der Ferne in der Staubwolke, die der Jeep hinter sich aufwirbelte, nur noch als heller Fleck in der Hundemeute zu erkennen und verschwand dann zusammen mit den anderen Tieren endgültig in einer Seitenstraße. In diesem Moment hatte sie schon im Traum verstanden, dass er unwiederbringlich in die Vergangenheit zurückgekehrt war, aus der er auf einem geheimnisvollen Weg zu ihr gefunden hatte, um sie zu besuchen.

Und jetzt war ihr auch klar, was sie geweckt hatte. Sie selbst war es gewesen, sie hatte Totos Namen gemurmelt, vielleicht sogar gerufen, so wie sie damals nach ihm gerufen hatte, als er mit einem Satz und bellend zwischen Bäumen und Gestrüpp verschwunden und nie mehr zurückgekommen war, nur mit dem Unterschied, dass das damals kein Traum gewesen war, sondern bittere Wirklichkeit. Sie waren im Herbst auf einer Wanderung mit den Eltern und ihrem Bruder in den Wäldern der Alleghenies gewesen, als sich das größte Unglück in ihrer bis dahin unbeschwerten Kindheit ereignete: Toto, ihr kleiner Spielgefährte, hatte eine Spur aufgenommen, war in der Wildnis verschwunden und nie mehr zurückkehrt. Sie hatten sein hektisches Jagdgekläff noch eine Weile gehört, doch es entfernte sich immer mehr und verstummte dann ganz. Ein, zwei Tage hatten sie auf ihn gewartet, hatten ihn gerufen, doch die großen Wälder mit ihrem undurchdringlichen Dickicht und den wilden Tieren, den steinigen Bergen und geheimnisvollen Schluchten hatten ihn für immer behalten und nicht mehr herausgegeben.

Nun ist Carolyn endgültig wach und sie stellt als Erstes fest, dass es in diesem Zimmer viel zu dunkel ist. Kein Wunder, dass es ihr da schwerfiel, trübe Gedanken zu verscheuchen. Und warum musste es ausgerechnet dieser verwirrende Traum mit all den längst vergessenen Bildern und Situationen sein? Als ob sie sich noch einmal mit Problemen und Gefühlen abmühen müsste, die sie längst überwunden und hinter sich gelassen zu haben glaubte. Die Gegenwart, in der sie alle Hände voll zu tun hat, reicht ihr schon. Ausgerechnet Kindheitserinnerungen! Als hätten die all die Jahre geduldig wie hinter einem Vorhang nur darauf gewartet, um auf einen geheimnisvollen Wink hin ins Rampenlicht der Erinnerung zu treten und auf der Bühne ihres Bewusstseins Verwirrspielchen zu inszenieren. Wer immer dabei seine Finger im Spiel hatte, er bewies wenigstens Humor.

Es war an der Zeit, sich von diesen trüben Gedanken zu verabschieden, entschied sie. Also Schluss mit der Dunkelheit, aus der sonst, wer weiß was noch kommen konnte! Dazu musste erst einmal Licht her. Ohne allzu große Hoffnung tastete sie mit der Hand nach dem Zugschalter über dem Kopfende ihres Bettes. Sie hatte Glück, und in dem müden Licht, das die vorsintflutliche Deckenlampe aus ihrem gläsernen Blütenkelch spendete, waren wenigstens Einzelheiten im Raum zu erkennen. Ohne hinzuschauen suchte sie auf dem Nachttischchen neben dem Bett nach ihrer Armbanduhr. Die Uhrzeit ließ sich selbst bei dem trüben Licht ablesen: ein paar Minuten vor halb sieben. Sie konnte es kaum glauben, aber sie hatte länger als drei Stunden geschlafen. Den Schlaf hat sie aber auch gebraucht, nach diesem strapaziösen Tag. Bis zum Abendessen blieb ihr noch reichlich Zeit für sich, und obwohl sie sich erfrischt und ausgeruht fühlte, beschloss sie, noch ein Weilchen liegen zu bleiben und sich eine weitere Verschnaufpause zu gönnen.

Sie hat einen Kontinent verlassen und ist auf einem anderen angekommen! Zwischen ihrem Abschied von Helen am morgendlich glitzernden See von Bizerta und ihrer Ankunft in dem alten Haus hier, irgendwo in einer abgelegenen Ecke dieser Insel, die sie sich inzwischen ohne Sturm und Regen fast nicht vorstellen kann, scheint viel mehr Zeit als nur ein Tag vergangen zu sein. Sie denkt an die lichtüberflutete Ebene von Trunconi, sieht dort die Windhosen tanzten und steht noch einmal vor Veras ARC – Clubmobil, das wie ein Schiff am Rand der Startbahn vor Anker liegt, und wo es außer Kaffee und Donuts auch noch Zuspruch und gute Ratschläge gibt. Um das Flugzeugwrack macht sie bei ihrer Bestandsaufnahme, wenn auch nicht bewusst, klugerweise einen Bogen. Dann ist da, wie eine kalte Dusche die Landung auf dem Feldflugplatz von Campo del Oro mit seiner trostlosen Reihe nasser Zelte, und dahinter, mehr zu ahnen als zu sehen, die hohen Berge der Insel.

Doch an Al und die Fahrt mit ihm durch die winddurchfegte Stadt erinnert sie sich gerne, auch an das Aiglon und Herrn Bartolis Lächeln, das er ihr durch die Dampfwolke seiner sehr beeindruckenden Kaffeemaschine hindurch geschenkt hatte. Das alles zusammen hätte sie lieber an mehreren Tagen und in wohldosierten Portionen verteilt erlebt. Aber nach der Bekömmlichkeit von Erlebnissen durfte man in diesen Tagen nicht fragen. Im Jahr 1944 waren die Umstände nicht danach, gedeihliche Erlebnisreisen zu machen, mochten die Ziele auch Neapel oder Rom heißen.

Und während sie die Etappen dieses Tages noch einmal durchgeht, bläst sie den Rauch ihrer Chesterfield in Richtung der Lampe, die da oben so tut, als sei sie eine Tulpe oder etwas ähnlich Wertvolles. Warum, zum Kuckuck, schon das bequeme Bett verlassen? Der ganze Abend lag ja noch vor ihr. Es würde reichen, wenn sie nach dem Abendessen an die Arbeit ging. Die Eindrücke des Tages wären dann immer noch frisch und lebendig genug, und sie würde sich ausgeruhter und mit frischem Elan an den kleinen Tisch dort drüben setzen und wenigstens den Entwurf zu einem packenden Bericht in ihre Underwood tippen. Ihr Millionenpublikum drüben in den Staaten konnte sich schon freuen, an den sehr ungewöhnlichen Eindrücken ihres ersten Tages auf europäischem Boden teilzuhaben, es würde die Bekanntschaft mit sehr interessanten Personen machen und von nie gesehenen Orten lesen.

Sie horcht nach draußen, wo der Wind sich allmählich zu einem Sturm zu steigern scheint. Er drückt den Regen prasselnd gegen die Fensterscheiben und rüttelt stärker an den zurückgeklappten Fensterläden. Bei so viel Unruhe um sie herum schwingt sie dann aber doch die Beine über die Bettkante. Bis zum Abendessen hätte sie desto mehr Zeit, sich mal in dem Badezimmer am Ende des Ganges umzusehen. Die Aussicht auf ein warmes Bad, wenigstens jedoch eine Dusche, ist verlockend und hebt ihre Stimmung.

Als sie über knarrende Dielen die Tür am Ende des Ganges ansteuert, versucht sie sich vorsichtshalber nicht allzu große Hoffnungen auf irgendwelchen Badekomfort zu machen. Umso überraschter ist sie, als sie die Tür zum Badezimmer öffnet und mit dem altmodischen Drehschalter das Licht anknipst.

Es wird so hell in dem großen Raum, dass sie erst einmal blinzelnd auf der Schwelle stehen bleiben muss. Nach dem trüben Licht in ihrem Zimmer und dem Halbdunkel auf dem langen Gang war sie auf so etwas wie eine matt beleuchtete, unfreundliche Waschküche gefasst, nicht aber auf ein geräumiges, weiß gekacheltes Badezimmer, das keinen Vergleich mit seinesgleichen in den städtischen Hotels, wie sie sie von ihren geschäftlichen Reisen her kennt, zu scheuen braucht. Im Gegenteil. Obwohl die Ausstattung, von den beiden wuchtigen Porzellanwaschbecken, über das Bidet bis zu der großen Badewanne noch aus dem letzten Jahrhundert zu stammen scheint, weist die ganze Einrichtung kaum Spuren zeitlicher Abnutzung oder gar von Beschädigung auf.

Große ovale Spiegel und zurückhaltend eingesetzte florale Zierelemente, wie man sie in der Epoche des Art Nouveau schätzte, nehmen zusammen mit den matt schimmernden Messingarmaturen am Waschbecken und der Badewanne der Helligkeit des Badezimmers ihre Strenge.

Am meisten jedoch hat es Carolyn die große, altertümliche Badewanne angetan. Sie ruht auf vier großen, messingenen Löwentatzen und steht durch ein Röhrensystem mit einem beinahe raumhohen, weiß emaillierten Kessel an ihrem Kopfende in Verbindung. Mit seinem ganz unten eingebauten Öfchen lässt sich der große Kessel darüber beheizen. Eine Dusche, die über Rohre fest mit dem Heißwasserbehälter verbunden ist, überragt das Kopfende der Badewanne wie ein Galgen.

„Wer von meinen Bekannten kann schon sagen, dass er in einem Museum gebadet hat?", fragt sich Carolyn übermütig. Aus den Luftschlitzen der kleinen Ofentür dringt warmer, roter Feuerschein und ein paar kleine Holzscheite liegen zum Nachheizen bereit. Da Madame Aitoni rechtzeitig vor dem Eintreffen des Gastes angefeuert hat, kann Carolyn ohne weitere Umstände in die hohe Wanne steigen.

Sie genießt das Baden und Duschen in dieser musealen Umgebung ausgiebig, und als sie merkt, dass das Badewasser sich langsam abzukühlen beginnt, steigt sie aus der Wanne und schiebt einfach noch ein paar Holzscheite durch das Türchen in dem kleinen Ofen nach und stellt erfreut fest, wie das nachlaufende Wasser sich bald danach wieder zu erwärmen beginnt.

Zum Schluss bleibt sogar noch genügend warmes Wasser übrig, um mit ein wenig Seife die Kleinwäsche im Waschbecken durchzuspülen.

Als sie anschließend ihre Wäsche an einer Schnur aufhängt, die sie quer durch den Raum gespannt hatte – leicht bekleidet mit Höschen und Unterrock, das Handtuch wie einen Turban um den Kopf gewunden und eine Chesterfield im Mundwinkel – muss sie laut auflachen, hat sie doch, ohne es zu merken, während der ganzen Prozedur und schon davor in der Wanne den Chattanooga Choo Choo mal vor sich hin gesummt und dann wieder gepfiffen. Der Refrain hatte es ihr dabei besonders angetan, den hatte sie jedenfalls immer wieder angestimmt: „Dinner in the diner, nothing could be finer – Than to have your ham an eggs in Carolina." Na klar! Kein Wunder, bei dem Riesenhunger, den sie hatte!

Auch die Beklemmung, die sie anfangs in Gegenwart ihres merkwürdigen Gastgebers gehabt hatte und die sich bei dem Gedanken an all die leeren Räume um sie herum und die Einsamkeit des Hauses an dieser aufgewühlten Küste wieder einstellen wollte, hat sich nun endgültig gelegt, stellt sie beruhigt fest. Sie ist sogar ein bisschen stolz auf sich. Schließlich kommt sie in der Fremde doch immer wieder mit den vertracktesten Situationen zurecht! War es heute, alles in allem, nicht doch ganz gut gelaufen? Sie war mit sich und dem Tag jedenfalls zufrieden.

Ihre Müdigkeit war nun endgültig verflogen, und auch ihre Haare waren in dem warmen Raum schon leidlich getrocknet. Sie verließ das Badezimmer und ging mit festen Schritten über den langen Gang, der ihr nun auch gar nicht mehr so lang und dunkel vorkam, zu ihrem Zimmer zurück. Es war zwar erst kurz nach sieben Uhr, doch die schwarzen Regenwolken, die der Sturm vom Meer her über die Baumspitzen trieb, verbreiteten draußen und drinnen schon nächtliches Dunkel. Noch bevor sie sich auf die Suche nach dem Lichtschalter neben der Tür machte, gab sie einem Impuls nach und ging quer durch den Raum zum Fenster. Sie trat in die Fensterhöhlung und schaute durch die regennassen Scheiben hinüber zum Wald, über dessen wogende Wipfel der Sturm noch immer unablässig schwarze Wolken herantrieb.

Der Bach und die Brücke waren im Dunkel, das unter den Bäumen am Waldrand bereits herrschte, kaum noch auszumachen. Irgendwo dahinter musste der Fahrweg sein, der neben dem Bach verlief und hinunter zur Bucht führte und in die Straße nach Ajaccio mündete.

Um wenigstens ein Fleckchen vom Meer sehen zu können, trat sie dichter an das Fenster heran und presste ihre Wange an die Scheibe. Ganz rechts, dort, wo das Tal sich zur Küste hin öffnete, war durch das bewegte schwarze Astwerk der Bäume hindurch tatsächlich ein schmaler Zipfel des kleinen Golfes zu sehen. Über der grauen, bewegten Oberfläche des Wassers lastete die tiefhängende Wolkendecke. Ein unerfreulicher Anblick, fand sie, und wollte vom Fenster zurücktreten.

Schon halb vom Fenster abgewandt und im Begriff, das Deckenlicht einzuschalten, nahm sie unten, auf der freien Fläche vor dem Haus, eine flüchtige Bewegung wahr. Es war ein ungewöhnlich großer, zottiger Hund, der wie aus dem Nichts aufgetaucht war und von links an Aitonis Citroën vorbei quer über den freien Platz in Richtung des großen Baumes an der anderen Ecke des Hauses trotte.

Die letzten paar Meter legte er in ein paar langen Sätzen zurück und blieb dann abrupt vor einer Gestalt stehen, die aus dem tiefen Schatten unter dem Baum herausgetreten war und sich zu dem Hund hinunterbeugte. Hatte sie ihn vorher übersehen oder hatte er hinter dem dicken Stamm des Baumes gewartet und war erst im letzten Moment aus dem Schatten gekommen, als der Hund auf ihn zu lief? Obwohl das Gesicht des Mannes durch die breite Hutkrempe ihrem Blick aus der Höhe verdeckt wurde, war es klar, dass es Monsieur Aitoni war, der da unten seinen Hund begrüßte. Nachdem das Tier freudig an seinem Herrn hochgesprungen war, verschwanden die beiden so schnell, wie sie aufgetaucht waren, um die Hausecke.

Es konnte nur Aitoni sein, den sie da unten gesehen hatte. Wer sonst sollte sich um diese Zeit da unten herumtreiben? Und dann war da ja auch noch der Hut. Es war derselbe, den Aitoni während der Fahrt von Ajaccio hierher aufgehabt hatte. Ein Mann holte bei schlechtem Wetter seinen Hund ins Haus – „Was ist dabei, Carolyn? Die normalste Sache von der Welt!", rief sie sich selbst zur Ordnung. Und doch, ein Unbehagen blieb zurück. Immerhin hatte sie das Gesicht des Mannes nicht erkennen können, und sein plötzliches Auftauchen und rätselhaftes Verschwinden trugen auch nicht gerade zu ihrer Beruhigung bei.

In Gedanken versunken trat sie in den Raum zurück, drehte an dem altertümlichen Schalter und machte sich daran, im welken Licht des gläsernen Blütenkelchs ihre Garderobe zu ordnen. Die hatte nun schon zu lange zusammengepresst im Koffer gesteckt, deshalb verteilte sie alle ihre Kleidungsstücke zum Aushängen und Lüften ringsum im ganzen Zimmer auf allem, was sich zum Ablegen eignete.

Doch ihre Gedanken kreisten währenddessen immer noch um die kleine, rätselhafte Szene, die sie gerade beobachtet hatte. Woher war dieser dunkle, zottige Hund so plötzlich gekommen? Von links, also wohl aus dem Wald, der Wildnis. Ob es wirklich nötig war, solch ein halbwildes Tier nur wegen des schlechten Wetters ins Haus zu holen? Und wenn das nicht der Grund war, was in aller Welt sonst hatte Aitoni um dieses Zeit und bei diesem scheußlichen Wetter dort draußen zu suchen? Vorausgesetzt, dass es überhaupt Aitoni war, meldeten sich bei ihr Misstrauen und Restzweifel, die nur geschlummert hatten.

Carolyn unterbrach ihre Aufräumarbeit und ließ die Bluse sinken, die sie gerade ausgeschüttelt und über eine Stuhllehne hatte hängen wollen. Richtig – bei ihrer Ankunft hatte der Alte einen Stock zu Hilfe nehmen müssen und sogar dann noch hatte er sein rechtes Bein auffallend nachgezogen. Der aber, den sie da unten beobachtet hatte, war ohne Stock sehr gut klargekommen. Im Gegenteil, weder als er mit dem Hund kurz fast gerangelt hatte, noch als die beiden aus ihrem Blickfeld verschwanden, war ihr an seinem Gang etwas aufgefallen. Aufrecht, ja beinahe jugendlich war der gewesen, von Hinken keine Spur! Oder sollte ihr das bei dem unsicheren Licht da unten nur entgangen sein?

Carolyn, die immer geglaubt hatte, ihren eigenen Augen trauen zu können, war verwirrt. War Aitoni ein Simulant? Wohl kaum, entschied sie. Welchen Grund sollte er dafür haben? Und außerdem, fand sie, passte so etwas nicht zu einem Mann in seinem Alter. Gab es hier dann also zwei Alte, die einander so ähnlich sahen? Dieser Gedanke war so abwegig, dass sie ihn sogleich wieder verwarf, und zusammen mit ihm auch alle anderen vagen Spekulationen zu diesem Thema. Am Abend eines Tages wie dem, den sie hinter sich hatte, sagte sie sich, sollte man in der Dämmerung auch seinen eigenen Augen besser nicht mehr trauen. Damit war das Thema für sie beendet.

Um trotz dieser kleinen logischen Stolperei einfach weitermachen zu können, war es für sie eine Hilfe, sich weiter mit ihrer Kleidung beschäftigen zu können. Die schwereren Teile ihrer Uniform, Jacken und Röcke, mussten luftig aushängen. Die dafür notwendigen Kleiderbügel, hoffte sie, würden sich in dem breiten Schrank finden, der gegenüber dem Fußende des Bettes einen großen Teil der Wand einnahm.

Als seine massive Tür mit leisem Knarren aufschwang, entwich dem dunklen Inneren des Möbels ein schwacher Geruch von altem Holz und Lavendel. Wie viele Generationen mochten in ihm ihre Wäsche und Kleidung aufbewahrt haben? Da der Schrank das berufliche Interesse, der Einkäuferin von Macy's erregte, trat sie mit leicht zur Seite geneigtem Kopf einen Schritt zurück und nahm ihn genauer in Augenschein.

Zuerst war da das besondere Holz, das ihr auffiel. Sie vermutete, dass es ursprünglich heller gewesen und erst mit den Jahren stark nachgedunkelt war und die Farbe dunkler Tabakblätter angenommen hatte. Carolyn ließ ihre Hand über eine gerundete Eckkante und von dort aus weiter über die Flächen der Türfüllung gleiten. Deren Oberfläche und seidiger Schimmer ließen auf jahrelange Pflege, vielleicht mit Bienenwachs, schließen. Jedenfalls glaubte sie einen schwachen Duft davon wahrzunehmen, als sie aus nächster Nähe an dem Schrank schnupperte.

Trotz ihres beruflichen Wissens konnte Carolyn ihn keiner der ihr bekannten Stilrichtungen zuordnen. Der natürlichen Abdunkelung seines Holzes und den zahlreichen winzigen Bohrlöchern nach zu schließen, die Generationen von Holzwürmern hinterlassen hatten, hatte er jedenfalls ein ehrwürdiges Alter.

Ihm war anzusehen, dass es seinem unbekannten Erbauer in erster Linie auf Zweckmäßigkeit und Stabilität angekommen war. Nach diesem Grundsatz hatte er eines dieser schlichten, schnörkellosen Möbelstücke geschaffen, deren Schönheit man zwar schon im ersten Augenblick wahrnahm, ohne sie jedoch gleich an hervorstechenden Besonderheiten oder vorgegebenen Stilmerkmalen festmachen zu können. Die ganz eigene Anmut solcher Stücke erschloss sich erst auf den zweiten Blick, wusste sie, manchmal sogar erst vollends nach längerem persönlichem Umgang mit ihnen.

Da waren zum einen seine Proportionen, das Verhältnis, in das der unbekannte Schreiner Höhe, Breite und Tiefe zueinander gesetzt hatte. Sie zeugten von einem sicheren Gefühl für Ausgewogenheit, für das rechte Maß. Dasselbe galt für die Art, wie die Türen in den Korpus des Schrankes eingefügt waren und wie ausgeprägt die Profilierung des umlaufenden Gesimses an seiner Oberkante ausgeführt war. Es war eines der wenigen vordergründig schmückenden Elemente, die sich sein Erbauer gestattet hatte.

Carolyn hatte gedankenverloren ihre Fingerspitzen von der glatten Türfüllungen auf das kühle Metall des Schlüsselschildes, ein schlichtes Oval aus Messingblech, gleiten lassen und zog spielerisch mit dem Fingernagel dessen profilierten Rand nach. Doch, der Schrank war eindeutig das Schmuckstück des Raumes und nahm den größeren Teil der schmäleren Stirnwand ein. Und dass er trotz seiner Größe nicht massig und erdrückend wirkte, lag eben an seiner zurückhaltenden Formgebung und dem warmen Farbton seines Holzes. Konnte es sein, dass sie hier vor einem Exemplar einer bisher unbekannten und nur regional verbreiteten, spezifisch korsischen Stilrichtung im Möbelbau stand?

Bei der Bestimmung des Holzes, das der unbekannte Meister zum Bau des Möbels verwendet hatte, war sie unsicher. Die fächerartig ausgebreitete Maserung des Tangentialschnitts ähnelte zwar der, die sie schon bei Möbeln aus Ulmenholz gesehen hatte. Nur war die in sich feiner strukturiert gewesen, hatte moiréähnlich geschillert. Hier jedoch verliefen die Linien der Maserung einfacher und klarer. Wie üblich, war sie auch hier so eingesetzt worden, dass durch sie das symmetrische Verhältnis, in dem die beiden Schranktüren standen, unterstrichen wurde. Eichen- oder Buchenholz war es jedenfalls nicht. Sie würde nachher den Hausherrn fragen. Das war vielleicht eine gute Gelegenheit, mit ihm ins Gespräch zu kommen.

Die Beschäftigung mit dem Schrank hatte sie in die Zeit zurückversetzt, in der sie vor dem Krieg für Macy's in aller Welt als Möbeleinkäuferin tätig gewesen war. Damals waren ihr Sachverstand und ihr sicherer Geschmack, den sie zum Teil einfach mitgebracht und den sie sich darüber hinaus erarbeitet hatte, in der Firma hoch geschätzt gewesen. Auch wegen der Anerkennung, die man ihrer Arbeit entgegenbrachte, hatte sie ihren Beruf geliebt hatte. Aber dann war der Krieg dazwischengekommen, und mit ihm ihr Entschluss, ihre berufliche Arbeit und damit die Aussicht auf eine hoffnungsvolle Karriere für eine Weile zu unterbrechen. Es gab Wichtigeres als berufliches Fortkommen, das war auch heute noch ihre Meinung. Und ein Danach würde es auch noch geben, hoffte sie wenigstens. Ein kleiner Trost war, dass ihr das Reisen geblieben war, wenn auch unter anderem Vorzeichen.

Nachdem sie den Rest ihrer Kleidung in lockeren Abständen im Schrank ausgehängt hatte, ließ sie seine beiden Türen weit offen stehen.

Bis um acht Uhr hatte sie noch eine halbe Stunde Zeit, um sich zum Abendessen fertig zu machen.

Zu der frischen weißen Bluse und zu den hellen Seidenstrümpfen, die sie glücklicherweise nur mäßig verknittert aus ihrem Koffer gezogen hatte, wählte sie anstelle der schwereren Winteruniform die etwas leichtere, blaugraue Sommeruniform. Zwar waren auch deren Rock und Jacke noch leicht verknittert, doch in der Wärme des Hauses würde sich ihr leichterer Stoff angenehmer tragen. Dann knipste sie die kleine Wandlampe über dem Spiegel am Waschtisch an. Sie schob die antik wirkende Waschschüssel aus dickem Porzellan samt der zugehörigen Wasserkanne etwas zur Seite, denn um den Inhalt ihres Schminkköfferchens auszubreiten, brauchte sie Platz. Da war zuerst einmal ihr Lippenstift (Max Factor, dark cherry) – sie war überrascht und erfreut gewesen, ihren Lieblingsfarbton im PX von Oran auftreiben zu können. Daneben platzierte sie das flache Döschen mit ihrem Rouge, das sie passend zum Ton des Lippenstifts ausgewählt hatte. Das kleinere silberne Döschen mit dem grauen Lidschatten öffnete sie vorsorglich schon einmal, der Deckel saß etwas stramm. Ihren dunkelbraunen Eye-liner legte sie gesondert parat, der kam immer am Schluss dran: für letzte Feinheiten! Sie sah noch einmal über die ausgebreiteten Utensilien und fand, dass sich dieses farbige Arrangement auf der elfenbeinfarbenen Marmorplatte mit der schräg durchlaufenden lichtgrauen Bänderung ausgesprochen nobel ausnahm, à la amerikanisches Stillleben auf Marmor.

Abgesehen davon, dass man es von ihr beinahe erwartete, hatte sie es sich auch zum Prinzip gemacht, ihr Auftreten in Uniform mit einem zurückhaltenden, aber sorgfältigen Make-up zu verbinden. Und gerade wenn die Umstände, unter denen sie ihre Arbeit verrichtete, schwierig waren, war das für sie niemals einen Grund gewesen, ihr Äußeres zu vernachlässigen. Warum als Schiffbrüchige auftreten, nur weil sie hier, am Rande der Wildnis sozusagen, gestrandet war? Gerade dann nicht! Sicher, eine ganz junge Frau war sie nicht mehr. Immerhin würde sie in diesem Jahr ihren vierzigsten Geburtstag feiern, aber deswegen würde sie noch lange nicht den Rest ihres Lebens als farbloses Wesen zubringen. Die Zeiten, in denen so etwas von einer Frau erwartet wurde, waren gottlob vorbei, auch wenn sie sich von dem zu grellen Rot der Lippenstifte ihrer früheren Jahre ohne allzu viel Wehmut schon vor längerer Zeit verabschiedet hatte. Alles hatte eben seine Zeit. Seit einigen Jahren zog sie gedämpfte Farben und Nuancen vor. Sie ging näher an den Spiegel heran und drehte ihren Lippenstift heraus. Nur gut, dass sie heute Morgen beim gemeinsamen Zurechtmachen in der Waschbaracke in Afrika! – in Afrika! sie konnte es immer noch nicht recht glauben – nicht auf Helens Vorschlag eingegangen war, die Lippenstifte zu tauschen. „Röter als rot", sei der ihre, hatte die Jüngere gelacht und ihn als einen echten „killer lipstick" angepriesen. Aber ganz ernst war es ihr mit dem Vorschlag wohl auch gar nicht gewesen. Eine temperamentvolle, energiegeladene Blonde Mitte zwanzig wie Helen und dann dieses gedämpfte, dunkle Rot? Carolyn musste lächeln. Sie presste ein paarmal kurz hintereinander leicht ihre Lippen aufeinander, begutachtete abschließend noch einmal ihr Werk im Spiegel und war's zufrieden. Dann ging sie daran, mit der Spitze ihres kleinen Fingers vorsichtig einen Hauch des grauen Lidschattens aufzutragen.

Sie hatte sich für ihre „Kriegsbemalung" Zeit genommen und war nun fertig. „Kriegsbemalung" passte natürlich eher zu dem, was manche jungen Krankenschwestern und WACs mit grellen Lippenstiften und entsprechenden Accessoires in ihren Gesichtern anstellten. Aber das war eben einer dieser saloppen Ausdrücke, die in deren Umgebung kursierten und die sie vorübergehend und amüsiert in ihren Wortschatz aufgenommen hatte.

Ein wenig problematischer war es, ihre störrische Haarpracht wenigstens notdürftig zu bändigen. Ihr Handtuch-Turban, den sie straff um die noch feuchten Haare geschlungen hatte, war doch keine rechte Hilfe gewesen – im Gegenteil. Ihre von Natur aus sowieso eigenwilligen Locken lagen dichter, aber dafür in noch verwegenerer Formen am Kopf an, stellte sie ärgerlich fest. Nur durch hartnäckiges Bürsten und hier und da mit ein paar Spritzern Wasser gelang es ihr, sie ungefähr in die gewünschte, übliche Form zu bringen. Den am verwegensten abstehenden „Winkern" – so nannte sie ihre abstehenden, wippenden Locken – kam sie anders nicht bei.

Als sie abschließend zurücktrat und sich in dem ovalen Spiegel betrachtete, sah sie erleichtert, dass die Spuren, die der lange Tag und anschließende Schlaf in ihrem Gesicht hinterlassen hatten, fast ganz verschwunden waren. Auch die Schwellung der Augenlider war erfreulicherweise ziemlich zurückgegangen, und die Liegefalten auf ihrer rechten Wange, die waren sogar ganz verschwunden. Sie trat noch einen Schritt zurück und prüfte zu guter Letzt noch einmal kritisch ihre Frisur, indem sie ihr Gesicht leicht nach links und rechts drehte, um sich besser im Profil betrachten zu können.

Dabei hielt sie überrascht inne. Sicher, das war zwar immer noch ihr eigenes Bild, das ihr aus dem Spiegel entgegen schaute, aber in dem bräunlich abgematteten Oval, dessen Belag sich auf der Rückseite mit feinen Rissen und stumpfen Flecken zu lösen begann, schien ihr Antlitz weit in die Vergangenheit hinein versetzt worden zu sein. Ihr war, als schaue ihr aus dem altmodischen Spiegel in seinem verschnörkelten hölzernen Rahmen eines dieser romantischen Porträts aus einem anderen Jahrhundert entgegen. „Es sieht aus, als ob ich aus der Zeit gefallen bin", ging es ihr durch den Kopf. Einen Moment lang verwirrte sie dieser merkwürdige Gedanke, und so schaute sie weg und ließ ihr Spiegelbild Spiegelbild sein und räumte stattdessen ihr Schminkköfferchen wieder ein..

Als sie damit fertig war und sich gerade abwenden wollte, fiel ihr Blick auf ein kleinformatiges Bild, das etwas abseits neben dem Spiegel an der Wand hing und das sie vorher nicht beachtet hatte. Es maß um die zwanzig auf dreißig Zentimeter und war eine schlichte Reproduktion irgendeines ihr unbekannten alten Gemäldes. An ein paar Stellen wellte sich das Papier leicht, und auf dem Glas hatten sich Generationen von Fliegen verewigt. Die Verzierungen des Rahmens waren für das kleine Format etwas zu pompös ausgefallen und sein Anstrich aus Goldbronze blätterte an manchen Stellen schon ab. Es war irgendeines dieser massenweise unter die Leute gebrachten, kitschigen Motive, vermutete Carolyn und wollte schon weitergehen. Doch dann war ihre Neugier doch stärker, und sie hielt inne.

Sie trat näher an das Bild heran, um Einzelheiten auf ihm besser erkennen zu können. Das lag nicht nur an der schwachen Beleuchtung im Zimmer, sondern auch daran, dass große Teile des Bildes sehr dunkel gehalten waren.

Doch was sie dann sieht, erschreckt und fasziniert sie zugleich. Schockierend ist das Motiv, das der Maler sich ausgesucht hat: Man sieht eine junge Frau – eigentlich ist sie noch ein Mädchen – die ebenso verzweifelt wie vergeblich versucht, sich gegen die Umklammerung durch einen monströsen Angreifer aus dem Dunkel zu wehren. „L'enlèvement de Proserpine" entziffert sie auf dem unteren Bildrand, „Die Entführung der Proserpina" also, gemalt von einem Italiener namens Simone Pignioni im Jahr 1650.

Proserpina, das ist ein Name, mit dem sich für Carolyn irgendein Ereignis der griechischen Mythologie verbindet. Im Moment will ihr nur nicht einfallen, womit. Im Mittelpunkt des Bildes steht die junge Frau mit ihrem hellen, in stiller Verzweiflung verzerrten Gesicht, ihrer bloßen weißen Schulter und teilweise entblößtem Oberkörper. Es geht um ihr schreckliches Schicksal, um den letzten Moment, den sie im Licht der Oberwelt verbring. Denn ihr Entführer sieht aus, als sei er geradewegs der Hölle entstiegen, eine barbarische, männliche Gestalt, halbnackt mit wilden Bart. Der Unhold hält von hinten mit rohem Griff ihr Handgelenk der noch kindlichen Frau umklammert und wird mit seiner Beute im nächsten Augenblick im Dunkel verschwinden, aus dem er gekommen ist. Denn daran, dass das Mädchen verloren ist, kann es keinen Zweifel geben.

Auch wenn Carolyn diese Entführungsszene nicht recht einordnen kann, ist sie sich jedoch sicher, dass es sich dabei um eine dieser schockierenden heidnischen Geschichten aus der Antike handelt, eine dieser Untaten, die damals offenbar gang und gäbe waren. Was da geschieht, sieht nach irgendeinem der vielen Frauenraube aus, die in diesen Zeiten üblich gewesen zu sein schienen. Ihresgleichen wurde in diesen grauen Vorzeiten geraubt wie das liebe Vieh! Sie muss an die Sage von Troja denken, an die schöne Helena, auch an den Raub der Sabinerinnen, von dem sie in der Schule gehört hatte. Je eingehender Carolyn sich mit dem Bild beschäftigt, desto schwerer fällt es ihr, sich von ihm zu lösen.

Und dann fällt es ihr plötzlich ein. Natürlich, diese barbarische Gestalt, die da aus dem Dunkel die junge Frau, die ja noch ein Mädchen, ein Kind, ist, heimtückisch von hinten anfällt und mit eiserner Klaue ihren Arm umklammert, das soll Hades sein, der griechische Gott des Totenreichs, Hades, der Persephone, die Tochter der Demeter, in die Unterwelt entführt hatte – natürlich! Carolyn verstand erst jetzt ganz, dass es Pignioni wichtig gewesen war, den erschütterndsten Augenblick dieser uralten Geschichte zu neuem Leben zu erwecken.

Das Mädchen war beim Blumenpflücken überrascht worden, erinnerte sich Carolyn, denn in seiner linken Hand hält es noch einen Strauß roter Blumen. Einige von ihnen trägt sie zu einem Kranz geflochten im Haar. Wie um ihren Angreifer mit vor Entsetzen weit aufgerissenen Augen anzuflehen, wendet sie ihm ihr helles Antlitz halb zu. Ihr weißes Gewand ist bei dem Kampf verrutscht und gibt nun ihren zart schimmernden Oberkörper bis zur Brust frei, vielleicht um so das erotische Motiv des Überfalls anzudeuten.

Obwohl Persephone sich noch wehrt, sieht man, dass sie resigniert und den aussichtslosen Kampf schon aufgegeben hat. Da sie weiß, dass gegen diesen fürchterlichen Gegner eine Gegenwehr nicht möglich ist und dass sie Teil eines unabänderlichen Geschehens ist, schreit sie auch nicht, und hältihren Mund geschlossen.

Carolyns Blick wandert zwischen dem Gesicht des Mädchens und den Händen der beiden Gestalten hin und her. Da ist einerseits Proserpinas zierliche, helle Hand, die noch den Strauß umklammert hält und neben ihr die dunkle, mächtige Pranke, die die Gestalt aus der Unterwelt an dieses Geschöpf der Helligkeit und des Frühlings legt. Anschaulicher ließ sich das, was mit der Redeweise von der „nackten Gewalt" gemeint ist, nicht darstellen, geht es Carolyn durch den Kopf und ihr ist, als spüre sie selber den schmerzhaften Druck der grob zupackenden Hand an ihrem eigenen Oberarm und kann die ekelhafte Mischung aus Schweißgeruch und Rauch, die der Unhold um sich herum verbreitet, förmlich riechen.

Ein bisschen abseitig, dieser Wandschmuck, stellt sie schließlich kopfschüttelnd fest, vor allem für eine Familienpension. Sie ist erleichtert, als in diesem Moment Frau Aitoni sie mit einem leichten Klopfen an der Tür zum Abendessen herabbittet.

„Nun ja", schränkte Madame Aitoni auf der Treppe nach unten ein, ganz fertig sei sie mit dem Abendessen ja noch nicht, viel bleibe jedoch nicht mehr zu tun. Madame müsse höchstens noch ein Viertelstündchen warten, „aber hier unten, nicht wahr, da wartet es sich doch ein bisschen angenehmer als so allein auf dem Zimmer", lächelte sie. „Mein Mann hat im Kamin Feuer gemacht, das wird Ihnen guttun, das wird Sie von außen und von innen gleichzeitig wärmen, und ein wenig Gesellschaft haben Sie außerdem auch."

Die lange Holztreppe mit ihren ausgetretenen Stufen führte längs der Wand abwärts und erweiterte sich auf halber Höhe in der Ecke, wo sie auf die Außenwand stieß, zu einem Absatz, knickte rechtwinklig ab und stieg mit ein paar weiteren Stufen auf das Niveau der Eingangshalle ab.

Carolyn hielt auf dem Absatz auf halber Treppe inne. Von hier aus konnte sie den unter ihr liegenden großen Raum fast ganz überblicken. Bei ihrer Ankunft war sie nicht in der Verfassung gewesen, sich ruhig in der neuen Umgebung umzuschauen. Vor lauter Müdigkeit und froh, endlich ein festes Dach über dem Kopf zu haben, hatte sie es nach der Begrüßung durch Madame Aitoni eilig gehabt, sich ihr Zimmer im oberen Stockwerk zeigen zu lassen, um dort endlich ihre Ruhe zu haben.

Auch wenn der hallenähnliche große Vorraum, in den sie nun hinabschaute, nicht beleuchtet war, verbreitete der breite Lichtstreifen, der durch die geöffnete Tür des Speisesaals hereinfiel, wenigstens so viel Helligkeit, dass sie um sich herum Einzelheiten wahrnehmen konnte.

Als Erstes fielen ihr die zahlreichen Jagdtrophäen auf, die auf einem ringsum umlaufenden Bord die Wände zierten. Der Hausherr schien ein leidenschaftlicher Jäger zu sein, oder er war es jedenfalls gewesen, und hatte Wert darauf gelegt, die Bälge oder Köpfe der von ihm getöteten Tiere nach deren Tod in seiner Eingangshalle um sich her zu versammeln. In dem unsicheren Licht, das abseits der direkten Lichtbahn aus dem Speisesaal herrschte, waren die weiter entfernten Beutestücke nur noch als Schatten zu erkennen.

An der Wand, ihr schräg gegenüber fielen Carolyn als Erstes die großen Köpfe mehrerer erlegter Wildschweine auf. Ihre erloschenen, vergänglichen Augen waren entfernt und durch gläserne ersetzt worden, mit denen sie aus der dunklen Masse ihres Fells unverwandt zu ihr herüber starrten. Die größten unter ihnen, Eber, waren mit furchterregenden, matt schimmernden Hauern bewehrt, die wie Sicheln aus ihren Kiefern ragten. Daneben nahmen sich die Köpfe der weiblichen oder jüngeren Tiere fast zierlich aus.

Als besonderes Schmuckstück der Sammlung prangte über der Tür zum Salon der ehemaligen Pension der Kopf eines Bergschafes mit mächtigen, weit ausladenden, gedrehten Hörnern. „Wenn da oben in meinem Zimmer ein Bild von Persephone hängt, dann ist das bestimmt der Kopf des Widders aus der Sage vom Goldenen Vlies, ließ Carolyn ihrer Phantasie freien Lauf. Der ist also nach den langen Irrfahrten der Argo hier gelandet". Doch im selben Moment amüsierte sie sich über sich selbst. War es möglich, dass ihre Phantasie allmählich ihrer Kontrolle entglitt und unter den Einfluss ihrer neuen, bizarren Umgebung geriet?

Und dann waren hier und da natürlich auch noch die üblichen kleineren Tiere vertreten und auf dem Bord längs der Wände verteilt. Sie waren in ihrer ganzen Gestalt erhalten und in Posen, die natürlich wirken sollten, erstarrt. Sie kauerten auf Aststümpfen oder verdorrten Rasenstücken, verharrten beim Klettern, um reglos zu ihr herüber zu schauen. Andere wieder befanden sich mitten im Sprung auf einem Aststück – Eichhörnchen oder Marder. Füchse und Hasen waren auch vertreten und zu guter Letzt gab es da noch kleinere Gestalten, die sie in dem ungewissen Licht nicht bestimmen konnte.

Carolyn kannte die Fauna der Insel nicht, aber sie konnte sich vorstellen, dass es ihr wortkarger Gastgeber mit dieser Sammlung darauf anlegte, dem Besucher gleich beim Betreten seines Hauses einen vollständigen Überblick über die Tierwelt der Insel zu geben.

Deshalb war auf einer anderen Wandseite ein Großteil des Stellbretts den Vögeln der Insel vorbehalten. Offenbar war Aitoni ein Systematiker. Die kleineren Exemplare hatte er auf Aststücke oder Felsbrocken gesetzt, ein paar von den größeren Vögeln breiteten ihre Schwingen wie zum Flug aus und manche umklammerten für immer kleine Beutetiere, die sie vor langer Zeit geschlagen hatten. Die großen Augen einer Eule glänzten im ungewissen Licht der Vorhalle und Carolyn hatte das Gefühl, von ihr während der ganzen Zeit, die sie stand und schaute, aufmerksam gemustert worden zu sein.

Sie alle waren dem grünen, schattigen Dickicht des Waldes oder den luftigen Höhe der Baumwipfel und Felswände für immer entrissen und dazu verurteilt, offenen Auges im Dämmer dieser Schattenwelt zu verstauben.

Schon als Kind hatte Carolyn die Zurschaustellung erlegter Tiere verabscheut, und auch als Erwachsene fand sie solche Trophäensammlungen immer noch makaber und zugleich mitleiderregend. Sie erinnerte sich, wie sie sich einmal als Kind sogar standhaft geweigert hatte, einen Schnellimbiss an irgendeinem Highway in den Bergen auch nur zu betreten, als sie vom Eingang aus auf einem Regal hinter der Theke ein paar ausgestopfte Tiere entdeckt hatte. Ihre Eltern hatten versucht, unnachgiebig zu sein, und da war sie eben draußen vor der Tür geblieben und hatte voller Empörung ihre Mahlzeit – einen Hotdog und Rootbeer – auf einem niedrigen Mäuerchen seitlich des Eingangs zu sich genommen. Lange danach noch konnte sie sich über die Grausamkeit der Jäger nicht beruhigen und schimpfte auf die Menschen, die Tieren so etwas antaten.

Madame Aitoni, die ein paar Schritte vor ihr her ging, war ebenfalls stehen geblieben, und Carolyns kurzes Verharren war ihr nicht entgangen. Auch sie blieb stehen und folgte dem Blick ihres Gastes.

„Sie müssen wissen", sagte sie, „zu seiner Zeit, als er jünger war, meine ich, war mein Mann ein leidenschaftlicher Jäger", erklärte sie. „Schauen Sie, da drüben", sie zeigte auf einen hohen Glasschrank an der gegenüberliegenden Wand, in dem mehrere Gewehre, Patronengürtel sowie Jagdtaschen und andere undefinierbare Jagdutensilien auszumachen waren, „da drüben hängt immer noch seine Jagdausrüstung. Aber er benutzt sie schon seit Jahren nicht mehr, doch trennen will er sich von ihr auch nicht." Sie zuckte lächelnd mit den Schultern: „Er ist eben Korse, wissen Sie." Und nach einer kleinen Pause: „Aber das ist, wie gesagt, schon einige Jahre her, jetzt schießt er nur noch ab und zu um das Haus herum aus alter Gewohnheit auf Tauben, und glücklicherweise trifft er auch die meistens nicht", lachte sie. „Jetzt, wo er alt geworden ist, macht sich seine Kriegsverletzung wieder stärker bemerkbar, kein Gedanke daran, im Maquis oder oben in den Bergen auf die Jagd zu gehen." Diesen letzten Satz hatte sie ernsthafter und mit einem beschwichtigenden Unterton hervorgebracht, so, als wolle sie Carolyn beruhigen. Es war ihr anzumerken, dass Madame Aitoni mit dieser Wendung, die die Dinge genommen hatten, ganz zufrieden war.

Carolyn hatte die letzten Stufen der Treppe hinter sich gelassen und durchquerte hinter Aitonis Frau den großen Flur. Durch ihre Schuhe hindurch spürte sie, wie sich ihre Fußsohlen den Unebenheiten des ausgetretenen Dielenbodens unter ihren Füßen anpassten.

Gleich neben dem Jagdschrank war das Telefon des Hauses an der Wand befestigt, ein altmodischer schwarzer Kasten, von dessen seitlich herausragender Gabel ein überdimensionaler Hörer herabhing. Wie im oberen Stockwerk zweigte unmittelbar daneben ein gleichfalls unbeleuchteter Korridor ab und verlor sich im Dunkel. Von dort strich ein kühler Lufthauch aus der Tiefe des steinernen Kastens und berührte sanft ihr Gesicht. Im Inneren kam ihr das alte Haus, dessen Größe und Form sie bereits von außen verblüfft hatte, noch größer und geheimnisvoller vor.

Neben der Tür zum Speisesaal und halb von der geöffneten Türe verborgen, tickte gemächlich eine große Standuhr. Es war eine ehrwürdige Comtoise, wie Carolyn mit Kennerblick feststellte. Als sie vor der Uhr stehen blieb, wurde ihr klar, dass sie deren gleichmäßiges, tiefes Ticken, ohne es bewusst wahrgenommen zu haben, schon die ganze Zeit über im Ohr gehabt hatte, seit sie auf dem Treppenabsatz inne gehalten hatte. Hinter der verglasten Tür des hohen, schlanken Gehäuses schwang an einem langen Arm, der kunstvoll dem Hals eines Streichinstrumentes nachgebildet war, rund und matt glänzend wie ein Vollmond die Messingscheibe des Pendels. Dahinter hingen reglos zwei schwarze Uhrgewichte an dünnen Ketten herab. Es war kurz nach halb acht, und die beiden kunstvoll durchbrochenen Zeiger auf dem großen weißen Zifferblatt mit seinen zarten Blütenornamenten überdeckten sich beinahe. Ein leises Rütteln an den Flügeln der Eingangstür in ihrem Rücken verriet, dass sich der Wind draußen seit ihrer Ankunft nicht abgeschwächt hatte.

Als sie über eine breite, steinerne Schwelle in den hell erleuchteten Raum trat, schlug ihr angenehm trockene Wärme entgegen und mit dem Geruch eines Holzfeuers mischten sich verheißungsvolle

167

Küchendüfte. Bei dem Speisesaal der Pension Les Asphodèles handelte es sich zwar nicht gerade um einen Saal, wie man es bei der Größe des Hauses hätte vermuten können, aber doch um einen größeren Raum, in dem zwei lange Esstische und eine ausladende Anrichte Platz fanden. Über einen breiten Durchgang zur Linken war der Speiseraum direkt mit der angrenzenden Küche verbunden.

Madame Aitoni führte ihren Gast fürsorglich zu einem sesselähnlichen Lehnstuhl in der Nähe eines offenen Kamins, entschuldigte sich dann und verschwand eilig in der Küche.

Aitoni hatte das Feuer wohl gleich nach ihrer Ankunft angefacht, denn inzwischen war es schon halb heruntergebrannt und der Gluthaufen unter den noch nicht völlig abgebrannten dicken Scheiten strahlte die trockene Wärme aus, die Carolyn seit ihrer verregneten Ankunft auf Korsika so sehr vermisst hatte.

Sie machte es sich im Lehnstuhl bequem und streckte die Beine aus, um sich von den Füßen her durchwärmen zu lassen. Und erst dann, mit einiger Verzögerung, begann sie zu staunen. Noch nie hatte sie im Inneren eines Hauses einen so großen Kamin mit einem derart urtümlichen Feuer gesehen. Sie lehnte sich entspannt zurück, ihre Unterarme lagen locker auf den breiten Armlehnen und sie fühlte, wie sich wohlige Wärme langsam von ihren Füßen aus im ganzen Körper auszubreiten begann. Ihre Gedanken jedoch kreisten um diesen Kamin mit seinen enormen Ausmaßen. Durch seine schiere Größe vermittelte er ihr den rätselhaften Eindruck, eigentlich nicht vor einem Kamin, sondern vor einem Tor zu sitzen, das in einen anderen Raum oder sonst wohin führte.

Auf zwei dicken, mannshohen Granitpfeilern zu beiden Seiten der Kaminöffnung ruhte ein mehr als doppelt so langer, womöglich noch massiverer Block aus demselben Gestein. Und passend zu diesen Abmessungen wurden hier auch keine einfachen Holzscheite verbrannt, wie sie es von ihrer maßvolleren Heimat her gewohnt war. Vielmehr glühten im Inneren dieser rußgeschwärzten Kammer, deren Eingang diese überdimensionalen Steine wie eine niedrige Toreinfahrt rahmten, halb verbrannte Wurzelstrünke und unförmiges Klobenholz.

„Sie haben hier einfach zu viel Gestein zur Verfügung, das ist es! Vielleicht gerät ihnen deshalb alles, was sie bauen, ein wenig zu monumental, ein paar Nummern zu groß." Das musste es sein, eine vernünftige Erklärung, fand sie. Aber die Rätselhaftigkeit nahm sie die der schwarzen Kammer, vor der sie saß, dennoch nicht ganz. Wenn sie sich vorstellte, wie der alte Mann in den Kamin hineinstieg und mit der Eisenstange, die an der Wand lehnte, in der Glut hebelte und schürte, um die Flammen stärker auflodern zu lassen, hatte das es sogar etwas Unheimliches.

Vor ihrem inneren Auge entstand das Bild eines funkenumschwirrten, von der Glut rötlich erhellten Greises, dessen wirr abstehendes weißes Haar ihn wie mit einer Krone schmückte. Wenn der dann, die klirrende Eisenstange in den knochigen Fäusten, das Feuer erneut auflodern ließe, würde er alles andere als alt und hinfällig wirken, sondern viel eher wie ein älterer Bruder dieses Rohlings auf dem Bild dieses italienischen Malers, das oben in ihrem Zimmer neben dem Waschtisch hing.

Kopfschüttelnd und verwundert über ihre ausschweifenden Phantasien, schob sie dieses Bild beiseite. Sie saß zu nahe am Feuer, das war es, und beschloss, etwas mehr Abstand vom Kamin halten. Die Funken, die es ab und zu mit lautem Knall verschoss, könnten ihre Strümpfe verderben. Außerdem war es ihr zu warm geworden, und ins Schwitzen wollte sie auf keinen Fall geraten. Allein schon wegen ihres Make-ups. Es war erst eine halbe Stunde alt und immerhin hatte sie sich mit ihm Mühe gegeben. Sie stemmte sich seufzend aus dem Lehnsessel hoch und schob ihn ein ganzes Stück weit vom offenen Feuer weg und zur Seite. Das war gar nicht einfach, denn das gute Stück war unerwartet schwer und ließ sich auf dem alten, unebenen Dielenboden nur mit Mühe bewegen.

Als sie in größerer Entfernung vor dem Kamin saß, und dessen Feuer milder wärmte, anstatt zu erhitzen, hatte sie mehr Muße, sich in dem Raum umzuschauen, in dem sie saß. Sein Mobiliar zeugte von der Vergangenheit der Pension Les Asphodèles als Familienpension. Von den beiden großen Esstischen nahm der größere fast die ganze Längswand unter den Fenstern des Raumes ein. Eine kleinere Version, auf dem offenbar für sie bereits ein Gedeck aufgelegt worden war, stand vor der Wand zur Eingangshalle hin, im freien Raum zwischen Kamin und Tür. Als Überbleibsel aus vergangenen besseren Zeiten hatte sich längs der Stirnwand eine große Anrichte in die Gegenwart herübergerettet. In ihrem geschlossenen Unterteil waren zahlreiche Schubladen untergebracht, in den Fächern des aufgesetzten offenen Teils auf mehreren Etagen und säuberlich voneinander getrennt, warteten Teller und Tassen aller Größen sowie anderes Geschirr auf den Tag, an dem der Pensionsbetrieb wieder aufgenommen würde.

Von nebenan drangen durch den offenen Durchgang zur Küche die vertrauten, in allen Küchen der Welt ähnlich klingenden Geräusche: das Rauschen und Plätschern von Wasser, glockenähnliches Scheppern von Topfdeckeln und das leise, aber energische Pochen, mit dem hölzerne Kochlöffel an Topfrändern abgeklopft werden. Eine Ofentür quietschte, und das unverkennbare metallische Schurren verriet, dass ein voller Kochtopf über Ofenringe auf die Seite geschoben wurde. Als ein Messer schnell auf einem Holzbrett klackerte, stieg Carolyn unwillkürlich der Duft frisch gehackter Kräuter in die Nase.

In dieser Blase aus Wärme und Licht und umgeben von vertrauten Gerüchen und Geräuschen, fühlte Carolyn sich geborgen. Beinahe ohne es zu merken, einfach aus Gewohnheit, hatte sie ihren linken Schuh vom Fuß gestreift. Dabei wanderte ihr Blick über den massigen Querbalken des Kamins. Dass dort in der Mitte des Granitträgers, auf dessen vorspringendem Rand, wo herausschlagender Rauch über die Jahre hinweg den hellgrauen Stein eingedunkelt hatte, eine Büste des Kaisers stand, klein und aus edlem Marmor, das fand sie ganz selbstverständlich. Wer sonst auch hätte diesen Ehrenplatz verdient?

„Vive l'Empereur!", bewegte sie lautlos die Lippen, denn eine respektvolle Anrede auf Französisch schien ihr in der Heimat dieses Herrn angemessen. So wie auf den meisten Bildern und Plastiken, die sie heute von ihm gesehen hatte, trug der kleine Kaiser auch hier sein typisches Hütchen, diesen quer aufgesetzten Zweispitz. Und auch hier hatte sich der Künstler bemüht, durch die betont hervortretenden Augäpfel, den massigen Unterkiefer und die markante Nase die herrscherlichen Qualitäten seines Landsmanns physiognomisch zu unterstreichen. Sogar die übliche genialische Haarsträhne, die anmutig geschwungen in die breite Stirn hineinfiel, war im Stein angedeutet. Zwar sah man es nicht, weil die Plastik in Brusthöhe endete, aber man konnte es sich denken, dass die rechte Hand des kleinen Korsen der tausendfach überlieferten Haltung nach in dem eigens dazu aufgeknöpften Uniformrock stak.

In regelmäßigen Abständen drückten besonders starke Windstöße den Regen prasselnd gegen die Fensterscheiben hinter ihr. Sie rüttelten draußen in der Vorhalle dumpf an der schweren Eingangstüre und fuhren den Kamin herab, als wollten sie das Feuer mit unsichtbarer Hand niederdrücken, sodass dessen Flammen unruhig auszuweichen versuchten und abwärts züngelten.

Carolyns Blick wurde aufs Neue vom Feuer im Kamin angezogen. Er glitt von den scheinbar noch unberührten, intakten äußeren Enden der brennenden Holzstücke, aus denen hier und da doch schon kleine Spiralen weißen Rauchs aufstiegen, weiter zu den Seiten der Holzscheite, in die sich die Flammen langsam hineinfraßen, wanderte anschließend durch glühende Höhlungen zwischen brennenden Scheiten hindurch, vorbei an verkohlten und geborstenen Holzresten, bis ins Zentrum des Feuers, in hellrot und bläulich glühende Kammern unter und zwischen brennendem Holz, in denen Gase vor Hitze waberten.

An den Rändern des Feuers, in seinen ruhigeren Zonen, züngelten wie geschmeidig flatternde Locken oder Strähnen kleine Flammen aus den Rissen und Klüften des noch brennenden oder schon verkohlten Wurzelstocks, lösten sich in Rauchwirbel auf und verschwanden nach oben im unsichtbaren Schacht. Carolyn überließ sich mehr und mehr diesem Schauspiel des Feuers, das sich vor ihr im Kamin wie auf einer Bühne abspielte. Durch seine Wärme und das geschmeidige Spiel der wechselnden Farben und Formen begannen sich ihre seelischen und körperlichen Verspannungen zu lösen und wie der aufwärts schwebende und verschwindende Rauch verflüchtigten sich auch die Zusammenhänge und Verknotungen ihrer Gedanken.

Ohne es zu merken und wie träumend war sie in dem tiefen Sessel noch weiter nach vorne gerutscht und hatte beide Beine ungeniert und bequem von sich gestreckt. Ihre Arme hingen entspannt seitlich von den Armlehnen herab. Die Polsterung des Sessels umfing ihren Körper, sie gab ihm rundum Halt, ohne an irgendeiner Stelle den leisesten Druck auszuüben. Was war das für ein Sessel, in dem sie hier saß? Irgendetwas hatte es mit ihm auf sich , ging es ihr durch den Kopf.

Ihr war schließlich zumute, als geriete sie in einen Zustand der Zeitlosigkeit, der körperlichen und geistigen Schwerelosigkeit. Gab es denn überhaupt etwas, das wichtig genug wäre, sie von diesem Platz zu trennen? Warum sollte sie diesen Sessel vor dem Kamin je wieder verlassen?

Sie fuhr erschrocken zusammen und kehrte aus dem halbschlafähnlichen Zustand, in den sie hinübergeglitten war, in die Gegenwart zurück. Jemand hatte sie leicht an der Schulter berührt.

Ihre Gastgeberin war unbemerkt aus der Küche gekommen: „Entschuldigen Sie, Madame Chandler, ich wollte Sie nicht erschrecken, aber vielleicht würden Sie vor dem Essen gern einen Aperitif trinken?".

Als setze sie das Einverständnis der Amerikanerin zu ihrem Vorschlag voraus, ging sie, ohne deren Antwort abzuwarten, hinüber zur Anrichte und kam mit einer Flasche und zwei kleinen, dickwandigen Gläsern zum Kamin zurück.

„Eine Spezialität des Hauses", erklärte sie stolz und reichte Carolyn eines der Gläser. Sie hob die Flasche gegen das Licht, sodass deren Inhalt dunkelorange schimmerte. „Ein Likör, den ich jedes Jahr selber zubereite. Ganz wichtig sind die Granatäpfeln, dazu kommen noch Zedrat und verschiedene Kräuter des Maquis. Und zur Abrundung noch ein wenig Honig. Das alles wird eine Zeitlang mit gutem Grappa angesetzt", verriet sie. „Ich nenne ihn einfach Likör, für einen Aperitif ist er vielleicht ein wenig zu süß", räumte sie ein. „Aber sei's drum, das sind doch alles nur Wörter. Er ist jedenfalls köstlich, und er regt außerdem den Appetit an."

Carolyn ließ einen kleinen Schluck des Getränks vorsichtig über die Zunge laufen und schnupperte gleichzeitig an ihrem noch halbvollen Glas. Sein warmes, mild-bitteres Aroma und seine Süße breiteten sich in ihrem Mund aus, während sie spürte, wie der Likör warm die Speiseröhre hinabbrann. Das Getränk duftete so wunderbar, wie es schmeckte, fand sie und ließ sich ihr Gläschen gerne ein zweites Mal füllen.

„Hatte Ihr Mann vorhin bei diesem Wetter noch draußen zu tun?", wollte sie von ihrer Gastgeberin wissen. Madame Aitoni lächelte: „Nein, zu tun eigentlich nicht. Sie haben ihn vorhin draußen, mit dem Hund gesehen, nicht wahr? Ja, um diese Zeit holt er ihn immer herein, er will ihn nachts um sich im Haus haben. Außerdem hält er sich gerne unten auf", und dabei zeigte sie mit gestrecktem Zeigefinger senkrecht auf den Boden zu ihren Füßen. „Nicht der Hund. Nein, ich meine meinen Mann", lachte sie über ihren eigenen Scherz.

172

„Im Keller?", vergewisserte sich Carolyn erstaunt.

„Nun ja, nicht gerade im Keller, es ist ja mehr ein fensterloses Untergeschoss. Doch, es gibt viel Platz da unten, mehr als wir brauchen, Vorratsräume und dergleichen. Ob Sie's glauben oder nicht, aber alle Ecken und Winkel da unten kenne ich nicht einmal. Und irgendwo dort hat mein Mann auch seine Werkstatt. Über Nacht läuft dann unser Hund dort unten frei herum. Mein Mann wird wohl gerade noch bei ihm sein und ihn versorgen. Er hängt sehr an dem Tier, müssen Sie wissen."

Vor Carolyns innerem Auge entstand das unbehagliche Bild eines labyrinthischen Gewirrs dunkler Räume, in denen der Alte, gefolgt von einem zottigen, großen Hund, hinkend und leicht gebückt, irgendwelchen unklaren Tätigkeiten nachging. Wenn er unten eine Werkstatt hatte, war er vielleicht der Erbauer des bemerkenswerten Schrankes oben in ihrem Zimmer? Nein, lachte Madame Aitoni auf Carolyns Frage, ihr Francois verstehe ja von vielen Dingen etwas, aber vom Möbelbau nun gerade nicht.

Den Schrank in Madames Zimmer oben, und übrigens auch die Anrichte dort drüben, das seien Stücke, die noch ihr Großvater gebaut habe, aus gutem, korsischem Kastanienholz, beantwortete sie Carolyns Frage. Die müssten nun wohl auch schon gut hundert Jahre alt sein, überlegte sie.

„Schauen Sie", wechselte sie das Thema und zeigte auf eine kleine Fotogalerie zwischen den Fenstern an der Wand hinter dem Esstisch, „dort drüben hängt ein Bild von ihm." Carolyn erhob sich aus dem Sessel und folgte Madame Aitoni um den Tisch herum zur Wand mit den Fotos.

„Mein Großvater war drüben in Piedicroce lange Jahre Lehrer. Piedicroce, das ist ein Dorf in der Castagnicca auf der anderen, der Ostseite der Insel. Doch, er war ein vielseitig begabter Mann, das kann man sagen. Vormittags brachte er in der kleinen Schule neben der Kirche den Kindern aus den Dörfern der Umgebung das Lesen, Schreiben und Rechnen bei und nachmittags und an den Abenden blieb ihm dann immer noch genug Zeit für dies und das. Da hat er dann unter anderem auch Möbel gebaut, und Bienen hatte er auch. Außerdem schrieb er wohl auch ein wenig, nur so zum Zeitvertreib, unbedeutende Sachen soviel ich weiß. Sie sind leider verloren gegangen."

173

Sie zeigte auf eine dunkel gerahmte, kleine Fotografie, die von ihren Rändern her ein wenig ausgebleicht oder überbelichtet war. Dadurch sah es so aus, als zögen von den Rändern dünne Rauch- oder Nebelschwaden ins Bild.

„Voilà, das ist er, René Sanguinetti, mein Großvater." Sie wies auf die Fotografie eines alten Herrn hinter dem Glas und fügte mit unüberhörbarem Stolz hinzu: „Ich bin eine Sanguinetti. Die Sanguinettis, müssen Sie wissen, sind drüben auf der anderen Seite der Insel, im Osten bis hoch zum Cap Corse, recht zahlreich. Meine Familie verteilt sich vor allem auf Piedicroce und mehrere andere Dörfer in der Castagnicca und sogar hoch bis zum Cap Corse, nach Erbalunga und anderen Orten."

Madame Aitoni sah ihrem Großvater nicht ähnlich, und das nicht nur wegen der unterschiedlichen Körpergröße. Der weißhaarige alte Herr auf dem Foto war im Gegensatz zu seiner kleinen, rundlichen Enkelin ungewöhnlich groß und schlank. Da es zu Beginn des Jahrhunderts noch ein besonderes Ereignis war, fotografiert zu werden, hatte er seinen guten Sonntagsanzug angezogen. Er stand feierlich, in aufrechter, fast starrer Haltung in einem Garten vor einer Mauer aus groben Steinen, und hatte seine rechte Hand auf das Dach eines Bienenkastens gelegt. Das war ein Hinweis auf das enge Verhältnis, das er wohl zu seinen Bienen gehabt hatte.

Da er gegen die Sonne in die Kamera schauen musste, blinzelte er mit leicht zusammengekniffenen Augen durch seine runden, metallgefassten Brillengläser. Er lächelte dem Betrachter zwar freundlich zu, aber gleichzeitig wirkte sein Blick auch ein wenig melancholisch. So jedenfalls versuchte Carolyn den rätselhaften Gesichtsausdruck des schreinernden und bienenzüchtenden Lehrers zu deuten. Als sie genauer hinsah, entdeckte sie vor dem Flugloch des Bienenkastens auch die Insekten, winzige, schwarze Punkte, die um einen kleinen Schlitz an dessen unterer Kante herum versammelt waren.

„Sie müssen wissen, unser Haus, ich meine dieses hier, in dem wir uns befinden, das war früher einmal ein Maison Cantonnière und gehörte dem Departement. Von hier aus hielt man die Straßen und Brücken in der ganzen Umgebung instand."

Lag es nun an der Wirkung ihres Spezial-Aperitifs oder daran, dass Madame Aitoni einfach die Situation genoss, seit langer Zeit wieder einmal einen Gast, und dazu noch eine Frau, in ihrem Haus bewirten zu können – man konnte ihr jedenfalls anmerken, wie gerne sie über das sprach, was ihr am wichtigsten war, ihre Familie und die Namen und Orte der Vergangenheit. Mit zunehmendem Alter, so schien es, hatte das für sie wieder an Bedeutung gewonnen. Sie war bereits zum nächsten, diesmal größeren Foto weitergegangen und Carolyn folgte ihr.

„Ich habe dann hierher geheiratet", fuhr sie fort, „und als später die Straßenmeisterei von hier nach Ajaccio verlegt wurde und das Maison Cantonnière leer stand, haben wir es kurz entschlossen gekauft", erläuterte sie, als sie vor der Fotografie des Hauses standen. Es handelte sich um eine Frontansicht, die mit dem Blickwinkel übereinstimmte, aus dem Carolyn das Haus der Aitonis bei ihrer Ankunft von der Brücke aus gesehen hatte. Und obwohl es sich um ein und dasselbe Haus handelte, machte es auf der Fotografie einen viel einladenderen Eindruck. Das lag daran, dass die Aufnahme an einem strahlenden Tag im Sommer gemacht worden war und sich zahlreiche Menschen am Haus und in seiner Nähe aufhielten.

Die beiden Bäume an seinen Ecken hatten noch nicht ihre jetzige Höhe erreicht, und auch die Glyzinie, die inzwischen dabei war, die ganze Vorderfront des Hauses zu erobern, war nur als zarter Schattenstreifen auf dem Mauerwerk oberhalb des Fundaments zu erkennen. Das Gras auf den Wiesen rund um das Haus stand sommerlich hoch und leuchtete förmlich im Sonnenschein. Die merkwürdigen weiß blühenden Blumen jedoch hatte es damals noch nicht gegeben, stellte Carolyn fest, sie hatten sich wohl erst mit den Jahren in der Nähe des Hauses angesiedelt.

Auf und hinter der Brüstung der Rampe, die zum Eingangsportal hinaufführte, saßen und standen locker aufgereiht und sommerlich gekleidete in buntem Wechsel Frauen, Männer und Kinder. Ihnen zu Füßen auf der Wiese, etwa dort, wo jetzt Monsieur Aitonis schwarzer Citroën in Dunkelheit und Regen stand, hatte man an diesem sonnigen Festtag aus mehreren zusammengeschobenen, weiß gedeckten Tischen eine lange Tafel hergerichtet. Das Durcheinander von Schüsseln, Tellern, Gläsern, Flaschen und Tassen und die achtlos zur Seite gerückten oder umgekippten Stühle verrieten, dass die Festgesellschaft die Tafel in froher Eile verlassen hatte, um sich für das Foto auf der Auffahrt am Haus aufzustellen. Denn fotografiert zu werden war zu dieser Zeit noch ein wichtiges Ereignis und Carolyn konnte sich vorstellen, mit welcher

Ungeduld man auf die Ankunft des Fotografen aus Ajaccio gewartet hatte. Von dem kleinen Tumult, der dann verständlicherweise bei seiner Ankunft ausgebrochen war, zeugten die Spuren des hektischen Aufbruchs von der Tafel.

Halb verborgen zwischen Kaffeekannen und Schüsseln kauerte auf dem Tisch eine schwarze Katze, die die kurze Abwesenheit der Gesellschaft nutzte, um sich über eine Leckerei herzumachen. Carolyn hätte gern einen Schnappschuss von dem gesehen, was sich abspielte, nachdem das Foto gemacht war und während er Fotograf sein Gerät wieder zusammenräumte. Als erste würden die Kinder die Rampe hinunterrennen, sich wieder jagen und fröhlich lärmend ihre Spiele rund um das Haus fortsetzen oder sich auf den Weg zum Bach machen. Die Älteren würden zur Tafel zurückkehren, allein oder in kleinen Gruppen, plaudernd, aber nicht unbedingt gemächlich, um ihre Plätze wieder einzunehmen. Immerhin war der Kaffee ja vielleicht noch warm und vom Dessert war bestimmt auch noch etwas übrig.

Madame Aitoni riss sie aus ihren Gedanken: „Auf dem Bild kann man es nicht sehen, aber hier, an den Seiten und auch an der Rückseite des Hauses, gibt es Türen, die ins Untergeschoss führen. Alles, was bei der Instandhaltung der Straßen, beim Freihalten der Straßenränder und Böschungen oder bei Reparaturen an Brücken oder Geländern gebraucht wurde, Werkzeuge und Material, Kies, Teer, Bretter und so weiter, für alles war da unten Platz, sogar für einen kleinen Stall für zwei Mulis und ein Fuhrwerk."

Sie tippte mit dem Fingernagel gegen die Glasscheibe des Bildes: „Das Foto hier hat ein Fotograf aus Ajaccio an einem Sonntag im August des Jahres 1929 gemacht. Ich kann mich noch gut an den Tag erinnern, so, als ob es erst gestern gewesen wäre. Da haben wir nämlich den Geburtstag meines Mannes gefeiert, seinen vierundfünfzigsten. Schauen Sie, der Herr hier im Hauseingang, das ist er. Ein schmucker Kerl, mein Francois, nicht wahr? Doch, doch, das war er! Und das da neben ihm, das bin natürlich ich. Gott, ich jedes Mal muss ich staunen, wie klein ich neben ihm wirke! Ja und die Hübsche hier, die mit dem Baby auf dem Schoß, die vor meinem Mann und mir auf der Brüstung sitzt, das ist Virginie, unsere Tochter. Ihre Kleine war damals gerade ein Jahr alt. Und ich weiß noch genau, wie besorgt ich war, dass sie sich mit dem Kind ausgerechnet da oben auf die Brüstung hinsetzen musste, auf den höchsten Punkt! Einfach so und mit baumelnden Beinen. Aber so war sie schon seit jeher, unsere Virginie, immer eine Idee zu wagemutig. Es gab für sie nichts Schöneres, als draußen herumzutoben und die Spiele, die konnten nicht wild genug sein! Ihre Kleine, Jeanne, hat vor drei Jahren das Lycée in Bastia abgeschlossen. Es ist schwer, sie in Zeiten wie diesen in einem Beruf unterzubringen. Sie ist nach der Hochzeit zu ihrem Mann gezogen, Frédéric Ollandini heißt er. Er hat einen guten Posten bei der Hafenverwaltung da oben im Norden, in Bastia."

„Na und der da", sie musste sich vor dem Bild strecken, um mit den Finger auf Einzelheiten hinweisen zu können, „der da etwas weiter unten auch auf der Brüstung sitzt, das ist Paul, unser Ältester. Weißes Hemd, Krawatte gelockert und modischer Strohhut – er legt eben Wert auf ein bisschen Eleganz, so ist er eben, ein bisschen eitel, aber ein guter Junge ist er, und so klug! Leider ist er unverheiratet geblieben – leider. Stellen Sie sich vor, um den Ehrentag seines Vaters mit uns zu feiern, ist er damals extra vom Festland herübergekommen, von Marseille. Dort hat er eine gute Anstellung beim Zoll. Warten Sie, ich habe meine Brille nicht auf", erklärte sie und ging suchend noch dichter an das Bild heran.

„Und der da, das müsste Jaques sein, Jaques Bartoli, na den kennen Sie ja schon, er hat das Hotel, das Aiglon drüben in der Stadt." Frau Aitoni unterbrach ihren Redefluss und schaute kurz fragend zu Carolyn auf. Doch dann schrak sie zusammen:

„Herrje, was bin ich doch für eine rücksichtslose Person", lachte sie auf, „ich rede und rede und dabei müssen Sie vor Hunger ja umkommen! Aber wissen Sie, es kommt halt so selten jemand zu Besuch...", versuchte sie sich zu entschuldigen. Bei den letzten Worten, als sie schon im Begriff war, in die Küche zu eilen, blieb aber doch noch einmal stehen und kam zu Carolyn zurück.

„Nur ganz kurz, das muss ich Ihnen noch erzählen. Schauen Sie mal, die kleine Person hier auf der Fotografie, die neben Bartoli steht, die mit dem hellen Kleid, die ihr schickes Hütchen ein bisschen schräg und kokett trägt, das ist seine Frau Claire. Selbst heute noch, obwohl sie nun schon bedeutend älter ist, legt sie immer noch viel Wert auf ein elegantes Äußeres, muss ich dazusagen. Das hat sich bis heute nicht geändert." Sie lachte auf.

„Nun ja, an diesem Tag, gleich nachdem der Fotograf sein Bild gemacht hatte und während er gerade dabei war, seine Kamera und das

Stativ wieder zusammenzupacken, eilten alle zur Tafel. Verständlich, wer trinkt auch schon gerne kalten Kaffee, nicht wahr? Na und da ist ihr, also Claire, dann bei dem ganzen Hin und Her am Tisch prompt eine Kaffeekanne in den Schoß gekippt! Heiß war er glücklicherweise nicht mehr, der Kaffee, denn Sie können sich ja vorstellen, wie lange es gedauert hat, bis sich alle richtig hingesetzt und aufgestellt hatten und das Foto endlich gemacht werden konnte. Heiß nicht, aber gut halb voll war die Kanne schon noch. Stellen Sie sich das mal vor, ein halber Liter schwarzer Kaffee auf ihrem hellen Sommerkleid! Langer Rede kurzer Sinn: das Kleid war hin, von der Taille abwärts vorne ein einziger dunkler Fleck!" Die Erinnerung an diese sonntägliche Katastrophe brachte Madame Aitoni jetzt noch zum Lachen. „Claire musste sich dann ein Kleid von mir leihen. Das war natürlich viel zu kurz und auch zu eng, ich war damals recht schlank, müssen Sie wissen. Für den Rest des Tages ist sie dann so herumgelaufen und wir hatten bis zum Abend unseren Spaß an der Geschichte, Claire eingeschlossen. Die lachte bald mit, sie hat ein sonniges Gemüt, wie wir immer sagen."

„Also Cécile, ich muss schon sagen!" Monsieur Aitoni war, ohne dass sie es bemerkt hatten, hinter die beiden Frauen getreten. und seine Stimme klang vorwurfsvoll. „Bis du endlich mit den Einzelheiten unserer Familiengeschichte durch sein wirst, ist dein gutes Essen in der Küche bestimmt verdorben", sagte er vorwurfsvoll. „Aber da Madame Chandler bis dahin sowieso verhungert sein dürfte, macht das dann ja auch nichts mehr aus", fügte er in sarkastischem Ton hinzu. Wie hatte er den Raum betreten und so dich an sie herankommen können, ohne dass sie ihn bemerkt hatte, wunderte sich Carolyn. Inzwischen stand er, seine knochigen Hände auf der Lehne eines der Stühle abgestützt, neben seiner Frau und lachte über seinen gelungenen Witz kurz und sarkastisch auf.

Tatsächlich war also er es gewesen, den sie vorhin von ihrem Fenster aus beobachtet hatte. Die Regenspuren auf seinem breitkrempigen schwarzen Hut verrieten, dass er sich seitdem noch irgendwo außerhalb des Hauses im Freien aufgehalten hatte. Aber wohin war er verschwunden, nachdem er mit seinem Hund um die Ecke des Hauses gegangen gegangen war? Unten im Keller war er jedenfalls nicht gewesen, wie seine Frau es vermutet hatte. Oder war er doch schon seit einer Weile im Haus und hatte das Speisezimmer so geräuschlos betreten, dass er sich eine Weile unbemerkt hinter ihnen hatte aufhalten können?

Hüte musste man nicht absetzen und Wassertropfen konnte man ihr Alter nicht ansehen. Hatte er ihr Gespräch belauschen wollen? Aitoni – ein lautloser Schatten? Eine unbehagliche Vorstellung. Oder war das Ganze eigentlich nicht doch etwas Unerhebliches, ein Zusammentreffen von Zufällen? Carolyn hätte nicht einmal begründen können, was sie an diesem absurden Gedanken beunruhigte. Und doch passte diese Lappalie zu der Rätselhaftigkeit, die den Alten für sie umgab, seit er sie vom Aiglon abgeholt hatte.

„Aber natürlich, Francois, recht hast du! Gut dass du gekommen bist! Ich habe mich tatsächlich ein wenig verschwatzt mit unserem Gast. Wenn aber auch schon mal jemand kommt!", fügte sie zu ihrem Mann gewandt und wie entschuldigend hinzu, und Carolyn meinte einen leichten Vorwurf herauszuhören. „Ach du meine Güte, meine Cannelloni!", setzte sie hinzu, nun wirklich erschrocken. „Hoffentlich...", den Rest ihrer gemurmelten Rede nahm sie mit in der Küche, in der sie eilig verschwand und von wo man sie gleich darauf aufgeregt mit Töpfen und Geschirr hantieren hörte.

„Wenn es Ihnen recht ist, Madame Chandler, werde ich meine Frau ein wenig vertreten und Ihnen an ihrer Stelle bis zum Beginn des Essens noch Gesellschaft leisten", schlug Aitoni höflich vor und geleitete Carolyn zum Kopfende des Tisches, wo sie beide Platz nahmen.

„Madame hat mir erzählt, dass dieses Haus ursprünglich als eine Art Depot der Straßenverwaltung gedient hat", begann Carolyn die Unterhaltung, um das Schweigen zwischen ihnen zu überbrücken. „Waren Sie denn früher auch in diesem Bereich tätig?"

„Aber nein", lachte der alte Mann kurz auf, „was denken Sie! Ich war im Polizeidienst, in Lothringen, drüben auf dem Kontinent, und später, bis zu meinem Ausscheiden aus dem Dienst im Jahr 1928 noch ein paar Jahre in Burgund. Doch wegen meiner Kriegsverletzung war ich gezwungen, den Dienst leider verfrüht zu quittieren. Jetzt im Alter macht sie sich wieder stärker bemerkbar, die Verwundung, besonders wenn ein Wetterumschwung bevorsteht. Mein Bein, oder was davon noch übrig ist, hat mir den Libecciu, den wir seit heute Morgen haben, schon gestern durch Schmerzen angekündigt. Aber Sie können sich denken, dass ich diese Art der Wettervorhersage gerne verzichten würde!", lächelte er resigniert.

„Tja", wechselte er das Thema, „da ich aus Ajaccio stamme, kamen meine Frau und ich hierher zurück. Und als sich dann die günstige Gelegenheit bot, kauften wir dieses Haus. Nachdem es lange Zeit als Maison Cantonnière gedient hatte, verfügte das Departement aus Gründen der Sparsamkeit seine Auflösung, und danach stand es ein paar Jahre leer, bevor ich es kaufte. Bis schließlich eine Familienpension daraus werden konnte, mussten wir außer Geld auch noch viel Arbeit hineinstecken." Gedankenversunken hielt er inne.

„Les Asphodèles, so haben wir sie nach den Blumen genannt, die hier rundum wachsen. Vielleicht haben Sie sie vorhin bei unserer Ankunft ja gesehen. Es sind ausdrucksvolle, fast möchte ich sagen weihevolle Gewächse. Zurzeit blühen sie wieder. Anfangs entwickelte sich der Pensionsbetrieb gut, jedes Jahr kamen Sommergäste von drüben, vom Kontinent, Franzosen, sogar Engländer, und die, denen es besonders gut bei uns gefiel, kamen Jahr für Jahr gerne wieder. Aber mit Kriegsbeginn blieben die meisten von ihnen natürlich weg. Sicher, ein paar Übernachtungen, die gab es im Sommer '40 schon noch, aber '41, '42 war dann endgültig Schluss. Wer will oder besser, wer kann denn auch schon mit der Familie Sommerurlaub machen, wenn rundum Krieg ist und die Deutschen im Land sind? Nicht zu reden von den Italienern, die uns hier zwischendurch auch noch beehrten!" Sie hatten ihre jeweils eigenen Themen, Madame und Monsieur Aitoni, stellte Carolyn fest, und wenn ihres die Familie war, schien er, den sie auf der Fahrt hierher so wortkarg erlebt hatte, sich wortreich soeben dem seinem zuzuwenden, und zwar dem Krieg.

„Ganz recht, der Krieg", fuhr er fort, als ob er Carolyns Gedanken erraten hätte, „man kann manches von ihm sagen, vom Krieg, aber er ist wenigstens treu, er hängt uns am Schuh wie… Nun ja, anders gesagt, wir werden ihn einfach nicht los. Gerade mal zweiundzwanzig Jahre Pause zwischen '18 und '40, was ist das schon? Und schon ging es wieder los. Aber mich hat's bereits im ersten Krieg erwischt, im „Großen Krieg", wie wir Franzosen ihn nennen. In ihm bin ich verwundet worden." Er lachte in seiner trockenen Weise kurz auf. „Und dabei kann ich noch von Glück sagen, denn über 30 000 Korsen haben 14 bis 18 auf dem Festland ihr Leben gelassen. Als Kanonenfutter!", setzte er sarkastisch hinzu. „Mich hat er 1916 wenigstens nur das Bein gekostet. Das war bei Apremont-la-Forêt, am St. Mihiel-Bogen in Lothringen. Ein junger Kerl war ich damals auch schon nicht mehr. Stellen Sie sich das mal vor: Noch mit 41 Jahren hat mich Marianne zu den Waffen gerufen, und zwar zur Artillerie!"

Während seiner letzten Worte war er schwerfällig aufgestanden und zu der schmalen Lücke zwischen Kamin und Tür hinübergegangen, wo, ein wenig abgesondert von den anderen, eine einzelne Fotografie an der Wand hing.

„Schauen Sie, schauen Sie hier", er winkte Carolyn höflich, aber bestimmt zu sich her, „sehen Sie, dieser schmucke Kerl hier, das bin ich." Sie konnte hören, wie in dem ironischen Ton, der während der ganzen Zeit in seiner Rede nicht zu überhören war, dennoch auch ein wenig Stolz mitschwang. Als sie neben ihm stand, setzte er hinzu: „Nicht mehr ganz jung, gewiss, aber doch immer noch ganz ansehnlich, nicht wahr?" Das sagte er mit einem gespielt Beifall heischendem Blick, den sie mit einem ebenso gespieltem, anerkennenden Wiegen des Kopfes lachend beantwortete. War es möglich, dass der Alte doch weniger verknöchert war, als es ihr anfangs vorgekommen war?

Die gerahmte Fotografie, zu der er sie geführt hatte, zeigte einen einzelnen Soldaten, der sich am Rand eines Waldes, ein paar Schritte vor dem Eingang zu einem primitiven Unterstand mit einer simplen Abdeckung aus Baumstämmen und Erde, für den Fotografen so aufgestellt hatte, als sei er gerade im Begriff, das gähnende schwarze Erdloch hinter sich zu verlassen und einem unbekannten Besucher herrisch den Weg zu verstellen.

Es war unverkennbar Monsieur Aitoni, der da betont aufrecht stehend und mit kühl prüfendem Blick in die Kamera schaute, so, als sei er nicht gerade aus einem jämmerlichen, modrig stinkenden, feuchten Erdloch ans Tageslicht geklommen, sondern habe den Eingang zu etwas Tiefgründigerem zu bewachen, vielleicht zu etwas, das aussah wie man sich den Eingang zur Unterwelt vorstellte. Seine vor der Brust verschränkten Arme, das vorangestellte rechte Spielbein und die prüfend hochgezogenen Augenbrauen verrieten unerschüttertes Selbstvertrauen des jungen Mannes. Es war eine Haltung, mit der der Soldat auf der Fotografie eine Art Herrschaftsanspruch zum Ausdruck zu bringen schien, fand Carolyn. Dieses Auftreten stand ebenso wie seine tadellose Uniform in krassem Gegensatz zu der trostlosen Umgebung, in der der beinahe noch junge Mann für den Fotografen posierte.

Die Enden seines Schnurrbarts waren nach der Mode der Zeit sorgfältig hochgezwirbelt und zeugten zusammen mit der tadellosen Rasur und der auf einem Balken über dem Eingang des Unterstands trocknenden Zahnbürste von dem Versuch zu zivilisiertem Selbsterhalt und dem Durchhaltewillen des Soldaten Aitoni.

Aitoni hatte Carolyn von der Seite her aufmerksam beobachtet und schien ihre Gedanken erraten zu haben. „Ja, wir, also meine Kameraden und ich, wir haben damals bei Verdun, und dann weiter unten am Bogen von St. Mihiel dem Feind standgehalten, und das unter den schlimmsten Bedingungen! Auf der Fotografie sehen Sie mich im Wald von Vionville bei Apremon-la-Forêt." Er überlegte. „Das Bild hat unser Regimentsfotograf wenige Tage vor meiner Verwundung im Sommer 1916 gemacht. Und schauen Sie, ich trage hier schon den neuen Stahlhelm mit dem Symbol unserer Waffengattung und die neue Uniform – in horizon bleu. Unser unterirdisches Palais, „Rattensaal" haben wir das Loch damals liebevoll genannt" – und er lächelte merkwürdigerweise bei der Erinnerung an diese Einzelheit –, „das wurde bei einem Feuerüberfall der deutschen Artillerie komplett zusammengeschossen Die Salve kam, wie beinahe jeden Tag, auch diesmal pünktlich zur selben Zeit. Dabei hat's mich dann erwischt, wie man so leichthin daherredet. Und dabei ich hatte noch Glück! Meine Kameraden haben es nicht überlebt: zerrissen, verschüttet, erstickt!"

Nach einer längeren Pause fuhr er fort: „Man kann über die Boches sagen, was man will, und glauben Sie mir, ich habe gewiss keinen Grund sie zu mögen, nein, beileibe nicht, aber als Gegner haben wir sie in einem Punkt geschätzt: Man konnte sich auf sie verlassen – zuverlässig wie die Uhrwerke! Auch diese Salve kam pünktlich, wie die an den vorangegangenen Tagen auch, nämlich ziemlich genau um 12.30 Uhr. Es lag an uns, wir hätten uns nur genauer darauf einstellen sollen. Und ab da war für mich der Krieg dann zu Ende – oder sagen wir: fast zu Ende, denn seitdem schleppe ich das hier als ständige Erinnerung mit mir herum", und er klopfte gegen sein rechtes Bein.

Carolyn hatte bemerkt, wie sehr dieses Thema den alten Herren bewegte, auch wenn er mit seinen teilweise saloppen Formulierungen und seinem Lachen darüber hinwegzutäuschen versuchte. Der schweigsame alte Mann, der auf der Fahrt hierher neben ihr den Wagen gelenkt hatte, war nicht mehr wiederzuerkennen.

„Mein lieber Francois", unterbrach ihn seine Frau, die aus der Küche hereingekommen war, „jetzt bin aber ich es, die dir Madame Chandler aus den Fängen reißen muss!" Sie stellte, während sie das sagte, ein Körbchen mit geschnittenem Weißbrot und einen Teller auf dem Tisch ab. Auf ihm hatte sie geschmackvoll Scheiben von dunkelrotem Schinken und korsischer Hartwurst neben einem Klümpchen Butter angeordnet. „Madame verhungert uns sonst tatsächlich noch – und außerdem könnte ich mir denken, dass deine alten, grausamen Geschichten sie ein wenig ermüden. Wer weiß, welch schlimme Dinge sie selber in letzter Zeit schon gesehen und erlebt hat. Ach, und vielleicht fragst du sie mal, ob sie Wein zum Essen trinken möchte."

Natürlich wollte Carolyn gerne Wein zum Essen trinken! Ihr Gastgeber servierte ihn in einer offenen Karaffe und da sie keine Weinkennerin war, musste sie sich an den herben, kräftigen Geschmack des dunkel schimmernden Getränks erst gewöhnen. Er komme natürlich von der Insel, aus dem Norden oben, vom Cap Corse, verriet ihr der Alte. Dieser Rote sei ihr Hauswein, köstlich und außerdem sehr bekömmlich.

Schon nach den ersten, vorsichtigen Schlucken hätte sich Carolyn als Getränk zu der kräftigen Vorspeise und auch später zum Hauptgang, den zarten Cannelloni mit ihrer pikanten Füllung aus Brocciu und Hackfleisch und der mild-süßen, nach Basilikum duftenden Tomatensoße auch nichts anderes mehr vorstellen können als genau diesen Wein aus Patrimonio, der da dunkelrot in dem Dekantiergefäß vor ihr auf dem Tisch stand.

Von der Île Flottante, einer kleinen Insel, bestehend aus einem Törtchen aus Eischnee, das auf einem kleinen See von Vanillesoße schwamm, konnte sie später nur noch kosten. Dabei erheiterte sie der Gedanken, sitzend auf einer Insel eine schwimmende Insel zu verspeisen. Anstelle des Kaffees, den sie sich auf die Nacht hin nicht zumuten mochte, genoss sie noch eine letzte Chesterfield vor dem Kamin, den Monsieur Aitoni inzwischen nachgeschürt hatte. Das war ihm übrigens gelungen, ohne in ihn hineinzusteigen.

Das Gespräch, das die drei noch ein Weilchen vor dem Feuer führten, wechselte bald von den bedrohlichen Zeitumständen und dem bisherigen Verlauf des Krieges und seinem wahrscheinlichen Fortgang zu den ganz unterschiedlichen Beschwernissen und Gefahren, die er mit sich gebracht hatte.

Mit einer Mischung aus Bewunderung, aber auch Mitgefühl ließen sich die Aitonis von Carolyn über ihre Tätigkeit als Kriegsberichterstatterin in Nordafrika und den damit verbundenen Strapazen erzählen. In den Fragen und zaghaften Einwürfen, die die alten Leute machten, klang es durch, dass sie beide der Meinung waren, dass sich eine Frau auf ein so unstetes und gefährliches Leben am besten gar nicht einlassen durfte. Tunesien, nun ja, das ginge vielleicht noch an, aber jetzt in Italien, da lägen die Dinge doch anders. Da herrsche noch richtiger Krieg. Man sähe es ja bei Anzio und am Monte Cassino. Die Deutschen würden die Gustav-Linie zäh verteidigen. Je näher der Krieg an ihr „Reich" heranrücke, desto erbitterter würden sie sich wehren, meinte Herr Aitoni. Er wisse, wovon er rede. Aber unnötige Sorgen wollten sie der Amerikanerin beileibe nicht bereiten, und im Übrigen wisse sie das alles selber ja sehr viel besser als sie zwei Alte hier in ihrem Wald. Doch ihr Mut und der ihrer Landsleute und die Stärke ihres Landes würden zu guter Letzt doch den Ausschlag geben, so, wie 14 – 18, beschwichtigte Monsieur Aitoni.

„Glauben Sie mir, Madame, wir Franzosen wissen es zu schätzen, dass ihr Volk in diesem Jahrhundert in der Stunde der Gefahr unserer Nation zum zweiten Mal brüderlich zur Seite getreten ist!"

Der alte Mann hatte sich bei diesen feierlichen Worten sichtlich bewegt und ein wenig umständlich von seinem Stuhl erhoben und hatte einen so pathetischen Ton angeschlagen, dass Carolyn einen Moment lang glaubte, er werde als Nächstes vor ihr als Vertreterin der USA in militärischer Haltung Achtung bezeugen und salutieren. Und das hätte er möglicherweise auch getan, wenn ihn die immer besorgter dreinschauende Madame Aitoni nicht am Hemdsärmel gezupft und sachte auf seinen Stuhl zwischen den beiden Frauen herabgezogen hätte.

„Bitte, Francois, reg dich nicht immer so auf", ermahnte sie ihn mit sanfter Stimme „Denk daran, was dir der Arzt gesagt hat. Was wäre, wenn du womöglich das Ende des Krieges nicht mehr erleben würdest? – Was hätte ich denn dann noch von dem Frieden, ohne dich, heh?"

„A chi mori, à chi s'allagra, ma chère!", antwortete ihr Mann, und dabei lächelte er unergründlich. Diese Bemerkung schien ein wenig unpassend zu sein, denn Madame erwiderte auf Korsisch und sichtlich verstimmt etwas, was Carolyn ebenfalls nicht verstand: „U troppu stroppia, miu vecchiù!" und zu ihrem Gast gewandt entschuldigte sie sich: „Es ist nicht recht, Madame, dass mein Mann und ich in Ihrer Gegenwart in einer für Sie fremden Sprache reden. Er hat ein schwaches Herz, wie man so sagt, und muss Tabletten einnehmen. Und doch kann er so unvernünftig sein! Und wenn ich mir dann Sorgen mache, tut er es auch noch mit schlechten Witzen ab! Manchmal geht mir sein Humor zu weit, und bei aller Liebe muss ich ihm das ab und zu schon sagen." Aber dann lachte sie schon wieder: „Na, Sie wissen ja, wie Männer so sind."

Trotz der Wärme, die der große Kamin vor ihnen immer noch ausstrahlte, war das Feuer schon in sich zusammengesunken. Es stand kurz davor zu verlöschen. Nur hier und da zuckten noch bläuliche Flämmchen aus dem Hufen von Glut und weißer Asche hervor. Der Hausherr erhob sich noch einmal umständlich von seinem Stuhl und ging zum Kamin. Dort scharrte er mit der Eisenstange die noch unverbrannten Holzreste zusammen und entfachte das Feuer erneut.

Als Aitoni steifbeinig und auf die Eisenstange gestützt sogar doch noch in den Kamin hineinstieg, um dort mit der schweren Stange zu werkeln, schien die Vision, die sie vor einer Stunde beim Anblick des übergroßen Kamins gehabt hatte, Wirklichkeit zu werden. Doch der alte, lahme Mann, der da umständlich und kraftlos mit gekrümmtem Rücken in der Glut stocherte, wirkte ganz und gar nicht unheimlich, und sein weißes Haar glich eher einer verrutschten Perücke als einer Krone.

Nachdem Monsieur Aitoni, schwer atmend nach der anstrengenden Arbeit, mit einem umständlichen Seitenschritt abwärts wieder aus dem Feuerraum herausgetreten war, streckte er seinen gekrümmten Rücken und versuchte, sich zu seiner ganzen Größe aufzurichten. Er klopfte seine knochigen Hände gegeneinander ab und lächelte Carolyn freundlich und zugleich ernst zu.

In diesem Moment glaubte sie, in ihm etwas von dem jüngeren Mann auf der Fotografie wiedererkennen zu können, der vor langer Zeit, weit weg von seiner Heimat und wenige Tage vor seiner persönlichen Katastrophe irgendwo im Norden dieses vom Krieg gebeutelten kleinen Kontinents Europa vor einem Erdloch im Wald für den Fotografen posiert hatte, diese Katastrophe, die ein anderer junger Mann, nur ein paar Kilometer von ihm entfernt, verursacht hatte. Der sprach eine andere Sprache, war geringfügig anders gekleidet und kannte sein Opfer, das für ihn der Feind war, nicht persönlich. Möglich, dass wiederum der junge Deutsche den nächsten Tag auch nicht überlebt hatte. Diesen

Gedanken ließ Carolyn fallen, so schnell er ihr gekommen war. Sie wollte den Tag nicht mit solch trüben Überlegungen beenden sondern gab sich einen Ruck und erhob sich stattdessen aus ihrem Sessel.

Als sie einen Blick auf ihre Armbanduhr warf, konnte sie fast nicht glauben, wie schnell die Zeit vergangen war: Neun Uhr war längst vorbei, und dabei hatte sie doch noch vorgehabt, drei oder vier Postkarten zu schreiben und die Eindrücke und Ideen des heutigen Tages wenigstens mit ein paar Stichworten für einen Artikel in ihrem Notizbuch festzuhalten.

Madame Aitoni hatte sich entschuldigt und den Tisch verlassen. Eine Weile saßen Carolyn und der Alte schweigend nebeneinander da, und in der Stille, die nun im Zimmer herrschte, hörte man nur das Knacken des brennenden Holzes und das Klappern von Geschirr aus der Küche.

Aitoni räusperte sich. Warum sie denn eigentlich nicht länger bleiben wolle, und wenn es nur für ein paar Tage wäre, schlug er vor. Ein bisschen Ruhe, eine kleine Verschnaufpause, die könne sie doch bestimmt brauchen. Sowas wirke oft Wunder. Sie sehe, wenn er das, sozusagen väterlich, bemerken dürfe – und als er das sagte, lächelte er sie verschmitzt an –, ein wenig erschöpft aus. Na und der Krieg, der werde ihr schon nicht davonlaufen, der werde schon auf sie warten, da könne sie sich sicher sein. Kurzum, sie sei als Gast in Les Asphodèles herzlich willkommen. Wann hätten seine Frau und er denn schon das letzte Mal einen Gast in ihrem Hotel beherbergt? Carolyn lächelte. Soviel Freundlichkeit und Gastfreundschaft rührten sie. Doch der alte Mann schien von ihrer Arbeit als Korrespondentin des ARC gar zu idyllische Vorstellungen zu haben. Er würde nicht verstehen, dass sie nicht einfach so eine Auszeit nehmen konnte. Nein, bedauerte sie, es tue ihr leid, das sei nicht möglich, leider! Doch sie sei von der herzlichen Aufnahme in seinem Haus überwältigt und genieße den Aufenthalt, so kurz er leider sein müsse, sehr.

Nein, erklärte sie dann, nun ernster und bestimmter. Es gebe Hinweise, dass der Krieg in Süditalien jetzt in Bewegung gerate. Die Tage, ach, was sage sie, die Stunden der Verteidigungslinie der Deutschen, ihrer „Gustav-Linie", wie sie sie nannten, seien gezählt und die Einschnürung der amerikanischen Truppen bei Anzio und Nettuno lockere sich, sei dabei, sich aufzulösen. Es gehe voran! Neapel sei nur ein vorläufiger Anlaufpunkt für sie, das eigentliche Ziel ihrer Reise sei Rom. In Neapel müsse sie sich dringend mit Vertretern ihrer Organisation über die Arbeitsmöglichkeiten und ihre weitere Tätigkeit in Italien verständigen, Kontakte mit US-Hospitälern aufnehmen und sich einen Überblick über die Möglichkeiten ihrer Weiterreise verschaffen. An diesem Punkt schwieg sie, denn sie fürchtete, mit ihren Erklärungen schon zu sehr ins Detail gegangen zu sein.

„Sie und Ihre Frau sind sehr liebenswürdige Gastgeber", schloss sie daher nach einer Pause, „und ich würde Ihre Gastfreundschaft gerne in Anspruch nehmen, um in ihrem geheimnisvollen Haus und an diesem wunderschönen Fleckchen Erde am Ende der Welt länger bleiben zu können, aber es geht leider nicht,... c'est la guerre!", fügte sie hinzu, und mit dieser allseits gängigen Floskel, die gegenwärtig stellvertretend für vielerlei Erklärungen herhalten musste, beendete sie ihre Rede.

Nachdem sie sich von den beiden Aitonis zur Nacht verabschiedet hatte und ihr beim Verlassen des Salons, schon auf der Schwelle zum Flur dessen Kühle und der Duft des alten Mauerwerks und des Regens entgegenschlug, konnte sie der Versuchung nicht widerstehen, sich für einen kurzen Augenblick vorzustellen was wäre, wenn sie doch hier bliebe, und sei es nur für zwei oder drei Tage, wie Aitoni es vorgeschlagen hatte. Wem entstünde dadurch schon ein Schaden? Dem ARC gewiss nicht und schon gar nicht der US Army.

Sie stellte sich vor, wie sie in der Wärme der Morgensonne über die Wiese hinter dem Haus gehen würde, vorbei an diesen geheimnisvollen, stolz aufragenden weißen Blumen. Auf der Brücke würde sie stehen bleiben und in den dann hoffentlich wieder sanfter dahinströmenden Bach hinabschauen. Sie könnte die nähere Umgebung des alten Hauses erkunden und vielleicht wäre es ihr sogar möglich, in die unteren Räume einzudringen. Die Abende würde sie am Kamin im Salon der Aitonis verbringen. „Wart's einfach ab, Carol", redete sie sich gut zu, „ist doch alles nicht ausgeschlossen. Später vielleicht, eines Tages, wenn das alles vorbei ist, lässt es sich bestimmt so einrichten, dass du hierher zurückkehrst." Damit war das Thema für sie erledigt.

Sie war kaum auf ihrem Zimmer angekommen, als sie mit neuem Elan daran ging, ihr „Büro" einzurichten, wie sie das Zurechtlegen ihrer Schreibutensilien halb im Ernst zu nennen pflegte. Das war nicht immer ganz einfach, denn von Ort zu Ort waren dabei immer andere, größere oder kleinere Schwierigkeiten zu überwinden. Doch diesmal war es einfach. Sie musste nur das Tischchen und den Stuhl von der Fensterwand soweit in die Nähe der Steckdose an der Tür schieben, dass die Nachttischlampe mit dem leider sehr kurzen Kabel als Schreibtischleuchte dienen konnte. Dann war die Underwood nur noch möglichst unter deren Lichtkegel aufzustellen und ein Bogen Schreibpapier in die Maschine einzuspannen. Als Letztes legte sie das Notizbuch mit den Tagesnotizen, die sie verwendenden wollte, links von der Maschine bereit. In ihm würde sie auch die Adressen finden, wenn sie später den dienstlichen Teil erledigt hatte und an das Schreiben der Postkarten ginge.

Aus all diesen notwendigen Vorbereitungen für ihre Arbeit hatte sie sich ein Ritual geschaffen, von dem sie ernsthaft glaubte, dass es beruhigend auf sie wirke und zu einer vorbereitenden Sammlung und Ordnung ihrer Gedanken beitrage.

Als sie zu guter Letzt noch die Seifenschale des Waschtischs zum Aschenbecher umgewidmet hatte, musste sie feststellen, dass das Heftchen samt den Pappstreichhölzern in ihrer Uniformjacke irgendwie feucht geworden war. Als sie auf der Suche nach trockenen Zündhölzern in ihrem Gepäck und schließlich in ihrem Haversack kramte, den ihr ihre Freunde vom 41 Feldlazarett geschenkt hatten, stellte sie fest, dass sich am Boden und in den Nähten und Ritzen des Segeltuchbeutels feiner Sand angesammelt hatte, afrikanischer Sand! Der war dem oder den nicht ganz so ordentlichen Vorbesitzern des Beutels in Algerien oder Tunesien von wer weiß woher zugeflogen und hatte sich am Boden der Stofftasche angesammelt.

Sie war schon auf dem Weg zum Fenster, um den länglichen Segeltuchsack auszuschütteln, als sie innehielt. Hier, weit entfernt von Afrika, wohin sie vermutlich nie wieder zurückkehren würde, bekam dieser Sand, den sie beinahe gerade achtlos aus dem Fenster geschüttelt hätte, einen besonderen Wert. Einer plötzlichen Eingebung folgend beschloss sie, ihn als letzten Gruß Afrikas aufzubewahren. Dass sie im Grunde ihres Herzens sentimental war, war ihr nicht neu, und es gab Situationen, in denen sie zu ihrer Sentimentalität stand!

Sie schob die Underwood ein wenig zur Seite und breitete im Schein des Lämpchens auf dem Tisch einen Bogen ihres Schreibpapiers aus. Nachdem sie den Haversack mit Geduld vorsichtig geschüttelt und ausgeleert hatte, war sie erstaunt, wieviel Sand schließlich doch zu Vorschein kam.

Auf der weißen Papierunterlage hatte sich ein regelrechtes flaches Häufchen aus Sand und Staub angesammelt, und es zeigte genau den zarten, rötlich-braunen Ockerton, mit dem sie in ihrer Erinnerung die langgezogenen sonnenverbrannten Berghänge des Atlasgebirges, die endlosen Halbwüsten und ausgefahrenen, trostlosen Pisten verband. Diesen winzigen Rest Afrikas, der ihr durch Zufall verblieben war, würde sie für immer aufbewahren. Und so faltete sie den Papierbogen sorgfältig so oft, bis ein kleines, stabiles Kuvert übrig blieb, das sie in ihrem Haversack unterbrachte.

Und nun war sie schreibbereit! Sie nahm hinter ihrer Underwood Platz, spannte einen neuen Bogen ein, befreite sich von den Schuhen und stellte sie auf den halb gepackten, weichen Haversack. Nach der Wärme unten am Kamin kam es ihr in ihrem Zimmer hier oben kühl vor.

Im Mittelpunkt des kurzen Berichts, der ihr vorschwebte, sollte Trunconi stehen, der Flugplatz zwischen Afrika und Europa. In dessen großartige Leere würde sie als Gegenpole auf die eine Seite das Flugzeugwrack und auf die andere das ARC-Mobil stellen. Den bedrückenden Hintergrund der zerschossene B-25, den würde sie brauchen, um die Selbstverständlichkeit und Ruhe hervorzuheben, mit der Soldaten und ARC-Frauen trotz der allgegenwärtigen Bedrohung durch den Krieg, jeder auf seine Art, ihren Dienst taten. Und den krönenden Abschluss sollte natürlich die dramatisch und durchaus auch ein wenig triumphal ausgemalte Landung der B 26 – Marauder bilden. Sozusagen als Ersatz für die schmissige Marschmusik, die unfehlbar in entsprechenden Filmberichten zum Einsatz kommen würde. Dergleichen waren ihre Leser eben gewohnt. Soweit das Gerüst, das Skelett ihrer Reportage, die sie nun Zug um Zug mit Leben füllen würde.

Doch bevor sie auch nur eine Zeile ihrer Story zu Papier gebracht hatte, schreckte sie das Schrillen des Telefons unten im Flur auf, und im selben Augenblick war ihr klar, dass dieser späte Anruf nur etwas mit ihrer Anwesenheit zu tun haben konnte. Eilig erhob sie sich wieder von ihrem Stuhl und öffnete die Tür ihres Zimmers einen Spalt breit. Dort stand sie und musste eine Weile ungeduldig warten, bis endlich einer der Aitonis zum Telefon ging. Obwohl sie nur Fetzen des dann folgenden Gesprächs aufschnappte, das der Alte unten im Flur mit erhobener

Stimme und zum Teil in seinem korsischen Dialekt führte, verstand sie dennoch so viel, dass es tatsächlich um sie ging und dass am anderen Ende der Leitung Monsieur Bartoli war, der der Madame américaine eine äußerst wichtige Mitteilung zu machen hatte.

Aitoni unterbrach das Gespräch, doch bevor er sich Carolyn zuwandte, hantierte er nach der Art mancher alten Männer eine Weile pedantisch mit dem Hörer, um das verdrehte Telefonkabel zu entwickeln. Carolyn, die es vor Ungeduld nicht länger an der Zimmertür hielt, kam ihm auf halber Treppe entgegen.

„Ah, Madame Chandler, da sind Sie ja. Das war ein wichtiger Anruf, der Sie betrifft!" verkündete ihr Gastgeber. „Ihre Landsleute haben sich vom Campo del Oro aus im Aiglon gemeldet. Es ist ein wenig kompliziert, mich über die Telefonzentrale zu erreichen, der Krieg, wissen Sie... Außerdem haben die meine Nummer nicht. Über meinen Freund Bartoli lassen sie Ihnen sagen...", er blieb stehen stützte sich schnaufend am Treppengeländer ab, „also sie lassen Ihnen mitteilen, dass um Mitternacht doch noch ein Flugzeug zur Ostküste starten wird, und Bartoli soll Sie nun fragen, ob Sie mitfliegen wollen und die Auskunft dann nach Campo del Oro weiterleiten."

Madame Aitoni war ihrem Gatten langsam treppauf gefolgt und stand nun dicht neben ihm. Sie hatte ihr Haar bereits für die Nacht gelöst und wieder ihr schwarzes Schultertuch übergeworfen. Man konnte ihr die Aufregung ansehen, in die sie diese Nachricht zu so später Stunde versetzte. Für sie war es ein befremdlicher Gedanke, dass jemand, der zu Abend gegessen, sich in seinem gemütlichen Zimmer niedergelassen und zur Nachtruhe vorbereitet hatte, dass der das Haus wieder verlassen sollte, um bei so einem Wetter eine gefahrvolle Reise fortzusetzen.

Carolyn sah von ihrem Platz auf der Treppe aus, wie der schwere Telefonhörer, der an seiner Schnur seitlich des Apparates herabhing, sich immer noch drehte und langsam hin und her pendelte. Aitoni hatte nicht aufgelegt, also wartete Bartoli am anderen Ende der Leitung darauf, ihre Antwort gleich zum Flugfeld weiterzuleiten. Kurz entschlossen eilte sie an den beiden Alten vorbei, hinab in den Flur und zum Telefon.

„Wollen Sie denn wirklich jetzt noch aufbrechen?", stieß die kleine Korsin hervor, als Carolyn an ihr vorbeieilte, und sie tat es in einem Ton, als gehe es darum, Carolyn vor einem schlimmen Fehler zu bewahren. „Bleiben Sie Madame, bleiben Sie!", rief auch der Alte hinter ihr her, als sie schon nach dem Hörer griff. Doch nach diesem letzten vergeblichen Versuch, Carolyn zum Bleiben zu bewegen, blieben die beiden auf dem Treppenabsatz stehen und schauten nur noch schweigend zu ihr hinunter, zwei dunkle Schatten, wie eingereiht in die Galerie der stummen, ausgestopften Jagdopfer um sie herum.

Carolyn presste den Hörer ans Ohr und meldete sich. Sie konnte hören, wie Monsieur Bartoli sich am anderen Ende der Leitung lebhaft und fast schreiend bemühte, den chaotischen Lärm aus Rufen, Gelächter und Swingmusik zu übertönen, der im Hintergrund herrschte. Der korsisch-amerikanische Ball, vor dem er sie gewarnt hatte, war demnach noch in vollem Gange und schien ein großer Erfolg zu sein.

„Sie haben Glück", hörte sie den Wirt des Aiglon rufen, „der amerikanische Flugplatzkommandant hat mich beauftragt, Ihnen mitzuteilen, dass unvorhergesehenerweise noch heute Nacht eine Kuriermaschine vom Flugplatz drüben am Gravone über die Insel an die Ostküste fliegen wird. Sie soll zwischen 23 und 24 Uhr starten." Es war nicht zu überhören, dass er seiner Stimme bei dieser Mitteilung einen offiziellen, wichtigen Klang zu geben versuchte, und Carolyn sah ihn förmlich vor sich, wie er in aufrechter Haltung und mit ernster Miene vor dem Schlüsselbrett des Hotels stand und den Hörer ans Ohr presste. Man werde auf jeden Fall bis 23.00 Uhr auf sie warten, fuhr er fort, wohl auch länger, wenn die schwierigen Wetterbedingungen es erforderten. Falls Madame sich dazu entschlösse mitzufliegen, habe er den Auftrag, dies dem Flugplatzkommandanten gleich mitzuteilen. Der würde dann ein Fahrzeug losschicken, um sie vom Aiglon abzuholen. Und nach einer Pause, in der Carolyn aus dem Hintergrundlärm deutlich Glenn Millers In The Mood heraushörte: „Alors, votre choix, Madame! Comment vous vous decidez? Was darf ich weiterleiten?"

Jetzt erst merkte Carolyn, dass sie in Strümpfen im Flur stand. In der Eile hatte sie nicht daran gedacht, in ihre Schuhe zu schlüpfen, und spürte die Kühle des Bodens unter sich. Da sie sich im Grunde genommen schon beim ersten Klingeln des Telefons zur Fortsetzung ihrer Reise entschlossen hatte, kam ihre Antwort prompt. Eine solche Wendung der Dinge hatte sie intuitiv die ganze Zeit erahnt oder wenigstens erhofft.

„Aber ja doch, warum nicht?", rief sie in die Sprechmuschel. Sie fühlte sich ausgeruht, hatte gebadet und gegessen und war wieder bei

Kräften – was wollte sie mehr? Sie konnte es sich nicht leisten, diese unverhoffte Möglichkeit eines Weiterflugs nicht zu nutzen.

IV
LIBECCIU

Ob gelüftet und ausgehängt oder nicht, – die Kleidung verschwand ohne viel Federlesens schnell und wie sie war wieder im Koffer. Desgleichen ihr Büro: Gerade erst gebrauchsfertig aufgebaut, war es im Handumdrehen wieder abgebaut und ebenfalls verstaut. Carolyn hatte das absurde Gefühl, Hauptdarstellerin in einem zu schnell und dazu auch noch rückwärts laufenden Film zu sein.

Aber da ihr das irgendwo Ankommen und auch wieder Abreisen schon zur Gewohnheit geworden war, war es nur eine Routineangelegenheit von Minuten, bis sie ihre wenigen Habseligkeiten zusammengepackt hatte. Dann wie immer die Endkontrolle: Schrank, Tisch, Waschtisch, Bett, Blick auch unters Bett – nur sicherheitshalber, bloß nichts zurücklassen! Und fertig.

Madame Aitoni war ihr langsam treppauf bis zur Türe ihres Zimmers gefolgt und hatte nochmals, wenn auch nur noch zaghaft auf das böse Wetter und die vorgerückte Stunde hingewiesen. Doch da Carolyn beschäftigt war und sie kaum beachtete, war die alte Frau in der geöffneten Tür stehen geblieben und hatte der Amerikanerin beim Packen zugeschaut. Sie hatte gleich erkannt, dass sie der viel jüngeren Frau, die da mit Umsicht und Schnelligkeit ihre Dinge ordnete und zusammenpackte, nicht helfen konnte und ihr nur im Weg stehen würde.

Also beschloss sie nach kurzem Zögern zu gehen. Doch im letzten Augenblick hatte sie die glückliche Eingebung, im Badezimmer am Ende des Flures nach vielleicht doch vergessenen Dingen zu sehen, wie sie es früher, in den Zeiten der Familienpension Les Asphodèles, auch immer getan hatte. Nach wenigen Minuten kehrte sie zurück, zufrieden, Carolyn zwei Paar Seidenstrümpfe und die Kleinwäsche bringen zu können, die diese in der Eile des Aufbruchs im Badezimmer bestimmt vergessen hätte.

Beim Einsammeln ihrer Make-up-Utensilien stellte Carolyn mit einem Seitenblick auf Pignionis Schreckensbild neben dem Spiegel beruhigt fest, dass da die Lage unverändert war. Es war dem finsteren Unhold inzwischen immer noch nicht gelungen, das frühlingshaft-zarte Geschöpf ganz in seine Fänge zu zerren. „Halte durch, Kleines", lächelte sie und drückte den Schnappverschluss ihres Schminktäschchens mit einem klackenden Geräusch zu, „wenn du Glück hast, kommt dir irgendwann vielleicht doch noch ein netter Junge wie Al zu Hilfe."

Als in diesem Moment unten im Flur die Standuhr zu schlagen begann, hielt Carolyn inne und zählte halblaut mit: zehn tiefe, klangvolle Schläge hallten in dem großen Vorraum und dem Treppenhaus wider. Man müsste sie mitnehmen können, diese Uhr, ging es ihr durch den Kopf, sie einfach Stück für Stück in ihre Bestandteile zerlegen und einpacken. Doch im selben Augenblick erschrak sie fast wegen dieser räuberischen Anwandlung. Eigentlich wäre das ja nichts anderes als eine Art Scavenging! Doch soweit wie die Jungens mit ihren Trucks in Bizerta war sie denn doch noch nicht! Außerdem hatten hier alle Dinge, bis hin zu der Gesellschaft schweigender Tiere, die an der Wand unterhalb der Decke aufgereiht gleichmütig auf das Kommen und Gehen im Flur herabschauten, seit langem ihren festen Platz und hatten über die lange Zeit hinweg vielleicht untergründig auf geheimnisvolle Weise miteinander Verbindung aufgenommen. Sie durften nicht getrennt, ja nicht einmal von ihrem Platz wegbewegt werden. In ihrer Erinnerung jedenfalls würde Carolyn jedes Ding und jedes Tier an seinem Platz lassen. Da würde neben der Tür am Beginn des langen Ganges dort unten für immer die große Uhr stehen und über ihr auf dem Bord die Eule quer durch den Raum hinweg zur Treppe herüber starren und die schweren Flügel der Eingangstüre würden für immer im Wind klappern.

Als sie ihren Hausstand nach und nach hinunter zur Haustüre schleppte, musste sie sich höflich aber energisch gegen Monsieur Aitonis Hilfe wehren. Danach setzte sie sich mit ihren Gastgebern noch einmal vor den Kamin. Das Feuer war nun endgültig heruntergebrannt und nur noch einzelne Flämmchen züngelten hier und da aus dem Vulkan aus Asche und verkohlten Holzresten. Die Wärme, die von der rußgeschwärzten Kammer immer noch ausging, befand sich im Abklingen.

Jetzt, wo sie reisefertig war, fiel ihr das Warten schwer. Sie war mit allem fertig! Ihr Regencape lag draußen griffbereit auf dem Koffer im Flur. Sie hatte wieder ihre Winteruniform angezogen, um gegen alle Widrigkeiten einer Nachtfahrt durch Regen und Wind im offenen Jeep vorbereitet zu sein. Sogar ihre Uniformkappe hatte sie schon aufgesetzt, natürlich wieder mit diesem gewissen leichten Schubs nach rechts hinten, von dem sie fand, dass er sie immer besonders unternehmungslustig aussehen ließ.

Und so saß sie nun in leicht angespannter Haltung da, uniformiert, also gewissermaßen offiziell, hatte Bein über Bein geschlagen und die Schuhe diesmal selbstverständlich nicht abgestreift. Auf den Knien lag aufgeschlagen ihr in Leder gebundenes Notizbüchlein, in dem sie eine neue Seite aufgeschlagen hatte. Mit frisch gespitztem Bleistift trug sie in ihrer rundlichen, leicht nach links kippenden Schrift sorgfältig, wie es ihre Gewohnheit war, die Adresse ihrer Gastgeber ein: Misses and Mister Aitoni, ancient Maison forestière Ajaccio, Corse, France. Bei der Gelegenheit ließ sie sich auch gleich noch die genaue Adresse von Herrn Bartolis Aiglon geben, obwohl der Name des Hotels als Postanschrift wahrscheinlich ausgereicht haben würde. Als auch das geklärt war, blätterte sie ziellos, wie suchend in ihrem Büchlein herum, so, als könnte sie damit die Zeitspanne bis zur eigentlichen Trennung von den Aitonis verkürzen.

Als sie das Schweigen nach einer Weile dann doch brach und auf die Bezahlung, wenigstens der eingenommenen Mahlzeit, zu sprechen kommen wollte, die sie zu ihrem Bedauern allerdings nur in amerikanischem Geld leisten könne, reagierten die beiden Alten erstaunt und lehnten energisch ab. Ob sie denn wirklich die Absicht habe, seine Frau und ihn zum Abschluss noch zu beleidigen, fragte Monsieur voller Entrüstung, und Carolyn verstand, dass die nur zu einem geringen Teil gespielt war. Unter Freunden helfe man sich, das sei eine Selbstverständlichkeit, gerade in diesen schweren Zeiten, und es sei für seine Frau und ihn darüber hinaus eine Freude gewesen, an ihr als Amerikanerin wenigstens einen kleinen und symbolischen Dank abzutragen, der dafür aber von Herzen komme, einen winzigen Bruchteil des Danks wenigstens, den seine Heimat ihrem Land, den Vereinigten Staaten von Amerika, schulde. Es war dem alten Mann anzumerken, dass ihn die Sache nun, da er sie sozusagen zu einer nationalen Dankesgeste erhoben hatte, immer stärker bewegte. Er hatte im Verlauf seiner kleinen Rede den Oberkörper gestrafft und es hätte wohl nicht viel gefehlt, so hätte er sich wieder von seinem Stuhl erhoben, um im Raum auf und ab schreitend und mit untermalenden Gesten seinem Standpunkt pathetisch Ausdruck zu verleihen.

Madame Aitoni, der dieser Zug zum übertriebenen Pathos bei ihrem Gatten wohlvertraut war, beschwichtigte ihn: „Ach, Francois", wandte sie ein und legte ihre Hand auf seinen Arm, „du machst Madame mit so großen Worten ja verlegen. Ich bin sicher, sie weiß, wie sehr wir die Hilfe ihres Landes schätzen. Aber wir sitzen hier als Menschen am Tisch, nicht als Nationen. Die Nationen wird es auch in Zukunft geben, aber Sie", und nun berührte sie auch flüchtig Carolyns Hand, „Sie werden wir in ein paar Augenblicken nicht mehr sehen, niemals mehr, denke ich. Wenn Sie nur alles, was noch kommen mag in diesen schlimmen Zeiten, heil überstehen, Madame!", wandte sie sich an Carolyn. „Denken Sie ab und zu an uns auf unserer Insel – und wenn Sie die Zeit dazu finden und uns nicht vergessen haben, schreiben Sie uns wenigstens, wie es Ihnen weiter ergangen ist."

Dann war es eine Weile still im Raum, da alle drei ihren Gedanken nachhingen und es nichts mehr zu sagen gab. Draußen schien die Gewalt des Sturmes abzunehmen und vom Flur her hörte man das gleichmäßig ungerührte Ticken der Standuhr. Wie aus weiter Ferne oder besser, irgendwo aus der Tiefe des Hauses, hörte Carolyn den Hund bellen.

„Er hat etwas gehört, unser Hund da unten. Hat eben doch feinere Ohren als unsereins." Monsieur Aitoni erhob sich langsam, wobei er sich an der Tischkante abstützte. „Das muss Ihr Wagen sein!" Also erhoben sich auch die beiden Frauen und man verließ den Salon, durchquerte den Flur und trat hinaus auf den Vorplatz vor der Eingangstür. Der Regen hatte nachgelassen und es war nach Einbruch der Nacht auch deutlich wärmer geworden. Der Wind, der nun schwächer und gleichmäßiger wehte, rauschte in den Kronen der Pappeln zu beiden Seiten des Hauses.

Und wirklich stand unten auf dem Platz vor dem Haus neben Aitonis schwarzem Citroën der Jeep. Al hatte den Motor nicht abgestellt und das Licht der Scheinwerfer fiel als heller Streifen quer über die Wiese vor dem Haus, sodass die Blüten der Asphodelen, losgelöst vom dunklen Untergrund, wie ein Schwarm leuchtender Punkte über dem Boden schweben. Das übergezogene Verdeck des Fahrzeugs bauschte sich leicht im Wind. Durch Lücken in der Wolkendecke blinkten zwischen den schnell treibenden Wolken vereinzelt Sterne. In dem unsicheren Zwielicht, das vor dem Haus herrschte, sah Carolyn, wie Al ihr zuwinkte.

197

Dann schickte er sich an, zusammen mit Monsieur Bartoli die Rampe heraufzukommen. „Sagen Sie mal, Ma'am, wie zum Kuckuck sind Sie bloß hierher ans Ende der Welt geraten?", rief er ihr entgegen und lachte. „Wäre er hier nicht mitgefahren", er zeigte mit dem Daumen über die Schulter auf Herrn Bartoli, „wäre ich im Meer gelandet oder säße irgendwo in dem verdammten Dschungel fest und Sie müssten für immer hier bleiben!" Der kleine, rundliche Hotelier war zu ihnen getreten und obwohl er von dem, was der schlaksige Amerikaner sagte, nichts verstand, lächelte er und nickte beifällig. Er tat das teils aus grundsätzlicher Freundlichkeit, aber auch, weil er ahnte, dass auch von ihm die Rede gewesen war.

„Vielleicht nicht mal das Dümmste, hier in dieser vergessenen Ecke abzuwarten, bis der ganze Schlamassel von Krieg vorbei ist", setzte Al nachdenklich lächelnd hinzu und schnippte seine Zigarette in hohem Bogen über die Brüstung der Rampe, wo ein Windstoß sie erfasste und das glimmende Pünktchen ein Stück weit mitnahm.

„Tut mir leid, dass ich Ihnen heute mit der Fahrerei so viel Mühe mache, Al." In Carolyns Stimme schwang neben ihrer Freude, ihn zu sehen, aufrichtiges Bedauern mit. „Haben Sie denn wenigstens zwischendurch etwas Ruhe gehabt?", erkundigte sie sich.

„Mehr als genug, Carolyn, mehr als genug", winkte er ab. „Meine Fahrbereitschaft ist erst morgen Mittag um 12.00 Uhr zu Ende, und bis dahin fahre ich mit Ihnen wohin Sie wollen", bot er großzügig an.

Nach dieser Begrüßung und nachdem sie sich von den Aitonis mit Küsschen links und Küsschen rechts à la Francaise verabschiedet hatte, machten sich die Männer daran, ihr Gepäck zum Jeep hinunterzutragen. Die beiden Frauen folgten ihnen, Carolyn mit dem schwarzen Köfferchen, ihrer Underwood, die sie auch diesmal nicht aus der Hand gegeben hatte. Der Wirt des Aiglon nahm als Ortskundiger vorne auf dem Beifahrersitz Platz, Carolyn richtete sich neben ihrem Gepäck auf dem Rücksitz ein. Al startete seinen Jeep, beschrieb mit seinem Fahrzeug hupend einen eleganten Bogen über die Freifläche vor dem Haus und schwenkte dann in Richtung auf die schmale Brücke ein.

Bevor es aus dem Blickfeld geriet, gelang es Carolyn, durch die offene Seite des Jeeps einen letzten Blick zurück auf das einsame Haus der Aitonis zu werfen. Dabei hatte sie das Gefühl, sich über eine viel längere Zeit als während der wenigen Stunden seit ihrer Ankunft in dem grauen Kasten aufgehalten zu haben. Das Haus war ihr in dieser Zeit in einem vertrauter aber auch rätselhafter geworden als sie es für möglich gehalten hätte.

Sie entdeckte Madame Aitoni, die schon die Hälfte des Weges auf der Rampe nach oben zum Hauseingang zurückgelegt hatte und stehen geblieben war, um den kleiner werdenden Rücklichtern von Als Jeep hinterher zu schauen. Ihre kleine Gestalt hob sich dunkel vor dem helleren Hintergrund der Glyzinien ab. Carolyn winkte ihr zu. Fast gleichzeitig hatte auch die alte Frau einen Arm zum Abschied erhoben und winkte zurück.

Weiter oben, von dem erleuchteten Rechteck der geöffneten Eingangstür gerahmt, stand Monsieur Aitoni. Er hatte in der Dunkelheit den für ihn beschwerlichen Weg die Rampe hinab nicht mehr machen wollen und sich schon an der Tür von Carolyn verabschiedet. Auch er schaute dem davonfahrenden Auto nach und verharrte reglos in der geöffneten Tür, seine Art, Abschied zu nehmen, und Carolyn fand jedenfalls, das passe ganz gut zu dem Aitoni, den sie auf der Herfahrt kennengelernt hatte.   Merkwürdig war nur, dass seine Gestalt, so, wie sie sich da dunkel von dem hellen Rechteck der offenen Tür abhob, viel größer und massiver aussah, als sie den Abend über drinnen im Haus auf sie gewirkt hatte. „Ist es möglich, dass er größer wird, je weiter man sich von ihm entfernt?", wunderte sie sich. Zu seiner Linken kauerte, eine dunkle Masse, sein zottiger Hund. Er hatte also auf wundersamerweise aus den Tiefen des Hauses zu seinem Herrn gefunden. Wie Aitoni starrte auch er unentwegt hinter dem Fahrzeug her und wie sein Herr wirkte auch das Tier jetzt größer, als sie es vom Abend her in Erinnerung hatte, als es in der Dämmerung unter ihrem Fenster wie aus dem Nichts erschienen war. Wie war es möglich, dass sogar von unten her sein Kopf und der größte Teil seines Körpers über den Rand der Brüstung der Rampe weg zu sehen war?

Al hatte die Brücke bereits überquert und als er in die vom Regen ausgewaschene Piste einbog, überwand er mit seinem Jeep ein besonders großes Hindernis. Der Ruck war so heftig, dass Carolyn erschrocken herumfuhr und sich an die Lehne des Fahrersitzes vor ihr klammerte. Schluss mit diesem sinnlosen Zurückschauen!, nahm sie sich in diesem Moment vor. Und genug auch mit diesen Hirngespinsten!, rief sie sich selbst zur Ordnung und starrte angestrengt an Als Schulter vorbei durch die Frontscheibe. Doch viel beruhigender war das, was sich ihr da vorne bot, auch nicht, denn die Piste, die zur Straße hinabführte, glich eher einem Geröllfeld und im Licht der Scheinwerfer tauchten schwankend Baumstämme und Felsblöcke aus der Nacht auf und versanken hinter dem Citroën wieder im Dunkel.

Schon als Carolyn das Haus verlassen hatte, war ihr aufgefallen, dass mit dem Wetter etwas Besonderes vorging. In den wenigen Stunden, die sie bei den Aitonis in Les Asphodèles verbracht hatte, hatte der Wind gedreht. Nun wehte er eindeutig aus südlicher Richtung und auch nicht mehr, wie noch bei ihrer Ankunft, in einzelnen heftigen Böen und mit kalten Regenschauern, sondern gleichmäßiger und schwächer. Vor allem aber war es viel wärmer geworden.

Nachdem sie den Wald verlassen hatten und auf die Küstenstraße eingebogen waren, spürte Carolyn immer deutlicher, dass mit dem Umschlagen des Wetters auch eine Veränderung in ihrer Gemütsverfassung einherging. Ihr war zu Mute, als gerieten ihre Empfindungen ins Taumeln, entzögen sich ihrer Kontrolle, als ob sie sich verselbständigen wollten. Gleichzeitig spürte sie, dass das, was sie umgab und was um sie herum geschah, intensiver und unmittelbarer auf sie wirkte. Ihre Müdigkeit war wie weggeblasen, sie hatte sich den ganzen langen Tag nicht so wach gefühlt wie jetzt, zu dieser späten Stunde. Gleichzeitig ging mit dieser Überwachheit so etwas wie eine kribbelnde Unruhe einher, und während sie angestrengt durch die Frontscheibe des Jeeps nach vorne schaute, glaubte sie, alles überscharf aber mit verzogenen Konturen zu sehen, so, als trüge sie eine Brille mit einer nicht ganz passenden Sehstärke.

Und dennoch zwang sie sich, durch die Lücke zwischen Als und Bartolis Schultern zu starren und ihren Blick auf den ruckenden und springenden Lichttunnel zu beschränken, den die Scheinwerfer des Jeeps vor ihnen aus Dunkelheit schnitten. Die wechselnden Eindrücke folgten aufeinander wie die Bilder eines geheimnisvollen Films. Sie tauchten in chaotisch schneller Folge aus der Schwärze der Nacht auf, um hinter dem Jeep gleich wieder in ihr zu untergehen. Intensive Erscheinungen und auf eine geheimnisvolle Art so bedeutungsvoll, dass Carolyn sich vorstellte, durch sie flüchtige Blicke auf ein noch nie betretenes, unbekanntes Land zu erhaschen.

Nach dem vorangegangenen Unwetter war die Straße mit noch mehr kleineren und größeren Geröllbrocken übersät als auf der Herfahrt mit Aitoni am Nachmittag. Kurze, gerade Straßenabschnitte, auf denen Al unnötig beschleunigte, wechselten mit unverhofft scharfen Kurven, hinter denen das Nichts zu warten schien. Die Stämme der Bäume am Straßenrand glitten manchmal so nahe an dem offenen Jeep vorbei, dass Carolyn ihre rissige Rinde unter den Händen zu spüren glaubte. Jedes Mal, wenn Äste oder Büsche die Bespannung des Fahrzeugs streiften, zuckte sie erschrocken zurück. Dann wieder befürchtete sie, dass die schroffen Kanten und Zacken der senkrechten Felswände an den Straßenrändern die Seiten des Jeeps aufschlitzen könnten. Doch jedes mal, wenn sich zwischen dem Gebüsch der Macchia oder im Uferwald Lücken auftaten und den Blick auf die dunkle Weite des Meeres freigaben, schob der Anblick der schwarz glitzernden, endlosen Fläche für einen Moment all ihre Befürchtungen beiseite.

Über der See begann die Wolkendecke sich aufzulösen und durch die größer werdenden Lücken blitzten aus dem samtschwarzen Nachthimmel Sterne in einer Fülle und Klarheit, wie Carolyn es zuvor noch nie erlebt hatte. Ohne zu flimmern standen sie am Himmel und leuchteten außergewöhnlich hell.

Monsieur Bartoli, der ab und zu über die Schulter zurückgeschaut und Carolyn gemustert hatte, war als aufmerksamem Beobachter die Veränderung im Befinden der Amerikanerin nicht entgangen. Schließlich wandte sich auf seinem Beifahrersitz vollends zu ihr um und winkte sie näher zu sich heran.

„Sie haben es bemerkt, Miss Chandler, nicht wahr? Es ist das Wetter. Sie müssen nicht beunruhigt sein!" Er wies mit der ausgestreckten Hand durch die geöffnete Fahrzeugtür irgendwohin nach oben. „Ja, es ist das Wetter, das sich geändert hat!", rief er gegen den Fahrtlärm an. „Als Sie vorhin aus dem Haus traten, ist Ihnen ja bestimmt auch gleich dieser ungewöhnlich warme Wind aufgefallen, nicht wahr? Das ist jetzt nicht mehr der kalte, phantasielose Wind aus Nordost. Oh nein! Jetzt stattet uns der Libecciu einen Besuch ab!" Er sah Carolyn schweigend an und nickte bedeutungsvoll. Dabei umarmte er mit seiner Linken die Lehne seines Sitzes, um den Stoß eines Schlaglochs und Als heftige Lenkbewegungen abzufangen. Auch der junge Amerikaner wirkte irgendwie angespannter. Er fuhr mit auffallend mehr

Temperament als sonst, außerdem schien er mittlerweile in den Tücken der schmalen, kurvenreichen Straßen der Insel keine Gefahr, sondern mehr eine sportliche Herausforderung zu sehen. Vom Gaspedal herunterzugehen und die Geschwindigkeit des Jeeps zu verringern, schien für ihn im Moment jedenfalls nur als letzte Möglichkeit, etwa in einem Notfall, infrage zu kommen.

„Der Libecciu, müssen Sie wissen", fuhr Bartoli fort, „kommt geradewegs von drüben, von Afrika herüber, aus den Wüsten Marokkos und Algeriens und von dort bringt er über das Meer die Wärme mit, auch den Regen und manchmal sogar Wüstenstaub. Ein mächtiger Sturm, vor allem in den Nächten! Und wenn er sich dann wieder legt, hat er die Schneefelder oben in den Bergen mit dem rötlichen Staub seiner Heimat überzogen. Aber ich kann Sie trösten, Madame. Bei uns sagt man: „U Libecciu lascia u tempu cum ellu l'ha trovu:" Will heißen: „Der Libecciu lässt das Wetter zurück, das er bei seiner Ankunft vorgefunden hat." Und wenn es danach geht, haben Sie ab morgen schon wieder das schönste Frühlingswetter, aber natürlich nur, wenn Sie hierbleiben", lächelte er verschmitzt. „Ach ja, da fällt mir ein, man sagt übrigens auch", und er deutete eine kleine Kopfbewegung zu Al hinüber an: „Er macht die Menschen manchmal kopflos, macht sie verrückt, „pazzi", fügte er auf Korsisch hinzu. „Besonders wenn sie am Steuer sitzen", lachte er. „In solchen Nächten ist fast alles möglich: Menschen können sich verlieben, andere wieder trennen sich vielleicht, und oben in den Bergen verabschieden sich Felsen von den Steinwänden, mit denen sie seit Urzeiten verbunden waren und stürzen tief hinab in die Schluchten. Und", das sagte er ernst und zögernd, „es kommt auch vor, dass Menschen sterben." Nach einer längeren Pause: „Doch, doch, irgendwo passiert in solchen Nächten wie dieser auch gerade etwas Schlimmes. Mag sein auf dem Meer, kann auch oben in den Bergen sein, wer kann das wissen?"

Doch dann, in einem plötzlichen Entschluss, als befürchte er, die amerikanische Lady mit solch düsteren Visionen zu erschrecken, wandte er sich ihr noch einmal voll zu, diesmal in einem fast leichtfertigen Ton, und sie konnte trotz der Dunkelheit im Fahrzeug sehen, wie sich sein Gesicht, dicht vor dem ihrem, zu einem listigen Lächeln verzog: „Vielleicht, Madame Chandler, ist er ja Ihretwegen gekommen, der wilde Libecciu? Wie fänden Sie das? Aber ja, natürlich, das ist es! Er ist gekommen, um Sie zurückzuholen, zurück nach Afrika, zurück in die Sahara. Aber keine Sorge, mit Ihnen hat er natürlich nur Gutes vor! Wie man sich gut vorstellen kann, hat er sich nämlich in die bella signora americana verliebt! Ganz recht, der heiße, leidenschaftliche Wind will Sie nicht mehr gehen lassen. Nehmen Sie sich besser in Acht!" Er unterstrich seine Warnung gestisch, indem er die Finger seiner rechten Hand in der Höhe seines Gesichts spreizte und damit auf und ab wedelte. Dabei zog er den Kopf leicht zwischen die Schultern – wieder eine dieser eindrucksvollen, untermalenden Gesten, die ihr gefielen. So sei das nun mal, dagegen lasse sich nichts machen, sollte das wohl heißen. Carolyn nahm das Kompliment, das in Gestalt einer scherzhaften Warnung daherkam, lächelnd zur Kenntnis. Es war klar, auch der Hotelier des Aiglon stand, wie sie selber, unter der Wirkung dieses eigenartigen Windes, der war es, der ihn zu solch bizarren Komplimenten anstachelte.

Vielleicht lag es an Bartolis abenteuerlichen Geschichten über den Libecciu, vielleicht auch an Als rasantem Fahrstil, an seinen manchmal atemberaubenden Fahrmanövern, mit denen er Hindernissen auf der Fahrbahn auswich. Jedenfalls kam es Carolyn so vor, als gehe die Fahrt nach Ajaccio schon zu Ende, nachdem sie gerade erst begonnen hatte. Schon tauchte – diesmal links von der der Straße – die weiße Mauer auf, hinter der sich die ineinander verschachtelten hellen Würfel der Nekropole Ajaccios den Hang hinaufzogen. Zwischen ihnen standen, kerzengerade wie schwarze Ausrufezeichen, die schlanken Zypressen. Und schon hinter der nächsten Biegung kündigte sich mit den ersten Lichtern die eigentliche Stadt an, die Stadt der Lebenden, Ajaccio.

Die Straßenschluchten, in die sie bald danach einfuhren, waren nur spärlich hier und da beleuchtet. Und auch hinter den verschlossenen Läden der Fenster der hohen Häuser schimmerten um diese Zeit nur noch vereinzelt Lichter. Lediglich Bartolis Aiglon bildete eine Ausnahme. Das Hotel war in der ansonsten fast dunklen Stadt eine Insel von Lärm und Helligkeit. In den breiten Lichtbahnen, das durch die Fenster des Ballsaals auf die Straße fielen, war schon von weitem die lange Reihe der großen und kleinen Armeefahrzeuge zu erkennen, die am Straßenrand abgestellt waren, zumeist größere und kleinere Lastwagen. Ein ganzer Schwarm von Gästen hatte gerade das Aiglon verlassen um sich auf den Heimweg zu machen. Auf der Straße herrschte ein reges Gewimmel, Menschentrauben drängelten sich an den Fahrzeugen. Sie wollten in ihre

Heimatdörfer in der näheren Umgebung zurückkehren und hofften, einen Platz auf einem der Lastwagen ergattern zu können. Die ersten Gäste waren schon dabei, die Ladeflächen zu entern.

Ein wenig abseits des Eingangs zum Saal fand Al auf der gegenüberliegenden Straßenseite genügd Platz für seinen Jeep. Carolyn verstand, dass es keine Selbstverständlichkeit gewesen war, dass Monsieur Bartoli Al zu Aitonis Asphodèles begleitet hatte. In einer turbulenten Nacht wie dieser konnte er seinen Platz hinter der Theke nur unter Schwierigkeiten und dann auch nur für kurze Zeit verlassen. Es war bestimmt gar nicht einfach gewesen, zu dieser Uhrzeit jemanden zu finden, der seiner Frau hinter dem Tresen zur Hand gehen konnte und gleichzeitig verlässlich war und an einem wild bewegten Abend wie diesem ein Auge auf alles haben konnte.

Es sei höchste Zeit für ihn, erklärte er denn auch seinen Mitreisenden mit wichtiger Miene, da drinnen wieder das Steuer zu übernehmen. Sie dürfe das um alles in der Welt nicht falsch verstehen, wenn er das sage, wandte er sich an Carolyn, aber „les jeunes américains, ces garcons là", ihre Landsleute, überwiegend junge Kerle eben, die befänden sich inzwischen zum Teil, in einer, na ja, wie solle man sagen, in einer sehr gehobenen Stimmung, und bei „sehr" zog er die Augenbrauen hoch, womit alles gesagt war: Frauen, Alkohol, Musik – die richtige Mischung. Und dann kam eben noch dieser vermaledeite Libecciu hinzu, der habe gerade noch gefehlt. Aber manchmal käme eben alles zusammen, und das sei dann die richtige Mischung! Er lachte kurz auf, wedelte mit der geöffneten rechten Hand in der Luft herum, wodurch die „gehobene Stimmung" einen ziemlich bedenklichen Beigeschmack erhielt. Zwei Schlägereien habe es bis zu seinem Weggang bereits gegeben! Nichts Schlimmes, das nicht, nur ein wenig Sachschaden, aber trotzdem.

Nachdem er sich trotz der angespannten Situation, unter der er stand, Zeit für diese ausgiebige Erklärung genommen hatte, eilte er davon und war gleich darauf zwischen den parkenden Fahrzeugen verschwunden und tauchte gleich darauf auf den Treppen zum Haupteingang seines Hotels wieder auf. Sie solle mit der Weiterfahrt ein paar Sekunden warten, hatte er Carolyn mit verschwörerischer Miene im Weggehen noch zugerufen, es gebe da vor ihrem Abschied noch etwas Wichtiges zu erledigen.

Als sie ihn so davoneilen sah, kam es ihr flüchtig in den Sinn, wie reizvoll es sein könnte, ein kleines Lexikon zusammenzustellen unter dem Titel: „Redebegleitende und -unterstreichende Gestik und Mimik der Bewohner des Mittelmeerraums unter besonderer Berücksichtigung der Insel Korsika" – klang gar nicht schlecht, fand sie. Am besten mit erläuternden Abbildungen! Auf jeden Fall bekäme der kleine Hotelier in dieser Sammlung mit einer Reihe schöner Beispiele einen Ehrenplatz. Eine weitere Idee, die sie in Gedanken in ihrem Körbchen für noch zu erledigende Vorhaben ablegte – für irgendwann später, für die Zeit danach.

Auch Al war inzwischen ausgestiegen und hatte es sich halb stehend, halb sitzend auf der Motorhaube bequem gemacht. Als Carolyn neben ihn trat, tippte er mit besorgter Miene auf seine Armbanduhr.

„Ma'am, im Ernst, wir sollten schauen, dass wir hier wegkommen. Ihre Maschine wartet – aber zu lange wollen die auch nicht mehr auf Campo del Oro herumstehen, schätze ich mal." Dann machte er sich mit gegen den Wind gedrehtem Rücken und im Schutz seiner hohlen Hand daran, etwas umständlich und wie ganz selbstverständlich zwei Zigaretten auf einmal anzuzünden. Eine davon behielt er zwischen den Lippen, während er die andere der Frau reichte, die neben ihm auf der Motorhaube des Jeeps halb saß und halb lehnte. Carolyn registrierte diese kleine Vertraulichkeit lächelnd und gestand sich gleichzeitig verwundert ein, dass sie sie sogar genoss. Al ließ scheinbar unbeeindruckt und betont lässig den Deckel seines Sturmfeuerzeugs mit einem leichten Schwung aus dem Handgelenk zuschnappen und verstaute es in seiner Hosentasche.

„Sie sind ein netter Junge, Al.", wandte sich Carolyn ihm unvermittelt zu und schaute ihn dabei an. Und nach einer kurzen Pause des Überlegens: „Ich meine, es tut einfach gut, jemanden wie Sie an seiner Seite zu haben, wenn es schwierig wird."

Al nickte leichthin und fixierte dabei irgendeinen Punkt am Ende der dunklen Straße. „Immer noch ein lausiger Wind", stellte er zusammenhangslos fest, so als habe er das Kompliment überhört, das die Frau ihm gerade gemacht hatte. „Aber wenigstens ist es ein bisschen wärmer als den ganzen Tag über", fuhr er fort, und als er das sagte, schaute er Carolyn an. Ein Kompliment von einer Frau entgegenzunehmen, macht ihn verlegen, noch dazu von einer Fremden, die älter ist als er, stellte sie mit einem Seitenblick auf ihn fest. Stattdessen weicht er in Selbstverständlichkeiten über das Wetter aus – rührend, ein klassischer Fall! Wirklich – ein netter Kerl.

Die Sekunden, die der kleine Korse sich ausgebeten hatte, waren längst verstrichen, doch den beiden Amerikanern blieb ja nichts anderes übrig, als neben dem Jeep zu stehen, zu rauchend und zu warten. Carolyn stellte mit Missvergnügen fest, dass das Kopfweh, das sie seit dem Nachmittag verschont hatte, zurückgekehrt war. Und selbstverständlich hatte sie das Fläschchen mit dem Aspirin leichtsinnigerweise, aber bruchfest wieder einmal zwischen ihrer Leibwäsche tief im Koffer verstaut!

In den Pfützen und auf der regennassen Straße spiegelten sich die Lichter des Hotels, dessen Fenster zum Teil bis in den zweiten Stock hinauf erleuchtet waren. Inzwischen neigte sich das Fest endgültig seinem Ende zu, und die letzten GIs und ein paar Zivilisten verließen einzeln oder in kleinen Gruppen das Gebäude. Jedes Mal, wenn die Flügeltüren des Saales sich öffneten, drangen für kurze Zeit die blechernen Klänge und Melodiefetzen aus dem Saal lauter auf die Straße hinaus. Eine etwas schwach besetzte Bigband, die nur aus ein paar Trompeten und Saxophonen und einem Schlagzeug zu bestehen schien, spielte da drinnen mit Hingabe für die letzten Gäste weiter. „In The Mood" – Carolyn, wippte gedankenverloren mit dem rechten Fuß den Takt mit. Wann hatte sie eigentlich das letzte Mal getanzt? War das schon letztes Jahr im Herbst, im Offiziersklub in Oran gewesen? Al jedenfalls hielt vom Tanzen wohl nicht allzu viel. Der Swing ließ ihn kalt, schien es, er bewegte nicht einmal eine Zehenspitze im Takt, nahm sie an.

Schräg gegenüber auf der anderen Straßenseite waren ein paar Soldaten unter lautem Hallo dabei, eine der letzten Gruppen von geduldig anstehenden Einheimischen auf die Ladepritsche eines Sanitätslastwagens zu hieven. Wie es schien, waren es in der Mehrzahl Frauen. Obwohl die Heckklappe herunterhing, waren die Fußrasten immer noch so hoch, dass sie für die Damen in ihren engen Röcken kaum zu erreichen waren. Also mussten sie sich unter dem lautem Gelächter und den Zurufen der Umstehenden von den GIs auf die Ladepritsche helfen lassen. Dem Quietschen und Zappeln der Damen nach zu urteilen, schienen die Schwierigkeiten, die sie beim Entern des Gefährts hatten, den jungen Männern reichlich Gelegenheiten für beherztere Zugriffe zu bieten.

„Erst haben sie sie von den Dörfern der Umgebung abgeholt und jetzt bringen sie sie wieder nach Hause", kommentierte Al das Geschehen lapidar. „Ist nur so, dass dann manchmal das halbe Dorf mitkommt, Alte und Junge, Männlein und Weiblein. Sobald sie angekommen sind, räumen sie zuerst mal das Kalte Büfett ab – Sandwiches mit Mortadella und amerikanischem Schinken, solche Sachen eben. Klar, kann man verstehen, mit der Versorgung sieht's hier immer noch nicht so rosig aus. Und an Coca Cola haben manche von ihnen auch ziemlich schnell Gefallen gefunden." In dem Ton, in dem er die Szene kommentierte, schwang nicht allzu viel Hochachtung gegenüber den Einheimischen mit, fand Carolyn.

Er schaute immer noch kritisch zu dem Lastwagen hinüber. „Jedenfalls machen sich die Jungens hier viel zu große Hoffnungen. Hoch auf die Trucks mit den Girls und das war's dann schon. Aber zupacken dürfen sie ja wenigstens mal, wenn die Damen es nicht allein auf die Ladepritschen schaffen!" Er wies mit einer Kopfbewegung auf die Szene auf der anderen Straßenseite hin und grinste Carolyn an – ein bisschen zu direkt, wie sie fand. Dann war auch der letzte Lastwagen drüben fertig beladen und die Heckklappe unter Gejohle geschlossen worden. Als der Fahrer mit einem Ruck und kurzem Hupen startete, antwortete aus dem Dunkel von den Holzbänken der Ladefläche her vielstimmiges Kreischen und Gelächter. Das Rot-Kreuz-Emblem auf der Plane glänzte noch vor Nässe.

„Die Mädels müssen früh zurück in ihre Dörfer, und manchmal sind sogar Mama und Papa dabei, um nach dem Rechten zu schauen." Diese Vorstellung belustigte Al besonders und er lachte in sich hinein. „Kann ich auch verstehen, so ausgehungert, wie unsere Kerle nun mal sind! Aber wissen Sie", fuhr er mit einem schiefen Lächeln fort, „ein so großes Pech ist das auch nicht. Mit amerikanischen Frauen oder Mädels kann man die einheimischen Frauen, die Korsinnen, nicht vergleichen. Die meisten von ihnen sind klein und irgendwie zu stämmig, finde ich jedenfalls. Außerdem haben sie irgendwie dicke Knöchel." Er verstummte und schien sich mit einem Seitenblick auf Carolyn vergewissern zu wollen, ob er mit seinen vielleicht etwas zu deutlichen vergleichenden Ausführungen zu den Frauen zweier Kontinente gegenüber der Lady neben sich nicht doch schon die Grenzen des Schicklichen überschritten hatte. „Na und von den Klamotten ganz zu schweigen, absolut hinter dem Mond! Aber wie gesagt, der Krieg...", fuhr er leiser fort, und ohne den Satz zu beenden und ließ seine Zigarette gekonnt in einer nahen Pfütze verlöschen.

Für seine Verhältnisse war Al ganz schön ins Reden gekommen, wunderte sich Carolyn. Sie führte seinen Redefluss auf das Thema zurück und auf einen vielleicht umfangreichen Schatz an eigenen entsprechenden Erfahrungen und Enttäuschungen, die auch er gemacht haben mochte. Um dem Gespräch eine andere Wendung zu geben, erkundigte sie sich nach den Truppenteilen, die den Ball ausgerichtet hatten. Al wies auf eine Gruppe lachender und lärmender uniformierter Frauen und Männer, die in diesem Moment das Haus verließen.

„Die da drüben, das sind WACs, „Women's Army Corps", Mädels aus den Hospitälern, kennen Sie sicher, die haben sich mit einigen Seabees angefreundet, scheint es." Und auf ihren fragenden Blick: „Seabees, na Sie wissen schon, die Männer vom Civil Engineer Corps. Die legen schon seit April unten am Hafen große Versorgungsdepots mit Treibstoff und Trinkwasser an. Es gibt Gerüchte, dass da was Größeres im Busch ist", orakelte er. „Nicht mit den Mädels da drüben, nein, ich meine natürlich den Krieg", versuchte er ein letztes Mal zu witzeln. „Na und außerdem sind da auch noch die Leute vom 40. Station Hospital, also jede Menge Ärzte, Krankenschwestern und Pfleger. Das Fest hier war schon eine größere Sache, wie's scheint."

Plötzlich stand Monsieur Bartoli neben ihnen. Er hatte sich sichtlich beeilt und war etwas außer Atem. In der einen Hand schwenkte er eine große Papiertüte, mit der anderen hielt er zwischen Daumen und Zeigefinger ein weißes, dickwandiges Espressotässchen. Das hatte er mit dem dazugehörigen Unterteller abgedeckt, um den Kaffee warmzuhalten.

„Per favore, Signora, ancora un ultimo piccolo caffè." Bartoli stand vor Carolyn und strahlte sie an. „Die Nacht wird lang. Und hier", er hielt die Tüte ein wenig empor, „Canistrelli und ein Fläschchen korsischer Aperitif, appetitanregend! Prenez, madame, prenez", drängte er sie.

Aber diese Ermunterung war gar nicht nötig, denn nach ihrem Erlebnis mit Aitoni und dessen korsischem Gastgeberstolz versuchte sie erst gar nicht mehr, die Gastgeschenke dankend abzulehnen. Und zudem war sie dazu auch schlicht und einfach zu gerührt. Sie genoss den kleinen, bitteren Kaffee eilig und in kleinen Schlucken. Er war tatsächlich noch fast heiß und gerade so gesüßt, wie sie es mochte. Bartoli hatte sie am Nachmittag beim Kaffeetrinken genau beobachtet. Und Canistrelli? Was waren Canistrelli? Doch um weiteren langatmigen Ausführungen des kleinen Mannes zu entgehen, unterdrückte sie die Frage und beschloss, sich einfach überraschen zu lassen.

Nun drängte die Zeit wirklich. Al saß schon hinter dem Steuer. Er hatte seinen Jeep angelassen und drückte zwei-, dreimal das Gaspedal durch, und ließ den Motor aufheulen. Unbeirrt von Als Drängelei schob ihr der Korse trotzdem auch noch das weiße Tässchen mit seinem unterhalb des Randes umlaufenden dunkelgrünen Streifen und dem kleinen Adler mit den gespreizten Schwingen mit in die Tüte und vergaß auch den Unterteller nicht. Beim Kaffeetrinken, das müsse sie versprechen, solle sie, ab und zu wenigstens, an Ajaccio und Bartoli denken, verlangte er mit gespielter Strenge.

Nachdem das alles endlich erledigt war, ließ Al den Jeep ungeduldig mit aufheulendem Motor von der Bordsteinkante in die Straßenmitte schießen. „Höchste Zeit, Lady", übertönte er den Lärm des Motors und stürzte sich in das düstere Labyrinth vor ihnen. Die nächtliche Stadt wirkte nun vollends wie ausgestorben. Nur manchmal gab es hier und da undeutliche Bewegungen, wenn kleine Tiere wie Schattenwesen vor ihnen über die Straße huschten und irgendwo Schutz im Rinnstein oder hinter Mülleimern suchten. Das Motorgeräusch und die Scheinwerfer, die wie lange Finger hektisch nach ihnen tasteten hatten sie aufgeschreckt. Katzen funkelten grünäugig starr unter abgestellten Autos hervor oder glitten geschmeidig in dunkel gähnenden Toreinfahrten. Dann wieder passierten sie eine von Palmen gesäumte Allee, über der die langen Wedel der Bäume ein vom Wind bewegtes Dach bildeten.

Erst als sie auf den Cours Napoléon eingebogen waren und Al den menschenleeren, dunklen Boulevard hinabjagte, der geradewegs in die Tiefe zu führen schien, glaubte Carolyn manche der Orte wiederzuerkennen, an denen sie auf der Herfahrt und bei Tageslicht vorbeigekommen waren.

Da, die Papeterie, unscheinbar klein zwischen zwei großen Häusern. Die vielen Postkarten, die sie da gekauft hatte, fielen ihr ein. Die steckten nun unbeschrieben wieder in ihrem Gepäck, die würde sie eben von Italien aus abschicken müssen. Daneben die dunkle Front dieses Restaurants. Solferino prangte gut lesbar in großen Lettern auf dem mittleren der Fenster. Die Kellner waren verschwunden, sie hatten längst ihre weißen Schürzen abgelegt und sich nach Hause aufgemacht. Die kleine Bäckerei auf der anderen Straßenseite, die hätte sie beinahe übersehen. Jetzt, wo es dunkel war, verschwand sie fast völlig hinter dem Baum, unter dem Al und sie vor ein paar Stunden erst vor dem Regen Schutz gesucht und etwas gegessen hatten. Wie die Spatzen getobt und sich um die Krümel gebalgt hatten, die sie aus dem Papier geschüttelt hatte! Ihr war, als könne sie die Wärme des köstlich frischen Brotes immer noch unter dem Arm spüren.

Als Al fluchend einem Hunderudel gerade noch ausweichen konnte, wurde Carolyn aus ihren Gedanken gerissen. Die Tiere, die sich an einem umgestürzten Abfalleimer zu schaffen gemacht hatten, stoben vor dem heranschießenden Jeep auseinander und verschwanden irgendwo in der Dunkelheit. Sie fragte sich, ob von all diesen flüchtig aus der Nacht auftauchenden und ebenso schnell wieder in ihr verschwindenden Eindrücken viel mehr übrig bleiben würde als eine Folge hektisch aneinandergereihter, unzusammenhängender Bilder, die wie ein wirrer Traum bald wieder verblassen würden.

„Schauen Sie, Lady, da drüben im Hafen, da entladen sie zwei Liberty-Schiffe", übertönte Al das Fahrgeräusch. „Seabees, nehme ich an." Carolyn war ihrem Fahrer dankbar, dass er sie aus ihren Gedanken gerissen hatte und schaute sich um. Sie hatten das eigentliche Stadtgebiet mit seinen hohen Häusern schon verlassen und einen freien Blick hinüber auf den Hafen. An den Piers lagen zwei Frachtschiffe, deren Aufbauten und Ladebäume im Scheinwerferlicht gut zu erkennen waren. Auf dem Kai, wo sich das entladene Frachtgut anhäufte, herrschte zwischen Stapeln hell leuchtender Holzkisten und dunkleren, den regelmäßig errichteten Pyramiden von Tonnen voller Treibstoff ameisenhafte Bewegung. Carolyn sah wieder den Hafen von Bizerta vor sich: immer wieder die gleichen Bilder, dachte sie.

Als die Straße, nun endgültig außerhalb der Stadt, links in die Küstenebene einschwenkte, setzte sie sich wieder zurecht. So konnte sie nicht sehen, wie in ihrem Rücken die Insel aus Betriebsamkeit und Licht kleiner und kleiner wurde, bis sie sich langsam vom Land zu lösen und auf das dunkle Meer hinauszutreiben schien.

„Halten sie sich fest, Miss, nachts verwandelt sich diese verdammte Insel in einen Zoo oder etwas noch Schlimmeres", schimpfte Al und verringerte widerwillig die Geschwindigkeit seines Fahrzeugs. Zu beiden Seiten der Straße dehnten sich nun durch Buschreihen aufgeteilte Wiesen und verwildertes Gelände. Einzelne Baumgruppen gingen im Hintergrund in Gestrüpp und Wald über.

„Schweine, Kühe, Esel und was weiß ich was oder wer noch – alles läuft hier frei herum, und das nachts und auf diesen Straßen!" Al schüttelte missbilligend den Kopf. Zu beiden Seiten der Straße schwankten die Kronen der Bäume und Büsche im Wind. Es dauerte denn auch nicht lange, bis vor ihnen im Licht der Scheinwerfer mitten auf der Straße eine Kuh mit ihrem Kalb auftauchte. Das Kleine versuchte erschrocken mit ungelenken Sprüngen seitlich in die Büsche auszuweichen, während seine Mutter stehen blieb und ihren Kopf mit eindrucksvoll langen, geschwungenen Hörnern dem herankommenden Jeep zuwandte. Al musste scharf bremsen und fluchte ausgiebig.

Im Unterschied zu den schweren, schwarz – weißen Milchkühen, die sie von den sorgfältig umzäunten Weiden ihrer Heimat her kannte, war dieses Tier einfarbig und ungewöhnlich schlank und hochbeinig. Während die Kuh langsam zur Seite ging, musterte sie die Insassen des Jeeps unerschrocken und nachdenklich zugleich. So jedenfalls deutete Carolyn den ruhigen Blick, mit dem die Kuh sie im Weggehen anschaute.

„Freie Kühe, frei zu gehen, wohin sie wollen", war Als Reaktion, aber so, wie er das sagte, klang es wenig begeistert. Doch als gleich darauf nur wenige Meter vor ihnen und in geringer Höhe ein großes, helles Etwas knapp vor ihrer Windschutzscheibe die Straße überflog, erschrak auch er. Es war eine große Eule, die ihnen auf Höhe des Fahrzeugs mit einer ruckartigen Wendung den Kopf zuwandte. Und auch diesmal hatte Carolyn den Eindruck, als fixiere das Tier mit seinen riesigen Augen sie persönlich. „Mein Gott, der Blick!", entfuhr es ihr. Doch noch im selben Moment rief sie sich selbst zur Ordnung: „Es reicht!", ermahnte sie sich. „Das muss an diesem Libecciu liegen. Bartoli hat ganz recht. Wenn man nicht aufpasst, fängt man tatsächlich an, Gespenster zu sehen."

Als sie die Landstraße verließen und auf die Piste zum Flugfeld von Campo del Oro einbogen, sah Carolyn schon von weitem als Erstes die wartende Kuriermaschine und ein Stein fiel ihr vom Herzen. Zum Abflug bereit stand sie als dunkle Silhouette da, mit ihren ausgebreiteten, charakteristisch leicht geknickten Schwingen und den beiden mächtigen Motoren. Die Piloten hatten sie in geringer Entfernung vom Zelt der Flugplatzkommandantur geparkt und in Startrichtung gewendet. Sogar die kurze Leiter zum Entern der Maschine war schon unter dem Rumpf angestellt.

Der hastige Aufbruch aus Aitonis Haus und die wilde Fahrt hierher waren also doch nicht umsonst gewesen, stellte Carolyn befriedigt fest. Und sie war auch nicht in einer abgelegenen Ecke dieser merkwürdigen Insel stecken geblieben, wie sie bei ihrer Ankunft gestern Mittag in ihrer ersten Enttäuschung befürchtet hatte.

Das gleichmütige Schnurren eines Generators, der irgendwo weiter weg im Dunkeln stand, die immer noch vor Nässe schwarz glänzenden Zelte, deren exakt neben der Startbahn ausgerichtete Reihe sich irgendwo im Dunkel verlor sowie der reglose, rundnasige Metallvogel dort drüben, auf dessen Rumpf und Plexiglasfenstern die Lampen, die die Rollbahn säumten, schwache Reflexe warfen, – das alles war für sie eine beruhigend bekannte Umgebung, in die sie gerne zurückkehrte. Sie barg keine verwirrenden Überraschungen von der Art wie jene, mit denen sie es noch bis vor kurzem zu tun gehabt hatte. Von der irritierenden Wirkung des warmen Windes, des Libecciu, die der kleine Hotelier ihr so eindrücklich beschrieben hatte, würde hier, in dieser amerikanischen Exklave, hoffentlich auch nichts mehr zu spüren sein.

Doch sogar auch ohne den Libecciu hatten es die letzten Stunden in sich gehabt. Die Ereignisse und Eindrücke dieses halben Tages, besonders die verschiedenen Personen, denen sie in so kurzer Zeit begegnet war, alles das ging ihr durch den Kopf wie ein bunter Wirbel. Schon jetzt begannen die Fahrten in Sturm und Dunkelheit längs der

Küstenstraße, die fremde Stadt, das Haus im Maquis und die Menschen, die sie kennengelernt hatte, unwirkliche Züge anzunehmen. Aber vielleicht war es ein gutes Zeichen. Am besten würde sie die letzten zwölf Stunden als eine Art Traum aus der Realität hinausschieben, hinauskomplimentieren. Denn es war nun ja auch wirklich an der Zeit, diese merkwürdige Welt mit ihren Zweideutigkeiten, diese Zwischenstation, in die der Zufall sie für ein paar Stunden verschlagen hatte, hinter sich zu lassen und wieder an ihren realen Reisepläne anzuknüpfen.

Es war jetzt nicht die Zeit, sich langen Grübeleien hinzugeben. Ihr nächstes Ziel war Neapel, die Stadt am Vesuv. Nach allem, was sie in Erfahrung gebracht hatte, waren ihrer Eroberung schwere Bombardierungen durch die Alliierten und heftige Gefechte mit den Deutschen vorausgegangen. Alles das hatte vor allem rund um den Hafen ein unbeschreibliches Chaos angerichtet. Und Neapel war nicht einmal der Endpunkt ihrer Reise! Die Befreiung Roms und hoffentlich auch bald ganz Italiens stand ja kurz bevor. Da konnten sich die Ereignisse überschlagen und unvorhergesehene Herausforderungen an sie und an ihre Berichterstattung stellen. Doch diese Aussichten konnten ihrem Optimismus nichts anhaben. Im Gegenteil! Sie würde damit zurechtkommen. Wenn es darauf ankam, konnte sie sich auf ihren klaren Kopf verlassen. Unvorhergesehene Schwierigkeiten und plötzliche Änderungen hatten schon in Nordafrika zur Tagesordnung gehört und improvisieren und flexibel reagieren, das konnten sie und ihre Landsleute, war sie überzeugt. Wenn Amerikaner ihre thinking caps aufsetzten – so hieß es stolz in nicht nur einem ihrer Berichte aus Algerien, gab es kaum etwas, was sie nicht meistern konnten.

„Also dann willkommen in der wirklichen Wirklichkeit, Carol!", beglückwünschte sie sich selbst und betrat entschlossen das Zelt des Flugplatzkommandanten – zügig und mit der Selbstverständlichkeit, wie jemand, der nur mal kurz weg gewesen war, um sich draußen die Füße zu vertreten und der nun zurückkehrte; und drinnen nahm sie auch sogleich wieder die vertraute Atmosphäre des guten alten Planet Army in Empfang, und Carolyn sog unwillkürlich und zufrieden die unnachahmliche Mischung von Gerüchen ein. Die nahm sie gerne in Kauf.

Seit sie vor gerade mal einem halben Tag um die Mittagszeit zu ihrer kleinen Odyssee zu den Aitonis aufgebrochen war, schien sich hier drinnen nichts verändert zu haben. Immer noch pendelten die beiden Lampen am Firstbalken mit ihren schwarzen Metallschirmen fast unmerklich hin und her und breiteten immer noch ihr Licht über die Reihen zusammengestellter Tische und Bänke in der Zeltmitte aus. Auch das spärlich bekleidete, blonde Pin-up-Girl des Monats Mai lächelte nach wie vor verführerisch von der entfernten Stirnwand des Zeltes herüber. Wie es schien, hatte die Schöne nicht einmal ihre anstrengende Sitzhaltung verändert und sich auch nur einen Inch von ihrem Platz bewegt. Und auch der diensthabende Gefreite hockte immer noch hinter der Bürozeile. Er schien seinen Platz in der Zwischenzeit ebenfalls nicht verlassen zu haben und bosselte immer noch an seiner Kladde herum. Das olivgrüne Radio neben ihm auf dem Schreibtisch war, von niemandem beachtet und sich selbst überlassen, mit leisem Knacken und Rauschen in ein endloses Selbstgespräch versunken.

An der gegenüberliegenden, dunkleren Stirnseite des Raumes, außerhalb des Lichtkreises der Lampen, entdeckte Carolyn auf einem der aufgeklappten Feldbetten ihre beiden Mitreisenden vom Vormittag, Mike und seinen Berberaffen. Mike hatte seine Uniformjacke samt Uniformmütze ordentlich über der Lehne eines in seiner Nähe stehenden Sessels abgelegt und sich auf einem Feldbett in eine dunkelgrüne Armeedecke eingerollt. Der kleine Berberaffe, der eng an ihn geschmiegt, ebenfalls geschlafen hatte, richtete sich bei ihrem Eintreten am Kopfende der Pritsche auf und schaute mit flinken Blicken zu ihr herüber. Ob er sie wohl wiedererkannte? Durch die Bewegungen des Tieres war die Decke etwas verrutscht und gab den Blick auf Mikes Handgelenk frei, um das er sich die feingliedrige Messingkette gewickelt hatte. Ihr anderes Ende schimmerte am Hinterbein des Tieres. Auf dem Boden um die beiden herum aber auch auf Mikes Decke hatte es wahllos Keksbrocken, Erdnussschalen und kleine Papierfetzen verteilt, die die Reste seiner Abendmahlzeit, vermutete Carolyn.

Während sie ihre Schritte nach dem Eintreten in das Zelt verlangsamte, ging Al an ihr vorbei und steuerte zielsicher die Kaffeemaschine im hinteren Bürobereich an. So ruhig und selbstverständlich, wie er dort hantierte, zeigte, dass er sich hier in seinem Revier befand.

Die schwarze Kugel der Glaskanne auf der Heizplatte der Kaffeemaschine war noch gut gefüllt und neben ihr standen die dickwandigen Porzellantassen bereit. Auch der gläsernen Zuckerstreuer mit seinem chromblitzenden Schraubdeckel, aus dem das Ende des Schüttrohrs emporragte und das Metallkännchen mit der Kondensmilch standen bereit.

Selbstverständliche, fürsorgliche Sachlichkeit, Licht, moderne Technik – das war ihre Welt! Wie weit weg war das abgründige Haus der Aitonis jetzt schon gerückt! Sie dachte an die stummen Tiere, die, für immer an diesen Ort gebannt, von oben herab die düstere Eingangshalle bewachten. Sie waren längst an dem Staub der Jahre erstickt und von dem langsamen Ticken der alten Uhr betäubt, das unablässig auf sie niederging. Wie bedauerte Carolyn in diesem Moment die kleine Frau, die mit ihrer Herzlichkeit und menschlichen Wärme ebenso wenig in dieses alte Gemäuer zu gehören schien wie die dorthin verbannten Tiere der freien Wildnis! War es möglich, dass auch sie wie eine seiner Jagdtrophäen auf geheimnisvolle Weise an Aitoni und sein Haus gebunden war?

Carolyn spürte, wie sie sich erneut in diesen beunruhigenden gedanklichen Verschlingungen zu verlieren drohte. Waren diese verwirrenden Abgründigkeiten, auf die man hier unweigerlich stieß, nicht die Reste und Symbole einer überholten Epoche, Merkmale der überalterten Kultur dieses alten Kontinents? Waren sie nicht ein Teil dieser gefährlichen Verirrungen mit all ihren bösen Folgen, vor denen die Welt nun wie vor einem Scherbenhaufen stand und den mit Gewalt und großen Opfern zu beseitigen ihr Land aufgerufen war?

Hier, auf der Schwelle des zwar ungenügend beleuchteten und feuchten Militärzeltes am Rande der korsischen Wildnis und Tausende von Meilen von ihrem Land entfernt, überwältigte sie für einen Augenblick mit seltener Klarheit das Gefühl tiefer Zuneigung und Zugehörigkeit zu ihrer großen Nation und zu deren geschichtlicher Mission, diesen Kontinent, von dem so viele ihrer Vorfahren stammten, aus den Klauen der Dämonen zu befreien, in die er gefallen war. „Wer, wenn nicht wir, könnte das schaffen?", fragte sie sich, doch es war nur eine rhetorische Frage, denn an der Antwort gab es für sie keinen Zweifel.

Solche Momente patriotischer Aufwallung, wie man sie nennen könnte, waren ihrem eher nüchternen Naturell eigentlich fremd, und so begegnete sie diesem plötzlichen Gefühlsüberschwang, der sie während des kurzen Verweilens nach dem Betreten des Zeltes überkommen hatte, denn auch mit leisem innerlichen Stirnrunzeln. Sollte dieser afrikanische Wind, von dem Bartoli erzählt hatte, auch hier noch seine Hand im Spiel haben? Falls ja, so hätte er keine Chance! Sie war wirklich wieder in ihrer Welt angekommen, in der ein mächtiger Generator die Lampen mit ihrem weißen Lichtschirm unermüdlich mit Kraft speiste, wo Männer und Frauen ruhig und zuverlässig ihren Dienst erfüllten und zu der auch das massige Flugzeug auf der Startbahn da draußen, die North American B-25 Mitchell gehörte, wie sein voller, stolzer Name lautete. Die Maschine stand bereit, mit ihr davonzufliegen, ein Wunderwerk der modernen Technik, erdacht von den besten Ingenieuren ihre Landes und in Tag- und Nachtschichten sorgfältig zusammengesetzt in den großen Werkshallen der North American Aviation in Kansas City.

Diese innere Klärung, die sie im Handumdrehen vollzog, hatte sich äußerlich nur in einem kaum merklichen Verharren in der Mitte des Zeltes ausgedrückt. Nun ging sie entschlossen weiter. Unter der festen Ledersohle ihres Schuhs auf dem harten, glatten Betonboden zerbrach knackend ein winziges Steinchen. Das unter ihren Füßen war fester, sorgfältig abgerichteter, nüchterner und eindeutiger Betonboden. Nicht dieser uralte, von Generation zu Generation ausgetretene und ungewisse Boden wie in dem alten Haus dort drüben, weit hinter der Stadt. Dessen Dielen hatten unter ihren Schritten nachgegeben und ihre unbeschuhten Füße hatten unwillkürlich begonnen, sich seinen Mulden und sanften Erhebungen anzupassen.

Noch während sie die Insel aus zusammengestellten Tischen in der Zeltmitte umrundete, um zur Kaffeeküche des Zeltes zu gelangen, hatte sich in der entgegengesetzten Büroecke der rundliche Sergeant hinter seinem Tisch hervorgearbeitet und kam auf sie zu. Auf dem kurzen Stück Wegs zu ihr hin bemühte er sich eilig, sein Uniformhemd, das über dem Bauch spannte und stellenweise auch aus der Hose gerutscht war, zu ordnen.

„Misses Chandler, es freut mich, dass Sie es noch geschafft haben." Das freundliche Lächeln in seinem vollen, rosigen Gesicht drückte die ehrliche Erleichterung des Soldaten aus.

„Es war gar nicht so leicht, aus der Geschichte klug zu werden, die uns der Mann im Hotel drüben in Ajaccio am Telefon erzählt hat, also ich meine, erstmal ihn zu verstehen und dann Ihren Aufenthaltsort ausfindig zu machen. Sein Englisch und unser Französisch haben nicht so recht zusammengepasst, wissen Sie", lachte er. „Aber wir haben Al hingeschickt." Als Erklärung für den glücklichen Ausgang der Sache schien es zu genügen, nur Als Namen zu erwähnen.

„Sicher, Al ist ganz bestimmt der richtige Mann für schwierige Fälle", pflichtete Carolyn dem Gefreiten lächelnd bei und schaute hinüber zu ihrem schlaksigen Fahrer an der Kaffeemaschine. Der blies gleichmütig mit abwesendem Blick über seine Tasse, sodass die kleine Dampffahne, die ihr entstieg, sich gleich oberhalb des Tassenrandes auflöste.

„Machen Sie es sich inzwischen doch bequem, der Kaffee ist ganz frisch gebrüht", bat er Carolyn und wies mit einer Handbewegung dorthin, wo Al sich immer noch intensiv mit irgendwelchen überaus interessanten Vorgängen in seiner Kaffeetasse beschäftigte. „Ich geh' währenddessen gerade mal rüber in die Offiziersmesse und benachrichtige den diensthabenden Offizier von Ihrer Ankunft."

Carolyn schlenderte hinüber zum Kaffeekessel. Dort stellte sie sich neben Al, nahm von einem der Tassentürme eine der weißen Tassen und schenkte sich aus einem großen Glaskrug Wasser ein. Dann setzte sie sich halb auf die Kante des Tisches und ließ die kühle, klare Flüssigkeit in kleinen Schlucken über die Zunge rinnen. Sie konnte sich nicht erinnern, wann sie zum letzten Mal so köstliches Wasser getrunken hatte. Nach all den mehr oder weniger stark gechlorten, abgestandenen und metallisch schmeckenden Wässern, die sie in letzter Zeit zu sich genommen hatte, hatte sie das Gefühl, endlich wieder richtiges Wasser, sozusagen wahres Wasser zu trinken. So wie diese klare, kalte Flüssigkeit in ihrer Tasse, schmeckte wohl das Wasser des Lebens, von dem in der Heiligen Schrift oder in manchen Märchen die Rede war.

„Es kommt von weiter oben, aus den Bergen, direkt aus den Felsen. Felswasser, ist extrem weich. Ist eigentlich ja ein komischer Widerspruch in sich, nicht wahr? Weiches Wasser aus hartem Fels!" Carolyn musterte Al von der Seite. In der kurzen Zeit, während der sie mit ihm bis jetzt zu tun gehabt hatte, war ihr immer klarer geworden, dass seine zur Schau gestellte äußerliche Unberührtheit eine angenommene Haltung war, hinter der sich die Fähigkeit verbarg, die Menschen, mit denen er es zu tun hatte, genau zu beobachten und deren

Gedanken und Gefühle gut zu erfassen. Sein sprachliches Feingefühl, das er mit seiner Bemerkung zu dem Zusammenhang zwischen weichem Wasser und hartem Fels bewies, passte für sie in das Bild, das sie von ihm hatte.

„Wir holen es ein- oder zweimal in der Woche mit dem Lastwagen her. Extra als Trinkwasser, auf Uncle Sams Kosten. Purer Luxus!", betonte er und lachte. „Es kommt von Bocognano, das ist ein Dorf weiter oben im Tal, in Richtung der hohen Berge im Hinterland. Die Leute da oben sind um ihr Wasser zu beneiden. Es kommt direkt aus den Bergen und läuft Tag und Nacht einfach so in ein Becken am Dorfbrunnen. Da holen sie alle ihr Wasser von diesem Brunnen, und ein Stück weiter weg, in einem überdachten Waschhaus, waschen die Frauen sogar ihre Wäsche damit." Al lachte vor sich hin. „Sie nennen es aqua viva", setzte er, etwas nachdenklicher, hinzu. „Lebendes Wasser" heißt das. Ist ihr Wort für Quellwasser, schön eigentlich! Ich mache die Tour da hoch zum Wasserholen gerne. Und wenn ich warten muss, ist mir das gerade recht, dann hab' ich genug Zeit, die Leute ein bisschen zu beobachten, ihnen zuzuschauen, wie sie sich treffen und begrüßen, wie sie miteinander reden. Sie lassen sich Zeit und sie scheinen eine Menge Spaß dabei zu haben, besonders die Frauen", lachte er. „Ja, es sind ja meist die Frauen, die sich da treffen. Die sind mit allen Neuigkeiten immer auf dem Laufenden, die Frauen", grinste er und prostete Carolyn mit seiner Kaffeetasse spöttisch-respektvoll zu. Diese gutmütige Anzüglichkeit überging sie einfach. Sie wusste es besser und dachte lächelnd an die heftig diskutierenden und gestikulierenden alten Männer im Aiglon.

Es war ihr nebenbei aufgefallen, dass Al sich bemüht hatte, den Namen des Ortes, Bocognano, korsisch auszusprechen, ohne amerikanische Klangfärbung sozusagen. Ihr gefiel der Klang dieses vokalreichen Wortes. Lautlos, ohne Lippen und Zunge zu bewegen, nur in Gedanken, wiederholte sie ihn Silbe für Silbe: Bo-cog-na-no – das klang wie vier kleine, klare Schlucke von diesem herrlichen Wasser in ihrer Tasse.

Sie stellte sich eine Front alter, steingrauer Häuser an einem kleinen Platz vor, in dessen Mitte der Brunnen stand, dazu gab es vielleicht noch ein paar große, schattenspendende Platanen. Im Hintergrund stiegen steil mit dicht bewaldeten Hängen die Berge auf, und dahinter, gar nicht mehr so weit entfernt, die verschneiten Gipfel der höchsten Berge der Insel, von denen Al gesprochen hatte. Es war ein richtiges Postkartenmotiv, das sie da entwarf. So, wie Al davon geschwärmt hatte, musste es einfach schön sein, dort oben in der Nähe des Wassers zu sitzen und dessen sanftes, unaufhörliches Plätschern im Ohr zu haben, während man den Blick über Wälder und Berge wandern ließ.

„Ihr" Fahrer, so hatte sie begonnen, Al in Gedanken zu nennen, lächelte sie an. Die lockere Art, wie sie seine Flachserei übergangen und anschließend – in Gedanken versunken – lautlos die Lippen bewegt hatte, gefiel ihm, und Carolyn erwiderte sein Lächeln. „Hatte sie etwa angefangen, den Jungen zu mögen?", fragte sie sich. Ein bisschen verwirrt gab sie diesem Gefühl wenigstens soweit nach, dass sie sich vorstellte, wie nützlich und angenehm es wohl sein müsste, ihn für die nächste Zeit, vielleicht bis Rom wenigstens, bei sich zu haben und neben ihm auf dem Beifahrersitz des Jeeps zu sitzen.

Mit einer entschlossenen Bewegung stellte sie ihre Tasse zurück, stieß sich leicht von der Tischkante ab und begann, ihren Rücken abwechselnd behutsam zu strecken und zu beugen. Dazu vollführte sie leicht kreisende und rollende Bewegungen in den Schultergelenken. Von den Lendenwirbeln aufwärts bis hoch in den Nacken hatte sich eine lästige Verspannung ausgebreitet. Kein Wunder, bei der unbequemen Sitzerei im Flugzeug! Und später das Rütteln und Schaukeln in dem offenen, zugigen Fahrzeug bei der Nässe um sie herum hatte die Sache auch nicht besser gemacht. Da war es schon eine Erleichterung, eine Weile nur so zu stehen und sich zu strecken. Dann fiel ihr wieder ihr Fläschchen mit dem Aspirin ein. Wieder im Koffer verstaut! Nach dem Motto „Strafe muss sein!" würde ihr also nichts anderes übrigbleiben, als sich wieder mit dem ziehenden Kopfweh über dem linken Auge zu plagen. Diesmal lag es bestimmt an dem Wetterwechsel, von dem Bartoli gesprochen hatte. Wenn er recht hatte, würde es mit einer erneuten Wetteränderung ja wohl auch mit ihrem Kopfweh von alleine wieder besser werden. Sie trank den letzten Schluck aus ihrer Tasse und stellte sie hinter sich auf dem Tisch ab.

Gerade als sie sich dazu entschlossen hatte, es sich vor dem Abflug noch einmal in einem der einladenden roten Ledersessel an der Längswand des Zeltes bequem zu machen, hörte sie, wie sich von draußen Schritte und Stimmen näherten. Gleich darauf erschien im

Eingang des Zeltes der Colonel, gefolgt von seinem Untergebenen, dem rundlichen PFC. Offenbar hatte er den Offizier aus dem Schlaf geholt, denn beim Eintreten in das Zelt blinzelte der noch benommen in das helle Lampenlicht, und als er auf sie zu kam, versuchte er mit linkischen Handbewegungen ein paar abstehende Haarbüschel glattzustreichen. Doch trotz des leicht benommenen Eindruckes, den er machte, schien in aufgeräumter Stimmung zu sein.

„Großartig, Miss Chandler, großartig! Freut mich, Sie zu sehen! Al hat es also doch noch geschafft, Sie rechtzeitig herzubringen", rief er. „Wir hatten ja, ehrlich gesagt, fast nicht mehr damit gerechnet! Bei diesem Wetter! Und dann waren Sie ja auch gar nicht mehr im Aiglon! Das hat die Sache ein wenig kompliziert. Sie hätten sich besser militärisch korrekt bei uns abgemeldet", lachte er. „Na, Spaß beiseite, die Einheimischen hier, die Korsen, sind hilfsbereit, gute Leute, muss ich sagen! Und besonders Bartoli! Sehr hilfsbereit, in der Tat, ein netter alter Junge! Also langer Rede kurzer Sinn: Heute fliegt also doch noch eine Kuriermaschine rüber nach Solenzara. Bis zum Abend sah es ja nicht so aus, aber überraschenderweise scheint das Wetter sich langsam zu beruhigen. Zur Ostküste rüber ist es nur ein kleiner Sprung über die Berge unten im Süden, eine starke halbe Stunde, länger wird es nicht dauern. Die Piloten kamen von weiter her, von drüben, von Algier. Absolvieren einen Milk Run und haben hier einen Zwischenstopp gemacht. Nehmen Postsachen und dergleichen auf, wissen Sie. Die haben die Pause genutzt und sich aufs Ohr gelegt. Was ein richtiger Soldat ist, der kommt eben überall zu seiner Mütze voll Schlaf." Diese alte Militärweisheit fand er offenbar selber so amüsant, dass er in eine Art zufriedenes Gelächter ausbrach.

„Ja, und dann ist da noch was", fuhr er, wieder ernster werdend, fort und machte eine effektvolle Pause. „Es hat sich kurzfristig noch eine weitere kleine Komplikation ergeben – Na, Sie wissen ja, wie das in der Army manchmal so ist. Nichts, worüber wir groß reden müssten, das nun wieder auch nicht." Er hob entschuldigend beide Hände, um sie danach wieder tief in den Hosentaschen zu versenken. „Nein, Lady", beruhigte er sie unnötigerweise, „nein, nichts, was Sie berühren würde, Miss Chandler! Sie kommen auf jeden Fall rüber auf die andere Seite, ohne Frage." Er hüstelte verlegen und Carolyn spürte, wie in ihr wieder leise kribbelnd die Ungeduld aufzusteigen begann. Nein, ein Mann knapper, klarer Worte war er nicht gerade, dieser Colonel!

220

„Nur so viel", erklärte er endlich, „wir haben von drüben", er vollführte mit seiner rechten Hand eine vage Bewegung nach Osten hin, „wir haben also Anweisung, noch auf einen Kurier zu warten, der rüber ins Hauptquartier der 321 BG muss", fuhr ihr Gegenüber fort, „die Maschine ist von Tunis auf dem Weg hierher." Er schaute auf seine Armbanduhr. „Müsste übrigens bald eintreffen, die Lightning. Bis dahin muss ich Sie bitten, es sich doch in unserer Komfortzone bequem zu machen." Er wies in Richtung der tiefen Sessel längs der Seitenwand. Als er schon im Begriff war, das Zelt wieder zu verlassen, wandte er sich noch einmal zu Carolyn um und rief vom Eingang her: „Ach ja, da wäre noch Ihr Gepäck! Das lassen wir am besten vorübergehend in Als Jeep. Warum sollen wir es nachher zur Deathwind 'rüberschleppen, nicht wahr?" Er fuhr sich lachend zweimal hektisch mit der Hand durch das Haar und verschwand wieder in der Nacht. „Gut, dass ein Platzkommandant sich auch um solche Kleinigkeiten wie mein Gepäck kümmert, dann muss ja alles gut enden", freute sich Carolyn ein wenig ironisch. Aber noch besser war es doch, dass es unter seinen Untergebenen Leute wie Al gab, die die Dinge weniger wortreich, dafür aber zuverlässig und schneller regelten.

Noch während ihres Gesprächs mit dem Colonel, beziehungsweise während seines Monologs, hatte sie mit einem freien Ohr wahrgenommen, dass sich in ihrem Rücken an dem brabbelnden und knackenden Radio etwas tat. Rauschen, Pfeiftöne, abgerissene Musikfetzen und verstümmelte Sprachbrocken wechselten einander in schneller Folge ab, bis Al mit der Einstellung auf der Senderskala zufrieden war und die Lautstärke aufdrehte.

Gleich darauf drang aus der kreisrunden Lautsprecheröffnung des dunkelgrünen Kastens klar eine melodische Tonfolge. Es war das Kennungssignal eines Senders. „Es ist exakt 23.30 Uhr", verkündete gleich darauf eine warme Frauenstimme mit einer Betonung, als handle es sich dabei um ein gut gehütetes Geheimnis. „Ein paar Minuten lang haben wir noch den 9. Mai, und Dienstag ist es übrigens solange auch noch, genau genommen also nur noch ein bisschen Dienstag. Aber das nur mal so nebenbei für alle die, die sich da bisher vielleicht nicht mehr ganz sicher waren, weil bei der Army ja meist ein Tag nach dem anderen nutzlos verrinnt." Die Frauenstimme, die zuletzt einen fast nachdenklichen Plauderton angeschlagen hatte, verkündete plötzlich laut, fröhlich und vielversprechend: „Aber lasst uns bloß keinen Trübsinn blasen, Jungens, denn hier ist sie endlich wieder, eure Lieblingssendung: Mite at the Mike!" Die einschmeichelnde Frauenstimme verstummte und es folgten ein paar Takte verschlafen klingender Tanzmusik. „Na, Al, endlich mal wieder deine Sendung, stimmt's? Mann, gib's doch zu, es ist ihre Stimme, von der du nicht loskommst!" Das war der rundlich PFC, der am anderen Ende der Tischreihe wieder seinen Platz hinter der Kladde eingenommen hatte. Gerade als die Radiosprecherin die Zeitansage gemacht hatte, hatte er damit begonnen, seine Fingernägeln einer gründlichen Pflege zu unterziehen. Immerhin unterbrach er die nun. Und als Al nicht reagierte und nur kaum merklich grinsend in seine Kaffeetasse schaute: „Doch, Al, kannst es ruhig zugeben. Axis Sally hat dich mit ihrer süßen Stimme behext, weiß doch jeder hier!", amüsierte sich der Private lauthals. Doch dann legte er erwartungsvoll seine Nagelfeile beiseite und wandte sich, wie jeder der im Zelt Anwesenden, zum Radio hin und begann sich mit einem großen, weißen Taschentuch umständlich den Schweiß von Stirne und Nacken zu tupfen. Die feuchte Wärme stand unangenehm im Zelt.

„Hast ja recht, Frank, ihre Stimme hat was", gab Al zu, „aber das allein ist es nicht. Kein Zweifel, das Mädel ist eine verdammte Verräterin, aber du musst zugeben, manchmal lohnt es sich doch, genauer hinzuhören, wenn sie etwas ankündigt. Immerhin hat sie hin und wieder schon Sachen voraussagt oder angedeutet, die dann so oder so ähnlich auch passiert sind."

„Ach, komm schon! – das ist doch bloß Nazi-Propaganda, und die, wissen wir, kommt direkt aus Berlin, vom Reichsrundfunk oder wie der heißt, von Goebbels persönlich!" Aber trotz seiner Einwände hatte auch Frank sich in seinem Bürostuhl aufmerksam zurechtgesetzt. Es war klar, auch er wollte sich Axis-Sallys nächtliche Propagandasendung nicht entgehen lassen, obwohl er wusste, dass in dieser Sendung, die von irgendwo vom italienischen Stiefel herüber kam, die viel gescholtene und dennoch viel gehörte Amerikanerin im Dienste der Nazis den GI-Joes mit ihrer einschmeichelnden Stimme wieder einmal ein paar ihrer halben oder ganzen Unwahrheiten auftischen würde. Denn im Ernst würde auch er zugeben müssen, dass in Sallys nächtlichen Sendungen als Köder immer wieder auch geschickt neben Lügen und Halbwahrheiten ein paar echte Informationen eingestreut waren, auch wenn er das nur ungern zugab. Ein leicht durchschaubarer Trick. Jedenfalls konnte sich Axis Sally

222

ihrer Hörerschaft sicher sein, denn viele GIs waren der Meinung, dass es vielleicht über Leben und Tod entscheiden konnte, genau zuzuhören und die Hinweise der Dame mit der einschmeichelnden Stimme zur Kenntnis zu nehmen – oder eben auch nicht. An einer Bewegung drüben auf der anderen Seite des Raumes erkannte Carolyn, dass sich auch Mike auf seinem Feldbett aufgerichtet hatte, um besser hören zu können.

Nachdem die Tanzmusik verklungen war, nahm die Sendung Mite at the Mike ihren gewohnten Verlauf. Zuerst begrüßte Sally noch einmal die neu hinzugekommenen unter ihren amerikanischen Landsleuten, ihre treuen Hörer fern der Heimat und gab dabei ihrer Stimme einen so mitfühlenden, warmen Klang, der manchem heimwehkranken GI einfach zu Herzen gehen musste.

Nach dieser Begrüßung kündigte sie ihr kleines Musikgeschenk an die US-Boys und Girls an, wie sie sich vertraulich ausdrückte. Und dies tat sie, nicht ohne so nebenbei und voller Abscheu die verniggerte und verjudete US-Unterhaltungsmusik, wie sie sich ausdrückte, zu schmähen, mit der ihre Hörer sonst bedauerlicherweise überfüttert würden. Dagegen habe sie ihren Landsleuten etwas Feines mitgebracht, einen Leckerbissen sozusagen, ein Klavierkonzert von Wolfgang Amadeus Mozart nämlich. Ja, ganz recht, von diesem legendären Mozart aus Österreich. Wohl niemand hätte eine passendere Musik für eine Vollmondnacht komponieren können, eine Nacht genau wie die heutige, in der die Gedanken weit über den Ozean hinweg nach Hause gingen, zu den Müttern, den Frauen und Kindern, den Freundinnen. Denn so manch einer frage sich gerade in diesem Augenblick bang, wie es den Lieben daheim wohl gehe, was sie in diesem Moment wohl gerade machten. Nach einer kleinen Pause fuhr sie mit gesenkter Stimme und scheinbar noch eine Idee mitfühlender fort: Es sei nun mal eine Tatsache, dass eine so lange Trennung, wie dieser Krieg sie mit sich bringe, die Beziehungen belaste. Wie man wisse, seien von denen nicht wenige, ach, was sage sie da, seien schon viele daran auch schon zerbrochen. Nein, um Schuld gehe es da nicht, wer wolle sich in den Dingen des Herzens schon zum Richter aufschwingen? „Aber darüber überhaupt einmal zu sprechen, darum geht es, das ist nötig, auch wenn es schmerzt. Und deshalb soll den betroffenen Kameraden heute Abend unser besonderes Mitgefühl gelten. Jetzt aber genug davon! Nur so viel lasst mich als Frau, die weiß, wovon sie spricht, euch Männern zur Entschuldigung eurer armen Frauen und

Freundinnen noch sagen: Vergesst nie, dass auch sie nur schwache Menschen aus Fleisch und Blut sind und dass bei dem langen Alleinsein schon so manche von ihnen, nun ja, schwach geworden ist."

Nach diesen vor Verständnis triefenden Worten hielt sie einen Moment inne, um die Nadelstiche dieser Botschaft besser in die Seelen ihrer Hörer eindringen zu lassen. Danach wechselte sie scheinbar das Thema und kam passenderweise auf den Vollmond zu sprechen, der ja gerade über dem Mittelmeer stehe. „Man stelle sich einmal vor", fuhr sie versonnen fort, „dass es derselbe Vollmond ist, der in ein paar Stunden über den weißen Nebeln in den Tälern von West Virginia oder hinter der glitzernden Silhouette von Manhattan aufgehen wird. Gebt ihm einfach die Grüße an eure Lieben mit!" Längere Pause.

„Ach ja", fiel es ihr ein, „bevor ich es vergesse: Wenn ihr gleich Mozarts Musik hören werdet, dann denkt bitte nebenbei auch einmal an Wien, an die prächtige, alte Stadt an der Donau, in der das Genie auch gewirkt hat. Ja, auch gegen sie und ihre Menschen fliegen Staffeln von B-17 Bombern der US Army Air Force seit dem 17. März Terrorangriffe. Sagt doch mal selber, ist das nicht eine Kulturschande? Oder kennt jemand von euch ein passenderes Wort dafür? Ich jedenfalls nicht! Aber inzwischen ist es ja leider auch nicht neu, dass man euch zwingt, die kulturellen Schätze des guten, alten Europas in Schutt und Asche zu legen, nicht wahr? Wer wird die Tragödie um Monte Cassino je vergessen können? Ein Kloster, feige während der Morgenandacht aus der Luft angegriffen und seine Mönche und dazu hunderte von Männern, Frauen und Kindern, die dort Zuflucht gesucht hatten, ermordet! Hier höre ich besser auf, da fehlen mir einfach die Worte. Aber so viel ist sicher: Dieses Datum, der 15. Februar 1944, wird in die Annalen der alliierten Kriegsverbrechen eingehen. Und da wir gerade dabei sind: Rom, das alte, ehrwürdige Rom, ist ja auch immer wieder mal dran. Was haben sie mit ihm vor? Nur Bombardieren oder zur Abwechslung mal wieder anzünden? Vollenden, was Nero nicht geschafft hat? Man bedenke – Rom, die Ewige Stadt!" Darauf folgte eine längere Pause. Es war klar, dass Axis-Sally vor Entsetzen die Stimme versagte hatte und sie um Fassung rang.

„Hey, Al, dreh sie ab", rief Frank, „dreh diesem verdammten Naziweib endlich die Luft ab! Ich kann's einfach nicht mehr hören!" Er spuckte demonstrativ ungeniert neben seinem Stuhl auf den Boden.

„Ist ja gut, Frank", Al hob abwehrend die Hand. „Versuch einfach noch ein paar Augenblicke cool zu bleiben, Mann! Hast ja recht, es ist wieder mal das übliche Gewäsch, das wir von ihr kennen. Aber Lass uns doch mal weiter hören, ob sie heute vielleicht nicht doch noch etwas Wichtiges zu sagen hat, etwas Handfestes vielleicht, wer weiß."

In diesem Moment erklangen die ersten Takte des angekündigten Klavierkonzerts. Die beiden Soldaten beendeten ihren Wortwechsel und Carolyn glaubte zu spüren, wie sich die Stimmung rundum im Zelt veränderte. Es war, als träten die die Dinge um sie herum zurück. Auch die Personen samt ihrer Kontroverse waren plötzlich bedeutungslos und überließen den Raum ganz der feierlichen Musik Mozarts.

Mit ihrer Wahl des klassischen Musikstücks bewies Axis Sally, die jenseits des Meeres, irgendwo drüben in Italien saß – oder, was wahrscheinlicher war, die Fachleute in der Propagandaabteilung des Großdeutschen Rundfunks –, dass sie ihr Geschäft, die Beeinflussung und Gefügigmachung von Menschen verstanden.

Carolyn war nicht unmusikalisch. Weil ihr Kind talentiert zu sein schien, hatten die Eltern ihrer Tochter sogar eine musikalische Ausbildung mitgeben wollen. Doch dazu war es aus verschiedenen Gründen dann doch nicht gekommen. Auch wenn ihre Musikkenntnisse daher eher mittelmäßig geblieben waren, hatte sie sich, so, wie viele andere Menschen auch, ein ursprüngliches Gefühl für Musik bewahrt. Und besonders mit dem Namen Mozart verband sich für sie die Vorstellung von einer beschwingten, tröstlich heiteren Musik. Daher war sie nun umso mehr überrascht, etwas zu hören, das sich mit dieser Erwartung ganz und gar nicht vertrug.

Das Thema, mit dem das Soloklavier einsetzte, war tieftraurig und zugleich atemberaubend schön, und Carolyn fühlte sogleich, wie diese Melodie, die getragen und wie mit langsamen Schritten daherkam, sie im Innersten berührte. Sie konnte gar nicht anders, als zwischen dem Gefühl von Einsamkeit, das sie untergründig schon lange begleitete und dieser Musik sofort eine enge Beziehung zu fühlen.

Wie in einem ruhigen Gespräch – dieser Vergleich stellte sich bei ihr schon nach den ersten Takten unwillkürlich ein –, antwortete auf das vom dem Klavier schlicht vorgetragene Thema das Orchester, das anfangs nur aus Streichinstrumenten zu bestehen schien. Die Streicher nahmen das Thema abgewandelt auf, dann fielen kurz Klarinetten ein und verstummten wieder, um erneut dem Klavier Raum zu geben und sich bald darauf zurückhaltend mit ihm zu vereinigen, um zum Eingangsthema zurückzukehren.

Weder gelang es Carolyn, noch wollte sie es eigentlich, sich gegen ein Gefühl von sanfter Trauer, ja sogar von unbestimmter Resignation zu wehren, das diese Musik in ihr auslöste. Auch um sie herum im Zelt war es still geworden. Das musste daran liegen, dass das Klavierkonzert auf die Soldaten ganz ähnliche und vielleicht noch stärker wirkte. Schließlich waren sie es ja auch, die Axis-Sally besonders angesprochen und sozusagen vorbereitet hatte. Al hockte immer noch reglos auf der Tischkante in der Nähe der Kaffeemaschine und schwenkte mit kleinen Bewegungen den verbliebenen Kaffeerest in seiner Tasse herum. Der Gefreite hinter dem Schreibtisch hatte das Kinn in beide Hände gestützt und fixierte reglos irgendeinen Punkt im gegenüberliegenden, dunklen Ende des Zeltes. Nur das Äffchen raschelte drüben im Halbdunkel unbeeindruckt und unruhig auf dem Feldbett hin und her und gab leise keckernde Geräusche von sich.

„Na, das nenne ich mal eine gelungene Überraschung! Mozarts Klavierkonzert Nummer 23, und dann auch noch das Adagio, das berühmte Adagio!" Ohne dass Carolyn ihn bemerkt hatte, war Colonel Sanders zurückgekehrt, und stand, diesmal ordentlich gekämmt und mit Brille, im Zelteingang. Von dort aus hatte er wohl, wie die anderen auch , schon einige Zeit der Musik gelauscht. „Gar nicht schlecht gewählt! Kompliment, Sally! Ja, das Biest zieht wieder einmal alle Register, um euch weich zu klopfen, Jungens", lachte er und strich sich die Haarsträhne aus der Stirn. „Fis-Moll, wenn ich mich recht erinnere, und das bei diesem verteufelt warmen Wind und dem Vollmond draußen – wen das nicht umhaut!"

Trotzdem dachte der Flugplatzkommandant offenbar gar nicht daran, den deutschen Propagandasender abschalten zu lassen, wunderte sich Carolyn. Er nahm sogar ganz im Gegenteil im Sessel neben ihr Platz, um entspannt weiter zuhören zu können.

„Was für eine Musik! Einfach göttlich! Wenn man den Nazis doch nur verbieten könnte, Mozart oder Beethoven für ihre niederträchtigen Zwecke zu missbrauchen! Ich spiele selber Klavier, und das gar nicht einmal schlecht, glaube ich in aller Bescheidenheit sagen zu können. Für mich gehört sein fis-Moll Adagio zum Schönsten, was uns Mozart hinterlassen hat, das ist jedenfalls meine feste Meinung. Zum Schönsten und zugleich zum Rätselhaftesten", setzte er sinnierend hinzu und lauschte dann wieder schweigend der Musik. Nach einer Weile fuhr er fort:

„Manchmal habe ich mich schon gefragt, ob sich uns in dieser wunderschönen und melancholischen Musik nicht der wirkliche, der wahre Mozart offenbart. So, als könne man hier für einen kurzen Moment einen Blick auf den Grund seiner Seele werfen, die gar nicht so heiter war, wie man immer denkt." Und nach einer Pause: „Als verrutsche hier für einen Moment eine Maske, die er trägt, oder als könne er die sich selbst auferlegte, heitere Haltung nicht mehr ganz durchhalten." Seine letzten Überlegungen hatte er zögernd halblaut wie zu sich selbst gesprochen und dabei nachdenklich vor sich hin gestarrt.

Carolyn war überrascht. Wie schaffte es der Mann, der da in dem abgewetzten, roten Sessel neben ihr lässig ausgestreckt mehr lag als saß, so wie nebenbei das, was sie nur undeutlich empfand, in Worte zu fassen? Sanders richtete sich in seinem Sessel auf und wandte sich Carolyn in einer etwas förmlicheren Haltung zu. Gleichzeitig mit dieser Offenbarung der zivilen Seite seiner Person hatten sich offenbar auch Erinnerung an die nicht-kriegerischen Umgangsformen seiner zivilen Vergangenheit eingestellt: „Übrigens, Miss Chandler, gestatten Sie, dass ich mich, wenn auch leider etwas verspätet, vorstelle: Mein Name ist Sanders, Greg Sanders." Als der Colonel dann auch noch Anstalten machte, sich zu dieser förmlichen Vorstellung aus seinem Sessel zu erheben, hielt sie ihn davon ab, indem sie ihm leicht die Hand auf den Arm legte.

„Ach, wissen Sie", entschuldigte sich Sanders, „manchmal gehen diese eigentlich wichtigen Dinge, ich meine die Umgangsformen und dergleichen, in all dem Trubel und der tagtäglichen militärischen Routine einfach unter. Na und dann meist nur Männergesellschaft, nicht zu vergessen!" Er lächelte auf eine komische Art resigniert. „Tja, an Umgang mit Damen wie Ihnen herrscht bei der Army leider Mangel", setzte er hinzu und versuchte tatsächlich ein galantes Lächeln aufzusetzen.

So eigenartig und unerwartet die plötzliche Wendung des Colonels ins Zivile Carolyn vorkam – mit dem, was er über die Eigenart des Adagios in Mozarts Klavierkonzert aber auch über den Missbrauch dieser Musik durch die deutsche Propaganda gesagt hatte, sprach er Carolyn jedoch aus dem Herzen.

Jetzt erst erfasste sie die ganze Durchtriebenheit, mit der die Nazis den göttlichen Mozart für ihre Zwecke missbrauchten. Was für ein raffinierter Versuch, aus der Trauer und Wehmut dieser Musik und den zutiefst menschlichen Regungen, die sie weckte, eine Waffe in ihrem verbrecherischen Krieg zu machen! Sie kam von irgendwo in Italien weit über das nächtliche Meer herüber, um den Feind an seiner vielleicht verwundbarsten, menschlichen Stelle zu treffen, indem man versuchte, bei den jungen Männern, die fern ihrer Heimat und getrennt von ihren Lieben einen gefährlichen und manchmal auch öden Dienst taten, das Heimweh und die vielleicht schon vorhandene Fünkchen von Verzagtheit und Sorge weiter anzufachen.

Und obwohl sich an der Musik, die jetzt verstummt war, nichts geändert hatte und das Adagio, mit der Wiederholung des Anfangsthemas so ergreifend zu Ende gegangen war, wie es eingesetzt hatte, fühlte Carolyn erleichtert, dass sie nun gegen die beabsichtigte Wirkung dieser Klänge gefeit war wie gegen einen Bann, unter den sie, ohne es zu merken, hätte geraten können. Nichts gegen Mozart! Natürlich nicht! Später, wenn alles vorbei war, würde sie genau dieses Konzert Mozarts noch einmal hören wollen. Das nahm sie sich jedenfalls fest vor. Und dann, wenn Mozart und mit ihm ganz Europa von der Nazi-Barbarei befreit wäre, würde sie mit den Klängen des Adagios in der Erinnerung hierher zurückkehren, in das Zelt auf dem Campo del Oro und in die stürmische Nacht, kurz vor ihrem Abflug.

Noch während sie diese ein wenig komplizierten und verwirrenden Empfindungen zu ordnen versuchte, wurde sie durch das angenehme Organ Axis Sallys wieder in die Realität zurückgeholt. Nachdem die Musik langsam ausgeblendet worden war, kündigte die Dame noch eine ganz spezielle Überraschung für ihre lieben Landsleute, speziell auf Korsika, an. Die habe sie bis zum Schluss aufgehoben. Es handle sich um eine kleine Mitteilung für die Piloten und das Bodenpersonal auf den Feldflugplätzen längs der Ostküste Korsikas, also die Plätze bei Solenzara, Ghisonaccia, Cervoni, Alesani Borgo und wie sie sonst noch alle hießen. „Mal unter uns, was für ein bemerkenswert martialischer Aufwand!", flocht sie ein, „so viele Feldflugplätze, wo doch der Nazi-Agressor schon so gut wie geschlagen ist. Oder etwa doch nicht? Kurzum, dort sollen, wie man weiß", sie senkte ihre Stimme vielsagend „in den nächsten Tagen beim 57 Bombardement Wing zu Ehren von General Knapp Feierlichkeiten stattfinden. Eine ganz große Sache also! Bedauerlicherweise hat man die Kameraden von der Luftwaffe zwar nicht eingeladen, und das, wo man sich mit der Zeit doch irgendwie nähergekommen ist, nicht wahr!" Hier lachte Sally vielsagend und schlug dann einen sarkastischen Ton an: „Na egal, nachtragend ist die deutsche Luftwaffe nicht und möchte sich deshalb bei dieser Gelegenheit trotzdem wieder einmal von ihrer besten Seite zeigen. Sie wird auf ihre Art" – kleine, vielsagende Pause – „mit einer kleinen Überraschung zum Gelingen der Festlichkeiten beitragen." Ganz recht, man werde einen Gegenbesuch machen und darauf freue man sich schon. Über das genaue Wann und Wo könne sie natürlich nichts sagen – nun klang ihre Stimme wieder scheinbar unbeschwert und fröhlich – sonst ginge ja der Überraschungseffekt verloren, der Knalleffekt wie man so schön sagt. Und an Knalleffekten, ha, ha, an denen sei der Luftwaffe natürlich, wie immer, besonders viel gelegen! Dann folgte mit flötender Stimme die Verabschiedung mit den besten Wünschen für eine geruhsame Nacht und – mit etwas anzüglichem Unterton – süße Träume für die GI-Joes, Kennungssignal des Senders – und aus.

Im Zelt war es still geworden. Al stellte das Radio ab, man hatte genug gehört. Es war genau eine dieser Mitteilungen gewesen, die nach den Erfahrungen, die man mit dem Reichsrundfunk und Axis Sally gemacht hatte, niemand guten Gewissens schlicht als verlogene Propaganda abtun konnte, obwohl sie im Gegenteil wiederum genau auch das sein konnte.

Dass man es mit einem Propagandasender der Deutschen zu tun hatte, war klar. Aber man war sich dennoch niemals sicher, ob Axis-Sally lediglich bluffte oder ob das, was man da gehört hatte, nicht doch die glaubwürdige Ankündigung eines Angriffs gewesen war. Denn etwas in dieser Art war auch schon vorgekommen. Es war ja gerade der Sinn dieser nächtlichen Propagandasendungen, das raffinierte Spiel mit Halbwahrheiten und Lügen. Schon drüben in Nordafrika hatte Carolyn von Fällen gehört, in denen GIs, die keinen Zugang zu einem Radioempfänger hatten, sich mit primitiven, selbstgebastelten Geräten beholfen hatten, nur um diese Sendungen hören zu können und vielleicht doch an wichtige Informationen über die Absichten der Deutschen zu kommen.

„Kann sein, dass was kommt, kann auch nicht sein – genau weißt du es immer erst nachher. Kann einen ein bisschen verrückt machen", zog Al das Fazit. „Aber das ist ja genau das, was Sally und ihre Freunde in Berlin mit ihren Sendungen bezwecken."

„Ja, und genau deswegen sollte man sie einfach nicht anhören", folgerte Frank, der inzwischen seine gründliche Maniküre abgeschlossen und sein Taschentuch sorgfältig zusammengelegt hatte.

Anfangs hatte Carolyn gar nicht auf das entfernte Brummen geachtet, das seit einer Weile zu hören gewesen war. Es war schnell nähergekommen und steigerte sich im Handumdrehen zu einem alles übertönenden Dröhnen. Über den schmalen Abschnitt der Landebahn, den man durch den geöffneten Zelteingang überblicken konnte, geisterte zuerst das Licht von Scheinwerfern und dann schoss draußen der dunkle Umriss eines landenden Flugzeugs vorbei.

„Eine Lightning", rief ihr Al ins Ohr, der neben sie getreten war. „Jetzt ist es soweit, jetzt sind Sie dran, Ma'am! Ihr Anschlussflug mit Uncle Sam's Airways startet in wenigen Minuten! Aber nicht mit der Lightning da, nein, sondern mit der guten, alten B-25 Deathwind. Zeit, schon mal rüber zu gehen, zu Ihrer Maschine." Diese Aufforderung war für alle der im Zelt Anwesenden das Signal, auf das sie gewartet hatten. Sie erhoben sich und gingen hinaus auf das Flugfeld.

Als sie vor das Zelt traten, rollte die Lightning schon weit hinten am Ende des Flugfeldes aus. Sie wendete und stand dann als dunkler Schemen dort, wo die Landebahn in das Gestrüpp eines Buschwaldes überging, mit gedrosselt laufenden Motoren da, so, als warte sie auf etwas. Wenn der Flugplatzkommandant höchstselbst in den Jeep stieg und sich zu dem Flugzeug am Ende der zerfahrenen Piste bemühte, war es klar, dass es mit dem Eintreffen der Lightning eine besondere Bewandtnis hatte. Carolyn schaute dem Jeep nach, der sich schwankend auf der Piste seitlich der Start- und Landebahn entfernte. Sie wurde von einer Kette von Feldlampen gesäumt, und jedes Mal, wenn der Jeep von einer Lichtinsel zur nächsten sprang, wurde er kleiner.

„Nur keine Angst, Sanders verlädt ihre Sachen schon nicht ins falsche Flugzeug. Zumindest nicht absichtlich", setzte Al trocken hinzu. Er war Carolyns Blick gefolgt und hatte darin so etwas wie Besorgnis erkannt. Ein netter Versuch, sie um zwölf Uhr nachts ein wenig aufzuheitern, stellte Carolyn dankbar fest. Er war eben ein Mann für alle Lebenslagen. Ob er hier nicht vielleicht doch abkömmlich wäre? Was für eine Vorstellung! Aber trotzdem spann sie diesen Gedanken weiter. Mit den Fähigkeiten, die sie an Al zu schätzen gelernt hatte, war er hier mit Fahrbereitschaften und der Beschaffung von Quellwasser doch eigentlich völlig unterfordert. Aber an dieser Stelle brach sie ihre Überlegungen ab. Wie sehr sie ihm mit „unterfordert" unrecht tat, hatte sie am Beispiel seines Dauereinsatzes während der letzten zehn Stunden schließlich selbst erlebt.

„Er wird mit Ihrem Gepäck gleich wieder zurück sein", beruhigte Al sie noch einmal, diesmal aber ernsthafter. „Der Colonel fährt heute selber, weil er zusammen mit der Post auch noch irgendeinen Kurier von Nordafrika her erwartet", erklärte er mit vielsagender Miene. „Ja, wenn's darauf ankommt, kocht bei uns der Chef selber", und da hatte er schon wieder das etwas ironische Grinsen im Gesicht. Carolyn stellte fest, dass sie sich auch schon an seine kleinen Respektlosigkeiten zu gewöhnen begann und sogar Gefallen an ihnen fand.

„Hören Sie, Al, kommen Sie doch einfach mit nach Italien", schlug sie ihm lachend vor und versuchte dabei an den leicht unernsten Ton anzuknüpfen, den er offensichtlich so schätzte. „Als mein Fahrer und Spezialist für verfahrene Situationen, meine ich." Vielleicht um das untergründig mitschwingende persönliche Motiv ihres Vorschlags zu überspielen, hatte sie ihn kumpelhaft leicht mit der Schulter angestoßen und spürte im selben Augenblick, wie sie zu erröten begann. Was zum Kuckuck war bloß mit ihr los? Was sollte der junge Mann neben ihr von einem solchen Vorschlag und von ihrem Benehmen halten?, fragte sie sich im selben Moment. Und dann auch noch rot werden wie ein Teenager! Hoffentlich konnte er das bei der Dunkelheit vor dem Zelt nicht sehen.

„Nein, jetzt mal Spaß beiseite, Al, eigentlich war das als Kompliment gemeint, mit dem ich Ihnen für Ihre Hilfe danken möchte! Wer weiß, wie das ganze Hin und Her ohne Sie sonst ausgegangen wäre", fuhr sie, nun ernsthafter, fort und schaute ihn an.

„Aber ich bitte Sie, Miss Chandler, ich habe einfach meinen Job gemacht. Dass ich ihn in Ihrem Fall sehr gern gemacht habe, das muss ich zugeben. Für mich war es eine nette Abwechslung in dem Einerlei auf Campo del Oro. Und es war übrigens nett, Sie kennenzulernen." Carolyn musterte ihn kurz. Ein bisschen viel von diesem „nett", fand sie. Was wollte er ihr wirklich sagen?

„Na und zu Ihrem Angebot", fuhr er in dem leichten Plauderton fort, auf den sie sich beide wortlos geeinigt hatten: „Mal ganz ehrlich, Carolyn, Sie werden es nicht glauben, aber an etwas Ähnliches habe ich auch schon gedacht. Doch wissen Sie, Uncle Sam und sein Stellvertreter hier am Ort", und er machte eine leichte Kopfbewegung hinüber, dorthin, wo die Rücklichter des Jeeps am Ende der Rollbahn nur noch schwach zu erkennen waren, „die hätten ganz bestimmt etwas dagegen, wenn ich mir nichts, dir nichts zu Ihrem Verein überlaufen würde. Ja und offen gesagt, meine jetzige Uniform, die gefällt mir auch ein bisschen besser." Indem er das sagte, nahm er seine ziemlich zerknautschte Uniformmütze ab, hielt sie am Schild mit ausgestrecktem Arm von sich, drehte sie hin und her und betrachtete sie betont wohlwollend, gerade so, als sähe er sie zum ersten Mal. Dann setzte er sie betont sorgfältig auf. Diese kleine komödiantenhafte Einlage brachte sie beide zum Lachen. In der Stille, die anschließend herrschte, musterten sie in unterschiedlichen Richtungen ihre Umgebung, obwohl es da in der Dunkelheit eigentlich kaum etwas zu sehen gab.

Sogar noch während der kurzen Zeit, die Carolyn seit ihrer Ankunft im Zelt verbracht hatte, schien sich das Wetter noch einmal verändert zu haben. Der warme Südwestwind hatte sich weiter abgeschwächt und die Bewölkung, die er vor sich her trieb, lockerte auf und glitt langsamer vom Meer her über das Campo del Oro und weiter nach Nordosten, in Richtung der hohen Bergen im Landesinneren. Die Wolkendecke sah jetzt nicht mehr massiv und bedrohlich aus, sondern war zerschlissenen und an vielen Stellen löchrig. Am südlichen Himmel war der Mond schon ein ganzes Stück weit über die niedrigen Kämme der Küstenberge emporgeklettert, und mit bloßem Auge war kaum noch zu erkennen, dass ihm zum Vollmond nur noch eine hauchdünne Schicht an seinem rechten oberen Rand fehlte.

Jetzt, wo die Bewölkung aufriss, und in ihrer näheren Umgebung Einzelheiten deutlicher zu erkennen waren, wurde Carolyns Blick von der Mitchell B-25 angezogen, die nicht weit entfernt auf der Startbahn zum Abflug bereitstand. Im Licht des Mondes, zeichneten sich die Umrisse der zweimotorigen Maschine schärfer ab und ihre stumpfe Nase aus Plexiglas schien sich in etwas zu verwandeln, das wie ein schimmerndes, leeres Aquarium aussah. Auf den Scheiben der darüber auf dem Rumpf sitzenden Pilotenkanzel zeigten sich schwache Reflexe. Das Fahrgestell im Schatten des Rumpfes sah verblüffend dicken, schwarzen Pfoten ähnlich.

Während ihrer Unterhaltung waren Carolyn und Al langsam weitergegangen und standen nun vor dem Flugzeug. Aus der Nähe erkannte Carolyn, dass die Maschine schon ziemlich betagt war. Jedenfalls musste sie schon viele Einsätze hinter sich haben, denn an mehreren Stellen war die Aluminiumhaut ihres Rumpfes durch aufgenietete große und kleinere Blechflicken immer wieder ausgebessert worden, einige von ihnen offenbar erst in neuerer Zeit. Die wiesen nicht mehr den stumpfen Tarnanstrich auf, der Rumpf und Flügel noch von Nordafrika her bedeckte, sondern stachen durch die glänzende Helligkeit des unbehandelten Metalls vom Rest der Außenhaut wie schlecht gewählte Flicken auf einem nachlässig ausgebesserten Kleidungsstück ab. Eine besonders große Blechplatte, mit der man seitlich am Rumpf die Gefechtsluke des Rumpfschützen verschlossen hatte, schimmerte im Mondlicht sogar blank wie ein Spiegel. Sie schien aus rostfreiem, polierten Stahlblech zu bestehen. Während Carolyn das Äußere der Maschine begutachtete, war Al ihrem Blick gefolgt:

„Ja, die gute alte Deathwind! Sie war von Anfang an in Nordafrika dabei, seit '42, und auch noch später, bei Einsätzen über Italien. Da hat sie allerhand abbekommen", erklärte er. „Jetzt in der Dunkelheit kann man es vielleicht nicht so richtig erkennen, aber sie hat noch die Tarnfarbe von drüben, von Afrika drauf, den Desert-Tan. Sieht aus wie rötlicher Saharastaub. Sie ist erst vor kurzem, nach ihrer Verlegung nach Korsika, aus den Kampfeinsätzen rausgenommen worden und jetzt im verdienten Ruhestand. Sie wird nur noch für gemütliche Kurierflüge benutzt, für Milk Runs eben, zu so einem wie dem, mit dem Sie heute hergekommen sind und weiterfliegen werden."

Sie waren seitlich vor dem Bug der Maschine stehen geblieben und jetzt erst fiel Carolyn die Noseart der ausgemusterten B-25 auf. Sie legte den Kopf in den Nacken und studierte das finstere Gemälde, das über ihr den Flugzeugrumpf zierte. Eine Frage nach dem eigenartigen Namen der Deathwind erübrigte sich. Denn direkt seitlich unterhalb der Pilotenkanzel, dort wo die Besatzungen ihre Bomber oder Jagdflugzeuge sonst meist mit spärlich bekleideten Mädchen oder beliebten Comicfiguren und vielsagenden Sprüchen verzierten, prangte hier unter einem in akkuraten Reihen angelegten Feld kleiner schwarzer Bombensymbole, deren jede einzelne für einen erfolgreichen Einsatz stand, ein drastisches Bild des Todes.

Soweit Carolyn es in dem ungewissen Licht erkennen konnte, war das Bild des Totenschädels, der da von oben herabdrohte, sehr detailliert und naturalistisch ausgeführt. Wohl aus Platzgründen hatte sich der Künstler auf ein Brustbild dieser düsteren Gestalt beschränken müssen, und so war unter einer dunklen Kapuze nur das Profil eines plastisch herausgearbeiteten Schädels mit einer schwarzen Augenhöhle und einer knöchernen Hand zu erkennen. Die hatte das grausige Monstrum bis zur Schulterhöhe erhoben und seinem geöffneten Kiefer entströmte wie eine Wolke ein weißlicher Hauch, der Wind des Todes, dem die Deathwind ihren Namen verdankte.

Noch während Carolyn das gruselige Emblem musterte, bemerkte sie hinter den Plexiglasscheiben der Pilotenkanzel schattenhafte Bewegungen, und gleich darauf verriet ein schwacher Lichtschein aus der Tiefe des Cockpits, dass die Piloten mit den Routinevorbereitungen für den Abflug begonnen hatten. Unter der Tragfläche des Flugzeugs, knapp neben Carolyn und Al, brachte der Colonel seinen Jeep zum Stehen. Auf dem Beifahrersitz saß ein Fahrgast, ein zierlich wirkender Soldat, der, kaum dass das Fahrzeug zum Stehen gekommen war, vom Beifahrersitz sprang. Das also war der Kurier, auf den man gewartet hatte und der nun mit der Lightning eingetroffen war. Beim Sprung aus dem Fahrzeug bauschte sich sein Armeemantel, der ihm ein paar Nummern zu groß zu sein schien, im Wind. Er setzte seine Uniformmütze, die er während der Fahrt im Jeep in der Hand gehalten hatte, umständlich und akkurat auf und grüßte militärisch korrekt. Als er neben ihr stand, sah Carolyn, dass der Mann noch sehr jung war. „Könnte sogar mein Sohn sein", ging es ihr durch den Kopf. Er reiste leichter als sie, stellte sie fest, denn alles, was er an Gepäck mit sich führte, war außer einer umgehängten Musette-Bag nur ein kleiner, dunkelgrüner Metallkoffer.

Und dann ging alles sehr schnell. Beim Umladen der Postsäcke und des Gepäcks aus dem Jeep in den Rumpf des Flugzeugs halfen alle mit, und der kurze, aber herzliche Abschied, besonders von Al, und anschließend der Aufstieg über die kleine Leiter hinauf in den Flugzeugrumpf vollzogen sich im Handumdrehen. Jeder hatte es plötzlich sehr eilig. Auch wenn Mitternacht erst seit wenigen Minuten vorbei war, hatte der neue Tag soeben doch schon begonnen und die Zeit zum Abflug drängte, auch schon deswegen, weil das Wetter im Moment weniger verrückt zu spielen schien. Zum Feldflugplatz von Ghisonaccia-Gare drüben, auf der anderen Seite der Insel, würde es ein kurzer Flug werden, ein Katzensprung, wie Al sich ausgedrückt hatte.

„Nun ja, vielleicht doch ein wenig länger, mit einem kleinen Umweg runter in den Süden, bis Bonifacio oder so", wandte der Colonel ein. „Vorsicht ist die Mutter der Porzellankiste, wie man so schön sagt", lächelte er dünn. „Jedenfalls besser als bei dem Wetter im Jeep über die Berge da hinten im Landesinneren zu kutschieren! Na, Sie wissen ja..." rief er Carolyn von unten her beim Schließen der Bodenluke noch zu und reckte sich hoch, um ihr noch einmal die Hand zu schütteln.

Und weil der Flug so kurz zu werden versprach, nicht viel länger als die Fahrt mit der Tramway von einer Haltestelle zur nächsten, legten die drei Passagiere und das schläfrige Berberäffchen, das sich an seinen Beschützer schmiegte, auch nicht allzu viel Wert darauf, es sich im Flugzeug so bequem wie möglich einzurichten. Man setzte oder kauerte sich da hin, wo man glaubte, es eine halbe Stunde lang ohne größere Unbequemlichkeiten aushalten zu können. Und noch schneller würde die Zeit vergehen, wenn man ein Nickerchen machen könnte. Das trübe, gelbliche Licht, das die Lämpchen von der niedrigen Decke des Rumpfes aus verbreiteten, drang kaum in die entlegeneren Winkel im Inneren des Flugzeugs und würde beim Einschlafen nicht stören.

Carolyn allerdings hatte Wert darauf gelegt, wieder in „ihrer" Ecke, auf den Klappsitz des Bordfunkers, zu sitzen, dort, wo sie auch während des Fluges von Sidi Ahmed nach Villacidro gesessen hatte und wo sie sich in den Winkel zwischen Bombenschacht und Rumpf drücken konnte. Gerade wenn um einen herum alles in Bewegung war, ging ihr eben nichts über solche kleinen, festen Gewohnheiten. An denen festzuhalten, konnte manchmal beruhigend wirken.

Dass es der gleiche Platz war wie in dem Wrack der B-25 auf dem Flugfeld von Villacidro, dieser blutbefleckte Sitz des Bordfunkers, von dessen Anblick sie sich nur mit Mühe hatte lösen können, war ihr in der Aufregung des Aufbruchs glücklicherweise nicht in den Sinn gekommen. Und kaum hatte sie sich auf dem Sitz eingerichtet, als die Anspannung der letzten Stunden, die Last der Ungewissheit, die das Hin und Her mit sich gebracht hatte, auch schon von ihr abzufallen begann und sie spürte, wie müde sie wirklich war.

Was für ein Tag das das gewesen war! Und obwohl nur ein Tag und eine halbe Nacht seit ihrem Aufbruch von Nordafrika vergangen waren, schien das alles schon Monate her zu sein: ihr Abschied von Helen, die blühenden und duftenden Berghänge über Sidi Ahmed, die schrillen Schreie der Möwen über der glitzernden Fläche des Sees von Bizerta, dann die vom Wind leergefegte, blendend helle Ebene von Trunconi, über der die Mittagssonne inmitten der Schäfchenwolken mit diesem geheimnisvollen Ring stand. Dann wieder sah sie die Menschen, die sie getroffen hatte, vor sich. Vera, die unermüdlich in ihrem ARC-Clubmobil werkelte, hörte noch einmal die beiden Piloten herumalbern, und Bartoli – lebhaft und listig – stand lächelnd vor ihr, ebenso die beiden

Aitonis. Und dann war da Al, ihr Fahrer, der natürlich auch. „Kaum hat dir jemand seinen Namen genannt", bedauerte sie, „verschwindet er auch schon wieder und räumt einer anderen Person den Platz." Würde sie sich an die Gesichter, die Namen und all die anderen Eindrücke in ein paar Wochen oder gar Monaten noch erinnern? Kaum. „Die meisten von ihnen werde ich wohl bald wieder vergessen haben. So ist das nun mal in meinem Job." Veras Nachname etwa fiel ihr jetzt schon nicht mehr ein. Und wie würde es erst sein, wenn sie es drüben auf dem Festland mit wer weiß wie vielen neuen Menschen und Eindrücken zu tun bekäme? Carolyn gähnte, und dieses Gähnen klang ein bisschen wie ein Seufzer.

Ihr Gepäck befand sich diesmal zwar nicht griffbereit in ihrer direkten Nähe, doch ihre Underwood hatte sie wieder in Reichweite neben sich abgestellt. Die würde sie zumindest bis nach dem Start festhalten, so, wie der junge Kurier, der ein paar Meter entfernt schräg gegenüber von ihr in Richtung des Hecks auf einem der Postsäcke saß, seinen Koffer. Es sah beinahe so aus, wolle er in Deckung gehen und habe sich deshalb tief in seinen zu großen Mantel zurückgezogen. Sein schmales Gesicht verschwand fast unter dem glänzenden Schirm der Uniformmütze, die er tief in die Stirn herabgezogen hatte. Den merkwürdigen Metallkoffer hatte er ordentlich auf seinem Schoß abgestellt. Was er da wohl mit sich herumschleppte? Etwas Wichtiges war es auf jeden Fall, so, wie er ihn behandelte. Als sie den kleinen Koffer genauer in Augenschein nahm, fiel ihr wie zur Bestätigung an einer seiner Ecken ein kleiner Regierungsadler auf. Und dann war da noch eine dünne Kette, über die sein Griff mit dem Handgelenk des Soldaten verbunden war.

Zu ihrer Linken, etwas tiefer unter ihr, saß ihr Bekannter Mike mit seinem Äffchen. Er lehnte mit dem Rücken an der Seitenwand des Rumpfes und hatte seine Beine weit von sich gestreckt. Das Tier hatte er mit einer rührend beschützenden Geste unter den rechten Arm geklemmt.

„Fuzzy fliegt nicht gern, wissen Sie", erklärte er, als ihre Blicke sich begegneten. „Es ist vor allem der Lärm, der ihm Angst macht. Na und das Schwanken ist auch nicht sein Ding", setzte er hinzu. Dann schwieg er wieder, denn in diesem Moment sprangen mit unregelmäßig puffendem Knallen nacheinander die beiden Motoren an. „Komisch" ging es Carolyn durch den Kopf, „es klingt gerade so, als ob die

237

Maschinen sich räuspern. Bei den älteren unter ihnen ist es ganz gewiss so." Die Deckenlampen, die während des Anspringens der Motoren fast erloschen waren, leuchteten wieder heller und das anfangs noch raue Geräusch der Motoren glättete sich immer mehr und ging in ein gleichmäßigeres, helleres Dröhnen über.

Von dem Metallgerippe des Rumpfes über die dünne Blechhaut der Rumpfverkleidung bis in die karge Polsterung ihrer Rückenlehne hinein machte sich das Vibrieren der mächtigen Maschinen als angenehmes Kitzeln an Carolyns Rücken bemerkbar.

Und dann, widerwillig und zögernd anfangs, doch mit zunehmender Geschwindigkeit entschlossener, setzte sich der scheinbar plumpe Vogel in Bewegung. Das Motorengeräusch klang nun durchdringender und das Rütteln und die Stöße, mit denen sich die Unebenheiten der Rollbahn auf die Maschine übertrugen, folgten schneller aufeinander, nahmen ab und fielen plötzlich weg: Ship Deathwind hob ab.

Als das Lärmen der Triebwerke seinen Höhepunkt erreicht hatte, und der Start unmittelbar bevorstand, hatte Carolyn um sich herum instinktiv und ohne hinzuschauen mit Händen und Füßen nach Vorsprüngen und Haltepunkten getastet. Auch diesmal fürchtete sie, sie könnte von dem primitiven Funkersitz rutschen und mitsamt dem sie umgebenden Kram in einem unentwirrbaren Knäuel irgendwo im dunklen Heck der Maschine landen. Und als sei damit noch nicht genug, schlug der Pilot noch im Steigflug den Kurs zur Südspitze der Insel ein, wobei der Flieger in eine so atemberaubende Schräglage geriet, dass Carolyn beinahe wieder vornüber von ihrem Sitz gekippt wäre.

Nachdem sich ihre Aufregung gelegt hatte, stellte sie fest, dass sie sich unwillkürlich auch an Mikes Schulter nach einem sicheren Halt gesucht hatte, was der allerdings auch nicht zu bemerken schien, weil er vollauf damit beschäftigt war, seinen kleinen Schützling, das Berberäffchen, zu beruhigen. Das hatte sich panisch noch tiefer unter seinen Arm verkrochen. und kroch nun zaghaft wieder hervor. Es sah so aus, als halte es nach einer Fluchtmöglichkeit Ausschau. Die Augen in seinem roten, fellumkränzten Gesicht bewegten sich unter den buschigen Brauen unablässig hin und her, so, als suche er einen Weg aus dem Leib dieses Monstrums, das ihn verschlungen hatte und nun im Begriff war, ihn noch weiter weg aus seiner Heimat, den Zedernwäldern des Atlasgebirges, zu verschleppen..

Verlegen ließ Carolyn die Schulter ihres Nachbarn los, ihr entschuldigendes Lächeln konnte der im Halbdunkel nicht wahrnehmen.

„Stellen Sie sich vor, was er anrichten könnte, wenn er über den Bombenschacht zu den Piloten fliehen würde!", lachte Mike und schob Fuzzy zurück unter seinen Arm. Carolyn antwortete nicht. Der Vorstellung von einem Affen, der im Cockpit herumturnte, konnte sie gerade jetzt, nach dem Starten der Maschine, nichts Lustiges abgewinnen.

Inzwischen hatte die Deathwind ihren Steigflug beendet und gleichzeitig mit dem richtigen Kurs eine beruhigende, waagrechte Fluglage eingenommen. Jetzt befand sich der Metallvogel also auf dem Weg zu seinem nahen Ziel, Ghisonaccia-Gare, atmete Carolyn auf. Dazu kam, dass sich im Inneren des Flugzeugs der Libecciu weniger bemerkbar machte, als sie befürchtet hatte. Unsichtbar für sie, schlängelte sich tief unter der Maschine die im Mondlicht hell schimmernde, schmale Brandungslinie nach Süden, die den Küstenverlauf markierte. Sie war bei dem Licht des Vollmonds, das immer wieder durchbrach, eine grobe Orientierungshilfe für die Piloten.

„Steuern sie wirklich nach Süden?", halb schon im Schlummer, versuchte Carolyn, einen letzten Gedanken zu fassen. „Warum, in aller Welt, fliegen wir denn nach Süden?" Hatte sie nicht den ganzen Tag über und bis in die Nacht hinein versucht, den Süden hinter sich zu lassen und sich bemüht, endlich im Norden anzukommen? Aber dann kam der Schlaf über sie und ersparte ihr weitere unruhige Überlegungen.

Währenddessen schauten die beiden Männer, die unten auf dem Flugfeld zurückgeblieben waren, schweigend dem verschwindenden Flugzeug nach, bis die schwachen Positionslichter in dem Gewirr aus Wolken, Wolkenlücken und den vereinzelt funkelnden Sternen nicht mehr auszumachen waren. Die Deathwind war dabei, irgendwo in Richtung der Landspitze dort unten zu verschwinden, die Punta di Sette Nave hieß und deren Namen die Amerikaner wohl kaum kannten. Wichtig war nur, dass Ship Deathwind in einer knappen halben Stunde drüben, auf der anderen Seite der Insel, landen würde.

„In der Tat", wandte sich der Colonel an Al, „eine bemerkenswerte Frau, diese Miss – äh, sagen Sie, wie war doch gleich nochmal ihr Name?"

„Chandler, Colonel, der Name ist Carolyn Chandler", antwortete Al, und in seiner Antwort war ein Anflug von Gereiztheit oder wenigstens Erstaunen nicht zu überhören. Nach einer kleinen Pause, etwas leiser und mehr wie zu sich selbst, fügte er hinzu: „Ich hätte vielleicht doch besser mit abhauen sollen."

„Aber Al, ich glaub', ich hör nicht recht! Sie haben doch nicht etwa mit dem Gedanken gespielt, von der Fahne zu gehen und mich hier im Sumpf sitzen zu lassen?" Colonel Sanders lachte und versuchte vergeblich, seiner Stimme einen erschrockenen Klang zu geben. „Und dann auch noch wegen einer Frau?" Und diese Frage klang nun tatsächlich ein wenig ungläubig. Doch dann lachte er kurz und trocken auf und fuhr ernster und fast verständnisvoll fort: „Nun ja, Al, halb so schlimm! In dem Fall wären Sie fast entschuldigt! Das wäre dann ja sozusagen höhere Gewalt. Einen besseren Grund, die Seiten zu wechseln, könnte man sich eigentlich ja auch nicht vorstellen, was?", lachte er und strich sich eine widerspenstige Haarsträhne aus der Stirn. „Doch, doch, stimmt schon, manchmal kommt es schon happig. Plötzlich taucht auf unserem Abstellgleis hier so eine bemerkenswerte Frau wie diese Miss Chandler auf, und als ob das nicht schon genug wäre, verdreht einem in so einer Nacht auch noch dieser verdammte Wind den Kopf – für unsereins ist das wirklich ein bisschen viel auf einmal, was?!" Und ganz im Gegensatz zu seiner sonst eher steifleinenen Art fasste er seinen Untergebenen beinahe freundschaftlich am Arm, so, als wolle er ihn behutsam aber bestimmt dorthin zurückführen, wohin er nun mal gehörte.

„Na, Sergeant, schauen wir doch mal nach, ob der Kaffee noch heiß ist. Und wenn Frank nicht schon wieder alle Donuts weggefuttert hat, könnten wir uns auch noch ein paar genehmigen, was? Viel Hoffnung hab' ich da allerdings nicht."

Und dann, ohne jeden erkennbaren Zusammenhang und ein wenig voreilig, stellte er fest: „Wird ja sowieso bald Morgen." Dazu machte er mit dem Kopf eine leichte Bewegung nach Osten, dorthin, wo die hohen Berge im Inneren der Insel um diese Zeit noch unsichtbar waren.

NEBEL UND FELS

Als Hauptursache für den Absturz der Mitchell B-25 Deathwind in den Bergen im Südwesten Korsikas wird in den allzu spärlichen offiziellen Quellen, die es dazu gibt, als Grund severe weather, also raues Wetter, genannt, wobei damit noch nicht einmal von Unwetter die Rede ist. Tatsächlich sind solche stürmischen Wechselwetterlagen zu dieser Jahreszeit im westlichen Mittelmeer nichts Ungewöhnliches und die Winde, die dann aus westlicher oder südwestlicher Richtung auf die Insel treffen, können durchaus auch Sturmstärke erreichen. Oft werden sie von teils heftigen Niederschlägen begleitet, die auch bis in tiefere Lagen hinab als Schnee niedergehen können.

Dabei könnte man es belassen und in dem severe weather, dem schlechtem Wetter, oder dramatischer – dem Unwetter, das in der Nacht vom 9. auf den 10. Mai 1944 über Korsika hinwegzog, den Grund für die Katastrophe der Deathwind und den Tod der fünf Menschen an Bord sehen. Weitere Informationen liegen auch nicht vor, und Spekulationen über Pilotenfehler oder irgendwelche anderen, abwegigeren Gründe für den Absturz verbieten sich nach so langer Zeit von selber.

Und dennoch – beließe man es bei diesem grundsätzlich richtigen Hinweis auf die allgemeine Wetterlage als Erklärung für den Absturz, gäbe man sich zwar mit einem im Wesentlichen zutreffenden Bild zufrieden. Aber diesem Bild fehlte es, weil es mit einem zu groben Stift und ohne Nuancen und vertiefende Schattierungen gezeichnet ist, an Tiefenschärfe, so, als gäbe man sich mit einer unscharfen Fotografie zufrieden, einem nicht ganz geglückten Schnappschuss, den man nach kurzem Betrachten zur Seite legt, weil er nicht viel hergibt.

Um ein detaillierteres, genaueres Bild zu erhalten, bietet es sich zum einen an, eine der wenigen noch existierenden Wetterkarten, die es aus diesen Tagen noch gibt, zu studieren und deren nur auf den ersten Blick trockene meteorologische Informationen zu Carolyn Chandlers Weg während der letzten zwei Tagen ihres Lebens in Beziehung zu setzen. Vertieft man sich außerdem noch in die landschaftlichen Besonderheiten des Absturzortes, der Montagne de Cagna, ist das nur scheinbar abwegig. Denn worin sollte der Schaden bestehen – um bei dem Bild der zum Vergleich herangezogenen Fotografie zu bleiben –, wenn diese durch zusätzliche Details an Schärfe und Räumlichkeit gewänne?

Schon während Carolyn Chandler am Mittwoch, dem 8. Mai, bei strahlendem Sonnenschein die Fahrt auf der USS Lincoln entlang der nordafrikanischen Küste von Algier nach Bizerta genoss, hatte sich über dem westlichen Teil Nordafrikas bis tief hinab über der Sahara im Süden Algeriens ein umfangreiches Tiefdruckgebiet aufgebaut, dessen zugehörige Hochdruckzelle östlich von ihm über Tunesien lag. Da in diesem sich entwickelnden System die Druckunterschiede anfangs noch gering waren, setzte es sich nur allmählich in Bewegung. Es blieb, wie es in der Sprache der Meteorologen heißt, beinahe noch „stationär". Erst im Verlauf des 8. Mai gewann es an Dynamik und drehte dabei in südöstlicher Richtung über das westliche Mittelmeer ein, wobei sein Drehpunkt genau über der Ostküste Korsikas lag.

Im Verlauf des nächsten Tages verstärkte sich die Warmfront dieses ausgedehnten Systems und sättigte sich bei ihrem Weg über das Meer mit Feuchtigkeit an. An diesem 9. Mai, einem Mittwoch, traf die inzwischen zu stattlicher Größe angewachsene Zyklone auf eine Kaltluftfront, einen von Westen, von Spanien und über die Balearen heranziehenden „Kaltlufttropfen", wie diese Luftströmung ein wenig verharmlosend im damaligen Wetterbericht des Reichswetterdienstes genannt wird. Damit rückte Korsika ins Zentrum dieser aufeinander treffenden Luftströmungen, die Insel wurde, im Jargon der Zeit, sein „Zielgebiet". Damit geriet sie auch in den Bereich der großen Temperaturunterschiede, die zwischen den beiden Fronten herrschten, in die meteorologische Kampfzone zweier Luftmassen.

Das klingt übertrieben martialisch, doch kommt diese Wortwahl eigentlich am ehesten dem Wettergeschehen nahe, das sich seit Carolyns Ankunft gegen Mittag auf dem Flugfeld von Campo del Oro bei Ajaccio und auch noch später über der ganzen Insel entwickelte. Denn ab der zweiten Tageshälfte verdunkelte die massive Aufgleitbewölkung der Zyklone, die sich über die von Westen einströmende Kaltluft schob, den Himmel über großen Teilen Korsikas, während gleichzeitig der warme Wind aus West bis Südwest an Stärke zunahm und unablässig, Bö auf Bö,

Regenschauer vor sich her und gegen die Gebirge der Insel trieb. Was die Warmfront an Wärme von Afrika herübergebracht hatte, reichte aus, die Lufttemperatur auf Korsika im Verlauf des Nachmittags bis zum Abend um mehr als 12° Celsius ansteigen zu lassen. Damit brachte sie in den höheren Berglagen den gefallenen Neuschnee zum Schmelzen und ließ die bergab drängenden Wassermassen noch stärker anschwellen.

Besonders an den Gebirgsflanken, die nach Westen und Südwesten zur Küste hin steil abfallen, gingen wahre Regenfluten nieder, die weder von der sowieso dünnen Humusschicht unter den Nadelbäumen noch von der kargen Grasnarbe der Matten und dem Granitgrus darunter aufgenommen werden konnten. Und so sprangen im Handumdrehen dort, wo gerade noch trockene Risse in den Felsen geklafft hatten, immer stärker sprudelnde Rinnsale und kleine Fontänen aus dem Gestein, eilten, zu kleinen Bergbächen vereint, bergab, schwollen zu Wildbächen an und stürzten talwärts in die tief eingeschnittenen Schluchten der Abbruchkanten der alten Hochfläche. Die meerwärts fließenden Bäche schwollen so in kurzer Zeit auf das Mehrfache ihrer normalen Stärke an.

Später, mit einbrechender Nacht, kondensierten in der kühler werden Höhenluft dichte Nebelschwaden aus, Bergflanken und schroff aufragenden Gipfel verschwanden in den eilig durchziehenden Wolken. Nur für Augenblicke gewährten Lücken in dem weichen Dunst Blicke auf das Chaos aus windgepeitschtem Gestrüpp, auf Waldinseln und wild aufgetürmten Blockpyramiden in der Tiefe, deren härteres Gestein den seit Jahrtausenden wirkenden Kräften der Verwitterung besser widerstanden hatten als der vergrusende, weichere Granit der sie umgebenden kleinen und größeren Ebenen.

All die eingehenderen Betrachtungen zum Wetter und den landschaftlichen Eigenarten des Absturzortes kann man als Nebensächlichkeiten abtun, wenn sich das Interesse nur auf das traurige Resultat alles dessen richtet, was hier an Faktoren zusammenwirkte. Und tatsächlich sind es sind ja auch nur Schraffuren und Stricheleien an einem Bild, das, wenn auch in groben Grundzügen, im Wesentlichen schon vorliegt.

Will man sich dennoch der Genauigkeit halber eingehender mit dem Zusammen- oder Gegeneinanderwirken der Kräfte, die in dieser

Nacht aufeinandertrafen oder zusammenwirkten beschäftigen, könnte es helfen, hierzu die Abläufe in einem vielteiligen Uhrwerk zum Vergleich heranzuziehen. Auch in ihm wirken verschiedene Elemente – Gewichte oder Federn, große und kleine Zahnräder, Hebel, nach strengen physikalischen Gesetzen der Mechanik zusammen. Das seit Urzeiten ablaufende planetare Wettergeschehen ebenso wie die Hebung der Berge Korsikas aus dem Tiefengestein unter dem Boden des urzeitlichen Thetismeers erfolgt, gehorchen, zum Teil atemberaubend langsam, ebenfalls den Gesetzen einer etwas anderen Mechanik.

Doch mit dieser Veranschaulichung der Naturabläufe stößt der – nur einführende – Vergleich des Naturgeschehens mit alten Zeitmessgeräten und ihrer nach Gesetzen zusammenwirkenden Vielteiligkeit an seine Grenze. Wo es um einen komplizierteren und beunruhigenden Gedanken geht, erlischt seine Veranschaulichungskraft. Denn der Gedanke, besser die Ahnung, dass die Katastrophe, der Aufprall des Flugzeugs auf eine Bergflanke, auch etwas mit einer geheimnisvollen Eigenart der Zeit zu tun haben könnte, lässt sich wohl nicht veranschaulichen.

Auf Höhe der Montagne der Cagna gingen die Piloten, die bis dahin dem Küstenverlauf gefolgt waren, von ihrem Kurs in südlicher Richtung ab und schwenkte mit der Deathwind nach Osten in Richtung der Montagne de Cagna ab. Um den Gebirgszug sicher überschreiten zu können, leiteten sie etwa über Sartène den Steigflug ein und beschleunigten die Maschine auf eine Geschwindigkeit von über 400 Stundenkilometern. Mit dröhnenden Motoren und einer erstaunlichen Geschwindigkeit von mehr als zehn Metern pro Sekunde raste das Flugzeug auf diese Barriere aus Gestein zu, die an dieser Stelle seit Urzeiten aufragt. Da das vielleicht riskante Flugmanöver misslang, prallte die Maschine entsprechend heftig in das unverrückbare Hindernis aus Granit und zerbarst in Bruchteilen von Sekunden.

Ship Deathwind – technisches Gerät, schnell und zerbrechlich zusammengefügt nach den atemlosen Zeitgesetzen ihrer Erschaffer –, scheiterte in einem Bereich der Welt, in dem andere Zeit- und Bewegungsgesetze herrschen. Denn alles an dieser menschengemachten Maschine zielte auf abrupt einsetzende, rasende Bewegungen ab, ihr verdankte es seine Kraft und Dynamik. Die achtundzwanzig auf und ab rasenden Kolben ihrer zwei mächtigen Sternmotoren versetzten die

Propeller in schnelle Rotation, machten aus ihnen flirrende Scheiben, die den metallenen Körper der Maschine unermüdlich auf seinem Steigflug vorantrieben. Doch in der Geschwindigkeit, der Hast, mit der das menschengemachte Fluggerät, dieser künstliche Vogel, in die Welt der Elemente und der schier zeitlos andauernden Abläufe eindrang, lauerte gleichzeitig die Gefahr seiner Vernichtung. Dort wurden ihm und den fünf Insassen die weiche und vielgestaltige Gewalt der bewegten Atmosphäre und die unverrückbare Härte des seit Jahrmillionen aufgetürmten Erdmantels zum Verhängnis.

Nachdem sich das Wetter gegen Mitternacht allmählich beruhigt hatte, ließ auch die Stärke des Sturms nach und die Abstände zwischen den einzelnen Böen wurden größer. Hin und wieder riss für Augenblicke die vom Meer her heranziehende Wolkendecke auf, und man kann sich vorstellen, dass das durch diese Lücken brechende Licht des vollen Mondes den Piloten die Entscheidung zum nächtlichen Abflug von Campo del Oro leichter gemacht hat. Außerdem war die Route ja auch eindeutig. Auf ihrem Weg nach Ghisonaccia würden sie kurz vor der Südspitze der Insel deren letztes und niedrigstes Gebirgsmassiv, die Montagne de Cagna, gefahrlos umfliegen können. So die wahrscheinlich ursprüngliche Planung. Sollte sich das Wetter weiterhin bessern – warum sollte man es nicht sogar auf eine kleine Abkürzung, einen Überflug dieser nicht allzu hohen Barriere ankommen lassen? Der Pass der dabei überflogen werden müsste, hatte nur eine Höhe von etwas mehr als 1000 Metern, alles in allem also ein Kinderspiel.

Als sich die Deathwind nach einer starken Viertelstunde Fluges den Bergen im Süden näherte, also kurz vor dem vielleicht schicksalhaften Abweichen von der ursprünglich geplanten Flugstrecke, stand der Mond schon hoch über dem Horizont. Immer wenn die Wolken aufrissen, gaben sie den Blick auf die sich scharf abzeichnende Kammlinie des Gebirges frei, aus der die chaotisch aufgetürmten Pyramiden der Punta d'Ovace und der Punta di Monaco aufragten. Tatsächlich setzte die erhoffte Klärung der Wetterlage also ein, und der Abkürzung über den Col de Monaco schien nichts mehr im Weg zu stehen. Man kann sich vorstellen, wie sich Pilot und Kopilot mit Handzeichen und Blicken schnell auf diese im Voraus ja schon besprochene geringfügige Abweichung von der vorgesehenen Route verständigten.

Hätte es überhaupt einen Sinn, die Ursache für den Absturz der Maschine nach so langer Zeit in einer vielleicht riskanten, aber unbeweisbaren Entscheidung der Piloten zu sehen, dann könnte sie wohl in diesem in Sekunden getroffenen Entschluss liegen. Immerhin befand sich die Deathwind auf einem Nachtflug und auch wenn das Wetter sich zu bessern schien, war es dennoch keineswegs stabil. Doch war die vielleicht folgenschwere Entscheidung einmal getroffen, gab es kein Zurück mehr. Denn dafür näherte sich die Deathwind, die nun fast ihre Höchstgeschwindigkeit erreicht hatte, zu schnell dem angesteuerten Ziel, dem Pass von Monaco.

Man kann sich vorstellen, wie die beiden Männer in der Pilotenkanzel alles daran setzten, den riesigen Geröllhaufen der Punta di Monaco, der da im bleichen Licht des Vollmondes schräg links über ihnen aufragte und nun regelrecht auf sie zu gestürzt kam, mit einem Schwenk nach rechts zu umfliegen. Da hatte möglicherweise noch die Aussicht bestanden, die rettende Senke des Passes zu gewinnen. Die größere Unwägbarkeit, das größere Risiko, dürften jedoch die wie aus dem Nichts entstehenden Nebelbänke gewesen sein, die vom Wind immer wieder bergauf getrieben wurden und in denen die Passhöhe und die sie umgebende Landschaft unversehens verschwanden um dann wieder klar und verlockend deutlich aufzutauchen.

Unterhalb der Bocca di Monaco entspringt als ein Rinnsal der Balatese. Wo er ein paar Kilometer talabwärts zu einem Bergbach wird liegt über der Schlucht auf einem Bergvorsprung, drei Kilometer vom Pass von Monaco entfernt und sechshundert Meter tiefer Giannuccio, ein kleines Bergdorf.

Pierre Lucchesi hatte lange keinen Schlaf gefunden. Er saß in seinem Nachthemd am Küchentisch und rauchte. Eine Zeitlang hatte er in alten Zeitschriften und im Almanach des vorletzten Monats geblättert. Dann schob er den ganzen Stapel beiseite und drehte sorgfältig die Tischlampe herunter, kippte den Glassturz einen Spalt weit auf und blies die blakende Flamme aus. In dem Halbdunkel, das daraufhin in der Küche herrschte, war es, als nähmen der Lärm, mit denen der Libecciu immer wieder in Stößen über das Haus herfiel, noch zu. In der langen Zeit, die er schon verheiratet war, war es für Lucchesi immer wieder ein Rätsel gewesen, wie seine Frau bei den Tumulten, die Gewitter oder die verschiedenen Winde, die Jahr für Jahr aus allen Richtungen über die Insel herfielen, schlafen konnte. Und dieses Mal kam noch der Vollmond dazu und übergoss draußen in kurzen Abständen die Häuser des Dorfes und die Küche um ihn herum mit seinem fahlen Licht. Lucchesi schaute hinüber zur alten Wanduhr: Schon eine halbe Stunde nach Mitternacht! Er musste gähnen und war er erleichtert, endlich meldete sich das Schlafbedürfnis! Er schob seinen Stuhl zurück und erhob sich von seinem Platz am Fenster, durchquerte die kleine Küche und stand schon am Fuß der Treppe, die zum oberen Stockwerk und zum Schlafzimmer führte, als er lauschend innehielt. Draußen hatten seine Hunde angeschlagen. Das war nichts Ungewöhnliches, das taten sie nachts nach Hundeart ja immer wieder mal, nebenher sozusagen und aus Gewohnheit, viel zu bedeuten hatte das eigentlich nie und war eher ein gewohntes Geräusch. Meist ging es dann um einen Marder oder eine streunende Katze, die verscheucht werden mussten.

Doch im jahrelangen Umgang mit seinen Tieren hatte Lucchesi gelernt, auf das Besondere in ihrem Gebell zu achten, auf die feinen Untertöne, die nur er kannte. Und diesmal fiel ihm an ihrer ungewöhnlichen Aufgeregtheit auf, dass sie ihm etwas Besonders mitzuteilen hatten. Er machte seufzend kehrt, warf im Flur seine Jacke über und schlüpfte in seine Pantinen, um draußen nach dem Rechten zu sehen. Man konnte schließlich nie wissen, vor allem in einer stürmischen Nacht wie dieser.

Als er vor die Tür trat, verstummten die Tiere sofort. Sie sprangen schweifwedelnd auf ihn zu, drängten sich winselnd an ihn und stießen ihm auffordernd ihre Nasen in die Kniekehlen. Lucchesi beugte sich zu ihnen hinab, und während er sie streichelte und ihre Wachsamkeit leise und beruhigend lobte, schaute er sich um. Doch er konnte nichts Außergewöhnliches oder Alarmierendes entdecken. Im Dorf herrschte rundum nächtliche Stille, nur die Wolkendecke war schütter geworden, und drüben, in nordwestlicher Richtung, jenseits des Tales des Ortolo, wo hinter einem Bergrücken Sartène lag, erhellte ein schwacher Widerschein die Wolken. Schon morgen würde das Wetter sich bessern.

Gerade als er seine Hunde beruhigt hatte und sich wieder aufrichtete, um ins Haus zurückzukehren, sah der Korse die schwachen Positionslichter der Maschine. Sie kamen geradewegs auf ihn zu, und obwohl das tiefe Motorengeräusch je nach der Stärke des Windes auf-

und wieder abschwoll, nahm es insgesamt jedoch stetig und schnell zu. Es konnte sich dabei nur um eine dieser amerikanischen Maschinen handeln, die seit ein paar Monaten am Himmel auftauchten. Auffällig war nur, dass das Flugzeug, das sich vom Golf von Valinco her näherte, und auch noch nachts unterwegs war, ungewöhnlich tief flog. Es hatte die übliche Route, die die amerikanischen Flugzeuge sonst längs der Küstenlinie einhielten, verlassen und Kurs auf die Berge genommen, stellte Lucchesi verwundert fest. Sartène hatte es bereits hinter sich gelassen, und wenn es seine Richtung beibehielt, musste es Giannuccio geradewegs überfliegen.

Tatsächlich waren im Jahr 1944 Flugzeuge auch hier im Süden Korsikas nichts Ungewöhnliches. Die Amerikaner hatten entlang der Ostküste Korsikas gegenüber dem italienischen Festland eine Reihe von Flugplätzen angelegt, und ihre Maschinen, die von Ajaccio dorthin flogen, waren normalerweise tagsüber unterwegs und hielten sich der Einfachheit halber an den Küstenverlauf. Bei den Bombern der Briten im vergangenen Jahr war das anders gewesen. Die hatten die Montagne de Cagna angesteuert und, bevor der Widerstand im Herbst zum offenen Aufstand gegen die Deutschen übergegangen war, und in manchen Sommernächten oben über der Plaine d'Ovace, gar nicht weit entfernt von Giannuccio, Material und Waffen für die Aufständischen abgeworfen. Das war nun fast schon ein Jahr her, und die Briten flogen schon lange nicht mehr. Auch hatten sie sich mit ihren großen, viermotorigen Maschinen viel höher gehalten als das kleinere Flugzeug, das gerade auf Giannuccio zuflog.

Nein, mit dieser Maschine, die da mitten in der Nacht von der Küste hochkam und Richtung auf die Berge hielt, hatte es irgendetwas Besonderes auf sich, das lag auf der Hand. „Dazu noch bei diesem Sauwetter", wunderte Lucchesi sich, und als er das vor sich hin murmelte, klang es wie eine Missbilligung.

In der kurzen Zeit, in der er diese Überlegungen anstellte, hatte das Motorengeräusch zugenommen und die Positionslichter der Maschine wurden schnell größer. Und noch immer hielt sie auf Giannuccio zu! Und was in den darauf folgenden wenigen Sekunden geschah, bezeichnete Pierre Lucchesi, der einzige Augenzeuge des Geschehens, später, wenn er wieder und wieder über sein Erlebnis berichtete, als den Moment, in dem sich alles entschied.

Als das Flugzeug das Tal des Ortolo schon hinter sich gelassen hatte, änderte es unvermittelt noch einmal seine Flugrichtung und drehte nach links ab und nahm Kurs auf die steile Westflanke der Montagne de Cagna. Es verschwand für ein paar Sekunden hinter der Punta di Castellone, und hatte seinen Kurs immer noch nicht geändert, als seine Lichter über der Bocca di Pigna wieder auftauchten, stellte Lucchesi verwundert fest. Obwohl der Pilot nun mit aufdröhnenden Motoren zu einem Steigflug ansetzte, war es ganz klar, dass die Maschine noch viel zu tief flog und somit in großer Gefahr schwebte, gegen die Berge zu prallen.

„Anstatt schon hinter der Punta di Castellone abzuschwenken, versteht ihr, hätten die gerade mal zwei, ach, was sag ich, noch über einen Kilometer ihre ursprüngliche Richtung einhalten und ganz einfach vor der Punta di Castellone weiter auf Giannuccio zu fliegen müssen! Eine Sache von Sekunden war das. Das muss man sich mal vorstellen! Oder wenn sie sich wenigstens an den Balatese gehalten hätten und bergauf dem Verlauf der Schlucht gefolgt wären! Na und da war ja noch der Wind in jener Nacht, der Libecciu. Ihr wisst ja", schob er dann ein, „wenn unten am Ortolo ein Wind ins Tal hineinfährt, kommt er oben am Bocca di Monaco als Orkan heraus. Ist geradezu ein Trichter, diese verwünschte Schlucht, ein imbutu", und dabei formte er anschaulich mit schräg gegeneinander gerichteten Handflächen die Verengung eines Trichters nach. „Es hätte die Amerikaner glatt über den Pass gehoben! Aber so..." Er ließ seinen Satz unvollendet, breitete stattdessen beide Arme aus und zog resignativ den Kopf zwischen die Schultern.

Gerade im Moment der größten Annäherung der Maschine an Giannuccio setzte sich für einen Augenblick gerade wieder das Mondlicht durch,, und Lucchesi hatte erkannte, dass es sich bei dem Flugzeug um eine dieser zweimotorigen Maschinen mit senkrecht gestellten Leitwerken handelte, die die Amerikaner drüben an der Ostküste stationiert hatten. Hatte der Pilot also tatsächlich vor, die Berge nach Osten hin zu überfliegen? Lucchesi hatte das bis zuletzt bezweifelt und vielmehr gehofft, dass die Amerikaner vor den Bergen wieder nach Süden abdrehen würden. Doch als er mit einem schnellen Blick die Richtung verlängerte, die die Piloten eingeschlagen hatten, sah es genau danach nicht mehr aus. Ohne dass er die Steigfähigkeit der amerikanischen Maschine kannte, war ihm klar, dass jetzt die einzige verbleibende Möglichkeit für die Amerikaner nur noch darin bestand, rechts an der Punta di Monaco vorbei die Höhe der Ebene von Presarella zu gewinnen. Von dort aus hätten sie es gerade noch schaffen können, in ein paar Metern Höhe den Col du Monaco zu überfliegen. Das war ihre einzige, wenn auch schwache Chance, noch heil auf die andere Seite der Berge und hinüber an die Ostküste zur kommen. Von seinem Standpunkt in Giannucio aus konnte Lucchesi allerdings nicht einschätzen, ob der Winkel, in dem die B-25 die Punta di Monaco anflog, für ein entsprechendes Ausweichmanöver ausreichen würde. Und von dem hing alles ab!

Doch noch während der Korse die verschiedenen Faktoren hastig gegeneinander abzuwägen versuchte, bildete sich wie aus dem Nichts unterhalb der der Punta di Monaco eine große, durchgehende Nebelbank. Sie stieg, vom Wind getrieben, in die Höhe, sodass der Fuß des Berges und der gleichnamige Pass im Handumdrehen in ihr verschwanden. „Wie aus dem Nichts war die plötzlich da, sage ich euch!", beteuerte Lucchesi, „eine regelrechte Walze war das, die da aufstieg! Und von einem Moment auf den anderen war da nichts mehr als nur noch eine graue Nebelwand."

In dieser Wand aus Nebel verschwand am Donnerstag, dem elften Mai 1944, dreißig Minuten nach Mitternacht und ohne jede Möglichkeit, ihren Kurs noch zu korrigieren, die B-25 Deathwind und prallte Sekunden später gegen haushohe Felsblöcke am Fuß der Südwestflanke der Punta di Monaco. Die Wucht der Detonation, mit der der Treibstoff der fast vollgetankten Maschine bei dem Aufschlag in einem Feuerball explodierte, zerriss sie in unzählige größere und kleinere Metallfetzen, die von der der Detonation über das Blockmeer am Absturzort und weit darüber hinaus in dem dichten Erlengestrüpp der Ebene von Presarella und sogar bis auf die Ostseite der Punta di Monaco verteilt wurden. Der Lichtblitz der Explosion, mit der Tausende Liter Flugbenzin in Sekunden in Flammen aufgingen, ließ die Nebelmasse der Wolke, die der Deathwind zum Verhängnis geworden war, für ein paar Augenblicke von innen her rot aufleuchten. Der Donner der Detonation sprang als Echo von Berg zu Berg und verhallte fast ungehört.